KB220499

서울에
수호신이
있었을
때

서울에 수호신이 있었을 때

ⓒ이수현 2022

1판 1쇄 발행	2022년 5월 24일
1판 2쇄 발행	2025년 3월 10일

지은이	이수현

펴낸이	박대일
교정	김미영
편집	이문영 · 임유리 · 이지영 · 임지원
마케팅	임유미
디자인	박현주

펴낸곳	파란미디어
출판등록	2004년 9월 14일 제313-2004-00214호

주소	03992 서울시 마포구 동교로23길 14 국제빌딩 6층
전화	02.3141.5589 영업부 070.4616.2012 편집부
팩스	02.6499.5589
전자우편	paranbook@gmail.com
카페	http://cafe.naver.com/paranmedia
인스타그램	@paranmedia

ISBN   978-89-6371-991-7(03810)

서울에
수호신이
있었을
때

이수현
장편
소설

새파란상상

차
례

어디에나 수호신이 있었다.

산에는 산신, 강에는 강신, 땅에는 토지신이,

마을에는 서낭신이 있다. 집터를 지키는 터주신이 있고,

지어 놓은 집을 지키는 성주신이 있고, 부엌에는 조왕신이,

대문에는 수문신이 있었다. 장독대에도, 측간에도,

마구간에도, 우물에도 다 수호신이 따로 있었다.

지킬 게 있는 곳이라면 어디에나 수호신이 깃들어 있었다.

한때는 그랬다.

동작대교의 멧돼지

삼월의 수요일 밤이었다.

날이 추워서 그럴까, 눈에 들어오는 야경이 적막했다. 촘촘하게 수놓인 가로등 빛, 멀찍이 사이를 두고 가로놓인 한강 다리들의 철골을 따라 설치된 조명들에는 온기가 없었다.

느릿느릿 걷고 있으려니 6차선 도로에 차가 몇 대, 낮이라면 불가능했을 속도로 달려 지나갔다. 올려다본 하늘은 구름이 끼어 검붉었다. 동작대교의 남쪽 끝에 위치한 동작역만 환하게 밝았다. 한강 공원에도 사람이 적은 편이었다.

강은지가 동작역에서 내린 것은 원래 계획이 아니었다. 지하철을 타고 집까지 가려고 했다가, 기분 나쁜 것을 보는 바람에 도중에 내릴 수밖에 없었다.

"꼭 뛰쳐나올 날을 골라도 이런 날을 골랐지."

편의점 앞에 앉은 강은지는 강 건너편에 켜진 불빛들을 보며 우울한 기분으로 커피캔을 기울였다. 졸업하고 내내 취직 도전만 하다가 일 년이 갔다. 고시원도 벗어나고 싶었고, 학자금 대출도 갚아야 하는데, 온갖 생각이 머릿속을 맴돌았다.

결국 느릿느릿 커피를 마시고 일어나니 한밤중이 가까웠다. 공원에는 척 봐도 데이트 중인 연인들만 드문드문 남아 있었다.

은지는 지하철에 다시 타지 않고 한강 다리를 걸어서 건너기로 결심했다. 가라앉은 기분 탓도 있었을 것이다.

딱히 오래 걷고 싶어서 선택한 건 아니지만, 한강 북쪽의 용산구와 남쪽의 동작구를 잇는 동작대교는 한강을 가로지르는 수십 개 다리 중에서 가장 긴 다리였다. 4호선 전철이 지나가는 철도교가 중심을 달리고, 그 양쪽으로 각각 3차선 자동차도로가 달리고, 그 옆으로 사람이 걸을 수 있는 인도가 있었다. 한강으로 뛰어내리기 좋은 다리는 아니어서, 마포대교처럼 경찰이 자주 나오거나 CCTV를 설치해 두지는 않았다.

그렇다는 건 다리 위를 배회하는 이상한 것들도 적다는 뜻이었다. 모처럼 눈이 시원했다.

다만 한강 위를 걸으니 바람이 생각보다 강했다. 은지는 패딩의 후드를 눌러썼다. 이리저리 헤매는 시선은 주로 강물에 비친 불빛이나 다른 한강 다리들로 향했지, 자동차가 한 대씩 달리는 도로에는 크게 관심이 없었다.

그래도 다리를 절반쯤 건넜을 때 요란한 소리와 함께 전철 차량이 다리를 건너기 시작하자 저도 모르게 시선이 그리로 끌려갔다. 기차가 지나가면 사람은 쳐다볼 수밖에 없는가 보다.

그때였다.

"어?"

은지는 얼빠진 소리를 내며 눈을 껌벅였다.

잘못 봤나 싶어 눈에 힘을 주고 다시 봤다. 건너편, 그러니까 서울 북쪽에서 남쪽으로 달리는 도로 위에 이상한 게 보였다. 시커먼 그림자 같은 것이 도로 위를 달리는데, 움직임이 사뭇 튀었다. 자동차라기보다는 네발짐승이 달리는 것 같다.

"……멧돼지?"

하지만 실제 멧돼지라기에는 너무 컸다. 사륜구동차만 한 크기의 검은 멧돼지라니, 한국에 그런 큰 멧돼지가 있을 리가 있나. 몇 년 전 애니메이션에서 본 재앙신을 닮은 모양새와 크기였다.

강은지는 인상을 쓰며 그 자리에 멈춰 섰다가, 저도 모르게 그 멧돼지가 달리는 방향을 따라 뒷걸음질을 쳤다.

철컹, 철컹, 철컹 소리를 내며 전철이 동작역 쪽으로 들어가고, 그 소리에 묻혀 있던 끼이이익 소리가 울려 퍼졌다. 은지는 반사적으로 귀를 막으며 몸을 웅크렸다.

멧돼지가 택시 한 대를 들이받았다. 택시는 통 튕기듯이 앞으로 튀어 나가서 속도를 올렸고, 멧돼지는 그 뒤를 씩씩대며 쫓아갔다.

길에 쪼그려 앉았던 은지는 엉거주춤 몸을 일으켰다.

'어, 어떻게 해야 하지?'

다행인지 불행인지 길에 자동차가 많지 않아서 연속 추돌이 일어나지는 않았지만, 그것도 시간문제였다.

쫓기는 택시와 쫓는 멧돼지가 시야에서 사라지려 하자 은지는 벌떡 일어나서 그쪽으로 달려갔다. 옆으로 한 대씩 지나쳐 가는 차에 시야가 가려졌다가 다시 트이기를 반복했다. 다른 차들은 아무것도 모르는지, 보고도 도망치는 건지 휙휙 잘도 달리고 있었다.

쾅.

택시는 곧 따라잡혀 다시, 제대로 들이받혔다. 은지는 휴대폰을 꺼내어 손에 쥔 채로 소리를 질렀다.

그리고 다시 한번 눈을 의심했다.

이번에는 자전거였다. 북쪽에서부터 자전거 한 대가 미친 속도로 달려왔다. 체인에서 불똥이 튀고 뒤쪽으로 빛의 꼬리가 끌리는 것 같은 환각이 보일 정도로 미친 속도였다.

택시는 공중에 살짝 떴고, 그 택시를 검은 멧돼지가 그대로 밀고 달렸고, 그 뒤를 미친 듯이 달리는 자전거가 따라붙었다. 은지는 홀린 듯이 그들과 같은 방향으로 움직였다.

아마 실제 시간은 얼마 흐르지 않았을 것이다. 아슬아슬한 균형을 유지하면서 그렇게 달리다가 어느 순간, 자전거가 체인에서 불똥을 우수수 쏟아 내면서 멧돼지를 들이받았다.

그 충격으로 멧돼지가 공을 통기듯이 택시를 밀어냈지만, 그렇다고 택시가 위험에서 벗어난 건 아니었다. 탁 튀어 나간 차체가 빙그르르 돌았고…… 자전거에 들이받히고 더 속도를 높여 달리던 멧돼지가 택시를 한 번 더 들이받았다.

하얀 택시가 90도 각도로 가드레일을 향해 쏘아져 나가고, 운전석에서 손이 하나 나와서 미친 듯이 흔들어 대는 모습이 보였다.

"안 돼!"

은지는 저도 모르게 소리를 지르며 눈을 질끈 감았다. 사람이 죽는 모습을 보고 싶지는 않았다.

시끄러운 다리 위에서도 금속이 찢어지는 소리는 선명하게 울려 퍼졌다. 뒤이어 타이어 타는 냄새가 3차선 도로 건너편까지 풍겼다. 은지는 바싹 긴장한 채로 눈을 떴다.

그리고 도로에는 아까보다 더한 진풍경이 펼쳐져 있었다.

택시가 가드레일을 들이받은 것까지는 예상대로였는데, 차가 강물로 떨어지지 않고 아슬하게 걸려 있었다.

'저게 무슨……?'

사람 하나가 운전석을 열어 붙잡고 있는 탓이었다.

'그리고 보니 자전거.'

은지는 눈을 크게 떴다가 잠시 주위를 이리저리 살폈다. 멧돼지를 들이받았던 자전거는 빈 도로 중간에 구겨진 금속덩이가 되어 팽개쳐져 있었다. 자전거가 혼자 움직였을 리는 없으니, 그 자전거를 자동차보다 빠른 속도로 몰고 온 사람이 저 사람이라고 생각해야 아귀가 맞아떨어졌다.

체격이 건장하다 싶기는 한데, 삼선 슬리퍼에 트레이닝복. 서울에서 가장 흔히 볼 수 있는 동네 백수의 차림새였다.

은지는 택시를 다리 위로 끌어 올리는 청년을 보며 눈을 껌벅이다가 다시 주위를 보았다.

이쯤 되면 사고가 난 것을 다른 차들도 알았을 텐데, 사고현장 주위로 멈춘 차가 하나도 없었다. 남쪽으로 달리던 차들은 마치 이상한 벽이라도 만난 것처럼 다리 초입에 멈췄고, 사고현장 너머에 있던 차들은 아무 일 없었다는 듯이 계속 달려가서 잠시 다리가 텅 빈 상태였다.

그 와중에도 반대쪽, 그러니까 은지 옆으로 달리던 차들은 그냥 달리고 있다는 게 더 기괴한 느낌이었다.

'멧돼지는?'

택시가 위험에 처하고, 남자가 그쪽으로 달려간 사이 멧돼지가 어디로 갔는지 알 수 없었다. 다시 한번 동작대교 남단을 쳐다보았지만, 도로는 텅 빈 채로 평온하기만 했다.

택시를 그럭저럭 안정권에 끌어다 놓은 남자가 같은 생각을 했는지 두리번거리는 모습이 보였다. 그는 뒤이어 휙 하고 뛰어오르더니, 철제 아치 위로 올라가서 이쪽저쪽을 살폈다.

은지는 멍청한 기분으로 그 위를 올려다보다가 다시 생각을 더듬었다.

분명히 그 멧돼지는 남쪽으로 달리고 있었다. 은지가 보는 동안에만 자동차를 들이받아 가면서 다리를 절반은 달렸고. 그렇다면 계속 남쪽으로 갔다고 봐야 하지 않을까?

슬금슬금, 동작역 쪽으로 발이 움직였다. 어이없는 사고현장을 쫓다 보니 이미 절반은 돌아간 상태였다.

위를 올려다보니, 그 남자도 같은 생각을 했는지 허공을 껑충껑충 뛰어서 남쪽으로 향하고 있었다. 남자가 동작역 지붕을 사뿐히 딛고 다시 뛰어오르는 모습을 보니, 영화를 보는 기분이었다.

은지는 시선을 그쪽에 두고 열심히 달렸다. 동작대교를 걷는 사람이 별로 없어서 다행이지, 사람이 있었다면 부딪칠 수밖에 없었을 것이다.

나름대로 빠른 발과 체력을 자랑하는 강은지였으나 헉헉거리며 동작역 근처에 도착했을 때는 이미 남자의 종적이 보이지 않았다.

4호선 철로는 동작역에 들어가기 직전부터 차도와 갈라져서 둥글게 휘어지다가, 현충원 옆 언덕을 통과하며 지하로 들어간다. 은지는 주춤주춤 동작역 쪽으로 걸음을 옮기며 주위를 살폈다. 아래에 아까 걸었던 한강시민공원이 내려다보이고, 자동차들이 더 빨리 달리는 올림픽대로가 보였다. 왼쪽으로는 대로 너머 줄줄이 늘어선 아파트들이, 오른쪽으로는 어두운 나무들이 보였다.

나무들.

동작역 서쪽은 현충원이 거의 다 차지했는데, 아직 앙상한 나뭇가지들이 때마침 바람을 만나 파도 소리를 내며 흔들렸다.

아파트 건물들 쪽을 보고, 다시 어둠에 잠긴 현충원 쪽을 보자 그쪽이라는 느낌이 강해졌다. 은지는 현충원으로 내려갈 길을 찾았다.

대로변이라 차 소리가 조용하지는 않았지만, 이상하게 고요한 기분이 들었다. 현충원 근처에는 사람도 차도 없었는데 이상하게 무섭지 않았다. 뭔가를 기대하듯이 심장만 계속 두근거렸다.

밤이니 당연히 현충원 문은 닫혀 있었다. 은지는 정문 앞까지 갔다가 다시 동문 앞으로 돌아갔다. 정문은 민원실과 경비초소가 같이 있었고, 그나마 동문은 높이가 일 미터쯤 되는 철제 울타리 같은 것으로 막아 두었을 뿐 경비소에 사람이 없었다.

은지는 홀린 듯이 그 철제 울타리를 타 넘었다. 카메라에 찍히지 않을까라든가, 걸리면 벌금이 얼마일까 같은 생각은 머릿속에 떠오르지도 않았다.

도로 양쪽으로 꽤 큰 나무가 늘어서 있었다. 기웃기웃 들여다보니, 왼쪽으로 가면 주차장이 나왔고 오른쪽에는 꽤 큰 연못이 있었다. 이렇게 보니 관리 잘한 큰 공원 같았다.

'현충원이 뭐 하는 데였더라?'

현충원이 뭘 하는 데인지 기억난 건 더 걸어 들어가서였다. 위령비가 나타나고, 그 너머에 열을 맞춰 묘비가 빽빽이 늘어서 있었다.

맞다. 현충원은 국립묘지였다.

은지는 걸음을 늦추고 망설였다. 무서워서는 아니었다. 평온하게 늘어서 있는 묘비를 보니 함부로 침범하면 안 될 것 같은 생각이 뒤늦게 들어서였다.

하지만 그 생각도 잠시였다. 쿵, 쿵 하는 소리가 들려 뒤를 돌아보았더니 휙 하고 그림자 하나가 은지의 머리 위를 타 넘어갔다.

길 위에 사뿐히 내려앉은 것은 동작대교 위에서 보았던 트레이닝복 차림의 남자였다. 은지가 반사적으로 몇 발짝 물러서는데, 뒤이어 흐릿한 아지랑이 같은 것이 달려왔다.

어찌 된 노릇인지 아까와는 반대였다. 이번에는 남자가 쫓기고, 멧돼지가 씩씩대며 그 뒤를 쫓고 있었다.

남자가 묘비를 가볍게 밟고 껑충껑충 뛰어 피하는 모습을 보자 이십몇 년간 '죽은 사람을 공경하라' 정신이 머리에 박힌 은지의 얼굴이 창백해졌다.

'여기 묻힌 건 분명히…… 다 독립운동가와 순국열사, 그런 분들이었지?'

그러나 뒤이은 상황을 보니 묘비를 밟는 정도는 문젯거리도 아니었다.

거대한 멧돼지는 그저 직선으로 달렸다. 그렇다는 건, 그 경로에 있는 비석은 다 부러지거나 파헤쳐져 허공을 날게 된다는 뜻이었다. 보는 은지가 다 머리를 쥐어뜯고 싶어지는 지경이니, 이 꼴을 관리자나 가족들이 보면 거품 물고 넘어가지 않을까. 그야말로 테러의 현장이었다.

어쨌든 남자는 계속 도망치지 않았다. 어느새 거리를 꽤 벌렸다 싶더니 휙 돌아서서 멧돼지에게 돌진했다.

쾅, 쾅, 쾅!

돌과 돌이 맞붙는 듯한 소리가 연속으로 하늘을 울렸다.

헐레벌떡 그쪽으로 뛰어간 은지는 탄식하고 말았다.

"세상에, 이게 무슨……."

생각보다 훨씬 무식한 싸움이 벌어지고 있었다.

남자는 그저 거대한 멧돼지와 엉겨 붙어서 뒹굴며 주먹을 휘둘렀다. 멧돼지는 두꺼운 가죽으로 타격을 받아 내며 천둥 같은 소리를 내고, 몸을 흔들고, 엄니를 휘둘렀다. 둘이 엉켜서 뒹구는 통에 땅이 파이고 묘비가 흔들렸다.

보는 눈 없는 은지가 봐도 이건 그냥 개싸움이었다.

그렇게 얼마를 싸웠을까. 아래로 미끄러지던 남자의 주먹이 돼지의 미간을 정통으로 쳤다.

"악귀는 지금 네 꼴이 악귀다."

라는 말과 함께.

그게 끝이었다.

남자가 몸을 굴려 피한 직후에 쿵 하고 육중한 소리를 울리며 짐승의 몸이 내려앉았다.

은지는 어이가 없어서 고개를 저었다. 자동차만 한 멧돼지 괴수를 주먹으로 때려눕힌 사람에 대해서는 놀랄 수밖에 없었지만, 개싸움은 실망스러웠다.

'영화처럼 멋있을 수야 없겠지만 말이야. 그래도 뭔가 좀.'

은지가 불만스러워하거나 말거나 남자는 더 추레해진 트레이닝복에서 먼지를 털고 일어설 뿐이었다.

언덕처럼 쓰러져 있던 멧돼지가 안개처럼 부스스 흩어지고, 그 자리에는 여기저기 부서진 돌 조각상만 남았다.

그리고 갈아엎은 논바닥 꼴이 된 아스팔트, 부서진 철 울타리, 흩어진 꽃, 뿌리째 뽑혀서 나동그라진 관목들도 남았다.

　공연이 끝난 뒤의 무대처럼, 스크린이 꺼진 뒤의 현실처럼 너저분하다. 은지는 난감한 기분에 입술을 오므렸다.

　손을 털고 주위를 둘러보는 남자도 조금이지만 난감해 보이기는 했다. 후줄근한 트레이닝복을 탁탁 두드려 가며 이리저리 뒤지던 남자가 은지 쪽을 보더니 직선으로 성큼성큼 다가왔다.

　은지는 주춤했다.

　"저 아무것도 못 봤어요!"

　남자는 무슨 소리냐는 얼굴을 하더니 손을 내밀었다.

　"전화기 좀."

　도무지 부탁하는 태도가 아니었다. 마치 자기 물건을 돌려 달라는 듯한 태도였다. 그래서 오히려 어리둥절한 채 전화기를 건네고 말았다.

　남자는 전화기를 받아 들더니 또 인상을 썼다.

　"너, 현허 번호 알아? 상담소 번호나?"

　"누구요?"

　싸늘한 바람이 두 사람 사이를 훑고 지나가는 느낌이 들었다.

　남자는 주섬주섬, 주머니에서 전화기를 꺼내서 은지에게 내밀었다. 계속 얼떨떨한 상태로 켜 보니 화면이 제대로 나오지 않았다. 박살이 났다고까지 할 순 없지만 고장 난 것은 확실했다. 하긴, 전화기를 트레이닝복 주머니에 넣은 채로 몸싸움을 벌였으니 놀랄 일도 아니었다.

서울에 수호신이 있었을 때　17

"이건 못 쓰겠는데요."

은지가 다시 전화기를 내밀었지만, 남자는 됐다는 듯 오히려 은지의 전화기를 돌려주며 어깨를 으쓱였다.

"그럼 할 수 없지."

남자는 성큼성큼 걸어가서 돌 조각상을 주워 들더니, 어깨에 지고 훌쩍 뛰어올랐다. 나무와 전봇대와 건물을 밟으며 밤하늘 저편으로 멀어지는 건 순식간이었다.

은지는 전화기 두 개를 쥐고 멍청히 입만 벌리고 있다가, 퍼뜩 정신을 차리고 누가 오기 전에 걸음을 옮겼다.

❤❤❤

경복궁 북쪽, 북악산 기슭의 부암동은 계곡과 숲에 둘러싸여 서울 한복판이면서도 정작 도시 같지 않은 분위기를 풍겼다. 위치가 위치다 보니 오랫동안 군사보호구역이었고, 게다가 개발제한구역이기도 해서 집을 헐거나 새로 짓는 데 제한이 많은 탓도 있으리라.

그리고 그중에서도 마을에서 떨어져서 마치 산속에 파묻히듯 위치한 오래된 이층집이 은지의 목적지였다.

'그래도 서울에 몇 년 살았는데, 이런 데가 있는 줄도 몰랐네.'

비싼 돈 들여 가며 망가진 전화기에서 추출한 데이터로 전화를 걸었을 때, 은지가 무엇을 기대했는지는 스스로도 몰랐다. 사실은 누군가 전화를 받으면 무슨 말을 해야 할지도 잘 몰랐다. 어쩌면 아무도 받지 않거나 없는 번호라고 할 가능성이 더 높다고 생각했는지도 모르겠다.

하지만 그 번호로 걸자 누군가가 받았고, 은지가 무슨 말을 해야 할지 몰라 버벅거리고 있자 주소를 알려 줬다.

지하철역에서 마을버스를 타고, 또 내려서 열심히 걷는 내내 불안했지만, 문제의 주소에는 정말로 산에 파묻힌 듯한 이층집이 한 채 있었다.

대문이 열려 있어서 조심스럽게 들어가서 벨을 누르니 생활 한복을 입은 자그마한 사람이 현관까지 나왔다. 이상하게 성별도 나이도 잘 모르겠는데, 위로 치켜 올라간 짙은 눈썹과 동그란 눈만 인상에 남았다.

그 사람은 은지가 고개를 꾸벅 숙이고 입을 열기도 전에 말했다.

"네가 전화했던, 강은지라고 했나? 마침 잘됐다. 손님 오기 전에 대기실 청소부터 해 다오."

"네?"

"일자리를 찾고 있었지? 마침 접수일을 할 아이가 하나 필요했던 참이야. 조건을 어떻게 할지는 조금 있다가 얘기하자."

은지가 잠시 반응도 못 하고 눈만 껌벅이는데 현허가 손을 팔랑팔랑 흔들면서 말했다.

"아 참, 그렇지. 나는 현허 선생님이라고 부르면 된다. 여기는 내 상담소고. 상담은 안쪽에 있는 방에서 한단다."

은지는 어안이 벙벙한 와중에도 얼른 돌아서는 현허를 붙잡았다.

"상담소라니, 뭘 상담하는데요?"

"뭐든 하지."

현허는 그 말을 끝으로 방에 들어가 버렸다.

은지는 어리둥절해서 서 있다가 현허가 대기실이라고 부른 공간을 둘러보았다. 커다란 거실 창밖에는 나무가 가득해서, 겨울만 아니었다면 초록색 녹음이 평온을 줄 것도 같았다.

'귀신한테 홀렸다는 게 이런 기분인가.'

이제 그만 정신 차리자고 생각하고 돌아서려는데, 거실 한가운데에 놓인 흙투성이 돼지 조각상이 보였다. 어젯밤 현충원에 나뒹굴었던 바로 그 조각상이었다. 엉뚱한 데 온 건 아니라는 뜻이었다.

보통 뭐든지 상담해 준다느니 하는 말을 멀쩡한 얼굴로 하는 사람이라면 무조건 사기꾼이라고 생각하고 도망칠 테지만, 전날 밤에 본 것들을 떠올리면 그럴 수가 없었다.

은지는 전기청소기를 찾으려다가 겨우 고풍스러운 빗자루만 하나 찾아내서 흙을 쓸면서 자기 합리화를 시작했다.

'어차피 일자리를 찾고 있었던 건 사실이긴 하잖아. 고용계약서도 쓰면, 제대로 취직하기 전에 아르바이트라고 생각하면 나쁘지 않아. 돈만 떼어먹히지 않으면 말이지만. 아니 떼어먹히진 않는다고 쳐도 돈은 주긴 줄까?'

생각하면서도 몸은 바지런히 움직여서, 거실을 다 쓴 후에는 녹차와 커피믹스를 리필해서 가지런히 정리하고 방석을 쌓았다.

돌돼지를 들어 올려 흙을 마저 털어 내고 조심스럽게 거실 한쪽 구석에 세웠다. 품에 꽉 차는 크기에 동그란 모양이 제법 귀엽기도 한 것이, 재앙신처럼 보였던 거대한 검은색 멧돼지와는 닮지 않았다. 이마에는 뿔이 돋아 있었던 모양인데, 반쯤 부러져서 끄트머리만 남았다.

먼지를 마저 털면서 미심쩍은 얼굴로 조각상을 이리저리 살폈으나, 아무리 봐도 그냥 돌조각이었다. 살아 움직일 것 같지도 않았다.

'죽은 건가?'

조각상을 만지작거리던 은지는 바깥에서 다가오는 자동차 소리에 움찔 정신을 차렸다. 워낙 조용한 동네라 그런지 열어 놓은 창문으로 소리가 또렷하게 들렸다. 마당에는 나무가 가득하다 보니, 바로 옆에 있는 공터를 주차장으로 쓰는 모양이었다.

은지는 허둥지둥 빗자루와 쓰레받기를 한쪽에 치우고 거실 창문을 닫은 다음, 벨이 울릴 때 딱 맞춰서 현관문으로 달려갔다.

"어……."

그리고 문을 연 순간, 저도 모르게 입을 헤 벌리고 말았다.

김혜수나 이영애쯤은 되어야 비벼 볼 만한 엄청난 미모의 중년 여성이 얼굴에서 광채를 내뿜으며 은지를 내려다보고 있었다. 흐트러짐 하나 없는 머리와 잡티 하나 없는 피부는 물론이고 완벽하게 갖춰 입은 고급스러운 옷과 가방까지, TV 드라마에서 그대로 빠져나온 것 같은 외모였다.

은지가 멍하니 쳐다보고 있자 미인이 눈썹을 살짝 치켰다.

"아! 어, 저기, 들어오세요."

"쯔쯔, 제법 당차다 생각했더니 갑자기 왜 이리 어리바리한고?"

어느새 거실로 나왔는지, 등 뒤에서 현허의 카랑한 목소리가 날아왔다. 은지가 허둥지둥 다시 말했다.

"어서 오세요."

미인은 런웨이를 걷는 듯한 걸음걸이로 거실에 들어서면서 눈짓으로 은지를 가리켰다.

"저 친구는?"

"새 직원."

"직원? 직원이요?"

미인은 웃기는 소리를 들었다는 듯이 코웃음을 쳤다. 코웃음 치는 소리마저 영롱했다.

"그래요, 뭐. 선생님이 직원이라고 하시면 직원이지. 앞으로 종종 보겠네. 잘 부탁해요."

은지는 미인이 뒤쪽으로 뻗은 손끝에 잡힌 명함을 멍청히 보다가 황급히 두 손으로 받았다. 은은하게 펄을 뿌린 듯한 빳빳하고 고급스러운 종이에는 '옥토부동산 대표 홍화'라고 적혀 있었다.

은지는 다시 한번 미인을 보았다. 다시 보니 더더욱 놀라웠다.

'사람이 저럴 수가 있나? 선녀인가? 아니 저렇게 아름다운 분이 왜 티브이에 나오지 않고 부동산을 하시지. 나라의 손실 아닌가 이건.'

은지가 그렇게 넋을 놓고 있자 현허가 짙은 눈썹을 움직거리며 말했다.

"차 좀 준비하려무나."

"네? 아, 네."

거실은 말 그대로 대기실이었으니, '상담'이 들은 대로 안쪽에 있는 현허의 방에서 이루어졌다면 은지가 오가는 대화를 들을 일이 없었을 것이다. 그러나 홍화는 거실에 놓인 조각상 쪽으로 향했기에, 둘 사이에 오가는 대화를 은지가 거의 들을 수 있었다. 들어도 무슨 말인지 모를 소리가 많아서 그렇지.

"이게 그 진묘수鎭墓獸로군요. 저런, 다 깨져서 못쓰게 됐네요. 뿔도 반쪽이 날아갔고."

"비휴 녀석에게 섬세한 작업은 무리지. 그래도 귀매가 되기 전에 잡았으니 됐지 않느냐."

"빨리 잡은 거야 다행이지만, 난처한데요. 주인이 꼭 되찾고 싶다고 했어요."

"뭘 입술에 침도 안 바르고 거짓말이야. 너에게 난처한 상대가 어딨다고. 게다가 그놈…… 그 사장 놈 이름이 뭐라고 했더라?"

"김명석 대표요. 요새는 사장이라고 부르는 거 싫어해요."

"그래. 김명석인가 뭔가, 그놈이 골동품에 애착이 있을 리가 있나. 그런 거였으면 경찰에 신고를 했겠지. 그냥 지 물건 훔쳐 간 놈에게 본때를 보여 주겠다는 생각으로 의뢰 보낸 거 아니었나?"

전기포트를 찾다가 포기하고 무쇠 주전자에 물을 끓이던 은지는 그때쯤 대화의 맥락을 짐작했다. 진묘수라는 건 그 돌돼지를 말하는 것일 테고, 어느 부잣집에 있던 골동품인 모양이었다.

'그런데 훔쳤다고? 제 발로 달리던데, 그냥 자기가 도망친 거 아닌가? 맞는데 훔친 걸로 해 두는 건가?'

듣기 좋은 홍화의 목소리가 말했다.

"그렇다 해도 그 욕심 많은 작자가 아무려면, 물건이 상한 걸 돌려받고 좋아하겠어요? 암시장에서 꽤 비싸게 주고 샀을 텐데."

현허가 못마땅한 듯 혀를 찼다.

"어느 무덤에서 도굴한 건지 알 수도 없는 걸 사고파니 이런 일이 벌어졌지. 그놈은 보나 마나 골동품 보는 눈도 없을 텐데 그런 건 왜 사 모은 거야? 악귀소굴이라더니, 안 봐도 뻔하다, 뻔해."

"악귀소굴이요?"

"그 녀석, 깨어나서는 그 집이 악귀소굴이라고 생각했나 보더라. 무작정 도망은 쳤는데 길바닥에도 악귀투성이고. 제가 지켜야 할 무덤은 어딘지 모르겠고. 그래서 더 마구잡이로 돌진한 게지. 비휴에게서 들으니 대충 일이 그렇게 된 모양이야."

그 멧돼지가 그런 거였다고? 찻잔의 물기를 말려 쟁반에 놓던 은지의 손이 멈칫했다. 그러나 현허와 홍화는 무감정하게 말을 주고받았다.

"그 정도면 연대가 꽤 올라가겠네요. 물건도 잘 만든 편이고. 흠…… 언제쯤 만든 건지 찾아내고 복원을 잘하면 전보다 더 비싼 값으로 팔 수도 있겠네요."

얼굴을 보지 않고 목소리만 들으니 미모 효과가 좀 떨어지는지, 듣는 은지의 마음속에 점점 더 의심이 피어올랐다. 명함은 부동산인데, 부동산 중개사가 아닌가? 대체 뭐 하는 사람이지?

슬쩍 고개를 내밀어 살펴보는데 마침 홍화가 우아하고 아름답게 허리에 한 손을 얹은 채 고개를 끄덕였다.

"좋아요. 진묘수는 제가 맡는 걸로 해서, 그렇게 처리하죠. 그래도 김명석에게 던져 줄 미끼는 있어야겠어요. 저도 이번에는 손해가 꽤 났거든요. 현충원 경비가 올해 민간경비대로 넘어가는 바람에 수습에 돈이 전보다 더 들어요. 동작대교부터 시작해서 감시카메라도 다 해결해야 했고."

"그럼 부동산으로 해. 그놈 집이 어디였다고 했지?"

"용산구 한남동이요."

강은지는 그 지명을 듣고 동작대교와 멀지 않은 곳이며 서울 어디로든 가기 좋은 교통이라는 생각밖에 떠올리지 못했지만, 두 사람에게는 다른 의미가 있는 모양이었다.

현허가 클클 웃었다.

"한남동에 골동품 늘어놓은 자택이라. 다들 알아주는 재벌은 아닐 테고, 그 흉내는 내려고 드는 놈인가? 그래, 거기서 도망친 진묘수가 다리 건너 남쪽으로 갔단 말이지? ……김 씨 그놈, 용산에 투자해 둔 게 많겠지?"

"물론이죠."

현허는 잠시 허공을 보는 것 같더니 뇌까렸다.

"자고로 심상치 않은 동물의 출현은 미래의 전조라고 하지. 흔히 돼지라면 탐욕스럽고, 게으르고, 더럽고, 우둔한 동물이라 연상하지만 오래전부터 돼지는 신통력 있는 동물로 여겨졌네. 돼지꿈이 좋은 일을 의미하는 데서 알 수 있듯이 풍요의 상징이며, 복을 가져오는 짐승이고, 신의 뜻을 헤아린다고 보았기에 제물로도 중요하게 쓰였어. 그보다 더 중요한 건 길지吉地를 알아보는 능력이고."

"길지라면……."

"상서로운 땅 말이야. 유리왕 때 '하늘에 제물로 바치기 위해 기르던 돼지가 달아나더니 국내성 위내암으로 갔다, 왕이 그곳을 살펴보고 수도를 옮겼다'는 내용이 있거든. 고려사에도 태조의 할아버지가 서해 용왕에게서 얻은 돼지가 우리에 들어가려 하지 않고 송악 남쪽 기슭에 드러누우니, 그 땅이 고려의 도읍지가 되었다는 얘기가 있지."

잠시 침묵이 내려앉더니, 홍화가 웃음소리를 냈다.

"대충 말씀하신 내용을 버무려서 부동산 투자 쪽으로 땡기라고요? 무덤 지키는 진묘수를 예언 동물로 탈바꿈시키라니, 나쁘진 않네요. 그럼 용산 땅은 제 쪽으로 넘겨주시는 거죠? 김명석은 조만간 이리로 보낼게요."

"그건 해 줄 테니까, 너무 몸 사리지나 마."

은지는 드디어 거실에 서서 하던 대화를 끝내고 방으로 이동하는 두 사람을 보고 찻쟁반을 들면서 복잡한 표정을 지었다. 대화 내용을 다 이해할 순 없었지만, 마지막 부분이 마음에 걸렸다.

'잠깐만. 이 사람들 사기꾼 아니야? 나 혹시 속아서 사기꾼을 돕는 거야?'

할머니 말씀에 찜찜한 일은 하지 않는 게 좋다 하셨거늘, 아주, 많이, 몹시 찜찜했다.

◗◗◗

"혹시 사기꾼이세요?"

엄청난 미인이 간 후, 겨우 현허를 붙잡은 은지도 자기 입에서 그 질문부터 튀어 나갈 줄은 몰랐다.

"내가 사기꾼이냐고?"

아직 쌀쌀한 삼월인데 홑겹 옷차림에 부채까지 들고 앉은 현허 선생은 은지의 첫 질문에 어처구니없다는 듯 반문하며 낄낄 웃었다.

"이것 참 재미있구나. 한강 다리를 걷다가 갑자기 차를 들이받고 날뛰는 멧돼지를 보고, 그 멧돼지를 패대기치는 녀석도 보고, 또 그 멧돼지가 돌조각으로 변하는 모습도 보았으면서 제일 먼저 묻는 게 내가 사기꾼이냐는 질문이라?"

현허는 진심으로 재미있어하는 얼굴이었다.

모르긴 몰라도 아마 은지의 얼굴에는 아주 멍청한 표정이 떠올랐을 것이다.

"예? 알고 계셨어요?"

전화를 걸었을 때도 더듬더듬 설명해 보려다가 못했던 것 같고, 여기 찾아와서는 바로 청소를 했을 뿐인데 어떻게 알았을까. 사기꾼인 줄 알았더니 진짜 점쟁이인가? 아니, 점쟁이인데 사기꾼인가?

"사기꾼 점쟁이냐고?"

은지는 한 박자 늦게 자신이 생각을 입 밖으로 낸 것을 알아차리고 달아오른 얼굴로 손사래를 쳤다.

"아니, 그게 아니고요. 어, 아까 오신 손님, 옥토부동산 대표님하고 나누신 대화를 들었는데요, 누굴 속여서 돈을 받아 내시려는 것처럼 들려서요."

"엿듣는 건 나쁜 버릇이라고 하기에는 뭐 다 들리는 데서 말하긴 했다만. 내가 왜 그걸 너한테 설명해 줘야 할까?"

말문이 막혔다. 은지는 억지로 생각을 짜내 보려고 했다.

"그, 여기 물건이죠? 잃어버리신 물건을 제가 가져왔거든요!"

망가진 전화기를 꺼내 보았지만, 현허 선생은 고개를 내저었다.

"버린 물건이다. 그걸로는 대가가 안 돼."

"어, 그렇지만, 여긴 상담소잖아요? 뭐든지 상담해 주신다면서요?"

"그렇지."

"제가 상담비를 내면, 이 문제에 대해서도 상담할 수 있는 건가요?"

현허는 잠시 뭔가 가늠해 보는 것 같더니 고개를 끄덕였다.

"흠. 엉터리지만 그만하면 아슬아슬하게 계산이 맞겠구나. 네가 청소하고 손님 접대를 도왔으니, 딱 그만큼만 상담에 응해 주마."

그리고 은지가 기뻐하기 전에 다음 말이 이어졌다.

"내가 밑도 끝도 없이 질문에 계속 대답해 줘야 한다는 뜻은 아니야. 그러니 한 번만 더 물어보마. 네가 지금 제일 궁금한 게 내가 사기꾼인지 아닌지가 맞느냐?"

은지는 침을 꿀꺽 삼켰다.

"질문 몇 개 받아 주시는데요?"

"질문에 따라 다르지."

잠시 고민이 되기는 했다. 묻고 싶은 게 정말 많은데, 질문 하나로 끝이라면 정말 사기꾼이냐 여부를 물어야 할까.

은지는 결심을 굳히고 고개를 끄덕였다.

"그래도 이것부터 알고 싶어요. 아까 그, 옥토부동산 대표님하고 말씀하신 거요. 역시 사기 칠 계획을 세우시던 거예요?"

"내가 아니라고 대답하면 믿긴 할 거고?"

말문이 막혔지만, 은지가 잘못 본 게 아니라면 현허는 이상하게 즐거워 보였다. 그냥 은지를 놀리는 것 같기도 했다.

"딱히 질문을 제대로 하지는 못했다만, 그 정도는 봐주마. 그 돌돼지 주인이라는 놈에게 돈을 뜯어낼 생각인 건 맞다. 옥토나 나나 땅 파먹고 살 순 없고, 돈 들어갈 일이 많거든. 하지만 사기꾼이냐는 질문에 그렇다고 하기에는 애매하구나. 일단 법을 어기는 게 아니고, 욕심 때문에 하는 일이 아니니."

애매한 답변이면서, 나름대로 솔직하다는 생각이 드는 답이었다. 은지는 욕심 때문에 하는 일이 아니라니, 무슨 의적 행세 하시냐고 할 뻔하다가 현허가 던진 다음 말에 입을 다물었다.

"다음 질문은?"

어쩐지 말을 잘 골라야 한다는 느낌이 들었다.

은지는 천천히 질문을 만들어 보다가 더듬더듬 길게 부연했다.

"정확히 무슨 일을 하시는 건데요? 이 상담소, 사람들 상담해 준다는 거 말고요. 그냥 사람들이 돈 주고 해 달라는 일을 하시는 건 아닌 거잖아요."

"허어. 다음 질문도 계속 그 질문이냐. 놀라운 윤리관이구나."

현허는 진심으로 조금 놀랐다는 듯이 양쪽 눈썹을 치켰다.

"훨씬 더 궁금한 질문이 있었을 텐데, 정말로 내가 무슨 일을 하는지가 더 궁금하냐? 정말로?"

은지는 정말로 뭔가 아는 것 같은 현허의 얼굴을 보며 잠시 머뭇거렸다. 그러나 질문을 물리기 전에 현허가 먼저 대답했다.

"뭐, 그래. 대답해 주지. 나는 서울을 지킨다."

"……."

잠시 눈을 감았다가 뜨고 다시 보아도 현허의 얼굴에는 웃음기 하나 없었다.

서울을 지킨다니, 멋있다는 생각과 터무니없이 거창하지 않나 하는 생각이 엇갈렸다. 은지는 조심스럽게 물었다.

"진짜로요?"

현허는 고개를 살짝 옆으로 기울이더니 말했다.

"그게 세 번째 질문이냐?"

"어? 아뇨, 아뇨! 그건 아니고요."

"농담이야. 무슨 마술램프도 아니고, 소원 세 개라고 한 적은 없다만."

은지는 당황한 기분만큼 눈에 힘을 모아 현허를 노려보았다. 현허는 싱글싱글 웃으면서 통통하니 매끈한 입가를 쓸었다. 그러고 보니 성별을 모르겠다고 생각했지만, 수염자국이 없으니 여자일까 하는 생각이 휙 스쳐 지나갔다. 하지만 그보다 더 신경 쓰이는 건 그 표정이었다.

'나 놀리는 게 재밌나……?'

혹시나 하고 기다려 봤지만 '서울을 지킨다'는 말에는 부연설명이 더 붙지 않았다. 어쩐지 더 설명해 줄 것 같지도 않았다.

은지는 포기하고 원래 꼭 묻고 싶었던 질문을 했다.

"제가 어떻게 된 거죠?"

현허의 동그란 눈이 거짓말처럼 가늘어졌다.

"설명을 더 해 봐라."

전날 밤처럼 크고 강력한 실체가 다음 순간에 허깨비로 변하는 모습은 처음 보았지만, 어려서부터 묘한 것들을 보곤 했다. 똑같은 장면을 찍은 사진과 비교해 보자면, 은지가 보는 것들 대부분은 세상에 그림자나 얇은 막 같은 것이 한두 겹씩 더 붙어 있었다.

그러나 만화에서 많이 본 일화 같은 것은 하나도 없었다. 신

내림을 받아야 한다거나, 반대로 마귀를 내쫓아야 한다거나 하
는 식의 시달림도 없었고, 정신과 치료를 받는 일도 없었다. 귀
신을 본다고 따돌림당하거나, 끔찍한 죽음을 목격하는 트라우
마를 겪지도 않았다.

할머니 덕분이었을 것이다.

세상 사람들이 보는 세상은 원래 다 같지가 않다. 적당한 수
준에서 비슷하게 타협하고 있을 뿐이다. 적록 색맹을 타고난
사람이라 해도 그 사실을 알고만 있으면 살아가는 데 큰 지장
은 없다. 완전 색맹을 타고났다 해도, 눈이 보이지 않는다고 해
도 크게 다르지는 않다. 그저 더 불편하고, 덜 불편하고가 있을
뿐이다.

그게 할머니의 설명이었다. 다만 은지의 경우에는 덜 보이는
게 아니라 더 보일 뿐이라고 했다. 그리고 요령만 익히면 그대
로도 대충 살 수 있다고도 했다.

실제로 그랬다. 아마 은지가 비교적 평탄하게, 남들과 크게
다르지 않은 방식으로 살아온 건 할머니의 교육방식 덕분이었
을 것이다.

하지만 그 남들과 같은 길이 좋지도 않았다. 언제나 어느 정
도는 거리감 있게 대한 친구들, 이제부터 갚아야 할 학자금 대
출, 얻기 힘든 취직자리, 막막한 미래만 남았을 뿐. 세상은 회
색이었고, 평온하지만 흐릿했다.

"그런데?"

"그런데 어제부터 뭔가가 달라졌어요."

"어제, 저 진묘수가 날뛰는 걸 보고 나서부터?"

"아마도요……?"

"어떻게 달라졌는데?"

"갑자기, 보이는 풍경이 그 전과 달라졌어요."

은지는 더듬더듬 설명했다.

갑자기 보이는 것들의 수가 몇 배로 늘어났다. 평생 흐릿한 그림자나 베일로만 보이던 것들이 또렷한 형체와 선명한 색채를 얻었다. 하늘에는 날개가 달렸거나 풍선처럼 둥실둥실 떠다니는 것들이 보였고, 땅에는 크고 작은 짐승처럼 돌아다니는 것들이 있었다. 대부분이 외면하고 싶을 만큼 추악하고 끔찍한 형상이었다. 지내는 고시원에서 부암동까지 오는 동안 본 온갖 것들을 생각하면 정신이 아득해졌다.

말하다 보니 주먹 쥔 두 손이 살짝 떨렸는데, 정작 현허는 쥘부채를 폈다 접었다 하면서 심드렁하게 말했다.

"사람은 대개 보고 싶은 대로 보기 마련이지."

발끈할 수밖에 없는 말이었다.

"제가 이런 풍경을 보고 싶어 했다고요? 전혀 아닌데요."

현허는 은지의 항의는 들은 척도 하지 않고 손짓을 했다.

"다시 생각해 봐라. 비휴와 진묘수를 보았다고 생긴 일일 리가 없어. 아, 그래. 어제 네가 마주친 그 녀석 이름은 비휴라고 한다. 진묘수 조각을 들고 그냥 여기까지 달려왔지. 덕분에 뒤늦게 현충원 수습부터 CCTV 처리까지 다 옥토 신세를 져야 했고. 하여간 말 안 듣는 녀석이라니까."

이번에야 겨우 비휴라는 이름을 기억했는데, 현허가 바로 다시 화제를 바꿨다.

"아무튼, 그 전에 무슨 일이 있었지?"

은지는 잠시 동작대교를 걷기 전에, 예정도 없었던 동작역에 내렸던 이유를 돌이켰다.

평소처럼 지하철을 타고 한강을 지날 때였다. 맞은편 끝자리에서 귀신 하나가 시뻘건 눈을 하고 앉아서 썩은 쥐를 입에 밀어 넣고 있었다. 그것도 반쯤은 씹고, 반쯤은 중얼거리느라 지저분하게 주위에 피가 튀었다.

은지는 보자마자 재빨리 눈을 피했다. 그런 것들은 되도록 알아본 티를 내지 않는 편이 좋았다.

다른 경우라면 눈이 마주쳤을 때 놀란 티를 내거나 기분 나쁜 기색을 보이지 않으려고 더 긴장했겠지만, 지하철에서 자주 보는 저 귀신은 대놓고 피해도 괜찮았다. 보통 사람들도 다 그렇게 반응했으니까.

서 있는 사람이 꽤 되는데도 그 괴물 옆자리에는 아무도 앉으려 하지 않았다. 같은 차량에 탄 사람들 모두가 눈을 피하거나 슬금슬금 거리를 벌리고 있었다.

보통 사람들에게는 귀신의 모습이 정확하게 보이지는 않는다 해도, 피해야 할 존재라는 점은 본능으로 전해지는 모양이었다. 때문에 각자 제일 혐오하거나 위험하게 여기는 존재로, 즉 상당히 오래 씻지 않은 노숙자, 아니면 미친 사람, 아니면 시비 걸 상대가 나오기만 기다리는 노년의 남성 등으로 보이고 말이다.

그러니 은지의 눈에 보이는 형상이 꼭 다른 사람들이 보는 모습보다 더 끔찍하다고도 장담할 수 없었다. 아마 다른 사람들 보기에는 썩은 쥐가 아니라 곰팡이 핀 샌드위치 정도를 먹고 있겠지만.

은지는 손을 꾹 쥐었다. 지하철에서 자주 보기는 했지만, 사실 저 귀신이 뭘 하는지 잘은 몰랐다. 그래도 저게 달라붙으면 사람에게 좋지 않을 것은 알았다. 하지만 그런 생각을 해 봤자 할 수 있는 일이 없었기에, 그런 장면을 보면 언제나 고개를 깊이 떨어뜨리고 눈을 감곤 했다.

지금도 그러면 된다. 늘 있었던 일이 아닌가. 어차피 내 걱정만 하고 살기도 바쁜데. 알아서들 조심하겠지. 아무 생각 없이 저 귀신에게 다가간다면, 그건 그 사람 잘못이고.

그렇게 되뇌다 보니 갑자기 지하철 안이 견딜 수 없이 갑갑해졌다.

"늘 잘 넘겼는데…… 갑자기 너무 갑갑했어요. 저도 모르게 일어나서는, 막 닫히는 문 틈으로 뛰어내렸어요."

현허는 알겠다는 듯 고개를 끄덕거렸다.

"과연. 네 할머니가 누구나 보이는 게 조금씩은 다른 법이다. 그래도 괜찮다, 적당히 요령을 익히면 그 상태로 대충 살 수 있다고 했다고?"

은지는 고개를 맹렬히 끄덕였다.

현허는 둥그런 어깨를 으쓱였다.

"그 말은 그냥 말이 아니라 언령言숑이었구나. 말에 힘이 실려 있다는 뜻이지. 강력한 암시랄까. 어린 너는 그 말을 믿었고, 그래서 이제까지 그 말대로 살 수 있었던 거야. 그리고 이제 그게 깨진 거다. 전까지 애써 보지 않으려 했던 것들이 한꺼번에 보이는 거지."

완전히 이해가 가지는 않는 말이었다. 하지만 우선은 암시가 깨졌다는 말이 더 신경 쓰였다.

"깨지다니, 왜요?"

"스스로 생각해 보면 답을 알 텐데. 언령은 최면과 비슷한 거야. 당사자가 원하지 않는 것을 강제할 수는 없다."

잠시 침묵이 내려앉았다.

강은지는 지하철에서 무엇이 그리 답답했는지, 멧돼지와 싸우는 그 비휴라는 남자를 보았을 때는 왜 눈앞이 밝아지는 것 같았는지 돌이켰다.

어쩌면 답을 얻을 수 있을지도 모른다고 생각했다.

다르게 살 수 있을지도 모른다고 생각했다.

그렇다면 은지가 더는 이렇게 살고 싶지 않다고 생각했을 때, 할머니가 옳지 않았을지도 모른다고 생각했을 때, 그때 깨어질 수밖에 없었을까.

은지는 크게 숨을 들이쉬며 천장을 올려다보았다. 새삼스럽지만 현허의 집은 깨끗했다. 먼지나 흙이 없는 것도 아니고, 오래되어 낡은 집이었지만 이상하고 기괴한 것들은 없었다.

그리고 이제 보니 현허 선생은 더 깨끗했다. 보통 사람이라면 누구나 조금씩은 두르고 다니는 지저분한 기운이 하나도 없이 맑았다.

"답은 얻었나 보구나."

가만히 기다리던 현허가 말했다. 대화가 끝났음을 알리는 듯한 말투였다. 하지만 은지는 답을 얻은 게 아니라 오히려 더 막막해지기만 했다.

"그러면 어떻게 하죠? 어떻게 해야 해요?"

"아니 그걸 왜 나한테 물어? 어떻게 할지야 네가 정해야지."

현허에게 매달리고 싶은 기분과 동시에 살짝 화가 났다. 뭘 할 수 있는 능력이 있어야 정할 게 아닌가. 뭘 할 수 있는지 선택지를 알아야 정할 게 아닌가.

현허가 피식 웃었다.

"하여간 요즘 애들은. 그러면, 내가 크나큰 친절을 하나 더 베풀어서 선택지를 주마. 이전으로 돌아가고 싶은 거냐, 아닌 거냐?"

이전으로 돌아간다는 건, 할머니에게 배우고 이제까지 살아온 방식대로 산다는 뜻이었다. 현허에게 그럴 능력이 있다는 뜻이기도 할 터였다. 그러면 그 반대쪽은?

은지는 배에 힘을 주고 천천히 말했다.

"저는…… 알고 싶어요. 날벌레같이 생긴 것들은 뭐고, 침 흘리는 머리통은 뭔지. 왜 생겼고, 어떻게 대해야 하는지. 어떤 걸 피해야 하고 어떤 걸 막아야 하는지, 어떻게 하면 썩 사람에게서도……."

현허는 그쯤에서 부채를 들어 올렸다.

"그만. 너무 앞서가진 말자꾸나."

순간 현허의 모습이 흐려졌다가 다시 또렷해졌다. 은지가 눈을 깜박이는데 현허가 다시 말했다.

"그러면 고용계약서라는 걸 써야지? 출퇴근 시간은 같지만 야근이 있을 수 있다. 야근수당도 있고. 그리고 외근도 있을 거야. 그리고 네 실수로 손해가 나면 연봉에서 깎을 수도 있고……. 아 참, 가볍게 생각하고 일하다가 갑자기 안 나오면 나도 곤란하니까, 최소 일 년은 무조건 그만두지 않는 걸로 해야 해."

"네? 네?"

"여기 직원으로 일하는 조건 말이다. 벌써 아까 제안하지 않았느냐. 여기서 일하면서 이것저것 배우면 네 소원대로겠지?"

언제 제안을 했다는 건지……. 그냥 대뜸 직원이라고 부르지 않았나. 게다가 '일하면서 배운다'는 말은 구직하러 다니면서 절대 경계해야 할 말이었다.

갑자기 스스로의 고민과 진지한 결심이 다 날아가 버리고, 현허에게 속았다는 기분이 들었다.

"여, 연봉은요?"

"연봉? 요새 일하는 사람에게 돈을 얼마나 주는지 잘 모르는데, 얼마쯤 주면 되지?"

은지는 머뭇거리다가 그동안 면접 보러 다니던 회사들의 초봉에 조금 더 붙여서 불렀다.

"그거면 되나? 그럼 그렇게 주마."

그러나 한 방에 현허가 고개를 끄덕이자, 잠시 기뻤다가 되려 경계심이 생겼다.

'잠깐만. 월급도 주면서 진짜 가르쳐 주기도 한다고? 이상하잖아, 강은지! 이거 취업사기일지도 몰라. 아니지, 보통 사람이 아니니까 더 심한 걸지도 몰라. 이상한 종교 조직이라거나, 아니 악마의 계약서처럼 영혼을 판다거나⋯⋯.'

은지의 생각을 읽은 듯 현허가 혀를 찼다.

"별 희한한 생각을 다 한다."

"마음을 읽을 줄도 아세요?"

"아니, 그냥 네 표정에 훤히 보여."

현허는 고개를 휘휘 저었다.

"자, 첫 번째 가르침이다. 아마 본능적으로 너도 알고 있었을 게다. 인간을 포함해서, 눈에 보이는 것들 중에는 피해야 할 것들과 피하지 않아도 될 것들이 있다는 걸. 그렇지 않으냐?"

은지는 고개를 끄덕였다. 그러고 보면 비휴와 처음 마주쳤을 때나 현허를 처음 대할 때나 특별히 안 좋은 느낌이 들지 않았다. 본능적으로 피해야 한다는 느낌이 없었다.

현허가 부채 끝으로 탁자 위에 선을 그었다.

"사람들은 흔히 망령을 귀신이라고 부르지만, 귀신은 귀鬼와 신神을 합쳐 이르는 말이다. 한갓 망령보다 훨씬 범위가 넓지. 그러니까 선 이쪽에는 신령이 있고, 반대쪽에는 귀괴가 있다. 이쪽에는 청정한 기운이, 저쪽에는 혼탁한 기운이, 이쪽에는 수호신이, 저쪽에는 잡귀가 있는 거야. 이쪽은 밝고, 저쪽은 어둡고. 이쪽은 질서, 저쪽은 혼돈."

마지막으로 덧붙인 말에 은지는 다시 놀랐다. 혼자서 '밝고' '어둡다'고 구분하던 것을 아는 듯한 말이어서였다.

현허는 그 마음을 읽었다는 듯 입꼬리를 올렸다.

"왜, 너도 밝고 어둡다고 생각하고 있었나? 그랬겠지. 제일 직관적이고 흔한 사고방식이니까. 다만 이건 선악의 문제나 좋고 나쁜 문제는 아니다. 구별의 문제지."

은지는 저도 모르게 설명에 끌려들어 가서 고개를 끄덕였다.

"이게 기본 구도라면, 자, 그럼 내가 어느 쪽에 있을까?"

"맑은 기운……이요?"

"암. 그래 보이지?"

농담인지 진담인지. 은지는 애매모호한 기분으로 현허를 볼 수밖에 없었다.

현허는 눈을 반짝이면서 스스로를 가리켰다.

"나 같은 존재를 신령이라고 한다."

"아, 네……."

은지는 말끝을 흐렸다. 다시 보아도 현허 선생이 '깨끗한' 것은 사실이지만 특별한 뭔가가 느껴지지는 않았다. 수백 년 묵은 나무만 봐도 비치는 기운 같은 게 있는데, 현허에게는 그런 것도 없었다. 신령이라는 게 정말 이런 거라고?

현허는 그 마음을 읽었다는 듯이 코웃음을 쳤다.

"신령이 다 같은 신령은 아니지. 어쨌든 요는, 대체로 이렇게 기운이 맑은 존재와 마주치면 그럭저럭 믿어도 된다는 거다. 특히 내 경우에는 왜 저러나 싶을 때도 다 깊은 뜻이 있으신가 보다 해."

"마지막 말씀만 아니었어도 더 설득력이 있었겠는데요."

"저런. 그래도 어쩌겠느냐. 그게 사실인걸. 신령은 거짓말을 못 해."

은지는 현허를 물끄러미 쳐다보았다. 아무도 닮지 않았다고 생각했는데, 지금 보니 또 중학교 때 수학 선생님과 닮은 것도 같았다. 키가 작고 동글동글하지만 이상하게 카리스마가 있어서 언성 한번 높이지 않아도 아이들이 말 잘 듣게 만드는 교사였는데.

'할머니와도 조금 비슷하고.'

은지는 고개를 끄덕였다.

"알았어요. 서명할게요."

그러자 현허가 눈을 반달 모양으로 만들며 웃었다.

"어휴, 그렇게 말한다고 또 홀랑 믿어? 너 어디 가서 사기 잘 당하지?"

은지는 겨우 한 결심이 무너지는 기분에 이를 악물고 대꾸했다.

"저 가지고 노니까 재미있으세요?"

"응. 재밌다. 전에 키우던 애들은 재미가 영 없거든."

현허는 실실 웃으면서 말을 이었다.

어찌어찌 고용계약서를 만들고 서명할 때까지만 해도 어딘가 비현실적이었는데, 계약의 진짜 마무리에 이르니 더 이상해졌다. 현허가 두 손가락을 뻗더니 은지의 이마를 짚었다.

"백악의 이름으로 이르노니, 너는 괜찮다. 눈을 똑바로 뜨고 보아라. 네가 겁먹지 않는 한 그것들은 네게 해를 끼치지 못한다."

멋있는 주문도 아니고 빛이 나는 효과 같은 것도 없었지만, 이상하게도 그 말을 듣는 순간 마음이 놓였다. 이제까지 긴장한 줄도 몰랐던 긴장이 풀리고 불안이 가라앉았다.

은지는 두 손으로 이마를 만지며 물었다.

"뭐 하신 거예요? 보호막이라도 생기나요?"

"그런 거창한 건 아니다. 이제 가서 술 좀 사 와라."

"네?"

"마트에서 파는 막걸리 말고, 통인시장에서 만들어 파는 게 좋아. 세 병은 사 와야 한다."

쫓기듯이 심부름을 나가서야 알 수 있었다. 모든 것이 아침과 그대로였지만, 또 조금 다른 풍경이 되어 있었다.

이상한 것들이 사라지지는 않았다. 딱히 줄어들지도 않았다. 다만 모든 그림자가 다시 인간이나 동물과 비슷하게 보였다.

무서울 때는 터진 개구리, 쥐, 촉수라고 생각하고 질겁했던 것들이 이제 그저 먼지덩어리 같았다. 온몸에서 고름이 흘러내리는 시체처럼 보였던 것은 그냥 오래 안 씻은 노숙자처럼 보였다. 끔찍하지도 무섭지도 않았다.

완전히 다른 풍경 같기도 하고, 같은 풍경 같기도 했다. 검은 비닐봉지를 시체로 잘못 보았다가 무안해질 때 같은 기분도 들었다. 또 한 번 귀신에 홀린 기분이었다.

'사람은 보고 싶은 대로 본다고 했지.'

현허가 했던 말을 되씹는데, 전화기가 다시 울렸다.

"선생님, 지금요……."

"깜박했는데, 가는 김에 기름떡볶이도 포장해 오려무나."

보이는 게 또 달라졌다는 말을 하려고 했건만, 현허는 자기 할 말만 하고 끊었다.

지갑에 돈은 충분했던가, 패딩 주머니를 뒤지려니 다시 한번 헛웃음이 나왔다.

그렇게 강은지의 첫 직장생활이 시작되었다.

산신의 잠

....

퍼뜩, 강은지는 지금 이게 대체 어떻게 된 영문인지 알 수 없었다.

왜 밤이 늦도록 산속을 헤매고 있는 것인지.

왜 이렇게 두려움에 떨면서 앞뒤 없이 뛰고 있는 것인지.

지금 이 산이 어느 산인지도 자신이 없어졌다. 북악산? 인왕산? 북한산? 아니, 혹시 자신도 모르는 사이에 하산했다가 다시 도봉산으로 올라갔을까? 미궁에 빠진 기분이었다. 혹시 아예 다른 세상에 떨어진 건 아닐까 싶기도 했다.

멀리서 무슨 짐승인지 모를 울음소리가 들렸다. 뼛속까지 얼어붙는다는 표현이 왜 있나 했더니, 정말로 그 소리를 듣자 몸속이 얼어붙었다.

"아니, 아니야."

은지는 걸음을 멈추고 숨을 깊이 들이쉬었다가 내뱉었다. 패닉에 빠지면 해결할 수 있는 일도 해결하지 못하게 된다. 정신부터 똑바로 차리는 게 우선이었다.

땀에 젖은 손바닥을 문지르는데, 손에 잡히는 소나무 껍질의 감촉이 이상했다.

머릿속이 헝클어졌다.

어쩌다가 이렇게 되었더라.

생각하다 보니 서서히 기억이 돌아왔다.

❧❧❧

그날 아침이었나, 전날 아침이었나.

평소처럼 출근하는데 유난히 새가 많았다.

혹시라도 기분 나쁜 것, 그러니까 다른 사람 눈에는 보이지 않지만 은지 눈에는 개똥처럼 보이는 뭔가를 밟을까 봐 길바닥을 보면서 걷는 편이었는데, 시끄러운 소리에 고개를 들어 보니 하늘에 새떼가 구름처럼 모여 있었다. 다큐멘터리에서나 가끔 봤을까, 그런 풍경을 실제로 보기는 처음이었다.

이건 진짜 새들일까, 아니면 혹시 새처럼 보이는 요괴들일까 멍하니 쳐다보고 있으려니 커다란 까마귀 한 마리가 날개를 퍼덕이며 바로 머리 위를 날아갔다.

"우왁."

순간 몸이 움츠러들었다.

까마귀만이 아니었다. 완만한 비탈길을 올라갈수록 다양한 새들이 은지의 머리 위를 스치고 지나갔다. 까마귀, 까치, 멧비둘기, 참새, 박새, 곤줄박이, 직박구리…… 은지가 알아볼 수 있는 새만 해도 그 정도였다.

무수한 새들의 날갯짓에 머리가 헝클어지는 건 그렇다 치고, 새똥이 떨어질까 봐 신경이 쓰였다.

그 새들은 모두 현허의 상담소 쪽에서 날고 있었다.

"이게 무슨 일이에요?"

은지는 현허의 집이자 자신의 직장인 이층집에 들어서자마자 외쳤다.

지금까지 본 것보다 더 많은 새들이 거실을 점령하고 있었고, 그 한가운데에 현허가 서 있었다. 마치 현허의 연설이라도 듣는 것처럼 모여 있던 새들이 일제히 은지를 돌아보는 통에 소름이 끼쳤다.

서울에 이렇게 많은 새가 있었던가. 심지어 커다란 부엉이인지 올빼미 같은 새까지 보였다.

현허는 은지를 흘긋 돌아보더니 말했다.

"잠시만 기다려라. 다 끝났다."

현허가 뭔가 중얼거리는 것 같더니, 새들이 한꺼번에 날아올라 거실 창문으로 빠져나갔다.

은지는 나무 사이로 요리조리 빠져나가 하늘로 날아오르는 새들을 보며 멍하니 생각했다.

'이거 찍혀서 뉴스라도 뜨는 거 아냐?'

놀람이 가시자 조금 즐거워지기도 했다. 지난 몇 주 동안 비교적 평범한 직장생활 체험을 했더니 약간의 환상도 나쁘지 않았다. 새들이 빠져나가고 나니 거실 바닥에 널린 깃털과 새똥이 눈에 들어오는 건 서글픈 일이었지만.

"그런데 무슨 일이에요?"

"메시지가 왔다. 오늘은 귀한 손님이 오겠구나. 시간을 비워 둬라."

"메시지요? 해리 포터처럼 새들이 편지를 물고 오나요?"

현허의 얼굴에 처음 보는 맹한 표정이 떠올랐다.

"해리 뭐?"

"엄청 유명한 판타지 있어요. 어…… 손님은 언제쯤 오시는데요?"

"오늘 안에."

그래. 직장생활이라는 걸 처음 해 보긴 하지만, 이게 평범한 직장생활일 리는 없었다.

은지는 한숨을 내쉬고, 새똥부터 치우기 시작했다.

시작은 화려했지만 나머지 하루는 조용했다. 잡혀 있던 예약을 모두 다른 날로 바꾸고, 청소를 끝낸 다음에는 할 일이 별로 없었다. 지난 몇 주 동안 비품 주문도 거의 다 했고, 당장 쓸 회계와 예약 파일도 만들었다. 과거 장부는 정리할 엄두도 나지 않았다.

그래서 은지는 오랜만에 컴퓨터 앞에 앉아서 잡생각을 할 수 있었다.

그동안 출퇴근을 하면서 제일 이상했던 것은 현허가 집 밖으로 한 걸음도 나가지 않는다는 사실이었다. 심지어 마당에 발을 딛는 모습조차 보지 못했다. 혹시 은지가 퇴근하고 난 밤시간에 외출하는지 여부까지는 알 수 없었지만, 그렇다면 그건 또 그것대로 이상했다.

'뱀파이어도 아니고 말이야.'

가끔 이상한 걸 보지만 모르는 척하며 잘 살아온 지 이십몇 년이다. 온갖 판타지와 신화를 들춰 본 강은지였다.

현허의 집이 마치 세월이 흐르지 않은 듯 낡았다는 점을 생각하면 뱀파이어도 괜찮은 후보이기는 했다.

아니다. 낡은 건 아니었다. 벽지는 깨끗했고, 대기실은 세련되게 조명을 천장 안에 숨겼다. 창틀도 새것으로, 이중창이라 꼭 닫으면 소리가 새지 않았다. 그러나 스타일은 모두 고풍스러웠다. 2000년대라기보다는 1980년대쯤 정성 들여 만든 집을 그대로 보존한 느낌이랄까.

전자기기도 별로 없었다. 텔레비전이 없는 것은 그렇다 치고, 전기포트도, 에어컨도, 컴퓨터도 없었다. 은지가 왜 그런 물건이 없냐고 묻자 아주 가볍게 '뭐든 네가 골라서 사라'는 대답이 돌아왔다. 처음에는 머뭇거리면서 후보군을 뽑아서 보여 주던 은지도 최근에는 그냥 취향대로 물건을 사고 있어 행복했다.

'그러니까 시대를 안 타는 부분은 어울리지만, 뭐 먹는 게 거의 없는 것도 설명이 되긴 하지만, 피를 마시지는 않잖아. 술을 마시지.'

현허는 입이 아주아주 짧았다. 술안주로 딱 집어서 주문하는 몇 가지도 겨우 구해 오면 입만 대고 마는 수준이었다. 식사 준비와 장보기까지 은지에게 맡기길래 불안했더니, 알고 보니 대부분 은지의 점심 식사를 위한 일이었다.

대신 현허도 술은 매일 달고 살았기에, 은지는 술이 떨어지지 않게 해야 했다. 상대가 보통 사람이었다면 직장 상사가 갑자기 알코올중독으로 쓰러져 죽을까 걱정했을 수준이었다.

그리고 이제 이 새떼 소동이다.

'정말로 신령님인가? 그럼 무슨 신령이지?'

처음에 들었을 때는 너무 농담 같아서 아니라고 생각했는데, 아침에 몰려온 새들을 보고 나니 이제야 그 말이 진지하게 다가왔다.

하지만 무슨 신령이 그렇게 평범한 모습에, 특별한 능력도 없어 보이고, 심지어 널리고 깔린 점집 같은 곳을 운영하며 돈을 번단 말인가.

인터넷 검색에 이름도 나오지 않는데 예약 걸어 가며 비싼 차를 몰고 찾아오는 손님들이 있는 것도 신기하기는 했지만, 지금까지 사무소 일은 대체로 평범했다. 찾아오는 손님들이 뭔가 달고 온다고 해 봤자 작은 먹구름 아니면 대단치 않은 잡귀 정도일 뿐. 처음에 동작대교에서 본 멧돼지 같은 것은 없었다.

'이게 나름 위장인가?'

은지가 그런 생각을 하면서 전기포트를 켜는데 드디어 초인종이 울렸다.

문을 열었을 때 보인 풍경은 괴상했다.

키가 이 미터는 되어 보이는 위풍당당한 체구에 회색 옷과 박박 깎은 머리. 게다가 맨발. 마치 탁발을 다니는 옛날 승려 같은 풍모였다.

"삼각산에서 왔습니다."

은지는 당황했다가 얼른 말했다.

"죄송하지만 저희는 그런 거 안 믿는데요."

이 미터짜리 대머리는 눈을 끔벅끔벅 뜰 뿐 물러서려고도, 밀고 들어오려고도 하지 않았다. 물 한 잔 달라고 하지도 않았다.

은지는 조심스럽게 다시 말했다.

"어, 전도하러 오신 거 아닌가요?"

"여기가 백악이 계신 곳이 아닌가?"

"백악이요?"

은지는 퍼뜩 놀라서 겨우 문 앞에서 비켜섰다.

"죄송합니다. 그게 저기, 요새 절에서 왔다고 물 한 잔만 달라고 그러는 사람들한테 문 열어 주면 막 밀고 들어오고 그러거든요. 막무가내로 전도도 하고요. 제가 잠시 착각했어요."

"오오. 삿된 것을 안에 들이지 않으려 경계하는 것은 올바른 태도지요. 백악 님께서 수발들 아이를 새로 들이셨다더니, 잘된 일입니다."

현허보다 더 고풍스러운 말투에 '삿된 것'이니 '수발들 아이'니 하는 표현을 들으니 은지의 표정이 희한해지긴 했지만, 승려 모습을 한 손님은 맨발로 성큼성큼 걸어 들어왔다.

은지는 총총히 따라가서 현허의 방 쪽으로 안내했다.

"이쪽이에요. 저, 마실 것이라도 드릴까요?"

"아. 맑은 물이 있다면 한 잔 주시겠소?"

"네에."

현허의 방문을 열어 주고 정신없이 돌아서려는데 등 뒤에서 현허의 목소리가 날아왔다.

"진짜 물 떠 오지 말고, 오늘 마시려던 술을 차려 내라."

"앗, 네."

현허가 오늘 마시겠다고 했던 술은 진달래 향기가 살짝 풍기는 두견주였다. 상을 꺼내어 술병을 놓고 잔 두 개에 두릅무침과 잣과 호두만 담아서 가져가면 그만이었다.

은지는 술상을 안에 들여놓고 나서도 마음이 가라앉지 않아 안절부절못하며 부엌을 서성였다. 점심을 먹어도 될 시간이었지만 밥 생각도 없었다. 불안하다기보다는, 뜻밖의 손님에 마음이 들떴다고 해야 할까.

하지만 방 안은 조용하기만 했고, 서성여 봤자 알 수 있는 것도 없었다. 은지는 몇 번 더 서성거리다가 다시 컴퓨터 앞에 앉았다.

그러고 보니 처음 계약을 할 때 '백악의 이름으로'라고 했었다. 분명하게 들어 놓고도 희한하게 지금까지 그 말을 잊고 지냈다. 잊어버렸다기보다는, 굳이 떠올릴 이유가 없다는 느낌으로 묻혀 있었다는 느낌이랄까.

은지는 새 컴퓨터의 검색창을 켰다. 백악이라는 말이 아예 떠오르지 않아서 찾지 않았을 뿐, 일단 의미를 찾겠다고 생각하자 어렵지 않았다. 검색만 하면 자료가 우수수 쏟아졌다.

백악산이란 북악산의 옛 이름이었다.

'뭐야. 그럼 백악이라는 이름을 쓴다는 건…… 산신이라는 뜻이야?'

산신령이라고 하면 흰머리에 수염을 길게 기른 할아버지만 떠오르는데, 현허는 조금도 비슷하지 않았다. 은지는 이상한 기분으로 검색 내용을 더 뒤적였다.

조선시대에 나라에서 남산신과 백악산신에게 봄가을로 제사를 지내고, 각각 목멱대왕과 진국백이라는 직책을 내렸다는 이야기가 나왔다.

백악산 줄기가 오른쪽으로 흘러 경복궁 교태전으로 이어지게 만들었다는 이야기도 나왔다.

한양도성은 백악을 기점으로 지어졌다고 하며, 백악이 한양의 주산이자, 내사산內四山 중에서 가장 높은 산이라는 말도 나왔다.

'내사산은 또 뭐야?'

검색을 더 하니 한양성곽 지도가 나왔다.

울퉁불퉁하게 이지러진 원형의 고리가 한양 성벽을 표시했는데, 그 선 위에 동서남북 사대문이 있고, 그 사이사이에 사소문이라는 작은 문들이 또 있고, 바깥쪽에는 네 개의 산이 있었다. 안쪽이라는 뜻의 내內 자를 쓰는 네 개 산은 북쪽부터 시계 방향으로 북악산, 낙산, 남산, 인왕산이었다.

'서울에서 산 지 십 년이 넘었는데, 이렇게 생긴 줄은 처음 알았네.'

은지는 지도를 띄운 화면을 보며 감탄했다. 서울 한가운데에 있는 성곽은 더욱 새로웠다. 동대문과 남대문은 머릿속에 지하철역 이름으로, 큰 시장이 있는 곳으로 더 다가왔지 실제 성곽문이라고는 생각지 못하고 살았다. 그런데 그게 정말로 동서남북에 뚫어 놓은 대문이었다니.

'흠. 마침 올해 서울 성곽길 전체를 시민에게 개방한다고? 나도 언제 한번 걸어 볼까.'

잠시 생각이 다른 데로 빠졌지만, 백악이 한양도성의 주신이라니, 그렇다면 서울을 지킨다던 말도 헛소리가 아닐지 몰랐다.

내사산이라고는 해도 낙산이나 인왕산 산신 이야기는 나오지 않았고, 목멱대왕이라는 거창한 이름에 비해서는 남산의 산신도 별로 나오는 게 없었다. 일제가 남산에 조선신궁을 세우느라 산신각을 헐어 버려 인왕산으로 옮겨야 했다거나, 지금은 남산 와룡묘(제갈공명을 모시는 사당)에서 남산의 산신까지 모신다거나 하는 조금 씁쓸한 이야기 정도.

그리고 백악산신에 대해서는 전설이 하나 있었다.

은지는 미심쩍은 기분으로 화면을 보았다.

"정녀부인? 아까는 진국백이라고 하더니, 같은 신이야, 다른 신이야?"

〈천예록〉이라는 책에 수록된 이야기였다. 조선시대 백악산 꼭대기에 신당이 있어, 그 안에 걸린 정녀부인의 그림을 찾아기도하는 사람이 많았다고 한다. 선조 때 유명한 문인이 된 권필이 어릴 적에 백악산에 놀러 갔다가 이 모습을 보고 분개하여, 여자 귀신 주제에 제멋대로 군다고 호통을 치며 정녀부인의 그림을 찢어 버렸다. 그날 밤 권필의 꿈에 흰 저고리에 푸른 치마를 입은 부인이 나타나서 복수하겠다고 했다. 이후에 권필이 화를 입어 고문당한 후 해남으로 귀양 가는 길에 죽었는데, 그게 정녀부인의 복수였다는 이야기였다.

"아니, 무슨 신이 이래?"

은지는 찌푸린 얼굴로 중얼거렸다. 산신령이 소원을 들어주는 동화는 봤어도, 자기를 홀대한다고 쪼잔하게 복수하는 산신령 이야기는 처음 보았다. 게다가 그런 힘이 있다면 당장 벼락을 칠 것이지 무엇 하러 몇십 년 후에 권세 잃고 귀양 가는 사람에게 복수를 한단 말인가. 여자 귀신 운운한 권필도 지질하지만 복수라는 내용도 쩨쩨했다.

"내가 너무 현대인 시각으로 보나?"

미심쩍은 기분으로 검색을 더 해 보니, 비슷비슷한 이야기가 몇 개 더 나왔다. 다만 역시 원본이 나오는 게 아니다 보니 요약마다 조금씩 다르기는 했다. 어떤 이야기에서는 권필이 가한 모욕에 정녀부인이 격분하여 조선에 벌을 내리겠다고 하더니, 그다음 해에 임진왜란이 났다고 했다.

"이쪽이 더 신 같기는 하네."

산신령이라기보다는 그리스 신화에 나오는 쪼잔하고 무서운 신을 더 닮긴 했지만 말이다.

어쨌든 정녀부인이라는 이 여신도 현허와 닮지는 않았지만, 이전까지 생각하던 흰머리 할아버지보다는 가까운 듯도 했다.

커피를 두 잔째 비우면서 검색을 좀 더 하고 나니 현허의 방문이 겨우 열렸다. 커다란 승려가 다시 성큼성큼 걸어 나오다가 은지 앞에 멈춰 서더니, 고개를 끄덕이며 품에서 뭔가를 뒤졌다.

"착하게 백악 님 앞으로도 잘 모시게나."

"고맙습니다."

동네 아이들에게 용돈 나눠 주는 할아버지 같은 행동이라 엉겁결에 손을 내밀어 받고 보니 낡은 삼베 주머니였고, 열어 보니 안에는 엽전이 몇 개 들어 있었다. 잠시 황망해 있다가 정신을 차리고 보니 손님은 이미 가고 없었다.

"엽전……."

은지가 잠시 낡은 동전을 들여다보고 있는데 현허가 고개를 내밀었다.

"너 심부름 좀 해야겠다. 오늘은 이미 늦었고, 내일."

그게 어제의 일.

오늘은 분명히 사무소로 출근하지 않고 바로 산을 올랐다.

심부름만 끝내면 퇴근이라는 건 반가워도, 등산은 반갑지 않았다.

서울 성곽길을 언제 한번 걸어 보겠다고 생각은 했지만 그저 지나가는 생각이었을 뿐. 심지어 북한산을 오를 생각은 아예 없었단 말이다. 체력은 자신 있었고 운동신경도 나쁘지는 않았지만, 등산은 다른 문제였다.

우선 목적지는 보현봉 정상이 아니라 기슭에 있는 산신각이었다. 거기까지 가면 기다리는 사람과 만날 수 있을 거라고 했다.

'그 만날 사람이 어디 있다는 거야?'

은지는 산신각을 노려보며 물병을 비우고 목덜미 땀을 닦았다. 전화번호도 없고, 그렇다고 약속시간도 정해 놓지 않은 이런 방식의 접선이라니 적응이 쉽게 되지 않았다.

은지는 잠시 비딱하게 서서 다리를 떨다가, 주위를 서성이다가, 산신각이라도 구경하기 위해 다가갔다.

〈서울특별시 민속자료 제3호〉

과거에는 이 남산신각만이 아니라 여산신각, 부군당 신목까지 같이 있어서 평창동에서 음력 3월 1일마다 유교식으로 제사를 지냈다고 쓰여 있었다. 산신인데 마을 제사는 왜 지내나 조금 헷갈렸지만, 설명을 대충 훑고 올라가서 전각 안을 들여다보았다.

안에는 산신령 그림이 하나 걸려 있었다. 그림을 보는 사람 입장에서 산신령 왼쪽에는 호랑이가, 오른쪽 뒤에는 파란 옷을 입은 동자가 그려져 있다. 하지만 물론 은지의 시선을 가장 사로잡은 것은 중앙에 앉은 산신이었다.

붉은 띠가 들어간 파란 옷은 중국식 같고, 머리 모양도 수염 모양도 낯설어서 어렸을 때 그림책에서 보던 하얀 머리 하얀 수염의 산신령 할아버지와 또 달랐다. 손에는 깃털 부채를 쥐고 있었다.

은지는 그 그림을 빤히 쳐다보다가 고개를 설레설레 저었다.

"뭐, 그게 중요한 건 아니니까."

은지는 어깨를 으쓱이고 가방에 담아 온 꾸러미를 꺼냈다. 현허가 분명히 이 산신각 그림 족자 앞에 가져다 두라고 한 물건이었다.

종이 포장을 풀고 보니 나무로 깎은 올빼미가 나왔다. 아니, 귀가 있는 것을 보면 부엉이일지도 모른다. 어느 쪽이든, 절 앞에서 흔히 파는 목각이었다.

❤❤❤

'그래, 그랬지. 분명히 시키는 대로 목각 올빼미를 산신도 앞에 놓고, 괜히 뻘쯤해서 기도하는 척 합장도 한 다음에 돌아서서 산을 내려가기 시작했어.'

그런데 왜 깜깜한 밤이 되도록 산속을 헤매고 있는 걸까.

'산신각을 떠나서, 그다음에 어떻게 됐지?'

생각을 더듬는데 다시 울음소리가 들렸다. 아까보다 더 가까웠다. 심장이 두근거렸다. 손에 다시 땀이 찼다.

'대체 무슨 짐승이지? 늑대는 아닌데.'

굳이 기억해 낼 필요도 없이 곧 모습을 보게 되지 않을까 싶었다. 은지는 숨을 다시 깊게 들이마셨다가 뱉었다.

"괜찮다더니, 거짓말만 하고."

쓰게 말하고 나서야 퍼뜩 현허의 말이 선명하게 되살아났다.

'백악의 이름으로 이르노니, 너는 괜찮다. 눈을 똑바로 뜨고 보아라. 네가 겁먹지 않는 한 그것들은 네게 해를 끼치지 못한다.'

"어……?"

갑자기 눈앞이 맑아지는 느낌에 허리를 바로 폈다. 현허가 그 말을 해 준 이후에야 돌아다니기가 조금 편해진 이유가 생각났다.

언제나 어딜 가나 우글거리던 귀물들이 여기엔 하나도 보이지 않았다. 하늘에도, 나무 사이에도, 땅에도, 괴물 같은 것은 하나도 없었다. 다른 동물도 하나도 없었다. 오직 하늘과 나무와 땅뿐이었다. 그리고 한 번씩 울어 대는 저 짐승까지.

"그렇다면 여긴, 현실이 아니야."

입 밖에 내어 말하고 나자 확신이 뒤따랐다. 그러고 보니 산신각 앞을 떠난 이후 산속을 걸은 기억도 없었고, 밝은 낮이었다가 해가 질 때까지 뭘 했는지 기억도 없었다. 겨우 생각해 낸 휴대폰도 신호가 끊어져 있었다. 은지는 초조한 기분으로 그 자리를 한 바퀴 돌았다.

"'이게 꿈이었구나!' 하고 깨달으면 꿈에서 깨야 하는 거 아닌가? 어떻게 나가야 하는 건데."

현실이 아니라는 점을 깨달았다고는 해도, 나갈 방법을 찾아야 했다. 점점 가까이 다가오는 듯한 저 짐승을 피할 방법도 찾아야 했고.

주머니와 가방을 아무리 뒤져 봐야 무기가 될 만한 것은 없었다. 은지는 조심스럽게 주위를 더듬어 나뭇가지라도 주워 보려 했지만, 잡히는 건 잔가지뿐이었다.

'앞으로는 호신용 스프레이라도 꼭 들고 다니겠습니다! 라이터도, 주머니칼도 가지고 다닐게요!'

그거 얼마나 한다고, 사려다가 망설이면서 내려놓았던 호신용품들이 눈앞에 아른거렸다.

크어어어어어어어엉!

이번에는 울음소리가 제대로 울려 퍼졌다. 그리고 모습까지 보였다. 하얀색 몸체가 나무 사이로 달리니, 어둠 속에서 빛을 발하듯이 잘 보였다.

은지는 배낭을 방패처럼 붙들면서 얼굴을 찡그렸다. 웃을 상황이 전혀 아닌데 웃겼다. 여전히 무섭지만 웃겼다. 호랑이 같기는 한데, 민화에서 흔히 보는 우스꽝스러운 호랑이 모습 그대로였다. 심지어 약간 구겨져 보이기까지 했다…….

"산신도!"

은지는 벼락처럼 내리꽂힌 생각에 소리를 질렀다.

산신각에 걸려 있던 그림 속 호랑이였다.

하지만 더 생각할 겨를 없이 호랑이가 달려들어서 앞발로 은지를 후려치고, 넘어지는 몸을 다시 뒷발로 때렸다. 아마 실제 호랑이라면 그대로 죽었겠지만, 웃기게 생긴 호랑이라고 해서 솜방망이는 아니었다.

"악!"

눈앞이 번쩍하면서 대굴대굴 구르던 몸이 나무줄기에 부딪혔다.

구겨진 호랑이가 크와앙 입을 벌리는데, 입안에 뻥 뚫린 구멍만 보였다. 이빨이 없다고 덜 무서운 건 아니었다. 저 호랑이에게 잡아먹히면 어디로 갈지 알 수가 없었다. 오히려 이제는 그 불균형한 생김새가 더 무서웠다.

"진짜 이러기 있어요? 선생님!!"

은지가 바락바락 소리를 지르면서 두 팔로 얼굴을 감싸는데, 호랑이가 덮쳐들다 말고 아픈 소리를 질렀다. 후드득, 커다란 날갯짓 소리도 났다.

"……?"

조심조심 팔을 떼고 보니 희끄무레한 형체가 호랑이를 때리고, 차고, 쪼고 있었다. 올빼미처럼 생겼는데 몸집은 사람보다 더 컸다.

"설마."

올빼미는 구겨진 호랑이를 더 구겨서 대굴대굴 굴리더니, 발톱에 움켜쥔 채 은지에게 돌아서서 굵은 눈썹을 치켜떴다.

왠지 마음이 놓이기보다는 화가 났지만, 어쩌겠는가. 은지는 올빼미와 눈싸움을 하다가 어기적어기적 다가가서 그 커다란 날개에 손을 올렸고…….

싸늘한 돌바닥에서 퍼뜩 깨어났다.

"으…….'"

햇빛이 비치고 있는데도 몸에 한기가 돌았다. 조심스럽게 고개를 들고 몸을 일으켜 보니 온몸이 쑤시기도 했다. 심지어 팔다리에 생채기도 남아 있었다. 머리도 헝클어졌고, 머리카락에 잔가지와 잎사귀가 붙어 있었다.

은지는 천천히 일어서서 다시 산신각을 노려보았다. 힘들게 가져왔던 올빼미 조각은 바닥에 나동그라져 있었고, 산신도 속 호랑이는 아까와 다른 자세로 바닥에 납작 엎드려 있었다.

"이야, 잘 해결됐구먼."

갑작스레 날아온 목소리에 놀라서 계단에서 떨어질 뻔했다. 은지는 꼴사나운 자세로 겨우 균형을 잡고는, 상대를 확인하고 눈을 끔벅거렸다.

"산……신님?"

꿈인지 환각인지 속에서 은지를 쫓아다닌 호랑이와 마찬가지로, 이쪽도 산신도에서 그대로 튀어나온 듯한 생김새였다.

즉, 아주 부자연스러웠다. 키까지 그림 그대로라, 보통 사람이라기에는 너무 작았고 비례도 이상했다. 약간 피카소 그림을 입체로 만들어 놓은 듯한 기괴함이랄까.

은지가 산신도를 쳐다보고 다시 돌아보자 앞에 보이는 '산신'은 빼기듯 뒷짐을 지고 말했다.

"산신은 아니지만, 이만하면 둔갑이 완벽하지? 누가 봐도 산신으로 보이겠지?"

"네에. 그렇겠네요."

떨떠름하게 대답했지만, 상대는 그 안에 담긴 감정을 눈치채지 못한 것 같았다. 의기양양하게 어깨를 으쓱이며 올빼미 조각을 주워 들고 정성껏 흙을 털었다.

"백악산께서 도움을 보내 주마 하셨지만 반신반의했지 뭔가. 아무래도 백악께선 자리를 비우실 수가 없으니까 말이야. 이렇게 새로운 사자를 들이신 줄은 미처 몰랐네그려."

무슨 말인지 하나도 알아들을 수가 없었다.

"저기, 실례지만 제가 잘 몰라서 그런데요. 산신님, 이게 정확히 무슨 일이었나요?"

은지는 애써 웃으면서 물었다. 이 산신(추정)도 그림 속 호랑이와 마찬가지여서, 우스꽝스럽게 생겼지만 가볍게 대할 수가 없었다.

산신(추정)은 커다란 고리눈을 끔벅끔벅하더니 손을 내저었다.

"산신 아니라니까. 여기 기도하러 오는 사람들에게야 산신 행세도 가끔 하고 그러지만, 진짜 산신님의 사자에게 산신 행세를 하다간 혼나지 않겠나. 이 몸은 이 동네 마을신이라네."

은지는 바로 이해가 가지 않아서 얼굴을 찌푸렸다.

"그렇지만, 여긴 산신각이잖아요? 산신각에서는 산신을 모시는 게 아니에요?"

"이 나라에 산신각이 얼마나 많은데, 그 많은 산신각마다 다

산신이 계시겠나. 저기, 저기 설명판 안 읽었어? 이 산신각에서 마을 제사를 지낸다고 쓰여 있을 텐데. 아까는 열심히 읽는 것 같더니, 제대로 보지도 않았구먼."

신령에게 문화재청 설명판을 제대로 읽지 않았다고 혼나다니, 할 말이 없었다.

은지는 잠시 하늘을 쳐다보다가 참을성을 발휘했다.

"제가 워낙 아는 게 없어서요. 이 상황이 대체 무슨 상황인지 설명 좀 해 주실래요?"

다행인지 불행인지, 문제의 산신(가짜)은 우쭐대며 장광설을 풀어놓을 기회가 오자 좋아했다. 그 긴 설명을 대략 정리하자면 이랬다.

'산신'이라고 하면 북한산이나 북악산, 금강산이나 한라산처럼 산 전체를 아우르는 큰 신령이었다. 다만 본래 산신은 사자를 여럿 거느려, 자잘한 일들은 사자들이 대신했다. 그러나 최근 백 년간 산신들은 점점 힘을 잃었고, 거느리는 사자의 수도 줄어들었다.

보현봉은 본래 그 위치부터가 북한산과 백악산 중간쯤에 있어서, 오히려 두 산 모두가 직접 관장하지 않았다. 마침 보현봉에 있는 산신각도 평창동 마을신을 모시던 곳과 붙어 있었고, 이제는 마을신이 거할 곳은 없어져 버린 터라, 언젠가부터 평창동 마을신이 산신 대행으로 주변을 관리했다.

그런데 직접 돌보지는 않는다 해도 그 힘이 강력하여 큰 날개 안에 거둔 형국이었던 북한산신이 최근 잠들면서 말썽이 생졌다. 과거에 북한산신이 사자로 거두었던 호랑이가 다른 마음을 품은 것이다.

은지는 겨우 거기까지 이해한 후에 손을 들고 물었다.

"잠깐만요. 북한산신은 왜 주무시는 건데요?"

"힘이 더 쇠하기 전에 쉬어서 회복하시려는 거겠지."

"그러면 다른 산신은요? 여기가 두 산 중간이라면서요. 북한산신이 주무셔도 북악산에 산신이 계실 것 아니에요?"

평창동 마을신은 커다란 눈에 의아한 빛을 가득 담아 고개를 기울였다.

"그래서 선생님께 도움을 요청한 것 아닌가. 그래서 자네가 온 거고. 나도 이렇게까지 아무것도 모르는 사자를 보내실 줄은 몰랐지만. 뭐 그래, 수호진에 신경 쓰시느라 여유가 별로 없는 분이시니 이 정도는 이해해야겠지. 안 그래도 산신님들이 갈수록 줄어들어서 힘들다, 힘들어. 아니, 그러니까 내가 선생님께 불평을 하려는 건 아니다, 이 말이야."

"사자요? 수호진이요?"

또 뜻 모를 소리가 마구 튀어나왔다.

"한양 수호진. 요새는 백악이 혼자 지키고 계시니까……."

좀 더 단서를 줄 줄 알았는데, 평창동 마을신은 말하다 말고 커다란 얼굴을 들더니 미심쩍은 얼굴을 했다.

"그런데 사자가 되면서도 이런 이야기들을 하나도 못 들은 건가?"

그런 설명은커녕, 산신의 사자가 된다는 설명도 못 들었다고 말하고 싶었다. 아니, 산신의 사자 같은 게 아니라고 말하고도 싶었다.

'척 봐도 저는 보통 사람 아닌가요.'

하지만 은지는 튀어나오려던 말을 삼키고 돌계단에서 일어섰다. 산에서는 해가 지기 전에 내려가야 한다. 해가 조금씩 기우는 걸 보니 산신도 안에서 겪은 밤이 떠올라서 기분이 좋지 않았다.

"알겠습니다. 어쨌든 저 호랑이 문제는, 해결이 된 거죠?"

"기를 콱 죽여 놓으셨으니 당분간은 말썽을 안 부릴 걸세."

산신도 그림처럼 생긴 마을신이 기분 좋게 웃었다.

올빼미 조각은 다시 챙겨 오라는 말이 없었으니, 평창동 마을신에게 주고 가기로 했다.

🌙🌙🌙

다음 날.

"선생님, 저 혹시 산신의 사자가 된 거예요?"

"행여나."

출근하자마자 던진 질문의 답은 칼 같았다.

"설명도 제대로 안 해 주고 호랑이밥으로 던지셨으면 그 정도는 해 주셔야 하는 거 아니에요?"

현허는 시큰둥하니 손을 흔들었다.

"사자가 뭐 좋은 거라고. 그냥 심부름꾼의 다른 말이다. 그래도 정 하고 싶다면 하든가."

"하고 싶다고는 안 했어요."

은지는 그날 현허가 지정한 술인 솔송주 병을 꺼내다가 다시 물었다.

"그러면 선생님이 정말 산신이세요? 여기 북악산 산신?"

"글쎄다."

현허는 괜히 그러는 것처럼 천천히 술잔을 들어 솔송주를 한 잔 마시고 나서 대답했다.

"기면 기고, 아니면 아닌 거지 글쎄다는 뭐예요? 하여간 괜히 수수께끼처럼 말씀하시기나 하고. 그런다고 특별히 신비로워 보이지 않거든요."

현허는 어처구니없다는 얼굴로 은지를 보았다.

"너 어째 전보다 더 불경해졌다? 산신령인 줄 알면 좀 더 공경해야 하는 거 아니냐?"

"그러니까 산신님이 맞긴 맞다는 거네요."

은지는 잠시 입을 다물고 있다가 물었다.

"그럼, 정녀부인이 진짜 선생님 맞아요?"

"아, 그놈의 정녀부인."

현허는 '정녀부인'이라는 이름을 듣자 질색을 했다. 지금까지 무슨 말을 해도 시큰둥하던 모습과 판이하게 달라서 더 웃겼다.

"왜요. 조선시대에 벼슬도 하셨던데. 결혼도 하시고!"

"산신령이 결혼은 무슨 결혼이야. 하여간 인간들이란, 자기

들 마음대로 결혼을 시키질 않나, 벼슬을 내리질 않나. 다 어떻게든 통제해 보려고 하는 짓일 뿐이다. 게다가 너는 그게 나하고 어울리는 것 같으냐?"

"그럼 괘씸한 인간에게 벌을 내리려고 임진왜란을 부르셨다는 것도 가짜예요?"

"말도 안 되는 소리."

"어, 왜요. 어마어마하게 쪼잔한데 스케일은 큰 게 그리스 신화 비슷하다고 생각했는데. 멋지잖아요."

"그런 힘도 없지만, 아무려면 그렇게 질서를 흐트러뜨리는 짓을 신령이 하겠느냐."

그런 대화를 하고 있으려니 이상할 정도로 평범한 기분이 들었다.

직장 상사가 사람이든 산신이든, 잡다한 일을 해야 한다는 사실에는 변함이 없다. 직장이 좋은 곳인지 나쁜 곳인지도 말단에게는 별 차이가 없을지도 모른다.

그래도 그날 은지는 며칠 전보다 조금은 더 기분 좋게 청소를 시작했다.

디자인 피맛골

....

현허의 상담소에서 일하기 시작한 지 이제 두 달. 어느새 봄
이었다.

열심히 오르막길을 걷던 강은지는 허리를 굽히고 몇 걸음 더
옮기다가 멈춰 서서 숨을 몰아쉬었다. 우산도 바꿔 쥐었다. 아
직 제대로 여름이 오지도 않았는데 땀이 흘렀다.

은지는 한참 숨을 고르다가 허리를 펴고 앞으로 남은 길을
올려다보았다. 아직도 많이 남았다.

구두를 신고 비탈을 오르다 보니 어떻게 서울에 이런 동네가
남아 있으며, 하필 비휴는 왜 이런 곳에 사는가 생각하지 않을
수 없었다. 여기도 역시, 십 년 넘게 서울에 살면서 한 번도 보지
못한 낯선 풍경이었다. 부암동과는 또 다른 의미로 낯설었다.

한 달 전만 해도 지금 직장을 황송하게까지 생각했는데, 지

금은 지난달에 했던 생각을 다 취소하고 싶었다. 세상에 일 적게 하고 돈 많이 주는 직장이란 있을 수 없다던 선배들의 말대로일까. 상담소 청소와 접수부터 시작해서 회계가 넘어오고, 슬금슬금 잡다한 일이 늘어나더니 이제는 대체 직업이 뭔지 모르게 되어 버렸다.

게다가 얼마 전부터는 비휴, 그러니까 멧돼지남의 관리까지 은지에게 넘어왔다. 그리고 그 관리란, 마을버스도 다니지 않는 달동네 꼭대기까지 매번 걸어 올라가서 생필품을 전달하는 일이었다.

'예전에는 따로 심부름센터를 썼다면서, 왜 나한테 넘긴 거야? 처음부터 하인으로 부려 먹을 사람을 찾고 있었던 거 아닐까? 덫을 놓고 기다린 거지.'

그런 생각마저 들었다.

'그래도 하인은 아무래도 사기가 떨어지니까, 집사 정도는 어떨까. 술고래 고양이와 커다란 개를 한 마리씩 돌보는 집사인 거지. 둘 다 귀엽진 않지만.'

은지는 쓸데없는 생각 중에 잠시 발을 내려다보았다. 왜 오늘따라 구두를 신고 출근했는지 모르겠다. 복장 규정이 없는 직장인데도 가끔은 회사원 차림을 시도하는 자신이 스스로도 신기했다. 면접을 위해 사 둔 옷들이 아깝다는 이유가 있긴 했지만 말이다.

마지막 관문인 좁은 계단을 다 오르고 나서 낡은 철제 대문을 밀고 들어선 은지는 우산을 쥔 채로 툇마루에 주저앉았다.

눈을 감고 잠시 쉬니 정신이 들었다.

긴 한숨을 내쉰 뒤 눈을 떴다. 이곳은 시내가 다 내려다보이는 경관만큼은 일품이었다. 특히나 오늘은 물안개가 군데군데 피어나서 서울 시내 같지 않은 풍경을 자아냈다. 한참 투덜거리던 마음이 조금 가라앉았다.

오 분 가까이 앉아서 멍하니 풍경만 보다가 겨우 고개를 외로 꼬고 주위를 살폈다. 일단 툇마루나, 마루 안쪽으로 바로 이어지는 거실 겸 부엌에 사람이 없는 건 확실했다. 그러니 비휴는 양쪽 방 중에 하나에 있을 것이다.

잠시 고민하던 은지는 문득 엉덩이의 차가움을 느끼고 몸을 일으켰다.

"하여간."

너무 지쳐서 마룻바닥에 물이 묻어 있었던 것도 몰랐다. 은지는 원망 어린 눈으로 천장을 올려다보았다. 툇마루에는 지붕이 제대로 붙어 있었지만, 그 안쪽으로는 휑하니 구멍이 뚫려서 빗방울이 그대로 떨어지고 있었다.

"폐가도 아니고, 이게 뭐야."

은지는 구멍 뚫린 지붕을 보며 처음 이 집에 심부름 왔을 때를 돌이켰다. 지붕을 보고 아무 생각 없이 '지붕에 왜 이런 구멍이 있어요?' 했다가 돌아왔던 퉁명스러운 대답.

'내가 뚫었어. 답답해서.'

"강은지."

딱 그 생각을 하고 있을 때 같은 목소리가 날아왔다. 이름을 부른다기보다는 기억을 다시 짚어 보는 듯한 말투였다. 그 말투 때문에 은지는 매번 이놈이 나를 제대로 기억하고 있기는 한 걸까 의심했다.

비휴는 키가 170인 은지보다 머리 하나는 컸고, 어깨도 그만큼 넓었다. 그렇게 몸이 좋은데 이상하게 새 옷을 걸쳐도 허름해 보이는 용한 재주가 있었다. 지금 입고 있는 옷만 해도 분명히 일주일 전에 은지가 직접 사서 가져다준 비싼 등산복이건만, 먼지 쌓인 방구석에 일주일 입고 굴러다닌 듯한 모양새였다.

잠깐이지만 이 사람을 보고 멋있다고 생각한 적이 있었다니.

겨우 두 달 전의 일인데, 그게 벌써 전생의 일 같았다.

은지는 속으로 입을 삐죽이며 그날의 용건을 내밀었다.

"여기, 보급품 배달."

비휴는 은지가 내민 비닐봉투를 받아서 찢었다.

비닐봉투 안에 다시 종이봉투 두 개와 튼튼한 비닐봉투가 하나 더 있었다. 종이봉투 하나에는 일만 원권이 두툼하게 들었고, 다른 하나에는 충전된 휴대폰 배터리가 한 무더기였다. 그리고 마지막 봉투에는 금붙이와 금부스러기가 들었다.

지금은 그러려니 하게 됐지만, 처음 이 사실을 알았을 때 은지는 이거 진짜 금인가, 혹시 내가 무슨 밀수사업에 가담한 건가, 한 조각만 빼서 가질까 등등 온갖 생각을 다 했더랬다.

비휴는 무덤덤한 얼굴로 돈봉투와 금봉투를 품에 넣고, 휴대폰을 꺼내어 배터리를 갈다가 툭 던지듯이 말했다.

"그 신발, 냄새난다."

은지는 발을 들고 신발 바닥을 확인했다. 진흙이 묻어 있었다. 은지의 인상이 팍 구겨졌다.

무슨 냄새가 난다는 건지는 굳이 묻고 싶지 않았다. 이전에도 비슷한 일이 있었고, 어리둥절해서 무슨 냄새가 나냐고 물었다가 사람의 배설물과 관련된 모르고 싶은 정보를 알았기 때문이다.

모르고 지나가면 좋을 걸, 매번 왜 굳이 알려 주나 모르겠다. 처음에는 현허 선생과 마찬가지로 사람 놀려먹기 좋아하나 했는데, 여러 차례 겪으면서 알았다. 이 작자에게는 사회성 문제가 있다는 것을.

비휴는 보통 사람 같으면 했을 인사나 예의 바른 말들을 하지 않았고, 보통 사람 같으면 예의 바르게 못 본 척했을 말들을 하곤 했다. 머리를 감지 못하고 나갔을 때 굳이 지적을 한다거나, 심지어 월경 기간일 때도 대놓고 피냄새 소리를 하기도 했다.

물론 두 번째에는 제대로 화를 내면서 하지 말라고 했고, 그때 담백하게 그러겠다고 하는 반응을 보고 비휴에게 어떤 다른 의도도 없다는 걸 이해하기는 했다.

다만 그 지적 한 번으로 다른 냄새 관련 발언까지 멈추지는 않는 걸 보니, 매번 아주 구체적으로 말을 해 줘야 하는 모양이었다.

은지는 구두를 내려다보다가 무시하기로 하고 말했다.

"선생님이 배터리 제때 갈고 전화기 좀 켜 놓으래."

물론 비휴가 그 말을 들으리란 보장은 없었다.

현허 선생과 비휴의 관계는 이상했다. 특히 비휴가 많이 이상했다. 지금 쓰는 휴대전화도 현허 선생 명의, 이 집도 현허 선생 소유. 그동안 열심히 정리한 상담소의 회계장부 어디에서도 비휴의 정보는 찾을 수가 없었다. 고용 기록, 지불 기록이 없는 것은 물론이고, 이 나라에서 오 분만 고용하려고 해도 요구하는 주민등록번호조차도 없었다.

그래도 살아 있는 한 먹어야 하고, 자야 하고, 어딘가에서 쉬어야 한다는 점은 달라지지 않았다. 그리고 비휴가 자는 곳, 쉬는 곳, 먹을 것은 모두 현허가 공급했다.

'심부름은 내가 하지만 말이지.'

전기가 들어오지 않는 집이어서 휴대폰 배터리까지 미리 충전해서 갖다 줘야 하다니, 그냥 생각하면 믿을 수 없이 생존능력이 떨어지는 사람이 아닌가.

처음 만났을 때 자전거를 타고 자동차보다 빨리 달리던 모습이나, 한 번 뛰어서 몇 미터 높이의 아치에 올라서던 모습을 생각하면 아마도, 아니 분명히 사람이 아니긴 하겠지만…… 정확히 어떤 존재인지는 아직도 잘 알 수가 없었다.

두 번, 세 번 만났을 때까지는 '사람이 아니라서 이렇겠지. 그래도 좀 무서우니까' 했던 생각들이 차차 옅어져서 지금은 그냥 생존력 떨어지는 동네 친구쯤으로 대하게 됐다.

그래도 비휴의 사회성 부족에 장점이 하나 있다면, 은지가 존대를 하든 반말을 하든 개의치 않고, 명령을 해도 기분 나빠 하지 않는다는 점이었다. 뭔가를 하라거나, 하지 말라거나, 다른 요구나 질문을 할 때도 무조건 직설적이어야 한다는 요령을 익히고 나니 처음처럼 불편하지 않았다.

비휴와의 소통 방식에 익숙해지다가 은지의 사회성이 떨어질 게 좀 걱정되긴 해도 말이다.

"밥이나 먹으러 가자."

은지는 시계를 흘긋 보고 말했다.

점심 식사로는 거의 술밖에 마시지 않는 현허와 마주 앉아서 대충 차린 밥을 먹는 날의 연속이라, 이렇게 밖에 나올 때면 식당에 갈 기회를 놓칠 수 없었다. 게다가 비휴는 정말, 엄청나게 많이 먹기 때문에 먹고 싶은 메뉴는 뭐든 주문할 수 있었다. 계산도 현허 선생 돈으로 하고.

그런데 그날따라 식사 중에 엉뚱한 일이 생길 줄은 몰랐다.

❧❧❧

종로는 오래된 동네였다. 그리고 오랜 시간이 흐르면 그만큼 쌓인 게 있기 마련이다. 좋은 의미로도, 나쁜 의미로도 그랬다.

학교 친구 중에는 종로 뒷골목이 낡고 지저분하다고 싫어하는 사람도 있었지만, 은지는 특별히 꺼리지 않았다. 좁은 골목이 낡고 허름할지는 몰라도, 어차피 은지 눈에는 두 종류의 더러움이 같이 보였다.

오래된 가게들에는 물론 얼룩과 때와 먼지 외에도 탁기가 쌓였지만, 그건 새 건물, 새집, 반짝이는 높은 유리 건물들도 마찬가지였다. 혼탁은 시간과 함께 많아지는 게 아니었다. 그동안 배운 바로는, 사람들이 끊임없이 오가는 곳은 탁기가 심하게 쌓이지 않았다. 아마 그래서 그걸 활기라고 부르는 것이리라.

비휴를 끌고 산 아래로 내려간 은지가 어렵게 찾아간 곳은 종로 뒷골목, 간판도 없고 야외에서 먹는 듯한 기분이 나는 허름한 생선구이 가게였다.

"원래 이런 데가 맛집이야."

당당하게 말했지만, 비휴가 일어서다가 머리를 부딪치기라도 하면 무너질 것 같은 낮은 천장, 평평하지 않은 바닥, 덜컹거리는 녹슨 철제 의자, 기름때가 가시지 않은 탁자를 보니 약간 불안해졌다. 바깥에서 계속 생선을 구우면서 피어오르는 매캐한 연탄 냄새도 만만치 않았다.

"아, 미안. 냄새에 민감했지?"

은지는 뒤늦게 든 생각에 의자에서 반쯤 엉덩이를 떼었지만, 의외로 비휴는 고개를 저었다.

"괜찮다. 연기가 다른 냄새를 다 가려 주니 나쁘지 않아."

"그래?"

평범한 후각의 소유자로서는, 평소에는 이것저것 냄새가 많이 나면 그것도 나름 짜증 나나 보다 할 뿐이었다.

"어쨌든 생선은 연탄에 구운 게 진짜 맛있거든. 종류별로 주문을……."

은지는 말하다 말고 멈칫했다. 주문도 받지 않고 바로 식탁에 놓인 임연수어 구이와 막걸리 때문이었다.

"저희 이거 안 시켰는데요?"

"이 집 처음 오나? 여긴 메뉴 없어. 다 통일이야."

말한 사람은 막걸리 단지를 내려놓고 휙 가 버린 중년 여성이 아니라 옆자리에 앉은 노인이었다.

'옆? 잠깐만. 다른 손님이 있었나? 이른 시간이어서 아무도 없지 않았나?'

위화감에 주위를 둘러보니 어느새 가게 안이 절반 이상 차 있었다.

그것만이라면 넘어갈 수도 있겠지만 뭔가가 이상했다. 분명히 들어왔을 때는 내부가 이렇지 않았다. 기름때가 가시지 않아 꺼림칙하던 나무탁자들이 드럼통으로, 약간 기우뚱하던 싸구려 철제 의자가 등받이 없는 플라스틱 의자로 변해 있었다. 앞을 다시 보니 그들이 앉은 자리도 마찬가지였다.

"이게 무슨 일이야."

은지가 황망해하는 사이, 마치 정지되어 있던 영화가 갑자기 돌아가는 것처럼 주위가 왁자해졌다.

들어오면서 얼핏 보았을 뿐이지만, 지금 앉아 있는 이곳에는 아까 봤다 싶은 게 하나도 없었다. 시계가 있다고 생각했는데 없었고, 낡은 텔레비전이 없었고, 형광등이 아니라 알전구가 달려 있었다. 꽃무늬 벽지가 있었다고 생각했는데, 지금은 칠도 하지 않은 벽뿐이었다. 대신 낡은 거울이 하나 있었다.

은지는 최면에 걸린 듯 일어서서 거울 가까이 걸어갔다. 거울 저편에서 은지가 이쪽을 보았다. 그리고 거울 속 은지의 주위 풍경은 지금 보이는 가게가 아니라, 들어설 때 보고 기억했던 가게 그대로였다.

눈을 몇 번 껌벅이다가 거울에서 고개를 돌리자 풍경이 또 변해 있었다. 더 낯선 공간이었다. 발밑이 흙으로 변하고, 다시 앞에 놓인 탁자가 소반으로 변했다. 낡은 벽이 사라졌다. 그 바깥도 흙길이었다.

햇볕에 탄 얼굴에, 머릿수건을 쓰고 발목이 보이는 치마를 입은 모습이 직관적으로 일하는 사람이구나 알 수 있게 해 주는 여자 두 명이 종종걸음으로 들어왔다. 그런데 그 복장이 이상했다. 사극에서나 봤던, 다만 드라마 속과 달리 딱 봐도 오래 입은 티가 나는 낡은 삼베옷이었다. 멀리서 큰 소리로 누군가가 '물렀거라! 물렀거라!' 외치고 있었다.

'환상?'

아마도 환상일 테지만, 혹시 조선시대로 시간여행을 한 건 아닌가 하는 생각이 교차했다. 은지는 혼자가 아니었다는 사실을 뒤늦게 기억하고 앞자리에 앉았을 비휴를 찾았다.

놀랍게도 비휴는 주위가 보이지 않는다는 듯 태연하게 개다리소반에 놓인 국밥을 한 술 뜨려 하고 있었다. 은지는 황급히 손을 내밀어 숟가락을 막았다.

"잠깐, 잠깐! 먹지 마."

비휴가 뭐냐는 듯 고개를 들어 은지를 보았다.

"뭔지 잘은 모르겠지만, 자고로 귀신놀음에서 내주는 음식은 안 먹는 게 좋잖아. 허깨비면 그나마 다행이지만 이상한 것일 수도 있다고."

은지의 빠른 설명에 비휴가 진심으로 의아하다는 듯한 표정을 지었다.

"뭐야. 지금 이상한 거 몰랐어?"

비휴는 그제야 주위를 둘러보더니 와락 인상을 일그러뜨렸다.

탁탁. 선명하게 바닥을 차는 소리와 함께 비휴의 목소리가 묵직하게 울렸다.

"장난질은 치워라!"

텅 빈 공간에 쩡 하고 울려 퍼지는 목소리와 함께 주위에 북적이던 사람들과 풍경이 너울너울 연기가 되어 흩어졌다.

은지는 어안이 벙벙해서 다시 주위를 보았다. 그들은 폐업한 게 분명한 먼지투성이 가게에 앉아 있었다. 귀퉁이가 떨어져 나간 입간판이 있었고, 금 간 거울이 있었다. 찌그러진 양은 주전자가 있었고, 누군가의 사인이 선명하게 남은 사진 액자가 있었다. 그리고 비휴가 국밥인 줄 알고 떠먹으려던 게 뭔가 하고 내려다본 식탁에는 반쯤 썩은 쥐가 한 마리 놓여 있었다.

은지는 기겁해서 일어나다가 의자를 넘어뜨렸다.

"아니, 이게 무슨……? 우리 지금 귀신에게 홀렸던 거 맞지? 잠깐만, 그런데 어떻게 네가 아니라 내가 먼저 눈치챈 거야?"

비휴는 잠시 생각하고 끙 소리를 냈다.

"처음에 난 지독한 연기 냄새. 다른 냄새를 가려 줘서 편하다고 생각했더니, 그것 때문에 낌새를 못 챘다."

그러니까 비휴가 코는 좋지만, 눈은 그렇게 좋지 않다는 뜻인가.

은지는 비휴가 살짝 변명하듯 말하는 것을 눈치채고 너그럽게 말을 돌렸다.

"그래서, 이게 무슨 일이야? 누구한테 원한 산 일 있어?"

"내가?"

"그럼 비휴 널 노렸겠지, 나 때문이려고? 난 현허 선생 밑에서 일한 지 얼마 안 됐잖아. 누굴 때려눕힌 적도 없고."

비휴는 멀뚱멀뚱 쳐다볼 뿐이었다.

"그래, 그래. 댁이야 원한을 샀어도 모르시겠지."

일단 시간을 확인하려고 했지만, 은지의 휴대폰에는 신호가 들어오지 않았다. 배가 고프기는 한데, 그것만으로는 시간이 얼마나 흘렀는지 확실치 않았다.

일어나서 문을 열어 보았지만, 두 사람이 있는 가게만이 아니라 골목길 전체가 텅 빈 듯 셔터가 다 내려져 있었고 음식점은 보이지 않았다.

"일단 나갈까, 그럼?"

눈이 좋은 은지가 앞장서서 걷기로 했더니만, 발 디딜 곳을 조심해야 했다. 차 한 대 겨우 움직일 법한 좁은 골목은 어두웠다. 보통 사람의 시각으로 봐도 어둡고, 은지의 눈으로 봐도 어두웠다.

높아 봐야 이 층을 넘지 않는 건물 벽 여기저기에 이름을 붙일 만큼 뚜렷한 형태를 갖추지 못한 혼탁이 달라붙어 있었다. 벽마다 새까맣게 따개비가 붙은 것처럼 보였고, 사방에서 곰팡이 냄새가 났다.

닭이 먼저일까 달걀이 먼저일까. 이런 장소는 보통 사람들에게도 황량하게 여겨진다. 햇빛이 아무리 화창해도 음울하게 가라앉아 있어서, 지나는 사람들이 저도 모르게 시선을 피하고, 때로는 아예 의식 바깥으로 밀어내게 된다. 멀쩡히 존재하는데도 '보이지 않는' 도시가 되는 것이다.

그리고 사람들이 외면하고 발길을 끊으면서 어두운 기운은 더 강해진다. 더러운 공터가 더 더러워지듯, 쓰레기더미에 파리와 쥐가 꼬이듯 빛을 피하는 이들이 모여들기 때문이다.

"어우, 싫다⋯⋯!"

은지는 진저리를 쳤다. 예전 같으면 절대로, 무조건 외면하고 피했을 곳이다. 어떻게 여기에 맛있는 생선구이집이 있다고 생각하고 걸어 들어왔을까.

은지가 서둘러 걸음을 옮기는데 비휴가 뒤에서 옷을 잡아당겼다.

"뭐야?"

"골목길이 끝나지 않는다."

은지는 등골이 서늘한 기분으로 걸음을 멈췄다. 첫 번째 환상이 깨어졌을 때 안심한 탓이었을까, 또 아무 생각 없이 계속 걸었다. 종로의 뒷골목길이 이렇게 길게 이어질 리가 없는데.

휴대폰을 다시 꺼내 보니, 멀쩡히 전원은 들어와 있는데 신호가 없었다. 전화를 걸 수가 없었다. 은지는 입 밖에 내고 싶지 않은 말을 마지못해 꺼냈다.

"우리 아직도 환상 속에 있는 거야?"

"그렇겠지."

"그렇게 바로 대답하지 말아 줘⋯⋯. 아오, 점심 한 끼 먹으려다가 이게 무슨 일이람."

은지는 잠시 머리를 싸쥐었다가 풀면서 가방 속을 뒤져 사탕을 찾았다. 머리를 돌리려면 당분이라도 공급할 필요가 있었다.

"좋아. 그러면 답은 간단하네. 우리를 홀리고 있는 뭔가를 찾아내야 나갈 수 있겠지. 맞지? 이젠 냄새를 맡을 수 있겠어?"

그러면서 비휴에게도 사탕을 내밀려던 은지는 경악하고 말았다. 지금까지 본 환상보다 더 충격적인 장면이었다.

"그거⋯⋯ 그, 금!"

비휴가 현허가 보낸, 그러니까 은지가 조금 전에 가져다준 금반지와 금귀걸이를 입에 털어 넣고 와작와작 씹고 있었다. 그게 한 조각에 얼마인지 대충 아는데, 그걸 입에 넣고⋯⋯.

'혹시 순금인지 확인하는 건가?'

은지는 말도 안 되는 현실도피를 택했다가, 비휴가 끝내 씹은 금을 꿀꺽 삼키는 장면에 좌절하고 말았다.

그러거나 말거나, 비휴는 그러고 나서야 살겠다는 듯이 표정이 조금 풀려서 다시 코를 킁킁거렸다.

"이제 알겠군. 기귀器鬼다."

은지는 고개를 갸웃거렸다. 기귀는 부서지거나 버려진 물건이 혼을 얻어 움직이는 것들이라고 듣기는 했지만, 실제로는 아직 감이 잘 오지 않았다.

"살아 움직이는 골동품이나 지난번에 그 돼지, 진묘수 같은 건가?"

"그건 냄새가 다르다."

비휴는 질문을 하면 매번 이렇게 꼬박꼬박 대답해 주는 편이었지만, 어떻게 다르냐고 물으면 설명을 잘하지는 못했다.

물건이 혼을 얻는다는 부분만 생각하면, 오래 쓴 빗자루나 물건이 도깨비가 된다는 전설과도 비슷했다. 오래된 물건이 요괴가 된다는 일본의 쓰쿠모가미와도 비슷하고. 다만 부서지고 버려진 물건만 딱 집어서 말한다는 점이 다를까.

은지는 나중에 더 알아봐야겠다고 생각하면서 찬찬히 생각을 다시 정리했다.

"흐음. 어쨌든 그 기귀라는 게 원흉이라는 말이지? 큰 해를 끼친 건 아니지만…… 여기에서 나가려면 그걸 잡아야 하는 건가?"

"그럴 수도 있고, 부수고 나갈 수도 있고."

비휴가 말하면서 스르륵 팔에 감고 있던 뭔가를 풀었다. 보기에는 새끼줄을 꼬아서 만든 금줄 같았는데, 비휴의 팔에서 풀려 나오더니 봉처럼 직선이 되어 손에 잡혔다. 이전에 멧돼지와 싸울 때는 보지 못했던 물건이었다.

비휴는 그대로 그 물건을 땅에 꽂았다. 우르르, 지진처럼 땅이 울리더니 골목 여기저기에서 어둠 조각들이 쓰레기와 함께 굴러다녔다. 이어서 괴괴하던 골목길에 텅, 텅 소리가 났다. 처음에는 들릴락 말락 한 소리였지만 차츰 커지며 골목길 전체에 울려 퍼졌다.

무수한 물건이 부딪치고 구르는 듯한 소음 사이사이에 다른 소리가 섞여 있었다. 귀 기울여 보니 같은 말의 반복이었다.

왜? 왜? 왜? 왜? 왜? 왜? 왜?

소름이 쫙 끼쳤지만, 그래도 상대가 말을 할 수 있다는 건 긍정적인 구석이 있었다. 은지는 두 팔을 크게 휘저으며 외쳤다.

"저기요! 저희 싸우고 싶지 않거든요! 그러니까 잠시 대화를 좀."

그러나 그것은 비휴의 단호한 말에 끊겼다.

"사방에서 냄새가 나더라니, 좁은 곳에 많이도 모였군. 나와라. 안 그러면 통째로 무너뜨린다."

왜? 왜? 왜?

어째서?

비휴는 다음 순간 뒤에서 날아온 식칼을 낚아채어 바닥에 내동댕이쳤다. 녹슨 식칼은 다시 튀어 오르려 했지만 비휴의 슬리퍼가 한 번 더 밟자 날카로운 쇳소리를 내며 부러졌다. 뒤이어 회오리처럼 온갖 물건이 몰려왔다.

그 뒤에 비휴가 벌인 일은 무차별 난동과 다르지 않았다. 그릇과 시계와 냄비와 의자들을 밟고, 차고, 금줄로 때렸다가 채찍처럼 후려치는 가운데 온갖 물건들이 파편이 되어 흩어졌다. 피가 흐르지는 않았지만 부서지고 깨어지고 부러지는 소리들이 단말마의 비명과도 같았다.

알아서 벽에 찰싹 붙어 있던 은지는 저도 모르게 눈살을 찌푸렸다.

'피도 눈물도 없네. 잔인무도 그 자체야.'

피 한 방울 흐르지 않지만 왠지 그랬다.

기귀라는 건 본체인 원래 물건만 부수면 끝인 모양이지만, 은지는 합세할 엄두가 나지 않았다. 비휴처럼 아무렇지도 않게 밟아 부술 자신이 없었다. 아니, 아무렇지 않은 정도가 아니라 지금 비휴의 모습에서는 격한 분노마저 느껴지는 게 의아했다.

그만! 그만!

포효하는 듯한 소리가 나더니 발밑에서 한기가 솟아올랐다.

비휴가 막 후려치던 금줄을 거둬들여 양손으로 잡고 발밑에서 치솟는 기운을 막았다. 그렇게 막고서도 몸이 허공에 붕 뜰 정도로 강력한 기운이었다.

은지는 속수무책으로 허공에 튕겨 올랐다. 거의 삼 층 높이까지 올라간 것 같았다. 문제는 떨어질 때였다.

'삼층에서 떨어지면…… 죽나?'

비명이 목구멍에 턱 걸리고, 목이 졸렸다. 기분이 아니라 현실이었다. 누군가가 목덜미를 잡아채면서 옷깃이 목을 조르고 있었다.

은지는 켁켁거리다가 겨우 목을 부여잡고 눈을 떴다. 아직 허공이었다. 정확히는 낡은 건물 옥상 모퉁이였다. 비휴가 떨어지는 은지를 받아 낸 모양이었다.

은지는 후들거리는 다리로 옥상에 내려서면서 가까스로 고맙다는 말을 중얼거렸지만, 비휴는 이미 듣고 있지 않았다.

"어디 있지? 네 눈에 뭔가 특이한 게 보이진 않나?"

냄새로는 찾을 수 없는 모양이었다. 은지는 주위를 두리번거리면서 중얼거렸다.

"뭘 찾아야 하는지 알아야 찾지. 그나저나 걔들 계속 '왜, 왜, 왜'거리던데. 나야말로 왜냐고 묻고 싶다. 난 생선구이를 먹고 싶었을 뿐이란 말이야!"

"왜냐고 물었다고?"

"안 들렸어?"

은지는 잠시 멈춰 서서 비휴를 보다가 다시 설명했다.

"처음 그 식칼이 공격해 오기 전에, 그때는 아주 많은 목소리가 '왜? 왜? 왜?' 이러더라고. 그래서 나도 대화가 될 거라고 생각했던 거야. 조금 전에 아래에서 뭔가 밀려오기 전에는 '그만!'이라는 소리가 들렸고. 그러고 보니 조금 전 목소리는 좀 더 또렷했네. 여자 목소리 같기도 했고."

설명하고 보니 묘했다. 은지는 미간에 주름을 모으며 자문했다.

"뭐지. 그만하라는 건 알아듣겠는데, 왜는 뭐가 왜냐는 거야?"

그 순간, 마치 대답처럼 그 목소리가 다시 들렸다.

왜 우릴 내버려 두지 않는 거냐!

"어. 지금 다시……."

은지가 그 말을 옮기려는 순간, 분노한 고함소리 같은 것이 세상을 흔들었다. 그리고 발밑이 허전해졌다.

부서진 옥상을 뚫고 반 층 아래, 이층 바닥을 때리면서 몸이 한 번 튀어 올랐다. 은지가 아파할 겨를도 없이 허술한 판자 바닥이 다시 아래로 무너져 내렸다.

 이번에 떨어진 곳은 판자 바닥이 아니라 시멘트 바닥이었다. 좀 더 타격이 컸다. 그리고 정신이 돌아왔을 때는 남은 가게가 위에서 쏟아져 내리고 있었다.

 은지는 본능적으로 몸을 옆으로 굴렸다. 뭐든 좋으니 아래로 들어가서 숨어야 한다는, 그런 본능에서 나온 행동이었다. 옆에 있는 게 식탁이었다면 그 행동이 오히려 더 나쁜 결과를 낳았겠지만, 다행히도 굴러 들어간 곳이 양철 조리대 아래였다.

 쿠구구궁, 요란한 소리가 나고 나무와 돌 파편이 여기저기로 튀었다. 반사적으로 팔로 얼굴을 감싸고 몸을 웅크리고 있던 은지는 소리가 조금 잦아들자 조심스럽게 팔을 치우고 호흡을 골랐다.

 날리는 흙먼지 때문에 잘 보이지 않고 눈이 매웠다. 그러나 주위의 불안한 진동이 건물 붕괴가 끝나지 않았음을 알려 주었다. 어쨌든 이 건물에서 벗어나야 한다는 생각에 몸을 굴려 일어나려던 은지의 눈을 무엇인가가 붙잡았다.

 조리대 밑에 뭔가 반짝이는 물건이 있었다. 무심코 그쪽으로 손을 뻗던 은지는 뒤이은 굉음에 다시 몸을 움츠렸다.

 은지를 다시 움직인 건 비휴의 쩌렁쩌렁한 목소리였다.

 "오래 못 버틴다! 빨리 나와!"

 은지는 눈을 다시 떴다. 역시 눈을 뜨자 그 반짝임이 먼저 보였다. 은지는 그게 왜 그렇게 신경이 쓰이는지 모르면서도 조리대 아래로 손을 뻗었다. 조금만 더 뻗으면 잡힐 것 같았다. 은지는 그러면서도 마주 외쳤다.

"잠깐만! 여기 뭔가…….."

"어이."

"잡았다!"

뭔지는 정확히 모르지만 손에 딱 잡히는 크기의 차가운 물건이었다. 은지는 조리대 밑에서 주먹을 빼면서 비휴의 목소리가 들린 쪽을 돌아보았다. 그제야 상황이 눈에 들어왔다.

비휴가 등과 어깨로 무너지려는 벽을 떠받치고 있었다. 은지는 허둥지둥 그쪽으로 달렸다.

은지가 비휴 옆에 도착함과 동시에 건물이 무너져 내렸다.

비휴와 함께 몇 바퀴를 굴렀을까. 비휴는 바로 일어섰지만, 은지는 길바닥에 대자로 뻗은 채 끙끙거려야 했다. 연속으로 떨어지고 시멘트 바닥을 구른 타격이 한꺼번에 몰려와서였다. 울 생각은 손톱만큼도 없건만, 눈물까지 나왔다.

"못 일어나겠어. 어디 부러졌나 봐."

이를 악물고 겨우 한 말이었건만, 비휴는 은지를 내려다보며 말했다.

"멀쩡한데?"

순간 울컥했지만, 반박할 틈이 없었다.

왜 우릴 내버려 두지 않는 거냐!

"뒤, 뒤!"

비휴는 뒤를 돌아보는 데 시간을 낭비하지 않고 바로 금줄로 뒤쪽을 후려쳤다. 하얀 옷을 입은 처녀귀신이 흩어졌다가 몇 걸음 뒤에 다시 나타나더니, 먼지구름이 일어났다. 무너진 건물의 파편과 그 속에 묻혀 있던 물건들 모두가 다시 몰려오고 있었다.

겨우겨우 전봇대에 기대어 앉은 은지는 앞에 보이는 풍경이 지극히 비현실적이라는 생각을 했다. 금빛 새끼줄을 휘두르며 날아다니는 잡동사니를 부수는 남자라……. 어느 게임에서 이런 그림을 봤던가.

한가로운 생각을 계속할 때는 아니었다. 비휴는 엄청나게 파괴적이었지만, 상대는 부숴도 부숴도 계속 몰려오는 것 같았다.

그러고 보니 뭔가 빠뜨린 것 같은 생각이 들었다. 비휴가 멀쩡하다고 했을 때는 울컥했지만, 실제로 더듬더듬 제 몸을 만져 보니…… 멀쩡했다.

'왜 멀쩡하지? 이층에서 떨어지고, 바닥을 굴렀는데? 이렇게 아픈데?'

게다가 모든 공격이 비휴에게만 집중되고, 누워 있는 은지에게 오지 않는 것도 이상했다.

문득 손에 이물감이 느껴졌다. 그때까지 꽉 쥐고 있던 손을 펴니 종이 아니라 작은 놋그릇이 나왔다.

눈앞에 대고 자세히 보니 종지였다. 아주 오래전에 만들어졌을 게 분명한, 험하게 쓰지 않았어도 이리저리 구른 흔적이 역력한 종지였다. 손끝으로 튕겨 보니 금속성이 울리면서 화르륵, 눈앞에 장면들이 지나갔다.

여자들, 수많은 여자들의 얼굴이었다. 얼굴이라기보다는 숙인 고개와 정수리였다. 파마머리도 있었고, 쪽 찐 머리도, 나이를 먹어 듬성듬성 두피가 드러난 정수리도 있었다. 대부분 상한 손끝을 간절히 모으고 있었다.

은지는 퍼뜩 정신을 차리고 종지를 내려다보았다. 이건 다른 물건들과 다르다는 느낌이 왔다.

"설마. 너야?"

끼이이이이이이!

이 층 건물만 한 칠판을 빗자루만 한 손톱으로 긁는 것 같은 소리가 나는 바람에 종지를 떨어뜨릴 뻔했지만, 은지는 두 손으로 귀를 막고 싶은 충동을 누르고 종지를 땅바닥에 내리쳤다.

끼아아아아아아아아아악!

놋쇠 종지는 약간 우그러졌을 뿐, 바닥을 내리친 은지의 손이 더 아팠다. 뛰어올라 밟아 보아도 발만 아팠다. 놋쇠는 생각만큼 단단하지 않지만, 종지가 너무 작은 게 문제였다.

"그건가?"

다음 순간, 상황을 눈치챈 비휴가 종지를 낚아채더니 그대로 입에 던져 넣었다.

와드득.

바위만 한 눈깔사탕이 부서지는 듯한 소리가 났다. 그리고 파사삭, 꿈이 깨어졌다.

돌아온 곳은 생선구이를 먹으려고 들어섰던, 같은 골목길이었다. 건물이 무너지지도 않았고, 부서진 물건도 생각만큼 많지 않았다. 은지와 비휴의 몸이 먼지투성이이긴 했지만 그저 지저분한 바닥을 몇 번 구른 정도 수준이었다.

"와. 그것까지 다 환상이었다니."

은지는 혀를 내두르고 비휴를 쳐다보았다.

"그런데 설마 그걸 삼킨 거야? 귀신 붙은 물건을 먹으면 탈 안 나?"

🌙〇🌙

피마避馬란 말을 피해 다닌다는 뜻이다.

조선시대, 종로 큰길은 벼슬아치들이 궁을 오갈 때 이용하는 길이었다. 높으신 분들의 행차가 있으면 큰길을 지나던 백성들이 모두 엎드리고 고개를 조아리느라 제대로 활동을 하지 못하니, 행차와 마주칠 일 없이 다닐 수 있도록 북쪽으로 길게 좁은 길이 생겼다. 백성들이 주로 이 좁은 길로만 왕래하다 보니 길 양옆으로 밥집, 주막들이 생겨났다. 이것이 피맛골이었다.

시간이 흐르고 한양의 이름이 서울로 바뀌는 동안 주막은 싸구려 선술집으로, 연탄구이집으로 발전했다. 예나 지금이나 주머니 사정 나쁜 사람들이 즐겨 찾기는 마찬가지였다.

그러나 그것도 최근까지의 이야기. 종로를 깔끔하게 단장한다는 계획과 더불어 피맛골도 구획별로 차례차례 재개발이 확정되었다. 금방이라도 무너질 듯한 건물을 허물고 깔끔하고 세련된 건물을 새로 세우고, 깨끗한 길에 어디 내놓아도 부끄럽지 않은 번듯한 관광지로 만들겠다는 이야기였다.

그리고 이 골목길에 남은 모든 것을 부수고 새 건물을 지으면, 당연히 모든 물건이 같이 부서지거나 버려졌을 것이다.

생선구이집 골목을 벗어나서 나중에 알아보니, 이미 근처에 괴담이 돌고 있었다. 철거를 위해 진입하려고 해도 골목길을 못 찾거나, 사람이 근처에서 사라졌다가 한참 후에 갑자기 돌아오거나 하는 일이 여러 번 있었다고 했다.

그 전에는 이미 피맛골에서 술을 마시다가 갑자기 사라진 사람이 몇 시간, 심하게는 며칠 후에 돌아온 일들이 있었고 그중에는 조선시대에 다녀왔다고 주장하는 사람도 있었다. 물론 대부분 술을 마신 사람이었기에, 웃음거리로 치부되었다.

하지만 그렇게 말썽을 피우고 있었으니 누군가가 찾아가는 것은 시간문제였다.

"그래서 갑자기 나타난 우리가 자기들을 퇴치하러 왔다고 생각했다는 거네요."

"그랬겠지. 특히 비휴 녀석이 살기를 뿜어 댔으면."

이제야 '왜'라거나 '우릴 내버려 두라'던 말들이 조금 이해가 갔다. 지나가는 사람들을 환상에 빠뜨리거나 겁을 줘서 내쫓은 걸 잘했다고 할 수야 없지만, 그게 철거에 저항하는 나름의 수단이었다고 생각하면 마음이 좋지 않았다.

그 생각을 읽은 듯이 현허가 말했다.

"너는 할 줄 아는 것도 없으면서 뭘 그렇게 오지랖이냐. 어차피 그대로 두었다가는 바깥세상에서는 그 골목길의 존재를 잊고, 그 속의 기귀들은 점점 혼탁에 먹혀서 결국엔 아무것도 기억하지 못하게 됐을 테지. 결국에는 누군가가 청소해야 했을 테고, 그사이에 누군가가 정말로 다쳤을 수도 있어."

"그렇지만."

차라리 정식으로 의뢰라도 들어왔다면, 미리 조사를 해서 기귀들이 왜 그런 장난을 치는지 알아내고 찾아갔다면 다를 수도 있지 않았을까. 다른 방법을 찾아서 설득할 수도 있지 않았을까 하는 생각이 떨쳐지지 않았다.

"모아서 어디 다른 곳에라도 데려다주면…… 대단한 유물은 아니라도 민속박물관에서는 받아 줬을지도 몰라요. 몇 개라도 건질 수 있었을지도 모르죠."

현허가 반응하기 전에 옆에서 비휴가 냉랭하게 코웃음을 쳤다.

"그래. 잘 모아다가 박물관 창고에 처박아 준다고 했으면 그 물건들이 참 좋아도 했겠다."

은지는 발끈해서 비휴를 노려보았다.

"그거야 해 봤어야 알 일이지. 그래도 다 부서져서 없어지는 것보다야 낫지 않겠어?"

"적응할 수 있는 것들이면 그런 머저리 짓은 안 했지."

또다. 기귀들을 부술 때도 느꼈지만, 비휴의 태도에 무관심이 아니라 적개심이 어려 있었다. 그러나 더 생각하기 전에 현허가 다시 말했다.

"그나저나 평범한 종지였다고? 힘의 크기는 종류나 정체에 달려 있지 않아. 그렇지만 확실히 이상하구나. 기껏해야 백 년짜리 기귀가 환술을 쓰다니. 그것도 비휴와 네가 쉽게 빠져나오지 못할 정도의 규모였다고?"

현허가 화제를 돌리자 비휴는 나가려다 말고 마지못해 말했다.

"평범한 종지는 아니었어. 신체神體로 오래 쓰던 물건이었다."

"아하."

현허와 비휴는 이해한 모양이지만 은지는 이해가 가지 않았다.

"신체가 뭔데요?"

"신체라는 건 신을 모시는 자리다. 이 경우에는 종지였다니, 아마 부엌신 조왕을 모셨겠지."

"잠깐만요. 그러면 그 그릇이 신령이었다는 거예요?"

현허는 고개를 단호하게 가로저었다.

"아니. 사람들이 신에게 기도를 올리기 위해 이용한 매개체일 뿐, 정말로 신이 깃드는 곳은 아니야. 하지만 오랜 시간 기원하는 마음을 받고, 가끔은 조왕신이 쓰기도 했을 테니, 단순히 오래된 물건이 변해서 생긴 기귀보다는 힘이 있지."

설명을 들으니 그렇구나 싶다가 문득 의문이 더 생겼다.

"하지만 그러면 그 조왕신, 부엌의 수호신은 어디 있었던 건데요?"

이제야 종지를 잡았을 때 주마등처럼 스쳐 지나간 수많은 여자들의 모습이 조왕신에게 기도하는 모습이었구나 이해가 가는 동시에, 의아해졌다. 오랫동안 그 자리에 있던 음식점이 망하고, 하잘것없는 그릇과 집기들이 파멸을 막으려고 농성하는 동안 그 수호신은 어디에 있었단 말인가?

"그렇게 오래 정성스럽게 모시고 기도도 했는데, 정작 그 부엌에 수호신은 없었던 거예요?"

꺼내기 싫은 화제를 누군가 내놨을 때 특유의 정적이 내려앉았다.

은지는 어색한 정적을 메우듯이 다시 물었다.

"그렇지 않아요? 산신도 있고 마을신도 있던데, 그러면 조왕신 같은 집안 수호신도 있어야 하는 거 아니에요? 어떤 건 있고 어떤 건 없다니, 이상하잖아요."

현허는 잠시 입가를 문지르다가 뒤로 기대앉았다.

"그래. 원래는 지킬 게 있는 곳이라면 어디에나 수호신이 깃들어 있었지."

사실은 신령의 존재를 알고부터 쭉 생각했다.

왜 이제까지 잡귀와 요괴 같은 것은 실컷 보고 살았는데, 신령들은 본 적이 없었을까.

신령이 있다면 나쁜 일들은 왜 일어나는 걸까.

아니, 사고는 막을 수 없다고 쳐도 잡귀들은 왜 아무도 막지 않는 걸까.

왜 지하철마다 술 취한 노숙자나 조현병을 주체하지 못하는 사람처럼 보이는, 정체는 몰라도 사람들이 알아서 피하게 되는 위험한 잡귀들이 배회하는 걸까.

그런 생각을 깨뜨리듯, 현허가 뒤늦게 덧붙였다.

"과거에는 그랬어."

과거에는 그랬다는 건, 지금은 아니라는 말이었다.

그러고 보니 최근에 잠들어 버린 북한산 신령이 떠올랐다.

"이젠 별로 없다는 뜻이에요? 다들 잠들고 그런 건가요?"

"잠들기도 하고, 없어지기도 하지. 최근에 세상이 워낙 빠르게 변하다 보니……."

"죽기도 하고, 헤매기도 하고. 시대에 뒤떨어져서 허우적대는 건 기귀들만이 아니라는 얘기다."

비휴가 끼어들어 말하자 현허가 손을 내저었다.

"적응 중이라고 해야겠지. 어쨌든 수호신이라면 차차 더 보게 될 게다. 오늘은 그만 가서 쉬어라."

대화를 하다 말고 내쳐진 기분이었지만, 은지는 현허와 비휴의 냉랭한 분위기를 살피다가 그만 물러나기로 했다.

그날은 마을버스에서 내려서 지하철로 가는 길에 문득, 이전에 보지 못했던 캠페인 안내판에 눈길이 머물렀다.

〈깨끗하고 아름다운 서울을 위해〉

경희궁의 불가사리

　간판도 깃발도 없는 현허의 상담소를 찾아오는 사람들은 대부분 다른 누군가에게서 추천을 받아서 왔다. 그러니까, 하루 손님이 많지 않았다.

　그중에서도 대부분은 평범한 고민거리를 들고 와서 한 시간쯤 하소연을 늘어놓고는, 후련해진 얼굴로 나갔다.

　현관 앞 접수대에 앉아서 문 쪽을 보고 있노라면, 들어서는 손님들 대부분이 뭘 짊어지고 오는지가 보였다. 대개는 몸 여기저기에 먹구름처럼 보이는 검은 것이 붙어 있는 정도였다. 그걸 현허는 '혼탁'이나 '탁기'라고 불렀는데, 손님들이 붙이고 오는 것도 길거리에 돌아다니는 사람들 대부분과 비슷한 수준이었다.

　그리고 상담을 하고 나갈 때는 그게 없어져 있었다.

그래도 가끔은 조금 다른 손님이 찾아왔다. 이날도 그랬다.

예약할 때 전화를 받아서 상담 내용은 알고 있었다. 의뢰인은 심한 가위눌림과 수면장애로 고생하는 딸을 둔 어머니였다. 어머니 이름은 윤숙. 딸 이름은 시은. 딸 하나뿐이고, 같이 산다.

멀쩡한 이십 대 후반의 직장인이었던 딸은 당연히 정체 모를 상담소라니 질색을 했지만…… 병원과 수면클리닉을 전전하면서도 문제가 해결되기는커녕 점점 악화되는 바람에 직장도 다닐 수 없게 되자 자포자기의 심정으로 어머니의 손에 끌려온 상황이었다.

의아하게도 모녀는 찾아왔을 때와 변한 데라곤 없는 모습으로 나갔고, 이어서 현허가 은지를 불러들였다.

"조금 전에 나간 사람들한테서 뭐가 보이던?"

은지는 열심히 기억을 더듬었다.

"어…… 뭔가 흐릿한 게 김시은 씨 머리부터 허리까지 둘러싸고 있던데요. 잘 모르겠어요. 색깔도 어둡지 않고, 특별히 형체도 없던데요. 위험해 보이지도 않고."

현허는 그 대답에 만족한 듯 고개를 끄덕였다.

"몽귀 종류가 원래 그렇다. 언뜻 보기엔 잘 알 수 없어."

"몽귀. 몽귀면 꿈 몽夢 자인가요?"

아, 그래서 잠을 못 잔 건가. 은지는 그동안 축적해 둔 잡지식을 소환했다.

"서큐버스나 인큐버스, 그런 거예요?"

"서큐버스가 뭐냐?"

현허는 외국 문물을 잘 모르는 편이었다. 은지는 약간 민망한 기분으로 헛기침을 하며 꿈속에 나타나서 성교를 하며 사람의 생기를 빤다는 마귀에 대해 설명했다.

현허는 재미있게 듣더니 피식 웃으며 고개를 저었다.

"보통 몽귀는 우환과 근심의 틈을 뚫고 생기니까, 서큐버스 같은 몽귀가 나온다면 그 사람은 세상 제일 큰 근심이 성교겠구나. 딱하기도 하지. 아무튼 꿈과 비슷한 성질을 띠다 보니, 이게 사람이 잠들었을 때나 형태가 드러나고 평소에는 흐릿하다는 게 문제다. 몽귀가 하루 이십사 시간 내내 짙고 뚜렷하게 보인다면 그건 이미……."

현허는 불길하게 말끝을 흐렸다.

"그러니까 문제를 해결하려면 어떤 몽귀인지 알아야 하는데, 어떤 몽귀인지 알아보려면 당사자가 잠들어 있어야 한다는 말씀이군요."

"그렇지. 잘 알아들었네. 잘 때 지켜보면 된다."

은지는 수첩에 몽귀에 대한 설명을 적다 말고 한 박자 늦게 고개를 들었다.

"어, 제가 하라고요?"

"야근수당에 외근수당도 받는 일이지."

"그건 좋지만, 그래도 선생님도 옆에서 지켜보시는 거죠?"

"안 그래도 수면장애에 시달리는 사람을 낯선 곳에서 재웠다가 시간이 얼마나 걸릴 줄 알고? 당연히 자기 집에서 자게 하고 옆에서 지켜봐야지."

"그럼 선생님은…… 그렇군요. 선생님은 이 집에서 나가시는 일이 없죠. 저만 가야겠네요."

"그래. 이제야 알아듣는구나."

은지는 허망하게 먼 곳을 보았다. 평소 일보다는 이런 일이 재미있긴 하지만, 그렇다고 남의 집에서 밤을 새우고 싶었던 건 아니었다. 심지어 휴일 전야에.

❤🍂❤

그래서 초여름 새벽. 은지는 낯선 집에서, 잘 알지도 못하는 사람의 자는 모습을 보며 하품을 해 대는 신세가 되었다.

지시는 간단했다. 밤새 붙어 앉아서 몽귀가 나타나는지 지켜볼 것, 나타나면 어떤 모양을 취하는지 잘 보고 기억해서 전달할 것.

"그것뿐이에요?"

"그러면 너한테 뭘 더 시키랴?"

현허는 그렇게 말하고 파란 주머니를 하나 내주었다. 복주머니같이 생겼는데, 받아 드니 무게는 전혀 없으면서도 안에서 뭔가가 달가닥거렸다. 칭칭 감긴 가느다란 노란 줄이, 새끼줄은 아니지만 아마도 금줄인 듯했다.

금줄은 신성한 것에 두르기도 하고 부정한 것을 막기 위해 두르기도 하니, 안에 든 게 어느 쪽인지는 알 수 없었다.

"이건 만약의 경우에 대비해서 주는 거니까, 열어 보지 말고 잘 가지고만 있어라."

은지는 주머니를 흔들어 보았다.

"뭐가 든 거예요?"

현허가 눈을 가늘게 뜨고 손을 뻗어 은지의 이마를 튕겼다.

"네 마음대로 열면 감봉이다. 내 지시 없이는 절대, 푸는 시
늉도 하지 마."

그 주머니는 지금 옆에 놔둔 숄더백 안에 고이 들어 있었다.
은지는 몇 잔째인지 기억하기 힘든 커피를 마시며 백 번째로
방 안을 둘러보았다. 심심함을 때울 거리가 보이지 않았다.

컴퓨터는 다른 방에 있었고, 몇 권 있는 책은 영어 회화책,
일본어 회화책, 해커스토익 등이었다. 그나마 〈마시멜로 이야
기〉라는 책이 보이기에 뽑아 봤더니 '성공은 준비된 자만이 가
질 수 있는 마시멜로다' 같은 소리가 보여서 바로 덮었다. 〈긍
정의 힘〉도 마찬가지였다.

'이런 책들만 보다니, 스트레스가 심하긴 심한가 봐.'

시계가 겨우 새벽 세 시를 가리켰다.

'이거 밤만 새우고 아무것도 못 건지는 거 아냐?'

은지는 수면제를 먹고 잠든 시은을 한번 건너다보고 휴대폰
을 열었다. 비쥬얼드 게임이라도 있어서 얼마나 다행인지.

그러나 게임에 열중하다가 문득 팔의 털이 곤두서서 고개를
들었더니 뭔가가 시작되고 있었다.

수면제를 먹고 죽은 듯이 자던 시은이 신음하고 있었다. 은
지는 얼른 전화기를 닫고 숨을 죽였다. 내내 흐릿한 베일처럼

시은을 감싸고 있던 기운이 뭉클뭉클 움직이더니, 한데 뭉친 종이처럼 둥글게 모여들었다.

곧 형태가 잡혔다. 사람 모양이었다. 물결에 비친 그림자처럼 흐릿하기는 해도, 누구인지 알아볼 만큼은 특징을 갖췄다.

시은의 어머니였다.

은지는 흡 하고 새어 나오려는 소리를 막았다. 숨을 죽이고 지켜보려니 시은의 어머니 모습을 한 뭉귀가 반듯하게 누운 시은의 가슴팍을 타고 눌렀다.

'으! 엄마 모습이라니, 기분 나빠라. 어머니가 압박을 많이 주는 편이신가. 아까 보니 딸 걱정에 잠 못 이루는 어머니던데.'

은지는 얼굴을 찡그리며 몸을 약간 뒤로 물렸다. 진짜는 아니라지만 딸이 어머니에게 눌려서 숨을 못 쉬고 끅끅대는 모습을 보고 있자니 마음이 불편했다.

덜커덕, 손에 느슨하게 쥐고 있던 휴대전화가 바닥으로 떨어지고, 뭉귀가 그 소리에 놀랐는지 파르륵 흩어졌다.

은지는 참았던 숨을 토해 내면서 전화기를 주웠다. 보기만 하라고 했으니 할 일은 다 한 셈이었다. 그러나 집 안 사람들을 깨우지 않고 나가기엔 너무 한밤중이었다.

아니, 어차피 시은의 어머니는 깨어서 이제나저제나 하고 기다리고 있을지도 모르지만.

그 얼굴을 마주할 생각을 하니 더더욱 바로 나가기가 싫었다.

은지는 다섯 시까지만 버티다가 나가야겠다고 생각하고 벽에 기대앉았다가, 누가 거세게 흔들어 깨우는 통에 일어났다.

"이봐요, 아가씨. 은지 씨라고 했나? 좀 일어나 봐요. 밤새 지킨다더니, 무슨 날이 훤하도록 자고 있어?"

"어, 예?"

눈앞에 있는 사람은 시은의 어머니 윤숙이었다. 은지는 황급히 침을 닦으며 인사를 하려고 했지만, 그럴 상황이 아니었다. 윤숙은 화가 나고 억울하고 다급하고 놀란 얼굴이었다.

"우리 애가 일어나질 않는데 어떻게 된 거예요. 어떻게 된 거냐고! 무슨 짓을 한 거야!"

은지는 잠에서 덜 깬 상태로 어벙벙해 있다가 잠시 후에야 상황을 파악했다.

시은이 잠에서 깨어나질 않았다. 옆에서 아무리 큰 소리를 내도, 거칠게 흔들어 봐도 소용이 없었다. 손을 아프도록 꽉 쥐어도 아무 반응이 없었다.

아침에 들어왔다가 그런 딸의 상태를 안 어머니는 대체 무슨 짓을 한 거냐며 은지부터 의심하고, 구급차를 부른다, 경찰을 부른다 소리를 질렀다.

'구급차……는 부르는 게 맞나?'

수면제가 독했거나 너무 많이 먹은 게 아닌가 하는 생각이 먼저 들었지만, 은지에게 그걸 판단할 능력은 없었다. 그래서 은지는 할 수 있는 유일한 일을 했다.

즉, 현허에게 전화를 걸었다.

현허 선생에게 그래도 신령이 맞나 보다 싶은 초능력이 하나 있다면, 필요할 때 강력한 신뢰를 불러일으키는 능력이었다.

그 능력은 이번에도 통했다.

전화기를 통한 몇 마디만으로 의뢰인의 분노와 걱정을 가라앉힌 현허는 다시 은지를 바꿔서 물었다.

"지금은 뭐가 보이냐? 몽귀가 어떻게 보여?"

"음, 그러니까…… 밤에 본 것 같은 형태는 없어졌고, 반투명한 담요에 싸인 것처럼 보이는데요. 전에는 허리까지만이었는데, 지금은 머리끝부터 발끝까지 다 감싸고 있네요. 색깔도 좀…… 진해졌고요. 아니다, 색이 진해졌다기보다는 두꺼워졌나?"

"밤에 무슨 일이 있었지?"

은지는 딸 옆에 붙어 앉은 어머니에게 들리지 않도록 거리를 벌리고, 작은 소리로 새벽에 본 광경을 설명했다.

현허가 잠시 침묵하더니 내키지 않는 투로 말했다.

"그렇게 갑자기 심해질 줄은 몰랐는데, 쯧. 일단은 애 엄마 내보내고, 잠든 아이 머리맡에서 파란 주머니를 열어야겠구나."

푸는 시늉도 하지 말라더니, 비상사태는 비상사태인가 보다. 그렇게 생각은 하면서도 뭔가를 하게 됐다는 기대감을 버릴 수 없었다.

은지는 두근거리는 마음으로 파란 주머니를 꺼냈다.

칭칭 감긴 가느다란 금줄을 한 바퀴, 두 바퀴 돌려 풀자 납작하던 주머니가 살짝 부풀어 올랐다. 한 바퀴 더 돌려 풀자 주머니가 더 부풀었다. 두 손에 가해지는 무게도 늘어나는 것 같았다.

은지는 미심쩍은 기분으로 주머니를 가늠해 보다가 남은 금줄을 휘리릭 풀고, 입구를 당겨 열었다. 순간 작은 그림자가 휙 튀어 나가더니 바로 침대로 날아갔다.

창백한 얼굴로 누운 김시은의 몸 위에 내려앉은 그림자는 잠시도 가만히 있질 않아서 윤곽이 흐렸다. 눈에 힘을 주고 보면, 두 주먹을 합친 정도 크기에 생김새는 개 같기도 하고, 코뿔소 같기도 했다.

더 자세히 살펴보려는 찰나에 짐승이 바람 빠지는 소리를 내더니 다시 휙 하고 주머니 속으로 빨려 들어갔다.

은지는 잠시 어리둥절해서 기다리다가, 일단 주머니를 다시 묶었다. 그러고 나서 침대 쪽을 보니 김시은의 몸을 두껍게 감싸고 있던 먹구름 같은 기운이 사라지고 없었다.

혹시나 싶어서 다가가 보니 시은의 잠든 얼굴이 맑았다. 은지는 손을 뻗어 시은의 어깨를 잡고 흔들었다.

"으응…… 조금만 더 자고."

시은은 정말 아무 일도 없었다는 듯 그렇게 뇌까리며 이불을 잡고 머리 위로 끌어당겼다.

은지는 입을 헤 벌리고 파란 주머니를 소중하게 감싸 쥐었다.

'신통해라. 괜히 신령님은 아니네.'

🌙🌙🌙

다음 날.

뭔가 좋은 일을 했다는 기분에, 모처럼의 휴일에 잠도 제대로 못 자고 헐레벌떡 동기 모임에 나가 앉았어도 기분이 썩 나쁘지 않았다. 원래는 불평을 잔뜩 하려고 했던 직장 이야기도 적당히 얼버무리게 됐다.

세부사항을 적당히 빼고 이야기해서 그런지, 은지의 새 직장에 대한 동기들의 반응도 나쁘지 않았다. 대기업 초봉에야 한참 못 미친다지만 야근비도 챙겨 준다지, 직속 상사 말고는 부딪힐 사람도 없지, 그만하면 괜찮은 편이라는 거다.

"괜찮은 편이 아니지. 야, 완전 운 좋네! 영세한 회사들이 얼마나 팍팍한데. 그 정도면 직장생활이 아니라 직장생활 체험이야!"

"그렇지만 경력이 안 되잖아. 나중에 다른 직장으로 옮기려면······."

"안 되려나? 일반회사는 아니라지만, 그래도 회계일을 전담한 경력이잖아."

"점집이 진짜 돈 잘 번다던데. 다 현금으로 받으니까 탈세도 잘하고."

탈세라니, 이중장부라도 쓰는 줄 아냐고 반박하고 싶었지만 은지는 입을 다물기로 했다. 마침 마구잡이로 흐르던 화제가 다른 곳으로 넘어갔다.

"좋은 직장 들어가 봐야 꼭 좋은 것만도 아니야. 돌연사가 남이야기가 아니라니까. 민구 선배 소식 들으니까 나도 무섭더라."

은지는 그때까지 좋던 기분이 철렁 내려앉는 기분이었다.

"민구 선배가 왜?"

"갑자기 쓰러졌대. 병원에 계속 누워 있는데, 어디가 아픈 건지도 못 찾는대. 그냥 잠들어 있는 거라고."

"뭐?"

그때부터는 음식이 귀로 들어갔는지 코로 들어갔는지, 무슨 정신으로 그 자리를 벗어나서 병원까지 갔는지 모르겠다.

은지는 6인실 병실에 누워 있는 민구 선배를 보며 손을 떨었다. 아마 동기 모임에서도 이상하게 보였을 테고, 지금도 이상하게 보일 테지만, 지금 은지의 머릿속에는 그런 생각이 떠오르지 않았다.

실은 그 선배와 겨우 이 주 전에, 지하철에서 마주쳤기 때문이다.

"너 은지 아냐?"

이어폰을 끼고 PMP에 눈을 고정하고 있었던 은지는 조심스럽게 어깨를 건드리는 손길에 화들짝 놀랐다. 고개를 돌리자 뭔가 묻은 것 같은 갈색 반점이 있는 손등이 먼저 보였고, 그 손등 너머에는 자신과 눈높이가 비슷한 남자가 머쓱한 얼굴로 서 있었다.

"민구 선배?"

"은지 맞구나. 다행이다. 잘못 보고 아는 척했나 싶어서 식은땀이 다 났네."

군대에 다녀와 복학한 후로 은지와 같이 학교를 다녔고, 졸업도 같은 해에 한 선배였다. 친하다고는 할 수 없지만 꽤 좋은 기억으로 남아 있던 사람이었다.

"잘 지내고? 취직 준비하고 있다고 들었는데, 어떻게 됐어?"

"아, 안 그래도 얼마 전에 취직했어요."

강세를 팍팍 넣어서 말하자 선배가 소리 내어 웃었다.

"야, 축하한다. 얼굴이 밝은 걸 보니 괜찮은 직장인가 보네."

오랜만에 듣는 나름 다정한 말에 기분은 좋았지만, 대화의 방향은 생각지 못한 근황으로 이어졌다.

"어디서 내린다고? 다음 정거장이네. 얘기도 제대로 못 하고, 아쉬운데…… 아, 참."

선배가 가방을 뒤적여 꺼낸 연보라색 봉투는 청첩장이었다. 날짜는 두 달 뒤였다.

"원래 후배는 축의금 내는 거 아니니까 절대 부담은 갖지 말고, 너도 축하해 줬으면 좋겠다. 와서 밥이라도 먹고 가. 오랜만에 과 사람들 얼굴도 보고."

그래. 은근히 오지랖 넓고 사람들 챙기기 좋아하는 선배였지. 그랬으니 음침하게 지내며 학점만 겨우 따던 은지 같은 후배에게도 살뜰했고.

은지는 조금 씁쓸한 기분으로, 그러나 명랑하게 축하 인사를 던졌다. 그리고 진심을 담아서, 헤어지기 전에 민구 선배의 등을 한 번 때렸다.

"여기 뭐가 묻었네요."

선배는 꽤 아팠는지 헉 소리까지 냈다가 아닌 척 중얼거렸다.

"야, 너 힘이…… 아니다. 힘 좋으면 좋지. 그래. 축하해 줘서 고마워."

은지는 드물게 좋은 일을 했다는 마음에 흐뭇하게 손을 흔들고 지하철에서 내렸다. 뭔가 묻었다는 핑계로 등을 때렸을 때, 선배의 등에 붙어 있던 흐릿한 혼탁을 떨어냈던 것이다.

'별건 아니겠지만, 결혼도 한다니까……'

또렷한 형태를 이룬 잡귀는 아니었지만 붙이고 다니지 않는 편이 마음이 가벼울 터였다. 그러니까 은지는 가벼운 호의를 베풀었다 생각하고 뿌듯해했다. 현허 선생을 만나고 생활이 바뀌어, 심리적으로나마 여유를 갖게 되면서 생긴 자신감 탓이었다.

그런데 그사이에 쓰러졌다니. 설마 내가 뭔가 잘못한 건가 생각할 수밖에 없었다.

그래서 그대로 병원으로 달려와 보니, 눈앞에 누워 있는 민구 선배의 몸은 새까만 뱀 같은 것이 칭칭 감고 있었다.

분명히 몽귀였다. 그것도 아마, 김시은의 경우보다 훨씬 많이 진행된.

'지하철에서 털어 낸 혼탁은 아직 잡귀로 발전하지 않은 그냥 혼탁이었을 텐데. 아니었나? 내가 제대로 털어 낸 게 아니었나? 아니면 그때 이미 몽귀였는데 잘 몰랐던 건가?'

혼란스러움과 이상한 책임감이 뒤엉킨 가운데, 아직 현허에게 반납하지 않아 가방 속에 그대로 담긴 파란 주머니가 무슨 계시처럼 느껴졌다.

'간단하잖아. 이 주머니만 풀면 몽귀를 해치울 수 있는데, 그러면 이렇게 걱정 끼치고 있는 사람이 멀쩡하게 일어날 텐데.

그 정도쯤은 할 수 있지 않아?'

야근비 반납쯤은, 아니 감봉까지도 각오할 수 있다는 결심이 섰다.

다만 병실이 6인실인 데다가 가족이 옆을 지키고 있는 터라, 남들 눈에 안 띄게 문제를 해결할 방법이 없었다.

은지는 한 번에 돌파하기로 마음먹었다.

"저기요…… 좀 이상해 보이시겠지만, 이, 이게 부적 같은 건데요. 해를 끼치자는 게 아니라, 아니, 돈을 받겠다거나 그런 것도 아니니까 속는 셈 치고 써 보지 않으실래요? 뜻이 좋은 거니까요. 그냥."

은지는 의아해하는 민구 선배의 애인 앞에서 헛소리를 주워 섬기며 현허에게 받은 파란 주머니를 꺼냈다. 김시은의 몽귀를 잡아 줬으니 여기서도 통하지 않을까 싶어서였다. 그러나 똑같이 금줄을 풀고 입구를 열어도, 바로 튀어 나가는 그림자는 없었다.

'뭐야, 설마 일회용이었나? 그러면 아무 소용이 없는데.'

불안해져서 주머니를 뒤집어 털었더니, 납작한 나무판이 떨어졌다. 앞면에 개와 코뿔소를 섞어 놓은 듯한 짐승이 그려져 있었고, 뒤집어 보니 뒷면에는 알아볼 수 없는 글자가 적혀 있었다.

그런데 은지가 눈을 가늘게 뜨고 글자를 읽어 보려고 애쓰는 사이에 손안에서 그림이 부풀어 오르더니, 나무판에 그려진 짐승이 튀어나왔다.

민구 선배의 예비신부는 여기서 화를 내야 하나 말아야 하나 망설이는 오묘한 표정으로 은지를 노려보고 있었다. 하기는, 잘 모르던 후배라는 사람이 갑자기 찾아온 데다가 여간 황당하게 군 게 아니었으니 화를 낸대도 할 말이 없었다.

그러나 은지에게는 그쪽에 신경을 더 쓸 여력이 없었다.

이번에는 튀어나온 짐승이 그림자로만 보이지 않고 제대로 보였다. 나무판에 그려진 그림과 비슷한데 훨씬 큰 짐승이었다. 짐승은 쿵쿵거리며 선배를 에워싼 뱀 모양의 몽귀를 건드려 보더니 입을 벌려 아귀아귀 물어뜯기 시작했다.

아나콘다처럼 생긴 뱀이 똬리를 풀면서 입을 벌려 짐승에게 반격하려 했으나, 짐승은 물려도 끄떡도 하지 않았다. 찹찹찹, 걸신들린 듯이 몽귀를 먹어 치울 뿐이었다.

먹힐수록 몽귀의 색깔이 흐려지더니, 마지막에는 씹을 것도 없이 짐승의 입안으로 빨려 들어갔다. 김시은의 몽귀가 바람소리 한 번에 빨려 들어갔을 때와 비슷했다.

거기까지는 좋았다. 그다음이 문제였다.

몽귀를 집어삼킨 짐승은 나무판으로도, 주머니로도 돌아오지 않고 허공을 쿵쿵거리더니, 은지가 손쓸 겨를도 없이 날아올랐다.

당황한 은지는 나무판과 주머니를 쥔 채 그 짐승을 쫓아 달렸다. 뒤에 남은 사람으로서는 더욱 황당할 노릇이었다.

"저거, 저거, 머리가 좀 이상한 거 아녀? 멀쩡하게 생긴 처자가 큰일이네."

"그러게요."

양옆 침대에 자리한 환자와 보호자들이 혀를 차며 말을 얹었지만 은지는 그 말들을 듣지 못했다. 달아나 버린 짐승을 따라 복도를 달리다가 간호사에게 잡혀서 호되게 야단을 맞느라 들을 수가 없었다.

그리고 그사이에 짐승은 이미 벽을 뚫고 사라져 버렸다.

❧♡❧

어처구니없는 장면이었다.

개와 코뿔소를 섞어 놓은 듯한 짐승은 구름 속을 노닐 듯이 건물 벽을 이리저리 통과해 다니고 있었다. 느긋하게 건물 이쪽으로 빠져나왔다가 저쪽으로 들어가는 덩치가, 막 놓쳤을 때와는 비교도 되지 않게 컸다. 코끼리 정도는 되지 않을까.

"저게 대체 뭐야?"

은지는 어처구니없는 기분으로 중얼거렸다. 질문을 던진 게 아닌데, 비휴가 옆에서 성실하게 대답했다.

"몽귀를 먹는 녀석이라면, 맥이나 불가사리겠지."

맥獏은 전설 속에서 악몽을 먹는다는 짐승이었다. 한국에서는 강철 먹는 동물로 알려진 불가사리가 본래는 맥이었다는 말도 있었다. 어느 쪽이든, 잡귀라기보다는 영물에 속했다.

"잡귀가 아닌 건 그나마 다행이지만, 어째서 저렇게 커진 거야? 놓치고 얼마 지나지도 않았는데."

비휴는 대답인지 아닌지 모를 엉뚱한 소리만 했다.

"먹이가 잔뜩 있는 곳이라 도망치지 않은 건 다행이군."

"먹이라니, 몽귀가 그렇게 흔해? 병원이라서?"

"몽귀만이 아니라 이것저것 먹었겠지. 불가사리는 먹으면 먹을수록 먹성이 좋아진다."

"어…… 잠깐만. 그러면 병원 사람들에게 좋은 거 아냐?"

환자들의 몽귀와 병귀를 먹어 치웠다면, 나름대로 좋은 결과가 아닌가. 게다가 병원을 한들한들 노닐고 있는 짐승은 썩 위험해 보이지 않았다. 그러나 그냥 후퇴하자고 하려고 할 때, 비휴가 딱 잘라서 말했다.

"아니. 몽귀와 병귀를 다 먹어 치우고 나면 그다음에 뭘 먹을지 모른다. 너무 먹으면 분별이 사라지고, 더 먹고 싶은 욕망만 커질 수 있어. 그때부터는 완전히 통제 불능이 되지."

"잡귀 아니라면서! 무슨 영물이 그따위야!"

은지의 비명 같은 항의에 비휴는 시큰둥하게 답했다.

"영물이나 잡귀나 큰 차이는 없어."

은지는 다시 한번 머리를 감싸 쥐었다. 어떻게든 빨리 잡아넣고 가서 현허에게 손이 닳도록 빌 작정이었는데, 이미 감당할 수 있는 범위는 진작에 넘어섰다는 생각이 들었다.

'애초에 바로 선생님에게 자진 납세 했어야 했나.'

사람이 공황상태에 빠지면 이상한 결정을 연달아 내린다더니, 지금이 딱 그랬다. 주머니 속 짐승이 도망치고 나자 현허를 대면할 게 너무 겁이 나서 그만, 손톱만 씹다가 생각해 낸 게 비휴였다.

그리고 비휴를 불러내어 여기까지 오고 나니 뒤늦게 식은땀이 흘렀다. 현충원에서나 종로 뒷골목에 갇혔을 때나 비휴가 상대를 대하는 방식은 언제나 직진 일로, 오직 폭력밖에 없지 않던가.

그러거나 말거나, 비휴는 손을 들어 올려 멀리 있는 거대한 짐승의 크기를 재 보고 있었다. 은지는 눈치를 보며 조심스럽게 말했다.

"좋아. 어쨌든 저거, 아직은 다시 잡아넣을 수 있겠…… 있는 거지?"

비휴는 대답 대신 팔에 감긴 금줄을 풀었다.

"이 줄로는 길이가 짧을지도 모르겠군. 몽귀가 많은 곳에 풀어놓는 바람에 너무 커졌다."

어둠 속에서도 번쩍번쩍 빛을 발하는 금줄을 보던 은지는 황급히 비휴의 팔을 잡았다.

"여기서 그 줄을 휘두르려고? 병원 정문 앞에서?"

비휴는 뭐가 문제냐는 듯 멀뚱히 은지를 마주 보았다.

"그러면 안 되지! 엄청나게 눈에 띌 텐데!"

"그러면 어떻게 하라고?"

천진하게 되묻는 얼굴을 보니 말문이 막혔다.

'그걸 나한테 물으면 어떡해! 아니, 내가 잘 모르니까 도와달라고 부른 거잖아!'

속으로는 비명을 지르더라도, 일단은 심호흡을 하고 마음을 가다듬었다. 그래, 비휴는 생각하기를 귀찮아한다. 피해를 많이 주지 않고 잡으려면 은지가 정신을 바짝 차려야 했다.

그래도 비휴가 은지 말을 안 듣는 편은 아니었으니까. 궁리, 또 궁리해 보는 수밖에 없었다.

"일단 사람 많은 병원에서 끌어낼 방법이 없을까? 좋아하는 걸 미끼로 쓴다거나. 바로 옆이 공원이니까, 저쪽으로 끌어내면 몸싸움을 벌이든 금줄을 던지든 눈에 좀 덜 띄겠지."

병원 옆은 복원해서 새로 만든 경희궁 공원이었다. 건물이 다 새것이기는 해도 나무가 많은 만큼 기의 흐름이 깨끗했다. 문제의 짐승도 어쨌든 영물이라면, 탁기가 적고 생기가 많은 곳에 끌릴 것이다. 경희궁은 들어가기 어렵지도 않았다.

문제는 어떻게 그쪽으로 유인하느냐였다.

비휴는 곰곰이 생각하다가 말했다.

"대부분 짐승은 시끄러운 소리를 싫어하지."

"어떤 시끄러운 소리?"

"쇳소리 종류면 돼. 꽹과리나 징소리 같은."

"갑자기 어디서 농악대라도 공수해 오라는 거야?"

비휴는 무슨 말이냐는 눈으로 은지를 보았다. 은지도 말해 놓고 바로 후회했다. 지금은 일방적으로 은지가 도움을 청하는 입장이니 빈정댈 때가 아니었다…… 어차피 비휴가 빈정거림을 알아들었을지는 모르겠지만, 그래도.

"알았어. 알겠습니다. 어떻게든 해 보죠."

머리를 쥐어짜서 계획을 세우는 데 삼십 분쯤 걸렸을까. 은지는 혼자 다시 병원으로 들어갔다.

껄렁해 보인다고 오해하는 사람도 많이 있었지만, 강은지는 평생 모범생으로 살았다. 저질러 본 비행이라 봐야 아주 어렸을 때 할머니 지갑에서 몰래 돈을 꺼내어 간식을 사 먹었다거나, 보충수업 시간에 몰래 빠져나간 정도가 다였다.

그래서 지금 면회 온 사람처럼 병원 복도를 걷는 심정이 조마조마했다. 혹시라도 잡히면 범죄자다. 그러나 '아무래도 못 하겠지?' 하는 눈으로 보는 비휴 앞에서 물러설 수는 없었다.

'잡히면 술 먹고 미친 척하면 어떻게 되겠지. 어떻게…… 안 될까?'

주머니에 든 전화기가 진동을 했다. 비휴였다.

"뭐가 이렇게 오래 걸려?"

"찾고 있으니까 좀 기다려 봐!"

끊고 나서 보니 벌써 시간이 늦었다. 간호사들이 돌아다니기 시작했다.

은지는 그러고도 이십여 분이 지나서 겨우 화재경보 비상벨을 누를 수 있었다. 드라마에서 본 것과 달리 비상벨을 찾아내는 것도, 누르는 것도 그리 간단치가 않았다. 무엇보다도 자연스럽게 행동하는 게 그렇게 힘들 수가 없었다. 짧은 순간이지만 심장이 어찌나 쿵쾅거리는지, 이러다가 심장마비라도 오는 게 아닌가 싶을 정도였다.

그래도 심장이 멈추는 일은 없이, 시끄러운 벨소리가 울리기 시작하자 잽싸게 병원 바깥으로 달려나갈 수 있었다.

시끄러운 벨소리가 울리는 가운데, 그 잠깐 사이에 더 커진 불가사리가 예상대로 병원 건물에서 벗어나서 공원 쪽으로 이동하는 모습이 보였다. 비휴는 약간 높은 지대에서 기다리고 있다가 금줄로 만든 올가미를 날렸다.

올가미는 멋지게 불가사리의 목을 휘감았지만, 걸렸다고 생각한 순간 비휴의 발이 허공으로 붕 떴다. 비휴가 힘을 써서 잡아당기는 것도 같았지만 소용이 없었다. 불가사리가 비휴를 매달고 날기 시작했다.

"어, 어, 어떡해!"

은지는 그 둘을 따라 달음질을 쳤다. 그나마 다행히도, 불가사리가 향하는 방향은 일단 경희궁 공원 쪽이었다.

병원 쪽에서는 아직 시끄러운 소리가 울려 댔고, 불가사리는 그 소리를 피해 느릿느릿 날아가면서도 몸에 매달린 것이 성가신지 한 번씩 몸부림을 쳤다. 그에 따라 비휴도 공중에서 흔들거렸다.

이대로 불가사리를 놓아야 비휴라도 무사하지 않겠나 싶었는데, 다행히 기회가 왔다. 경희궁 터가 높아지면서, 수평으로 날던 불가사리가 위쪽으로 날아오르기 전에 단풍나무 끄트머리가 줄에 매달린 비휴의 발을 스쳤을 때였다. 비휴가 힘껏 발을 굴러 단풍나무를 걷어차면서 금줄을 잡아챘다.

금줄이 조이면서 순간 불가사리가 비스듬히 아래쪽으로 비틀거렸다. 추락할 정도는 아니었지만, 비휴의 발이 지붕 끝에 닿을 정도는 됐다. 그게 결정타였다.

비휴가 기와지붕에 발을 구르면서 금줄을 다시 당겼다. 그

발아래에서 용마루가 깨어져 나가고, 금줄이 출렁거렸다.

다시 발을 구르고, 나뭇조각이 튀었다. 다시. 또다시. 한 번씩 발구르기와 줄다리기를 반복하면서 불가사리와 비휴 둘 다 아래로, 아래로 가라앉았다.

비휴는 발이 땅에 닿고도 몇 걸음을 뛰다시피 끌려가다가 겨우 멈춰 섰다. 동시에 불가사리의 움직임도 멈췄다.

헉헉거리며 달려간 은지는 거리를 두고 멈춰 서서 파란 주머니와 나무판을 꺼냈다.

비휴가 어떻게 불가사리를 잡을까 궁금했는데, 그럴싸한 주문도, 부적도, 특별한 동작도 없었다. 그냥 일대일의 줄다리기였다. 낚시와도 비슷했다. 비휴는 줄을 살짝 풀었다가 당기고, 풀었다가 당기면서 짐승을 조금씩 조금씩 끌어당겼다. 줄이 팽팽해질 때마다 소리 없는 굉음이 주위를 흔들었다.

마지막으로 금줄이 팽팽하게 당겨진 채 요지부동으로 몇 분이 흘렀을까. 짐승이 마지막 힘을 모아 크게 요동을 쳤다. 쩡, 쩡 소리가 나면서 돌바닥이 갈라지고 비휴의 발이 돌을 파고들었다.

다음 순간, 비휴는 왼팔을 한 바퀴 돌리면서 금줄을 휘감아 당겼다. 줄이 일 미터쯤 당겨지고, 짐승이 따라왔다. 이제야 힘의 균형이 깨어진 것이다.

짐승이 조금씩 끌려올 때마다 비휴의 팔뚝에 힘줄이 돋았다가 가라앉기를 반복했다. 이마에서 땀이 죽 흘러 턱을 따라 떨어졌다.

불가사리는 끌려오면서 바람 빠지는 풍선처럼 크기가 조금씩 줄어들었다. 그러다가 마침내 힘을 잃고 주르륵 딸려 왔다.

은지가 얼른 나무판을 던졌다. 펑 소리를 내며 불가사리가 사라지고 나무판에 그림이 다시 나타났다.

또 빠져나갈까 봐 급히 나무판을 주머니에 집어넣고, 금줄로 칭칭 동여매고 나니 겨우 안심이 된 나머지 다리에서 힘이 풀렸다.

"됐……다."

은지는 그러고 나서 소리 내어 웃고 말았다. 비휴가 왜 그러냐는 듯 멀뚱히 쳐다보았다.

"아니…… 여기 나무판에 그림이 엄청 뚱뚱해져서. 이거 웃기지 않아?"

"실컷 먹었으니 뚱뚱해지기도 했겠지."

비휴가 무뚝뚝하게 말하더니 험악하게 얼굴을 일그러뜨렸다.

"어디 다치기라도……."

"배고프다."

누굴 죽이기라도 할 것 같은 얼굴로 흉흉하게 하는 말에 은지는 한숨을 내쉬고 말았다. 어쩐지, 보면 볼수록 비휴가 덜떨어져 보였다. 멧돼지를 잡을 때보다 더 무지막지한 모습을 보았는데도 그랬다.

"내가 불러서 일을 시킨 거니까 밥 정도는 사 줄게. 가자."

"배고파."

비휴는 바닥에 주저앉아서 그 말만 되풀이했다.

"뭐야. 설마 못 움직일 정도로 배가 고파?"

은지는 비휴가 장난을 치나 싶어 웃다가 서서히 얼굴을 굳혔다. 비휴는 정말로 움직이지 않을 태세였다. 부서진 기와지붕이며 공원 바닥이 그대로인데, 빨리 벗어나지 않으면 낭패라고 말해 봐도 소용이 없었다. 붙잡고 일으키려고 했더니 말도 못하게 무거웠다.

"일단 내가 편의점이라도 가서 먹을 걸 좀 사 올 테니까, 그때까지만이라도 어디 좀 숨어 있어. 경찰이라도 오면⋯⋯."

"애! 내가 마실 술도 좀 사다 줘라."

은지는 포기하고 다다다 말을 쏟아 내다가 불쑥 튀어나온 목소리에 말 그대로 펄쩍 뛰고 말았다. 어디서 튀어나왔는지, 어린 여자아이 하나가 비휴 옆에 서 있었다.

"누, 누구세요?"

여자아이는 은지의 질문에는 답도 하지 않고, 주위를 둘러보며 혀를 끌끌 차더니 비휴를 보았다.

"넌 고맙다는 말도 못 하니? 아까 내가 발 디딜 수 있게 도와주지 않았으면 그 불가사리도 놓쳤을 텐데. 고맙다고는 못할망정 이게 뭐야. 여기가 무슨 깊은 산속인 줄 알아? 내가 안 막아줬으면 이 소동에 벌써 구경꾼 다 모여들고 난리 났거든?"

비휴는 대놓고 귀찮다는 표정으로 대꾸했다.

"그래, 단풍나무 가지는 고맙다. 그런데 뭐가 문제야."

아이가 발밑을 가리켰다. 돌바닥에 비휴의 발자국이 나 있었다.

비휴는 그걸 보더니 어깨를 으쓱이며 가볍게 발을 굴렀다. 돌 부서지는 소리가 나며 여기저기가 깨어져 나갔다.

아이가 다시 쨍알거렸다.

"발자국 좀 없애라니까 그걸 또 다 부숴서 지우니? 넌 생각이란 걸 하기가 싫지?"

"아, 시끄러워. 머리에 피도 안 마른 터주신이 잔소리만 배웠나."

"내가 나이가 좀 어리다고 터주 대접을 이따위로 하기야? 현허 선생이 그렇게 가르치던?"

'아, 공원 터주신이었구나! 아까 비휴가 겨우 발을 디뎌 뛰어오른다 싶었더니, 그게 터주신의 도움이었구나.'

은지는 처음 보는 터주신을 보며 얼떨떨하게 생각했다.

경희궁 공원 터주는 새로 나온 달달한 막걸리 세 병으로 만족했지만 비휴는 편의점 매대에 남은 빵과 삼각김밥을 다 쓸어와서 먹이고야 겨우 움직였고, 그러고도 다시 근처에서 고기를 5인분은 사 먹인 뒤에야 만족했다. 은지의 지갑에는 큰 손실이었다.

"망했다……. 감봉 피하려다가 마이너스 나게 생겼네."

'그래도 사람 하나 구했잖아.'

그게 그나마 위안이었지만.

●〜●

그 위안도 현허의 말을 듣자 박살이 났다.

"아주 사고를 쳐도 쳐도……."

은지는 무릎을 꿇고 앉아서 고개를 들지 못했다.

"죄송합니다."

"네가 뭘 잘못했는지 알고는 있는 거냐?"

"제 마음대로 풀지 말라는 주머니를 허락 없이 풀었고, 그 후에 놓쳐서 대소동을 일으켰습니다. 죄송합니다."

"그리고 또?"

"병원에서 화재경보기 작동한 것도 잘못했습니다. 경보기가 금방 꺼지고 별일 없을 줄 알았어요. 다른 데도 아니고 병원인데, 너무 가볍게 생각했습니다. 그때는 어떻게든 빨리 수습해야 한다는 생각에 약간 정신이 나갔었나 봐요."

"그래. 정말 생각 없는 짓이었다. 큰일이 없어서 다행이라고는 하지만 피해를 끼쳤지. 그리고 또?"

뭔가 또 있었나? 은지는 열심히 생각했다.

"음. 비휴를 함부로 불러내서 도움을 받은 것도 잘못이었을까요?"

"그건 됐고, 그런 일들 이전에 저지른 첫 번째 잘못이 있을 텐데?"

이번에는 정말 열심히 머리를 굴려야 했다.

"실수했을 때 바로 말씀드리지 않고 덮으려고만 한 것, 정말 잘못했습니다. 다시는 안 그러겠습니다."

의연하게 반성하려고 했지만, 말할수록 몸이 쪼그라드는 것 같았다. 은지는 허리를 애써 바로 세웠다.

"틀렸다. 네가 저지른 제일 큰 잘못은 경솔하게 남의 운명에 개입한 거다."

은지는 저도 모르게 다시 고개를 들었다. 설마 가장 큰 잘못이, 애초에 민구 선배를 구해 주려고 했다는 점 자체라는 말인가.

고개를 들고 본 현허의 얼굴은 덤덤하고 싸늘했다. 평소처럼 농담 반, 진담 반이 아니었다. 그 얼굴도 말투도 정말 무서웠지만, 그래도 넙죽 잘못했다고 말하기에는 수긍이 가지 않았다.

"그렇지만 앞에 아픈 사람이 있고, 손에 구할 방법이 있는데 그냥 둘 순 없잖아요."

은지의 항의에 현허는 들으란 듯 한숨을 내쉬었다. 내가 이런 멍청이에게 뭘 설명하는 거지 하는 느낌이 진하게 전해지는, 기분 나쁜 한숨이었다.

"누군가를 구하고 싶다? 그저 좋은 마음에서 그런다고? 누군가를 구하고 싶다는 것도 욕망이다. 아주 명확하게, 남에게 힘을 행사하고 싶은 욕망이지. 너는 그저 네가 대단한 사람이고 싶었던 거야."

아프면서도 반발심을 일으키는 말이었다. 은지는 몸을 반쯤 일으키면서 항의했다.

"애초에 제 잘못으로 그렇게 된 거면요? 제가 지하철에서 괜히 건드려서 그렇게 된 걸지도 모르니까, 그러니 제가 책임을 져야죠."

"그래서, 그 책임을 어떻게 지게?"

현허는 고개를 외로 꼬더니 찬찬히 말했다.

"용케 네가 지하철에서 잡귀를 떼어 내는 바람에 몽귀가 붙었을 수도 있다는 생각까지는 했구나. 그런데 그다음은 생각하지 않는 거냐?"

현허의 말이 마음을 서늘하게 찔렀다.

"내가 왜 김시은의 몽귀가 어떻게 보이는지 물었을 것 같으냐. 그건 근본적인 해결책이 아니었다. 사람에게 잡귀가 붙었다면, 그건 하나의 증상이야. 어떤 증상들의 원인이기도 하고, 동시에 어떤 원인의 증상이기도 하지. 불가사리가 해결책이 될 것 같으면 '아, 몽귀가 붙어 있구나' 알아보자마자 그 녀석을 풀어서 먹어 치우게 하고 끝냈겠지. 당장 급한 불을 끄느라 불가사리를 풀기는 했지만, 불가사리가 몽귀를 먹어 치웠다고 해 봤자 근본 원인이 그대로 남아 있으면 얼마든지 재발할 수 있어. 더 심해질 수도 있고."

설명을 듣다 보니 체했을 때처럼 속이 울렁거렸다.

"그래도 김시은의 경우는 내 손님이니까 나중에 어떻게 되든 다시 해결할 수도 있고, 내가 응보를 적당히 계산할 수 있었지. 네 선배란 사람은 어떤 일들이 얽혀 있는지 전혀 모른다. 네 생각대로 네가 지하철에서 혼탁을 털어 내는 바람에 몽귀가 붙었다면, 몽귀가 떨어져 나간 자리에 다른 게 붙을 수 있다는 생각은 안 들더냐?"

주먹 쥔 두 손이 떨렸다.

현허 선생도 그 모습을 알아봤는지, 조금 누그러든 목소리로 말을 이었다.

"이제라도 명심해라. 모든 것엔 대가가 따른다. 뒤집어 말하면, 무슨 일이든 대가 없이 개입해선 안 된다는 뜻이야. 점쟁이가 꼭 복채를 받아야 하는 것은 단순히 돈을 벌기 위해서가 아니고, 내가 굳이 이 상담소에서 손님을 받는 것도 신당을 대신하기 위해서만이 아니다."

그냥 알았다고 대답하기는 쉽지만, 정말로 이해가 가지는 않았다. 그보다는 조금 전에 들은 말이 더 마음을 조였다.

"그러면, 어떻게 하면 돼요? 제 선배요. 어떻게 해결하죠?"

현허는 나지막하게 혀를 찼다.

"지금까지 뭘 들은 거야? 앞으로는 신경 끊어라. 죄책감이 느껴진다면, 네 능력으로 해결 못 할 것 같으면 손대지 말라는 교훈으로 받아들이고."

은지는 저도 모르게 몸을 살짝 뒤로 젖혔다. 현허가 강하게 말하면 언제나 강한 설득력을 느꼈지만, 이번만큼 압력을 느낀 적은 없었다. 비집고 들어갈 틈도 없이 단호한 벽이 느껴졌다. 여전히 마음으로는 수긍할 수가 없었지만, 은지는 잠시 후에 풀이 죽어서 시선을 내리고 말았다.

아무것도 하지 않고 놔둘 거라면, 몰랐던 때와 달라지는 게 있을까. 그렇게 생각하면서도 현허에게 더 항변할 수가 없었다. 무력감과 반항심이 질척하게 뒤섞였다.

여의도의 지하 불꽃

강은지는 주위 시선을 의식하지 않으려 애쓰면서 옷깃을 여몄다.

나올 때는 강변에서 혼자 맥주를 마시면서 고뇌에 잠기는 장면을 상상했지만, 머릿속에서는 제법 그럴싸해 보였던 장면이 실제로는 어색하고 초라하기만 했다. 낮기온에 맞춰서 옷을 입었더니 밤바람이 의외로 추웠고, 풀밭은 차갑고 축축했으며, 바지에 풀물이 드는 건 아닐까 신경이 쓰였다.

게다가 아무리 뻔뻔하다 해도, 혼자 맥주를 마시는 데 그치지 않고 오징어까지 뜯기는 조금 눈치가 보였다. 그렇다고 사람 없는 어둠 속으로 숨어들어 가기는 불안했다. 손에 든 맥주 캔은 아직 반 이상 차 있었고, 오징어는 먹고 싶고, 총체적인 난국이었다.

은지는 김빠진 웃음을 흘리고 말았다. 원래 맥주를 사 들고 한강변에 앉은 이유는 어디로 사라졌는지, 오징어로 고민하고 있는 자신이 어이없어서였다.

어영부영 시간은 몇 주가 흘렀지만, 민구 선배의 일이 아직도 머릿속을 떠나지 않았다.

연락을 해서 조심하라고 말해야 한다, 아니면 어떻게든 상담소 손님으로 끌고 와야 한다, 그러면 현허가 어떻게든 해 줄지도 모른다, 그런 생각을 하다가도 차마 전화를 할 수가 없었다. 계속 목에 걸린 것처럼 신경은 쓰이는데, 연락을 하려고 하면 현허의 무섭고 단호한 '내버려 두라'던 얼굴이 떠올랐다.

'꼭 안 좋은 일이 일어난다고 정해진 것도 아니니까, 아무 일 없을 수도 있어.'

그렇게 스스로를 달래면서도 알고 있었다. 스스로 수긍하기 전까지는 이 문제를 계속 달고 살아야 한다는 걸.

처음에 왜 건드렸을까 언제까지나 자책을 할 수도 있고, 애초에 현허 밑에서 일하기로 한 것을 후회할 수도 있다. 반대로 그저 운이 나빴다고, 내 잘못만은 아니라고, 현허 선생 말마따나 다른 이유가 있었을 거라고 스스로를 위로할 수도 있었다. 양쪽을 오갈 수도 있다.

하지만 정말로 모르는 척하고 살 수 있냐고 묻는다면, 아무리 자문해 봐도 그런 결론이 받아들여지지가 않았다. 처음부터 끼어들지 않았다면 모를까, 방법이 있다면 어떻게든 해야 한다는 생각이 버려지지 않았다.

하지만 그건 다 내면의 각오일 뿐. 실제로 할 수 있는 일이 무엇이 있나.

"어?"

한숨을 푹푹 쉬던 은지는 옆으로 지나가는 남자의 그림자를 무심히 지나치다가 말고 눈을 크게 떴다. 그리고 저도 모르게 손을 내밀어 그 남자의 트레이닝복 옷자락을 잡았다.

레이저라도 쏠 듯이 돌아본 남자가 은지와 눈을 마주치더니 살기를 풀었다. 어두운 가로등 불빛 아래에서도 갈색으로 보이는 색소 옅은 눈동자. 비휴였다.

비휴와 이런 곳에서 우연히 마주치다니 황당한 일이었다. 어쩌다가 드라마에서 보면 언제나 저게 말이 되냐면서 욕했던 장면이 아닌가.

"강은지. 왜 네가 여기에 있어?"

"그건 내가 할 말인데. 지금 일해? 내가 모르는 일이 있었어?"

반갑게도, 비휴의 표정을 보니 일은 아니었다. 은지는 얼떨떨해 있는 비휴를 끌어다가 옆에 앉혔다. 검은색 비닐봉지에 담긴 맥주캔을 하나 더 꺼내고, 오징어를 꺼냈다.

비휴는 맥주캔을 손에 쥐고도 얼떨떨한 얼굴이었지만 은지는 일단 오징어 다리를 하나 물고 손을 저었다.

"마셔, 마셔. 안주도 먹어도 돼."

몇 달 동안 이런저런 일로 가까워졌다고는 하지만 비휴와 나란히 앉아서 술을 마시며 강을 보게 될 줄은 생각지도 못했다. 은지는 맥주를 길게 들이켜고 이마를 긁적이며 옆을 돌아보았다. 비휴는 수상쩍다는 듯 맥주캔을 가까이 대고 냄새를 맡고 있었다.

"뭐야. 술 마셔 본 적 없어?"

"이런 술은 처음이다."

"마셔 봐."

비휴는 순순히 맥주캔을 들고 입에 맥주를 부었다. 들숨 한 번에 캔이 다 비었다.

은지는 오징어를 뜯다 말고 그 모습에 입을 딱 벌렸다. 그리고 뒤늦게 비휴가 고기를 얼마나 많이 먹는지를 떠올렸다. 맥주도 그만큼 많이 마신다면 어떻게 해야 하나 생각하고 긴장하는데, 비휴가 목젖을 한 번 움직여서 맥주를 삼키더니 인상을 찌푸렸다.

"이게 술이라고?"

마음에 들지 않는다는 기색이 역력했다.

비휴의 반응에 은지는 손에 쥔 캔을 내려다보았다. 그야 제일 싼 국산 맥주고, 세상에서 두 번째로 맛없는 맥주라는 혹평을 듣기도 한 물건이었지만 그래도 마시는 사람으로서는 뭔가 변명을 하고 싶어지는 말이었다. 하지만 은지는 비휴가 마실 맥주 더미를 공수하지 않아도 된다는 데 만족하고 변명을 접기로 했다.

잠시 정적이 흘렀다.

은지는 숨을 크게 들이마셨다가 뱉었다. 어쨌든 이것으로 은지가 그리던 '강변에서 맥주 마시기' 장면의 재료는 다 갖춰진 셈이었다. 밤, 강변, 맥주, 오징어, 그리고 동행.

은지는 잠시 눈을 감고 바람을 음미하다가 중얼거렸다.

"우리 할머니는 언제나 찰나의 행복에 충실해야 한다고 하셨지. 어렸을 때는 무슨 소린가 했는데, 맞는 말씀 같아."

혼잣말이라고 생각하고 한 말이었지만, 의외로 비휴가 반응을 했다. 다만 일반적인 반응은 아니었다.

"할머니?"

은지는 잠시 눈을 껌벅거렸다.

"할머니가 왜? 으음, 우리 할머니는 보통 생각하는 외할머니에 비해서 거리감도 있고 무서운 분이셨어. 보통 외할머니라고 하면 그보다 푸근하고 넉넉한 이미지잖아. 우리 할머니는 카리스마가 있었달까."

한참 말하던 은지는 비휴의 표정을 보고 말을 멈췄다. 감이 이상했다. 아니나 다를까, 비휴의 입에서 나온 것은 생각지도 못한 질문이었다.

"할머니가 뭐지?"

은지는 당황했다. 사람이 아닐 거라고 짐작은 했지만…… 조금 이상한 구석이 있다고는 해도 사람처럼 굴던 상대가 아닌가. 할머니가 뭔지 모를 거라고는 생각도 못 했다.

"어, 음, 그러니까 내가 말한 할머니는 외할머니여서 어머니의 엄마인데…… 엄마, 어머니는 뭔지 알지?"

"어머니라. 어머니."

비휴는 그 단어를 몇 번이나 입안으로 되뇌었다. 어머니도 모르는 것처럼.

그 모습을 보니 기분이 이상할 수밖에 없었다. 외국인에게 단어를 가르치는 것과도 비슷했지만, 그보다 더 심한 거리감이 느껴졌다. 외국인이라 해도 가족에 대해 이야기할 때는 금세 말이 통하는 것이 보통이 아니겠는가. 비휴는 마치 가족이라는 개념 전체를 모르는 사람 같았다.

그런데 그게 가능한가? 설령 천애 고아라고 해도, 그 개념을 전혀 모른다는 것이 가능한가?

'하긴 신령이나 영물은 어떻게 태어나는 건지 모르겠네.'

은지는 새삼스러운 눈으로 비휴를 바라보았다.

"어머니도 뭔지 몰라? 낳아 주고 키워 주시는 분 있잖아. 어, 모든 어머니가 자식을 키우는 건 아니구나. 낳아 준 분이라고 하자."

"생명을 준 존재가 어머니라면, 모르지는 않는다. 바로 승천해서 만나 본 적은 없어. 나는 하자가 있어서 따라가지 못한다고 하더군."

아주 큰 실수를 한 기분이 들게 하는 당황스러운 말이었다. 은지는 허둥지둥, 아무 말이나 떠오르는 대로 주워섬겼다.

"어. 그, 그래. 그럴 수도 있지! 집집마다 사정이 있는 거야. 나도 어머니는 잘 몰라. 할머니가 키워 주셨거든."

"키워? 키운다는 건 어떤 거지?"

"키운다는 건, 음, 어렸을 때는 혼자서 살아남을 수가 없잖아. 하긴 안 그런 동물도 있긴 하던가? 아무튼 인간은 그렇게

든. 그래서 아직 움직이지도 못하는 어릴 때부터 먹이고, 재우고, 입히고…… 아프면 보살피고, 울면 달래 주고, 사랑해 주고, 세상이 어떤 건지도 가르치고. 그런 게 키우는 거야."

비휴의 표정이 아주 안 좋아졌다. 싫은 소리를 들었다는 얼굴이었다.

"키워 준 사람은 있나 보네?"

"……허가…….."

"응?"

"현허가 키웠다."

잠시 둘 사이에 찬바람이 지나가는 것 같았다. 은지는 말없이 맥주캔을 하나 더 꺼내어 비휴에게 건넸다.

"고생했겠네. 선생님 완전 자기 마음대로잖아. 설명도 잘 안 해 주고. 자기 편한 대로 말 뒤집고. 어쩐지 모르는 게 많더라니. 애를 이렇게 방치해서 키우면 어떡해."

은지는 말해 놓고 주춤했다. 안 그래도 현허에게 꽁한 마음이 있어서 불쑥 그런 말이 나와 버렸지만 보통 남의 부모는 욕하면 안 되는 법인데 말이다.

다행히 비휴는 고개를 끄덕이며 긍정했다.

"방치가 무슨 말인지는 모르겠지만, 현허가 잘 키운 것 같지는 않다."

그 말을 들으니 다행이 아니라 마음이 짠해졌다. 덩치만 큰 어린애 같아 보이기도 하고. 은지는 뭔가 말을 돌려야겠다는 생각에 황급히 물었다.

"어, 그러면 선생님과 혈연관계는 없는 거야? 친척도 아니고? 어머니는 그렇다 치고 아버지는 모르고?"

말을 꺼내 놓고 보니 영락없는 한국인의 호구조사여서 자괴감이 들었지만, 비휴는 딱히 기분이 상한 건 아닌지 순순히 대답했다.

"혈연관계는 무슨 말인지 잘 모르겠지만, 현허와는 아무 관계도 아니다. 산에서 태어난 것과 강에서 태어난 것이니까. 아버지는 어머니와 다른 건가?"

"다르지. 아버지는 어……."

은지는 더듬더듬 설명해 보려다가 진한 페이소스를 느꼈다.

'아니, 내가 왜 정체가 뭔지도 모를 청소년에게 성교육을 하고 있지?'

웃음이 터졌다.

그때였다. 은지의 시야 한쪽 구석으로 푸른 빛이 침범해 들어왔다. 고개를 돌려 보니 국회의사당 너머에서 파란 빛덩이 한 무리가 너울너울 춤을 추듯 움직이고 있었다. 은지는 저도 모르게 중얼거렸다.

"뭐지? 오늘 무슨 행사라도 있었나? 불꽃놀이 할 때 됐나?"

은지의 시선을 따라 고개를 돌린 비휴가 튕겨 오르듯 몸을 일으켰다.

"왜 그래?"

은지가 어리둥절해서 물었다.

"도깨비불이다."

비휴는 그 말만 던지고 성큼성큼 걸어가다가 다시 걸음을 멈췄다. 은지는 검은색 비닐봉지를 움켜쥐고 뛰어서 따라갔다. 비닐봉지 속에서 빈 캔과 아직 따지 않은 캔이 부딪쳐 소리를 냈다.

비휴는 멈춰 서서 주위를 둘러보고 있었다. 은지는 그 모습을 보다가 푸른 불이 사라졌음을 깨달았다.

"도깨비불이라고? 그게?"

은지는 조금 전에 보았던 불빛을 머릿속에 되살려 보려고 했다. 그러나 너울거리던 푸른 불빛은 기억을 다시 떠올리려고 하면 할수록 잡히지 않고 사라졌다. 눈을 감고 다시 생각해 보아도 마찬가지였다. 실제로 뭔가를 보기는 했었는지 헷갈리기만 했다.

은지는 도리질을 치고 주위를 돌아보았다.

"여의도 광장이네."

서울에 실제로 살기 전까지, 은지가 서울 하면 떠올리던 곳이 여의도였다. 한강이나 넓은 공원이나 나무들보다는 콘크리트와 철근과 유리와 밤을 채우는 인공적인 불빛의 여의도.

여의도는 실제로도 인공적인 땅이었다. 섬이지만 섬이 아니었고, 섬이 아니지만 섬이기도 했다.

몇백 년 전 이곳에서는 말을 키웠고, 그 후에는 말과 소에게 풀을 뜯겼다.

백여 년 전에는 이곳에 비행장을 지었다. 여전히 사람이 사는 곳이 아니었다.

그리고 사십 년 전에는 이 땅이 상습적으로 물에 잠기는 일을 막기 위해 사람들이 살던 섬을 하나 폭파하여 만든 재료로 제방을 쌓았다. 그리고 여의도는 새로운 서울의 중심이 되었다. 그러니 은지의 머릿속에 박힌 인상도 크게 틀리지는 않았다.

문제는 이곳에 도깨비불이 있었다는 비휴의 말이었다. 도깨비불은 그런 여의도의 인상과 맞지 않았다. 63빌딩 옥상에서 반딧불을 보았다면 모를까.

은지는 믿기지 않는 마음에 다시 물었다.

"진짜 도깨비불 맞아?"

눈을 가늘게 뜨고 주위를 둘러보던 비휴는 잠시 은지를 돌아보더니 말없이 다시 고개를 돌렸다. 은지는 머쓱해져서 얼른 말을 보탰다.

"아니, 의심하는 건 아니고 확인차 해 본 말이야."

비휴가 잠시 생각하는 듯하더니 의외의 말을 내놓았다.

"의심하는 게 맞다."

"응? 정말?"

"여기는 조금 전에 본 것만큼 많은 수의 도깨비불을 지탱할 만한 곳이 아니야. 흙이 있고 나무가 있고 풀이 있지만, 메마른 공간이라서."

"그래도 강이 있는데?"

비휴는 고개를 저었다.

"산이라면 모를까, 강물은 도움이 되지 않아."

"그렇다면……."

"그러니까 있을 리가 없는데, 있었지. 나도 보고 너도 봤으니."

"하긴."

보는 능력에 한해서는 은지가 더 뛰어났다. 비휴와 현허의 말에 따르면 그랬다. 그러나 경험이 많으니 이런 판단은 비휴가 더 잘할 것이다.

"그런데 도깨비불이 보였다는 게 꼭 도깨비가 있다는 뜻은 아니지? 뭉뚱그려서 도깨비불이라고 부르지만, 저런 빛을 내는 건 여러 가지라면서."

은지는 비휴가 굳이 끼어들 필요도 없이 자문자답을 했다.

일반적으로 도깨비라고 부르지만, 도깨비불은 도깨비만의 신호가 아니었다. 오히려 그렇지 않을 때가 더 많았다.

"그리고 도깨비가 있다면 내가 놓칠 리 없지. 도깨비에게는 실체가 있으니까."

비휴가 조용히 동의했다.

"냄새는? 특이한 냄새는 없어?"

"물비린내만 강하게 난다."

은지는 크게 고개를 끄덕였다.

"그렇다면 두 번째로 높은 가능성은……. 으앗!"

은지는 저도 모르게 양손을 들어 앞을 가리면서 소리를 지르고 말았다. 눈앞에 새파란 빛이 확 타올라서였다.

비휴가 한달음에 은지 옆으로 돌아왔다. 은지는 잔상이 남아서 잘 보이지 않는 눈을 껌벅거렸다.

"뭐였어? 어디로 갔어?"

"다시 사라졌다."

"이게 누구 약 올리나."

은지는 눈을 깜박여 잔상을 털어 내고 주위를 두리번거리다가 무엇에 이끌린 것처럼 아래를 보았다. 땅바닥에 희미하게 빛나는 부분이 있었다. 푸르스름한 빛깔은 도깨비불과 같았다. 허리를 굽히고 자세히 들여다보니 무엇인가가 배를 끌고 지나간 듯한 느낌이 드는 자국인데, 일 미터쯤 이어지다가 끊어져 있었다.

은지는 허리를 펴고 다시 주위를 둘러보았다. 푸른 자국은 다른 곳에도 있었다. 당연히 허공에 나타나리라 생각하고 바닥을 본 적이 없어서 뒤늦게 알아차린 셈이었다.

은지가 열심히 바닥을 살피는 동안 말없이 그 눈길을 좇던 비휴가 물었다.

"바닥에 흔적이 있나?"

은지는 비휴를 돌아보고 그제야 그 자국이 그에게는 보이지 않는다는 사실을 깨달았다.

"응. 그런데 발자국도 아니고, 꼭 뭔가를 끄는 것 같은 자국이야."

"끈다고?"

"이렇게?"

은지는 시험 삼아 흙바닥에 손을 대고 죽 문질러 보았다. 비슷하면서도 달랐다.

"이거랑도 좀 다른데. 아주 큰 발을 끌면서 걸으면 저렇게 되려나. 그렇지만 그러자면 엄청나게 큰 놈이라야 할걸."

비휴는 잠시 이마를 찌푸리고 있다가 다시 물었다.

"그게 발자국이라고 치면, 어디로 이어지지?"

은지는 주위를 다시 둘러보았다. 발자국이라면 앞뒤가 있을 테니 어느 쪽에서 왔고 어느 쪽으로 갔는지 짐작할 수 있겠지만, 이 자국은 아니었다. 찍어서 따라가 보는 수밖에 없었다.

이번에는 은지가 앞장을 서고 비휴가 뒤를 따랐다.

가끔씩 멀리 떨어진 자국을 찾아내느라 시간이 꽤 걸렸다. 그리고 그 흔적은 생각지도 못한 곳으로 이어졌다. 푸른 자국은 공원을 벗어나서 여의도 포장도로로, 그것도 회사 건물만 잔뜩 보이는 구역으로 이어졌다. 그리고 어느 화단 앞에서 멈췄다.

자국이 끊어진 곳을 두리번거리던 은지는 더더욱 예상하지 못한 것에 맞닥뜨렸다.

작은 관목 사이에 철판 같은 것이 있었다. 손을 뻗어 두드려 보자 빈 소리가 났다. 나뭇가지를 치워 보자 납작한 손잡이가 드러났다. 은지는 손잡이를 잡고 철판을 들어 올렸다.

열렸다.

문이 거짓말처럼 쉽게 열리고, 아래로 내려가는 계단이 드러났다. 명색이 여의도 한복판에서 지하로 내려가는 통로가 나오다니.

은지는 고개를 돌리고 잠시 비휴와 눈을 마주쳤다.

"조금만 내려가 볼까?"

비휴는 망설이는 모습을 보였고, 은지는 오히려 대담해졌다. 맥주 두 캔에 살짝 취기가 올라서일까, 아니면 혼자가 아니어서일까, 이상할 정도로 겁이 나지 않았다. 설마 여의도 한복판에 있는 지하실이 위험할까 싶은 마음으로 내려가기는 했다.

비휴는 내키지 않아 하면서도 은지가 바로 내려가려고 하자 막고 앞장을 섰다.

"이런 걸 뭐라고 하지? 방공호인가?"

은지가 콘크리트 계단을 내려가면서 중얼거렸다.

안은 어두웠다. 희미한 곰팡내가 났다. 조명이 없다면 길게 둘러보기는 곤란했다. 아래에 무엇이 있는지만 보고 돌아갔다가 나중에 살펴보는 편이 좋겠다 싶었다.

푸른 자국은 이제 계단 바닥이 아니라 벽에 남아 있었고, 주위가 캄캄해지자 더 선명하게 보였다. 반짝이 가루를 뿌린 듯이 희미하게 빛나기도 했다. 은지는 슬그머니 손을 내밀어 벽위를 쓸어 보았다. 아무것도 손에 만져지거나 묻어 나오지 않았다.

앞서 내려가던 비휴가 갑자기 멈춰 섰다.

"왜 그래?"

은지는 움직이지 않는 비휴가 답답해서 밀어내고 옆으로 고개를 내밀었다. 그리고 놀라서 헉 소리를 내고 말았다.

계단이 끝나고 바닥이 나왔는데, 그곳에서부터 이어지는 복도가 환히 눈에 들어왔다.

그렇다. 눈에 환히 들어왔다.

조명이 있어서가 아니라, 아까부터 드문드문 이어지던 푸르스름한 자국이 사방에 남아 있어서였다. 양쪽 벽은 물론이고 바닥과 천장까지, 빈 곳을 찾기가 더 힘들 정도로 빽빽하게 칠해져 있었다.

은지는 그제야 목덜미 털이 쭈뼛 서는 느낌을 받으면서 비휴의 옷자락을 잡았다.

"이거 혹시라도 야광 페인트칠은…… 아니겠지?"

비휴는 은지의 말을 듣고도 바로 대답하지 않았다. 그는 은지가 느끼지 못하는 무엇인가를 느끼는 듯 긴장해 있었다. 비휴는 뻣뻣한 팔로 은지를 밀면서 뒤로 한 걸음을 떼었다.

"나가자."

비휴가 그렇게 말한 순간, 그 말을 듣기라도 한 것처럼 끼익 소리가 났다. 비휴는 뒤를 홱 돌아보았다.

철컹!

바람이 아래로 확 몰아쳐 내렸다. 은지는 뻣뻣하게 굳어서 비휴의 팔을 움켜쥐었다.

"뭐야, 이거 설마 문이 닫힌 거야?"

은지는 저도 모르게 속삭이듯이 말하고 있었다.

"으아, 싫다. 이건 딱 공포영화에 나오는 상황인데."

은지는 부르르 몸을 떨면서 그렇게 말하다가 문득 가까이 있는 비휴가 이상하다는 사실을 깨달았다. 은지도 잠시 굳어 있었지만 비휴는 더 뻣뻣해져 있었다. 은지가 더듬더듬 팔을 잡고 흔들어 보아도 움직이지 않았다. 아니, 숨도 쉬지 않는 것 같았다.

"어이, 비휴 씨? 비휴야? 야!"

푸른 빛을 등지고 있어서 비휴의 얼굴이 보이지 않았다. 은지는 불안감에 손을 뻗어 비휴의 얼굴을 만졌다. 표정은 보이지 않아도 얼굴이 굳어 있다는 점, 숨을 멈추고 있다는 점은 알 수 있었다. 은지는 머리 위로 찬물이 쏟아진 기분이었다.

이런 알 수 없는 곳으로 씩씩하게 내려온 것도 마음 한구석으로 비휴를 믿어서였다. 그런데 비휴가 이러면 얘기가 전혀 달랐다.

은지는 비휴를 붙잡고 흔들면서 주머니에 든 전화기를 찾았다. 휴대폰을 밀어서 열자 조명이 생기는 것은 좋았지만, 그 화면에 뜬 수신불능 상태를 보자 머리가 잠시 멈추는 기분이었다. 전화가 안 되면 구조요청은 물론이고 현허에게 도움을 청할 수도 없다.

은지는 잠시 눈을 감고 심호흡을 몇 번 했다.

'비휴는 왜 굳어 버렸을까. 뭔가 알 수 없는 공격이라도 받은 걸까.'

지금 와서 되짚어 보니 오늘 비휴의 움직임이 유난히 불안하기는 했다. 언제나 고양이과의 맹수처럼 움직이던 비휴인데, 오늘은 무엇인가 균형이 잡히지 않은 느낌이었다.

'왜 진작 그걸 신경 쓰지 못했을까. 왜 대책도 없이 아래로 내려왔을까.'

"정신 좀 차려 봐!"

생각이 엉켜 버린 은지는 주먹으로 비휴의 가슴을 때렸다. 그 순간, 은지는 뺨을 스치는 바람을 느끼고 얼어붙어 버렸다. 문도 닫혀 버린 지하실에 바람이 불 리가 없다.

어쩐지 불길한 예감이 들어서 천천히 몸을 돌리는데 요란한 소리가 귀를 때렸다. 녹슨 문이 열리는 소리 같기도 하고, 누군 가의 웃음소리 같기도 한 기괴한 소리가 울려 퍼지면서 발밑이 진동을 했다.

은지는 두 손을 들어 귀를 막으면서 악을 썼다.

"시끄러워! 시끄럽다고!"

그러나 끼긱끼긱거리는 소리는 더 커지기만 했고, 이어서 복 도 사방에 남아 있던 푸른 자국들이 일렁거리면서 춤을 추기 시작했다. 벽과 천장에서 푸른 불덩이가 줄줄이 빠져나와 허공 을 날아다녔다.

은지는 귀를 막은 채 비휴에게 바짝 붙어섰지만, 푸른 불덩 이들이 춤을 추며 다가오기 시작하자 그대로 버티고 서 있을 수도 없었다. 순간 머릿속에 계단 위로 도망쳐야 하나 하는 생 각이 스쳤다.

'귀신을 물리칠 때 쓸 수 있는 것이라면 물, 불, 쇳소리……'

생각하는 사이에 불덩이가 눈앞으로 덮쳐들었다. 은지는 아 무 생각 없이 소리를 지르면서 양손을 마구 휘둘렀다. 들고 있 다는 사실도 잊고 있었던 비닐봉지가 바스락거렸다.

은지는 무의식중에 봉지에 담긴 물건을 휘두르면서 방어하 려고 했다. 꺄르르르륵, 끼기기기기긱, 귀를 긁는 소리가 울려 퍼지면서 파란 불빛이 눈앞을 막았다.

"이야아아아아아!"

있는 힘껏 사방으로 휘둘러 대던 봉지가 툭 끊어지면서 손이 가벼워졌다. 그리고 펑 소리가 나면서 맥주캔이 터졌다.

다음 순간, 은지는 맥주 거품이 여기저기 튄 얼굴로 멍하니 서 있었다. 사방이 조용했고, 푸른 불빛도 다 사라져서 깜깜했다.

은지는 어둠 속에 잠시 멍하니 서 있었다. 어둠을 싫어한 적은 한 번도 없었지만, 밀폐된 지하의 어둠은 달갑지 않았다. 잘 보이지 않으니 다른 감각이 예민해지는지, 이제까지 자각하지 못했던 희미한 곰팡내가 점점 강해졌다.

소리도 그랬다. 귀를 세우고 있으려니 사각사각 하는 소리가 들렸지만 그게 진짜 소리인지, 착각인지 알 수가 없었다. 그러나 어둠 속에 무엇인가가 있다는 느낌은 점점 강해져서 은지를 압박했다.

결국 은지가 휴대폰을 다시 꺼내어 조명으로 삼으려 했을 때, 희미하게 주위가 밝아졌다.

그리고 은지는 주춤 뒤로 물러섰다.

희뿌연 그림자가 콘크리트 바닥에 앉아 있었다. 어린아이만 한 흰 개였다. 바닥을 짚은 앞다리는 하나뿐이었고 나머지 한쪽 다리는 반 넘게 잘려서 허공에 매달렸다. 몸은 말라서 갈비뼈가 앙상하게 드러났다. 왼쪽 눈은 찌그러져 감겼고, 왼쪽 귀는 찢어져 늘어졌다. 그리고 오른쪽 머리통은 반쯤 함몰되어 있었다.

은지는 몇 걸음을 더 물러서다가 말고 멈춰 섰다. 하얀 개의 하나뿐인 눈과 눈이 마주쳐서였다.

그 눈은 평범한 개들처럼, 아니 평범한 개들 이상으로 애처로웠다. 보통 개들처럼 애정을 갈구하면서도, 보통 개들처럼 대놓고 애정을 요구하지는 못하고 눈치를 보는 느낌. 사람에게 크게 상처를 입고, 겁을 먹고 믿지 못하면서도 여전히 사람의 온기를 원하는, 그런 마음을 다 숨기지 못하는 눈이었다. 그것을 깨닫자 무서움이 가시고 마음이 아팠다.

은지는 개 유령을 바라보며 물었다.

"왜 그래? 뭔가 하고 싶은 말이 있어?"

불쑥 말을 뱉어 놓고 곧바로 바보 같다고 생각했지만, 개는 은지의 질문에 답하듯이 꼬리를 흔들었다.

"그렇다고? 말은 못 하니? 유령이 된다고 사람 말을 할 수 있게 되는 건 아니구나, 흠."

은지가 자문자답하는 동안 개는 고개를 살짝 옆으로 기울이더니, 일어나서 몸을 반쯤 옆으로 돌렸다. 은지는 다시 한번 움찔하여 고개를 돌렸다. 개의 옆구리가 뜯어져서 속이 들여다보였기 때문이다.

은지는 심호흡을 하고 다시 돌아보았다가 얼어붙었다. 하얀 개는 그대로였지만, 그 주위에 다른 것들이 보이기 시작해서였다. 주로 개들이었고 가끔 고양이도 있었는데, 하나같이 제대로 된 모양새가 아니었다. 처음에 보였던 하얀 개 정도는 아무것도 아닐 정도로 처참했다.

온통 뜯어지고 찢어지고 뭉개진 뻘건 덩어리들투성이였다. 그건 은지가 이제까지 보던 것들과는 달랐다. 여기에는 이질적인 느낌도, 이 세상을 벗어난 기운도 없었다. 눈앞에 있는 개와 고양이들은 그저…… 막 죽은 사체더미 같았다.

은지는 입을 막고 정신없이 뒷걸음질을 치다가 무엇인가가 어깨를 잡아 오자 비명을 빽 질렀다.

"으악! 뭐야?"

비휴라는 사실을 알아차리자 거짓말처럼 마음이 놓였다.

정작 비휴는 긴장한 듯 빠르게 말을 던졌다.

"술."

"뭐, 술? 술이 뭐?"

비휴가 손을 뻗어 맥주 거품을 가리켰다.

"맛없는 거품이라도 술은 술이지. 혼귀를 잠시 진정시킬 수 있어. 여기에 귀가 있나? 뭐가 보이지?"

"쟤들이 안 보여?"

은지는 비휴가 유령들을 전혀 보지 못한다는 데 새삼 놀라며, 다시 앞을 보고 더듬더듬 말했다.

"개가 잔뜩 있어."

"개라고? 인간의 원령일 줄 알았는데."

"음. 인간은 안 보여. 고양이도 몇 마리 보이고. 하나같이 다쳤어. 많이……. 죽었을 때 모습 그대로인 걸까 싶기도 한데, 다들 사고를 당한 건지 어디 난도질이라도 당했는지, 여기저기가 뜯겨 나가고 엉망이야. 아…… 사라졌다. 뭐였지? 저게 도깨비불을 피운 걸까?"

비휴는 대답하지 않고 숨을 깊이 들이마셨다. 냄새를 맡는 모양이었다.

"유령은 냄새가 없다. 산 짐승 냄새도, 죽은 짐승 냄새도 나지 않아. 물비린내가 심하군."

은지의 코에는 딱히 물비린내가 나지 않았지만, 비휴가 그렇다면 그런 것이었다.

그러고 보니 비휴에게서 살기가 느껴졌다. 얼굴을 보지 않아도 화난 걸 알겠다.

비휴가 웃는 건 본 적이 없는데, 화내는 모습은 몇 번 본 적이 있었다. 기귀가 몰려왔을 때, 적응 못 하는 것들에 대해 말했을 때. 그런데 지금 비휴는 그보다 더 화가 나 있었다.

은지는 개와 고양이들을 흘끔거리며 물었다.

"아까 굳어 있었던 것, 여기 유령들이 한 짓이었어?"

"아니. 아마 네가 말하는 유령들을 만든 놈 때문일 거다. 그냥 유령이 아니라 창귀倀鬼야."

창귀란 포악한 범에게 잡아먹힌 이들의 원귀였다. 원통함을 안고도 그 범의 곁을 떠나지 못하고 다른 이들을 잡아먹도록 도와야 하며, 제 주인인 범에게 먹잇감을 바치기 위해 생전의 가족이라도 희생시켜야 한다.

그런 일을 할 때 그 창귀가 의식을 갖고 있는지, 그저 생전의 그림자일 뿐이어서 기억만 존재하는지는 아무도 알지 못한다.

"호랑이? 지금? 서울에서? 그림도 아니고 실물로?"

"꼭 범만 창귀를 거느리는 건 아니다."

조선시대 사람들이 제일 흔히 접하던 흉흉한 야수가 범이라서 그렇게 전해질 뿐, 그 성질이 유난히 포악한 야수라면 어느 놈이나 창귀를 양산한다는 얘기였다.

여기에서 포악하다고 함은, 필요해서가 아니라 즐겨서 살육을 하고, 먹잇감으로 장난을 치는 종류의 악랄함을 말했다.

은지는 꿈에 나올까 두려운 동물들의 참담한 모습을 떠올리며 탄식했다.

"그래서 그랬구나. 어떤 놈인지는 몰라도 엄청 질 나쁘잖아."

새삼 이제까지는 진짜 요괴와 마주친 적이 없었다는 사실이 실감 났다. 그리고 뒤늦게 겁이 났다.

"괜찮을까? 일단 나가야 하는 거 아니야?"

비휴의 힘이 대단하다지만, 오늘따라 이상하게 구는 데다 아까 렉이라도 걸린 것처럼 굳었던 것을 생각하면 불안하기 짝이 없었다.

그러나 화가 난 비휴는 전보다 움직임이 자연스러워졌다. 금줄을 꺼내 쥐더니 척척 앞으로 걸어갔다.

"아까처럼 또 굳으면 어떻게 하려고!"

"두 번 그럴 일은 없어. 애초에 그놈의 힘 때문에 굳은 게 아니야."

"그럼 뭔데?"

무응답. 이럴 때 설명 제대로 안 해 주는 건 현허나 비휴나 거기서 거기였다.

은지는 비휴의 팔을 붙들고 외쳤다.

"뭔지 나도 알아야 대처를 어떻게든 하지!"

그래 봤자 대답이 나올 거란 기대는 없었는데, 비휴는 화난 듯 은지를 한번 보더니 말했다.

"사방이 막힌 곳은 싫다."

"뭐?"

잠시 이게 무슨 소린가 했지만…… 갑자기 이제까지 비휴가 한 번도 대중교통에 타려고 하지 않았다는 사실이나, 살고 있는 곳 지붕도 뚫어 놓았다는 사실, 같이 점심을 먹으러 갈 때도 바깥 자리 아니면 문이 열린 식당에만 들어갔다는 사실이 좌라락 떠올랐다. 지금까지는 냄새에 워낙 민감하니 그렇겠거니 하고 넘어갔는데, 설마.

은지의 목소리가 뒤집혔다.

"너 폐소공포증이야?"

비휴는 불쾌하다는 듯 바로 반박했다.

"싫어할 뿐이다."

"아니, 그렇지만 아까는 아예 패닉에 빠졌잖아? 패닉 상태였던 거 맞지? 그래서 여기도 들어오기 꺼렸던 거구나!"

"그만 됐다."

비휴는 아주 단호하게 말하더니, 그 말을 강조하듯 성큼성큼 걸어갔다.

은지도 따라가는 수밖에 없었다. 신기하게도 하얀 개는 은지 옆에 계속 있었고, 도깨비불도 계속 그들 주위에서 일렁거렸

다. 덕분에 휴대폰을 들고 있을 필요가 없다고 생각한 은지는
빈손에 호신용 스프레이라도 꺼내 들기로 했다.

콘크리트 복도는 생각보다 짧았지만, 복도 양쪽으로 문이 붙
어 있었다. 허술해 보이던 뚜껑문보다 훨씬 육중한 철문이었
다. 비휴는 아무것도 새어 나오지 못하게 만들어진 철문의 윤
곽을 손끝으로 건드리면서 킁킁거렸다.

첫 번째 문은 통과.

두 번째 문에서는, 비휴가 왼손을 들어서 뒤따라오는 은지를
물러서게 하고 철문에 손바닥을 댔다.

끼이익…….

살짝 녹이 슨 철문은 비휴가 꽤 힘을 가해서야 겨우 열렸다.

그러나 열린 문 안에는 텅 빈 방밖에 없었다. 비휴 어깨너머
로 안을 들여다본 은지는 잠시 이맛살을 찌푸렸다.

비휴가 묻 듯이 뒤를 돌아보기에 설명했다.

"아무것도 안 보여. 유령도 없고. 위에서 봤던 끌린 자국 같
은 건 있지만, 그건 다른 데도 다 있었는데."

비휴는 철제 책상과 환풍구, 배수구 정도밖에 없는 삭막한
방 안으로 몇 걸음 걸어 들어갔다. 휴대폰을 꺼내 들고 문간에
선 은지는 비휴가 방 안을 한 바퀴 도는 동안 가만히 있지 못하
고 계속 조잘거렸다.

"아무것도 없는 거 맞지? 난 또, 안에 시체라도 가득 쌓여 있
나 긴장했네. 유령들은 주로 자기네가 죽은 곳에 많이들 머문
다며. 그러면 아까 그 녀석들은 여기에서 죽은 게 아닌가? 아니

148

면 굉장히 오래전 일이라서 아무것도 없나? 뭐 단서가 될 만한 건 없어? 아!"

방 안을 열심히 살피던 비휴가 몸을 홱 돌렸다.

비휴와 은지의 목소리가 동시에 울렸다. 시선이 닿은 곳은 둘 사이에 있는 배수구였다.

"배수구다."

"유령이……."

아마 비휴는 기척이나 냄새로 알았을 테지만, 은지는 하얀 개 덕분에 그걸 보았다.

배수구가 역류하듯 꿀렁꿀렁 뭔가를 뱉어 내고 있었다. 그와 동시에 주변이 소란스러워졌다. 고양이와 개들의 혼이 빨려 들 듯이 문 안으로 몰려들고 있었다.

은지는 기겁하며 문에서 멀어져서 벽에 몸을 붙였다. 옆으로 유령들이 쏟아져 들어오는 바람에 몸이 같이 날려 갈 것만 같았다. 하얀 개가 겁먹은 듯 다리에 몸을 붙여 오기에, 몸을 웅크리고 개를 끌어안았다. 그 개의 너덜너덜하게 뜯긴 옆구리는 잊은 지 오래였다.

배수구에서 나온 그것이 제 형태를 갖추고 몸을 부풀리는 동안 주위에 회오리바람이 치는 것 같았다. 개와 고양이의 유령들이 자석에 끌리듯 그것에게 날아들고 있었다. 제 주인 곁으로 몰려든 유령들은 푸르스름한 빛을 잃고 좀 더 실체를 갖췄다. 그 본질이 유령보다 창귀에 가까워진 탓이었다.

그리고 그들이 이제까지 소리 없는 비명을 올린 이유는 지금 그들 앞에 모습을 드러내고 있었다. 좁은 배수구에서 나와 몸을 부풀리고 있는 짐승은 거대한 구렁이였다. 물론 평범한 뱀은 아니었다. 부풀어 오른 하얀 몸통은 은지의 허리만큼 굵고, 똬리를 틀고도 지하실을 꽉 채울 만큼 길었다.

"괴물이야! 아나콘다야!"

거대한 구렁이가 머리를 들어 올리자 은지는 하얀 개를 끌어안은 채 꽥 소리를 질렀다. 그와 동시에 비휴가 금줄을 날렸다.

비휴의 손에서 날아간 금줄이 구렁이의 몸을 칭칭 감는 순간, 싸움은 그대로 끝나는 듯했다. 그러나 금줄이 조여들기 전에 구렁이의 몸이 사라졌다.

아니, 사라진 것은 아니었다. 불빛이 갑자기 꺼지듯이 몸통이 줄어들었을 뿐이다. 그리고 금줄이 줄어든 뱀의 몸을 바로 따라잡지 못한 사이, 뱀 주위에 모여든 원령들이 양쪽으로 비휴와 은지에게 덤벼들었다. 하나하나는 별 힘이 없는 원령이었지만 수가 너무 많았다.

용케 창귀가 되어 끌려가지 않고 은지 옆에 붙어 있던 하얀 개가 열심히 짖어 대고, 비휴가 금줄을 길게 풀어 채찍처럼 원령들을 후려쳤다. 전류가 흐르는 것처럼 금줄이 번쩍거리더니 얻어맞은 원령들이 갈기갈기 찢어졌다.

그러나 은지는 차마 그 개와 고양이들을 향해 호신용 스프레이를 뿌릴 수가 없었다. 때리거나 걷어찰 수도 없었다. 도깨비불을 피운 것이 그들의 소리 없는 구조 신호요, 복수해 달라는 원념이었음을 이제 알았는데 어떻게 그럴까.

비휴는 한 번 더 창귀들을 후려치는 척했다가 방향을 틀어 구렁이를 때렸다. 원령들을 보내어 시야를 가린 사이에 가까이 와 있었다. 그걸 보고 은지도 잽싸게 손을 돌려 스프레이를 분사했다.

"야!"

크억!

후추 스프레이가 귀신에게도 효과가 있을까 싶었는데, 실체가 있으면 먹히는 모양이었다. 다만 생각지 못한 것은, 가까이 있던 비휴에게도 정통으로 먹혔다는 점이었다.

"미안!"

코가 좋은 비휴가 후추 냄새에 괴로워하는 사이 잠시 소강상태다 싶더니, 구렁이가 뒤로 물러나서 비휴를 보고 입을 크게 벌렸다.

오호라, 네가 소문으로 들었던 그 용의 모자란 아들이로구나! 잘되었다. 너를 잡아먹으면 내 원기가 크게 보충되겠어! 하늘이 아주 나를 버리지는 않았나 보다.

불행히도 구렁이 쪽이 더 빨리 회복해서 화살처럼 비휴를 덮쳐들었다. 순식간에 구렁이의 몸이 비휴를 칭칭 감았다. 아까와는 역전된 셈인데, 비휴에게는 몸을 줄였다 늘렸다 하는 재주가 없다는 것이 차이였다.

구렁이의 몸이 비휴를 감고 조여들었다. 은지는 정신없이 스프레이를 집어 던지고 호신용 3종 세트에 끼어 있었던 경보기를 꾹 눌렀다. 화재경보기를 찾을 일 없도록, 혹시나 하고 마련

해 둔 '쇳소리 대용품'이었다.

삐이삐이삐이삐이삐이삐이!

요란한 경보음이 울려 퍼지자 원령들이 박쥐 떼처럼 퍼드득 거리고, 구렁이가 진저리를 치며 이리저리 몸을 뒤흔들었다. 그사이에 틈이 생겼는지, 비휴가 바로 두 손을 끄집어내어 구렁이의 몸에 손가락을 박았다.

키에에에에엑!

텅! 텅!

구렁이 꼬리가 콘크리트 바닥을 요란하게 치고, 구렁이의 따리가 풀리면서 비휴의 양손에 의해 뱀살이 뭉텅이로 뜯겨 나갔다.

비휴는 몸이 풀려나자마자 금줄을 날려 다시 뱀의 몸을 휘감았다. 이번에는 뱀이 줄어들기 전에 금줄이 비늘 사이로 파고들었다. 이어서 바로 비휴의 발이 쾅 하고 뱀의 목을 밟았다.

비휴의 발에 밟힌 구렁이가 땅에 올라온 잉어처럼 요란하게 퍼덕거렸다. 꼬리가 때리는 곳마다 콘크리트가 깨어져 나갔다. 비휴는 잠시 그 모습을 내려다보았다.

금줄이 계속 조여드는 동안 미친 듯이 날뛰던 구렁이는 곧 기진한 듯 움직임을 멈췄다. 비휴가 끝을 맺으려는 듯 발에 힘을 실었다. 우지직, 우지직 소리가 나고 비늘이 튀었다.

구렁이는 아까와 백팔십도 달라진 비굴한 태도로 빌었다.

용의 아드님께 함부로 덤볐으니 혼이 나야 마땅하긴 하나, 목숨만은 살려 주시게! 승천하려면 살겁을 쌓아서 좋을 게 없

지 않나.

비휴는 들은 체도 하지 않았다.

애원이 통하지 않자 구렁이는 다시 마지막 남은 힘을 모아 발악을 했다.

내가 무슨 잘못을 했기에 죽어야 하느냐?

통곡하는 듯한 울부짖음이었다. 비휴도 여기에는 잠시 멈춰서 구렁이를 가만히 내려다보았다.

너같이 태어날 때부터 기운이 충만한 신수는 이해 못 한다! 살아야 했다. 살자고 한 짓이다. 용이 되어야 할 운명이었으나 제대로 기운을 받지 못하여 생물을 잡아먹어야 하는 천한 몸이 된 것만도 억울하거늘, 살기 위해 다른 것을 잡아먹는 게 무슨 잘못이냐? 하물며 내 인간을 건드리지도 않았다. 내가 잡아먹은 것은 오직 버려지고 길 잃은 짐승들뿐이었다. 내가 아니었어도 죽었을 것들, 아니 내가 죽여 주지 않았으면 더 고통받았을 것들을 먹은 게 벌을 받을 일이냐?

숨죽여 듣고 있던 은지가 더 발끈해서 입을 열려는데, 비휴가 차갑게 대꾸했다.

"그래. 너는 아무 잘못도 없다."

은지는 그 말에 펄쩍 뛸 뻔했다가, 다음 말을 듣고 겨우 진정했다.

"저들이 잘못이 있어 잡아먹힌 게 아니라면, 지금 네가 죽는 것도 무슨 잘못을 해서가 아니겠지. 안 그래? 그저 네가 약해서이고, 내가 지금 죽여 주지 않으면 더 고통받을 테니. 그렇지?"

어느새 은지 주위에 다시 개와 고양이 유령들이 모여들어 있었다. 하얀 개가 이를 드러내고, 얼룩 고양이가 털을 곤두세웠다. 모두가 구렁이를 보며 눈을 번쩍이고 있었다.

비휴가 이제는 그들이 보인다는 듯이 은지 쪽을 돌아보았다.

"네가 정말로 짐승을 잡아먹어야만 살 수 있는 존재였다면 저것들이 창귀가 되었을 리 없지. 인간을 먹지 않은 것도, 그래야 안전하다는 계산속 아니었나? 안됐지만 나는 인간이 아니라서, 네가 인간을 잡아먹지 않았다는 게 면죄부가 안 된단다. 용은 개뿔! 아무기도 못 될, 속만 배배 꼬인 물뱀 새끼야."

비휴가 발을 들어 올려 뱀머리를 짓밟고, 그게 신호라도 된 것처럼 유령들이 한꺼번에 달려들었다. 내내 은지 곁을 떠나지 않던 하얀 개가 제일 먼저 달려가서 머리를 물었다. 은지는 그다음 장면을 차마 보지 못하고 고개를 돌렸다.

확실한 육체가 있는 것처럼 보였던 뱀도, 죽으면서 실체를 잃었다. 그리고 서서히 바스러졌다.

뱀의 몸이 서서히 먼지로 변하는 동안, 지하실 안은 깜깜해졌다가 푸른 빛으로 가득 찼다. 하나씩 하나씩, 뱀을 물어뜯은 유령들이 푸른 불덩이로 변해 날아오르고 있었다.

비휴와 은지는 푸른 불덩이들에게 떠밀리다시피 벙커 밖으로 나갔다.

뚜껑문이 열리자 푸른 빛이 밤하늘로 쏟아져 올라갔다. 겨우 주박에서 풀려난 짐승들의 혼이 사라지기 전에 마지막으로 춤을 추는 모양새였다. 은지는 이제 어느 빛덩이인지 알아볼 수 없게 된 하얀 개에게 손을 뻗으며 입속으로 중얼거렸다.

'고마워. 잘 가.'

그들이 어디로 가는지는 몰라도, 콘트리트와 강철로 만들어진 지하벙커 안보다는 낫겠지, 소망하면서.

비휴와 은지는 잠시 동안 아무 말도 하지 않고 그 불빛을 올려다보았다.

꿈에서 깨어난 기분이었다.

은지가 구렁이에게 들었던 말들을 뒤늦게 되새기며 슬그머니 비휴를 돌아보았다.

"음…… 그러니까 저기, 아까 그 뱀이 한 말……? 그 구렁이는 귀물이었던 거야?"

원래는 용에 대해 묻고 싶었지만, 뱀이 한 말까지만 듣고도 비휴가 찬바람을 일으키는 바람에 은지는 바로 질문을 바꿨다.

비휴는 조금 누그러져서 대답했다.

"원래부터 저렇게 태어난 건 아니었겠지만, 필요도 없는 다른 목숨들을 탐욕스럽게 빼앗기 시작했을 때 제 길을 제가 정한 거야. 살 만큼 살았으면 내려놓았어야지."

비휴의 신랄한 말을 듣자 은지의 속이 괜히 뜨끔했다. 그런 걸까. 정말로 살 만큼 살고도 욕심을 내면 그게 더 나쁜 걸까.

한숨을 내쉬고 나서 뒤늦게 엉뚱한 의문이 따라붙었다.

"어, 그런데 원래 그렇게 태어난 건 아니라고? 난 다 태어날 때 정해지는 줄 알았는데. 수호신이냐 잡귀냐가 날 때부터 정해진 게 아니야?"

비휴는 시큰둥한 표정을 지었다.

"수호신과 잡귀는 어디까지나 인간에게 쓸모 있느냐 아니냐가 기준이니까, 모든 것에 들어맞지는 않아. 나만 해도 신수지만 수호신이라고 하기는 힘들고."

현허가 한 말과는 달랐다.

'하기는, 애초에 수호신과 잡귀 둘만으로 나뉜다기에는 요괴나 신수 같은 이름이 따로 존재하기는 했지.'

알 듯 말 듯해서 고개를 갸웃거리다 보니 아까 공원에서 나눈 대화가 스쳐 지나갔다. 그 내용과 조금 전 구렁이가 뱉은 말을 조합해 보니 저절로 말이 흘러나왔다.

"신수…… 그러니까 만나 보지도 못한 어머니가 용이고, 이미 승천을 했다는 말이었지. 용의 아들이라고 해서 용은 아니라는 거고. 그래서…… 나쁜 건가? 용으로 태어나고 싶었어?"

입 밖에 내어 말한 순간 이거 실수했나 싶었지만, 의외로 비휴는 이 질문에는 크게 신경 쓰지 않는 것 같았다.

"딱히 그렇진 않다. 다만 가끔 저런 소리를 듣게 되니까 말이지. 용의 자식으로 태어나서 좋겠다거나, 너는 모른다거나."

이제까지 비휴의 입으로 들은 이야기 중에 가장 하찮고, 사람 같은 소리였다. 마치 학교에서 겉돌며 분위기 잡던 학생의 속내라고 '내가 금수저라고 욕하는 것들이 있어서 힘들다' 같은 개소리를 들은 기분이랄까.

은지는 그 감상을 얼른 지웠다. 솔직히 금붙이도 가끔밖에 못 먹는 모습을 보면 딱히 금수저 같지도 않고.

처음 생각했던 불우한 가정사와는 많이 다르지만, 용의 아들이라는 것도 고충이 있어 보이기는 했다. 엄청난 힘이 있고 자유로워 보여 봤자 폐소공포증이 있는 것처럼 말이다.

은지는 저도 모르게 손을 뻗어 비휴의 등을 툭툭 쳤다.

"그쪽도 고생이 많네."

비휴는 잠시 어처구니없다는 눈으로 은지를 보다가 한숨을 내쉬었다.

"인간 아이는 다 너 같나? 아니, 그럴 리는 없겠지."

말하는 기색이 욕 같지는 않은데, 그렇다고 칭찬 같지도 않아 아리송했다.

"글쎄? 그야 뭐, 다 다르겠지? 인간은 많고, 이런 사람 저런 사람 있으니까. 너희도 다 다를 거 아냐."

소통이 제대로 된 건지는 모르겠지만 비휴가 피식 웃었다.

왠지 한강 가에 나왔을 때보다는 머릿속이 덜 복잡해지는 것 같았다.

은지는 다시 하늘을 올려다보았다. 원령들이 마지막으로 피워 올린 푸른 빛은 곧 여의도 하늘을 차지한 무수한 불빛 속에 섞여 사라졌다.

공원에 사는 이들

강은지는 종로2가 큰길을 걸어 탑골공원으로 향하면서 새삼 신기하다는 생각을 했다.

요즘 들어 부쩍 서울에 이런 곳이 있었나 싶을 때가 많기는 했지만, 종로에 오랫동안 자리한 이 공원에 발을 들여 보기도 십오 년 만에 처음이었다. 아니, 탑골공원이라는 곳이 있다는 사실조차 몰랐다. 어쩌다가 종로에 볼일이 있어서 가까이 지날 때도, 그저 어수선해서 다니기 안 좋다는 생각만 했으니 말이다.

은지는 양쪽으로 물건을 풀고 있는 노점상들 옆을 지나쳐, 삼일문이라는 이름의 문으로 들어갔다. 손병희 동상 옆에 사진기를 목에 건 사람이 두어 명 서성이다가, 평일 오후에 공원에 들어서는 은지를 특이한 사람 보듯 흘긋거렸다. 그러거나 말거나 은지는 곧장 팔각정으로 향했다.

본래 팔각은 하늘과 땅을 잇는 도형이라 건축에 함부로 쓸 수 없었다고 한다. 처음 이곳에 팔각정을 지었을 때는 깊은 의미가 있었으리라. 그러나 그 의미까지 생각하는 사람은 없이, 허름한 양복 차림의 노인 하나만 1919년 3.1운동 당시 독립선언문을 낭독한 자리라는 설명판을 읽고 있었다.

팔각정에는 사람이 꽤 있었다. 은지는 팔각정을 향해 걸어가면서 계단에 앉은 사람들을 주의 깊게 살폈다. 모두 노인이었다. 대부분 남성이었고. 그런데 한쪽 모서리에 몸집이 작은 노파 하나가 앉아서 담배를 맛있게 태우고 있었다.

아무도 노파에게 가까이 다가가려 하지 않았다. 아무도 노파가 있는 쪽을 보지 않았다.

"안녕하세요."

은지가 활기차게 인사를 건네도 노파는 반응이 없었다. 은지는 다시 한번 말했다.

"안녕하세요, 터주님. 현허 선생님이 안부 전하시래요."

"현허?"

그제야 반응이 나타났다.

그러나 노파만이 아니라 팔각정에 있던 다른 사람들도 반응했다. 몇 사람이 이상한 것을 본다는 눈으로 은지를 쳐다보고 있었다. 쯧쯧 혀를 차기도 했다. 어쩌면 그들에게는 은지가 허공에 대고 말을 거는 여자로 보일지도 모르겠다.

은지는 쳐다보는 사람들을 마주 노려봐 주고 노파 옆에 주저앉았다.

"잘 안 보이게 하고 계신가 봐요."

"그렇지도 않아. 그냥 지들이 안 보고 싶으니까 안 보는 거지."

어느 쪽이든, 아예 노파 옆에 앉아 버리자 은지를 보고 혀를 차거나 안됐다고 고개를 젓던 노인들도 시선을 돌리거나 은지의 존재를 잊어버린 듯 행동했다.

노파는 은지를 가만히 보다가 다시 담배를 빨며 말했다.

"그런데 넌 어찌 날 바로 알아봤누? 기운도 죽이고 잘 섞여 있었구만."

은지는 신문을 보거나 장기를 두거나 맞은편에 앉은 사람과 이야기를 나누는 노인들을 손짓하며 말했다.

"여기 노인분들이 많긴 한데 다 할아버지뿐이고, 할머니는 없거든요."

"아항."

노파는 고개를 빙빙 돌리면서 푸념을 늘어놓았다.

"그래도 늙은 사내 모습은 취하기 싫단 말이야. 하여간 요새는 뭐 하나 마음대로 할 수가 없어. 옛날에는 요란한 모양새로 변해서 한바탕해 주면 무슨 말을 하든 척척 먹혔는데 말이야. 요새는 너구리 모양만 취해도 여기저기 사진 찍히지, 사람들에게 쫓기지, 보통 귀찮은 게 아냐."

"너구리는 아무래도 튀죠."

"너구리는 흔해 빠진 동물 아니냐."

"요새는 그렇지도 않아요."

"너구리가 너구리지, 요새라고 뭐가 달라? 홍. 그래서 누가 보냈다고? 몇 년 안 보이길래 드디어 백악도 사라졌나 했더니만, 그 속 시커먼 작자도 아직 살아 있었구만. 그런데 나는 왜 찾으신다니?"

은지는 가방에 손을 넣어 하얀 도자기병을 꺼냈다. 술병이었다. 노파의 눈이 반짝 빛났다.

"안부도 여쭙고 겸사겸사요. 혹시 요새……."

갑자기 커진 노랫소리가 은지의 말을 잘랐다. 고개를 들고 보니 공원 서문 앞에 삼삼오오 모여든 사람들이 합창을 하고 있었다. 잠시 귀 기울여 보니 기독교 찬송가였다. 은지는 어리둥절해서 물었다.

"저게 뭐예요?"

노파는 시큰둥하니 대답했다.

"글쎄 원각사에서 매일 독경 소리를 내보내기 시작하더니만 저것들도 질세라 매일 와서 기도를 한다, 노래를 부른다 그래."

"종교적인 노래인데 괜찮아요?"

"내가 안 괜찮을 게 뭐 있누. 그저 좀 시끄럽다 뿐이지."

"시끄럽기야 사람이 많은 게 더 시끄럽잖아요."

"그건 다르지, 달라. 사람이 많이 모여서 북적북적 시끄러우면 생기도 넘치게 흘러 다녀서 좋은 점이 있거든. 불교 경 읽는 소리는 아예 녹음한 걸 트니 그런 영향도 없어. 사람 기운조차 안 느껴지지. 그에 비하면 십자가 들고 기도하는 소리야 생기라도 넘치기는 하는데…… 뭐 저런 종류의 생기를 좋아하는 신령도 있지만 이러나저러나 나한테는 나쁠 것도, 도움 될 것도 없어."

노파는 다시 술병에 손을 뻗었다.

"그런데, 술을 바치는 대신 뭔가 대가라도 내야 하는 거냐?"

"아니에요. 대가는요. 그냥 요새 이 근방은 괜찮은지 여쭤보려는 것뿐이에요. 서낭신이 비는 동네는 생기지 않았는지, 이상한 일은 없는지."

"그런 걸 왜 나한테 물어?"

"서울의 중심인 종로에서 백 년 넘게 한자리에서 버틴 분이 많이 계신 것도 아니고, 모르시는 게 없는 정보통이시라던데요. 터주님께 여쭤보지 않으면 누구한테 묻겠어요."

은지의 애교 섞인 말에 노파는 비딱하게 웃었다.

"그런 소리 안 하면 내가 신령을 제대로 못 모신다고 역정이라도 낸다 그러든? 그래, 내가 근처에서 제일 오래된 터주신이기는 하지. 그런데 요새는 나한테도 별로 정보가 안 들어온다. 나야 터주신이라 여기만 붙박여 있으니 바깥 일이야 알 수가 있나. 전에는 사람이고 서낭신이고 다 여기로 모여들었으니 가만히 앉아서도 다 알 수가 있었지. 떠도는 잡신들까지 다 이리 한 번은 왔다가 다른 데로 갔으니까."

노파는 어깨를 늘어뜨리며 쓴 한숨을 내쉬었다.

"그것도 다 옛말이야. 요새는 모든 게 많이 줄었다. 여기도 인간들이 성역화 작업인지 뭔지 하고 뒤집어엎고부터는 사람이 줄고, 이제는 사람이든 사람 아닌 것들이든 날 찾을 일이 없구나. 나도 관심이 없고. 늙으면 많은 게 귀찮아져."

신령이라기에는 너무나 사람 같은 말이어서 기분이 이상했다. 은지가 머뭇거리자, 노파는 바로 자세를 바로 하고 던지듯 말했다.

"그나마 남은 것들도 요새는 종묘공원에 더 많이 모인다지. 이 근처 동네 서낭도 몇 놈 놀고 있을 테니, 그쪽에나 가 보려무나."

더 나올 이야기가 없지 싶었다. 은지는 병을 열어 맑은 술을 일부 노파 근처의 땅에 뿌리고 일어섰다.

이 종로 순회는 기귀 사건 이후 은지에게 새로 더해진 업무 였다. 공원들을 한 바퀴 돌면서 터주신, 서낭신들과 안면도 익히고 혹시 문제가 없는지 미리미리 정보를 확인하라나 뭐라나.

이젠 법칙을 알 것 같았다. 현허 선생이 뭔가 의미심장한 말을 하면, 일이 늘어난다는 법칙.

'수호신을 더 보게 될 거라는 게 하나씩 찾아다니라는 소리 였다니.'

습관처럼 투덜거리지만, 사실 그렇게 싫지만은 않았다. 하필 여름이 오고 있어 걸어 다니기가 더울 뿐이지, 어떤 면에서는 사람을 대하기보다 신령들 대하기가 마음 편하기도 했다. 특히 나 민구 선배 사건 이후에는.

수호신에는 종류가 많았다. 개인을 지켜 주는 조상신, 집 단 위의 수호신인 성주신. 집 안 여기저기를 맡고 있는 조왕신, 수 비신, 측간신……. 그러나 이들을 볼 일은 아주 드물었고, 은지 가 주로 만나게 된 것은 터주신과 서낭신들이었다.

터주는 일정 범위의 땅을 수호하는 지신이었고, 사람이 살고 안 살고 여부나 건물과는 무관하게 오래된 터에 거하는 편이었다. 지난번에 본 경희궁 공원 터주, 방금 만난 탑골 터주가 그예였다.

그리고 서낭신은 땅이 아니라 마을의 수호신이었다. 은지가 처음으로 만났던 마을신, 평창동도 서낭신이었다.

그런데 마을신의 경우는 그 마을의 범위가 문제였다. 백 년 전까지만 해도 한 마을의 영역과 범위는 크게 변하지 않고 몇 백 년씩이라도 이어졌다. 그러나 지난 백 년 동안은 달라도 너무 달랐다.

한성부가 경성이 되고 서울이 되는 동안 행정구역은 계속 달라지고, 사람들은 이동하고, 전쟁이 나서 이전의 마을이 아예 사라지는가 하면 아예 육지도 아니었던 곳에 사람이 살았다. 이 땅에 사는 인간만이 아니라 토지신들에게도 대혼란과 생존 투쟁의 시기였다. 그래서 지금도 모든 마을에 서낭신이 있지는 않았다.

지금 종로 일대에서 찾아볼 수 있는 터주신 중에서 백 살 넘은 신령이 몇 없는 것도 같은 이유였지만.

'그래도 탑골공원쯤 되면 강할 것 같은데. 마을처럼 행정구역이 계속 변하는 것도 아니고, 제사 지내는 사람들을 원할 이유도 없고…….'

그런 생각을 하며 걷던 은지의 발이 문득 멈췄다. 호흡도 같이 멈췄다.

지하철에서 자주 보던 귀였다. 비휴를 처음 만난 날에도 보았던 귀. 그때는 이름을 몰랐지만 이제는 안다. 객귀客鬼였다.

무속에서는 집에서 죽지 못하고 떠돌다가 죽은 자가 객귀가 된다고 하지만, 현허는 그게 실제 사람이었던 존재라고 보지 않았다.

'착각이다. 그건 인간이 아니야. 객귀는 혼탁에서 태어난 물건이다. 거기에 마침 가까이 있던 어느 객사자의 기억이나 잔상 같은 게 더해졌을지는 몰라도, 그건 쓰레기 조각을 주워서 장식한 셈이나 다름없어.'

현허가 객귀에 대해 설명하던 냉정한 말이 다시 스쳤다.

잡귀는 대체로 쌓이고 뭉친 혼탁에서 태어난다. 다만 그 혼탁 덩어리가 다른 존재로 변할 때, 어떤 요소가 더해지느냐에 따라서 성격이 달라진다고 했다.

'그게 그거 아닌가. 혼탁이 먼저냐, 사람이 먼저냐는 보기 나름이지.'

은지는 그렇게 생각했지만, 굳이 현허에게 반박하지는 않았다.

어쨌든 성격이 그런고로, 객귀는 한곳에 머물기를 싫어하여, 사람에게 들러붙으면 그 사람도 끝없이 떠돌게 만들었다. 그래서일까. 점심때가 가까워 오며 무료급식을 받으러 모여드는 노숙자들 사이에 객귀가 한둘이 아니었다. 이렇게 많은 객귀를 한꺼번에 보기는 처음이었다.

은지는 빙그르르 걸음을 돌려 터주신이 있는 곳으로 다시 돌아갔다.

"저것들은 다 뭐예요?"

술병을 기울이던 탑골 터주는 앞뒤 자르고 뱉은 은지의 말에 이상하다는 얼굴로 되물었다.

"저것들이라니?"

"저거요! 객귀! 객귀들이요!"

은지는 대놓고 손가락질을 할 뻔했다가 동작을 작게 해서 속삭이듯 말했다.

터주신은 태연하게 말했다.

"아하, 그것 말이냐. 그나마 여기 무슨 노숙인 단속인가를 한다고 해서 조용해진 편이야. 객귀와 주귀, 걸귀 정도 말고는 보이지 않잖느냐."

"어떻게 그렇게 아무렇지 않게 보세요? 여기 터주시잖아요!"

"내가 여기 터주인 것하고, 저것들하고 무슨 상관이냐?"

"이 땅의 수호신이시잖아요. 수호신은 잡귀 같은 것들을 물리치는 거 아닌가요?"

터주신이 웃었다.

"그런 식으로 돌아가는 게 아니란다. 네 말대로면 서낭신이 버티고 있는 동네에는 잡귀라곤 없게?"

탑골 터주는 무관심한 눈으로 노숙자 무료급식소 쪽을 건너다보았다.

"우리는 인간 개인의 수호신이 아니야. 객귀들은 들러붙기를 좋아하니 인간에겐 별로 좋지 않겠다만, 어차피 저것들이나 여

길 찾는 사람들이나 똑같이 갈 곳 없는 불쌍한 것들인데 내버
려 두어도 내 땅에는 해가 될 것도 없단다."

"그렇지만 그건……."

"하기는, 누가 누구에게 불쌍하다 하는지 모르겠다만."

탑골의 냉소적인 웃음 앞에서 은지는 잠시 갈피를 잃었다.
인간에게 해를 끼친다고 쫓아내라는 건 인간의 좁은 시야일지
모르지만, 그렇다 해도 잡귀가 많아져서 신령에게 좋을 리는
없었다. 잡귀는 탁한 기운을 좋아하고, 신령은 맑은 기운을 좋
아하지 않던가.

은지는 초연하게만 보이는 노파 모습의 터주신에게 뭐라 더
말할 수가 없었다.

❧❧❧

하지만 그때 느낀 찜찜함은 며칠 뒤, 종묘공원에서 다시 되
살아났다.

탑골공원과 종묘공원은 멀지 않다. 탑골공원 삼일문을 나
서서 왼쪽으로 큰길을 따라 걸으면 곧 종묘공원이다.

일요일 오후라서 더 그럴까. 전국노래자랑을 사회자 없이 진
행한다면 이렇지 않을까 싶은 풍경이 펼쳐져 있었다. 여기저기
에서 서로 다른 노랫가락이 뒤엉켰고, 한쪽에는 서로 언성을
높여 싸우는 노인들이 있었다. 천 원에 소주 반병, 또 천 원에
공원에 설치된 노래방 기기로 노래 두 곡, 그게 현재 종묘공원

의 시세였다.

그리고 탑골 터주 말마따나, 그 난장판 속에 서낭신이 꽤 여럿 모여서 술과 노래를 즐기고 있었다.

그동안 서낭신들을 조금씩 알게 되고 은지가 제일 먼저 느낀 감상은 뭐랄까, 서낭신들이 무척 인간적이라는 생각이었다. 그 지역에 활기가 도느냐 쇠락하느냐에 밀접하게 영향을 받으니, 서로 힘겨루기도 하고, 질투도 하고, 욕심도 내고, 서로 친하거나 싸우거나 하기도 했다. 모습도 대부분 인간과 같았고, 인간 사이에 섞여들기도 했다. 옛날에는 어땠는지 몰라도 지금은 백 살 넘게 산 서낭이 없으니 더욱 인간 같았다.

현허는 서낭은 땅이 아니라 거기 사는 사람들을 반영하는 신령이니 더 인간적일 수밖에 없다 일축했지만.

'그렇게 치면, 산신이라면서 엄청 인간적인 선생님은 뭐람.'

물론 가끔 정말 인간 같지 않을 때는 있지만 말이지.

"여기 계시면 심심하지는 않으시겠네요."

은지는 종묘 입구에 쭈그리고 앉아서 중얼거렸다.

고상한 도포 차림에 갓까지 쓴 훈정동 서낭신이 뒷짐을 진 채 고개를 저었다.

"그렇지도 않네. 종묘는 여러 국왕과 왕후들을 모신 곳이라 고요하고 청정해야 하거늘, 그 앞이 저리 소란스러우니 편치가 않군. 저기 저 예지동, 사직동 서낭 저것들은 점잖지 못하게 인간과 어울려서 흉한 춤이나 추고 뭐 하는 짓거리인고. 에잉."

"그러면 탑골공원 쪽으로 가 보시는 건 어때요? 거긴 조용하던데요."

훈정동은 은지의 말을 못 들은 척 계속 투덜거렸다.

"시끄럽기도 시끄럽지만, 싸움이 너무 많아. 싸우는 사람이 늘어나니 그 살기를 탐내는 삿된 것들이 모여들지 않나. 수호신이라는 것들이 제 직분도 못 지키고, 쯔쯔."

그 시끄러운 와중에도 용케 그 말을 들었는지, 잘 차려입긴 했는데 또 그게 썩 어울리진 않는 중년 여성 모습의 예지동 서낭이 그쪽으로 다가왔다.

"하여간 입만 살았지. 애, 훈정동 말 곧이들을 것 없다. 네 말마따나 시끄러운 게 정말 싫으면 다른 데로 갔겠지. 그냥 못마땅한 양 혀를 차는 게 좋아서 저러는 거야."

"내가 다른 데를 가긴 왜 다른 데로 가? 여기가 훈정동인데, 훈정동 서낭인 내가 왜 다른 델 가나? 눈 부릅뜨고 지켜야지."

어린아이처럼 작은 키에 양복을 차려입은 사직동 서낭이 합류했다.

"우리가 언제부터 그렇게 고상 떨고 거드름을 피웠다고. 시끄러운 게 뭐 잘못됐나. 밖에서 보면 싫을지 몰라도, 시끄럽게 놀고 있으면 즐겁기만 하구만."

예지동이 다시 샐쭉하니 말을 얹었다.

"어르신은 이상한 것만 배워서 그래. 조선시대 끝나기 직전에 태어났다고 유세 떠시기는. 우리가 언제 유교 선비들이었다고. 그만 시대 변화에 적응 좀 합시다?"

"흥. 자네야 정신 사나운 시장을 끼고 있는 게 자랑이니 그런 소리도 하겠지. 난 썩은 고기를 먹고 사느니 그냥 뒤떨어지고 말라네."

"썩은 고기라니, 광장시장이 썩은 고기라고? 샘난다고 아무 말이나 하기는."

한바탕 벌어지는 입씨름에 눈치만 보던 은지는 슬그머니 술을 사러 갔다. 매번 좋은 술을 사 올 수는 없었지만, 신령들은 대부분 싸구려 소주도 기꺼워했다.

소주를 몇 병 사 들고 돌아가 보니 예지동이 훈정동에게 쐐기를 박고 있었다.

"여기가 훈정동이라고 종묘 터주라도 된 것처럼 구시는데, 그래 봤자 뒷방 늙은이 신세인 건 우리와 마찬가지 아뇨. 마음에 안 든다고 사람들 쫓아낼 힘도 없으면서 뭘 우리한테 잘난 척은."

잠시 모두가 조용해졌다.

은지는 어쩐지 애처로워졌다. 오래된 것이 꼭 낡은 것은 아니고, 시대에 뒤떨어진 것도 아니다. 그러나 그렇게 생각하는 사람이 많은 시절이다. 낡고 초라한 것들은 보는 사람의 마음을 상하게 하니, 곧 보기 싫은 것이 된다. 치워야 할 것이 된다. 서낭신들도 그런 시대의 영향 안에 있었다.

은지는 분위기를 전환할 겸 끼어들었다.

"그러고 보니 이렇게 소란스러운 것도 활기차서 좋은 면은 있네요. 활기는 신령님들께 좋은 거죠?"

서낭들이 서로 얼굴을 마주 보더니, 자그마한 사직동 서낭이 대답했다.

"그렇지. 우리야 맑은 기운만 좋아하는 것도 아니긴 해. 이렇게 모이는 사람이 많고 소란스러우면 혼탁이 많이 쌓일 것 같지만, 오고 가는 흐름이라는 게 바람 같아서 그걸 또 자주 흩어 주거든."

"아아! 그래서 그렇군요."

은지는 조금 감탄해서 고개를 끄덕였다. 시끄럽고 무질서해 보이는 데다 술과 내기, 눈물과 웃음, 노랫소리와 욕망이 뒤섞인 것치고는 오히려 혼탁이 적다 했다.

"잡귀가 생각보다 적은 것도 그래서인가 봐요."

종묘공원도 근처에 무료급식소가 있어서 노숙자는 많이 오갔다. 그러나 탑골공원에서 봤던 것보다 객귀 수는 오히려 적어 보였다. 술판을 벌인 사람들의 수에 비해서는 주귀, 걸귀도 많지 않았고.

그러나 이 말에는 훈정동 서낭이 펄쩍 뛰었다.

"여기 서낭신이 셋이나 모여 있는데 잡귀들이 무슨 배짱으로 활보하고 다니겠누. 가끔 걸리는 것만 치운다 뿐이지 일일이 내쫓지는 않는다만, 저것들도 알아서 우리 눈치를 보네."

'어……?'

은지는 위화감을 느끼고 고개를 갸웃했다. 훈정동 서낭의 태도는 탑골 터주의 초연하던 태도와는 달라도 너무 달랐다.

"혹시 터주님들하고 서낭님들이 많이 다른가요?"

"그게 무슨 소리야?"

"탑골 터주님은 다른 말씀을 하셔서요."

은지가 조심스럽게 탑골의 말을 전하자, 서낭신들은 쓴 것이라도 씹은 표정들을 지었다.

"안 좋네, 안 좋아."

"네?"

서낭들은 은지의 의문을 무시하고 자기들끼리 수군거리기 시작했다.

"거기 터주가 얼마쯤 살았지? 백 년 됐나?"

"넘었지. 훌쩍 넘었어."

"근처에 낙원동 서낭이 올해 딱 아흔일곱 살인가 그렇잖아. 그 어르신이 어르신이라고 부를 정도니까 말이야."

"안 좋네. 안 좋아."

"안 좋다는 말만 되풀이하면 다요, 거?"

참다못해 은지가 다시 끼어들었다.

"죄송하지만, 뭐가 안 좋다는 말씀인데요? 저는 알면 안 되는 건가요?"

서낭들은 다시 서로를 마주 보았다.

"인간과 기준이 다른 건 사실이지만 말이야, 수호신이 이러나저러나 상관없다고 생각하게 되면 그건 죽을 때가 다 됐다는 전조야."

한참 만에 예지동이 음울하게 설명하고, 사직동이 언짢은 듯 말을 얹었다.

"인간들이 깨끗하게 환경을 정비한다는 둥 하면서 들쑤셔 놔

가지고 기운이 많이 쇠하신 건 아닌가 모르겠군. 나도 한참 가보질 않았더니만."

"음. 탑골에 사람이 줄고 다 이리로 옮겨 온 것도 그 일 때문이니…… 걱정일세. 여기도 똑같은 짓을 하진 않으려나."

훈정동이 수심 어린 얼굴로 시끄러운 사람들을 쳐다보았다. 아까까지만 해도 시끄럽고 천박하다고 화를 내더니, 그래도 활기가 있는 게 좋기는 했던가 보다.

탑골 터주는 그저 탑골공원에 사람이 줄고 종묘공원으로 옮겨 갔다고만 말했지만, 그럴 만한 흐름이 있었다. 갈 곳 없는 노인과 노숙자들이 탑골공원에 모인 지 오래인데, 대낮부터 이들이 술판을 벌이고 시끄럽게 구는 데다 싸구려 성매매까지 성행한다며 비난하는 뉴스가 연이어 올라온 적이 있었다.

그 후 몇 년간 정부는 주기적으로 탑골공원의 역사성을 강조하며 엄숙한 성지로 모셔야 한다거나, 그런 분위기를 위해 주변 환경을 정비한다거나 하는 계획들을 내놓았다가 폐기하기를 반복했다. 그 결과, 탑골에 사람이 줄고 그 사람들이 다 종묘로 이동했다.

하지만 종묘공원도 비난받기는 마찬가지.

서낭신들은 터주신 하나가 사라질지 모른다는 점보다도 같은 일이 여기에서도 반복될 수 있다는 사실을 걱정하고 있었다. 이야기는 종로의 환경 정비 사업과 재개발 쪽으로 옮겨 갔지만, 은지는 제대로 듣지 못했다.

"탑골 터주님이 돌아가실 것 같대요."

사무실로 돌아간 은지가 그것부터 보고하자, 현허 선생이 동그란 눈을 껌벅였다.

"오늘 종묘공원에서 서낭신들에게 들었어요. 터주가 잡귀를 내쫓지도 없애지도 않고 오히려 딱하다거나 좋다고 여기는 말을 한다면, 객귀나 주귀가 터주를 무서워하지도 않고 모여든다면, 그건 거기 터주가 힘이 거의 남지 않았다는 뜻이라고요. 탑골 터주신이 하신 말씀이 뭔가 마음에 걸렸는데, 그게 그런 거였네요."

"흠. 탑골이? 그렇구나."

현허의 반응은 생각보다 심상했다. 물론 대체로 늘 그렇기는 했지만.

은지는 얼른 식탁 맞은편에 앉아서 기대하는 눈빛으로 현허를 쳐다보았다.

"그럼 이제 어떻게 하면 돼요?"

"뭘 어떻게 해?"

"터주신을 구해야 하는 거 아니에요? 뭔가, 병이 있다면 치료해 드린다거나. 탑골에 무슨 문제가 있는 건지 찾아서……."

"그건 병도 아니고 이상한 일도 아니다."

은지는 잠시 또 갈피를 잃었다.

"저한테 계속 살펴보라고 하신 게 이런 걸 찾으라는 거 아니었어요? 살펴보다가 문제가 생기면 해결하려고?"

현허는 표정 없는 얼굴로 말했다.

"수호신이 이제 그만 사라질 때가 됐다고 생각하는 건 인간으로 치면 노환 같은 거야. 막을 방법이 없어. 그래도 종로 일대에서 백 년 넘게 버틴 토지신이 별로 없다는 걸 생각하면 아깝기는 하다만. 오히려 또 그래서 시대가 바뀐 걸 더 절절히 느꼈을지도 모르지."

현허는 말하다가 살짝 얼굴을 찡그리더니 다른 쪽으로 관심을 돌렸다.

"언제 갈지는 몰라도, 그 주변에 한동안 잡귀가 많이 꼬이기는 하겠구나. 한번 청소할 구실을 찾아봐야겠다. 탑골이 죽고 바로 터주가 새로 생겨나 주면 좋긴 한데……."

당황스러웠다.

"그게 다예요? 그냥 '저런, 안됐구나, 백 년 넘게 버텼으니 그만하면 잘했지' 그러고 끝이라고요? 아니, 어떻게 아무도 안타까워하질 않아요?"

은지는 저도 모르게 언성을 높였다. 몇 번 보지는 못했지만, 탑골 터주가 사라진다고 생각하니 놀라기도 했다. 하지만 울컥한 건 아마 서낭신들의 태도 때문이고, 현허의 태도 때문이리라.

그러나 현허는 왜 그러냐는 듯한 눈으로 은지를 쳐다보다가, 알겠다는 듯 손을 내저었다.

"이건 네 할머니 이야기가 아니란다."

"아니, 갑자기 할머니는 왜…… 선생님 그럴 때 진짜 짜증 나는 거 아시죠?"

"내가 정곡을 찔러서?"

은지는 더 화가 났지만 참고 말을 돌렸다.

"그렇지만 정말 너무하잖아요. 수호신으로 백 년 넘게 열심히 일하셨을 텐데, 주변 서낭신들은 다 자기들도 그렇게 될까 봐 걱정만 하고. 선생님도 빈자리가 생기는 데만 신경 쓰고. 그럴 거면 터주신, 서낭신들이 어떻게 지내는지 돌아다니면서 알아보는 일은 왜 시키신 거예요?"

"제일 중요한 건 수호신들이 제자리를 지키는지 확인하는 거다."

현허는 단호하게 끊어 말하고 한 박자 쉬었다.

"죽음은…… 그래, 기왕이면 죽어 없어지는 일도 막을 수 있으면 좋긴 하지. 하지만 지치고 그만하고 싶다는데 억지로 붙들어 봐야 나아질 게 있나? 그 상태로 근근이 자리를 지켜봐야 변질될 위험만 커질 뿐이야. 게다가 터주에게도, 그건 고통을 연장시킬 뿐 아니냐?"

은지는 저도 모르게 두 손을 꽉 쥐었다. 많이 들었던 말이 귓가에 재생되는 기분이었다.

'편히 가시게 해 드려야지. 할머니도 그만 편해지고 싶으실 거야.'

정말로 그런 걸까. 울고불고 붙들어 두려 하는 게 어리석은 짓일까.

현허는 은지의 속이 얼마나 끓는지 관심 없다는 듯, 무심하게 말했다.

"아직 끝이 얼마나 남았는지 모를 일이니, 가끔 들러서 상태 확인이나 하거라. 혹시 다른 이상한 일은 없는지나 꼬박꼬박 보고하고."

그게 초여름, 그러니까 여의도 사건 이전에 있었던 일이었다.

🌙🌙🌙

시간은 흘러 팔월이 되었다.

아무 일 없었다는 듯이 여름이 깊어, 길거리를 돌아다니기가 점점 더 짜증스러워지는 나날이었다. 그러나 그날 은지는 도저히 사무소에 있을 수가 없어서 종로로 뛰쳐나갔다.

전날 밤, 민구 선배가 퇴원한 후 갑자기 집을 나가서 노숙자가 되었더라는 소식을 들은 탓이었다. 출근하고 안절부절못하다가, 용기를 끌어모아 현허에게 다시 도와 달라는 말을 꺼내 보았지만 씨도 먹히지 않았던 탓이기도 했다.

현허는 '그럼 객귀가 붙었나 보구나. 그만하면 최악은 아니네'라고만 반응했을 뿐이다.

머리가 터질 것 같았고, 뭐가 됐든 다른 데로 관심을 돌리고 싶어서 종묘공원으로 향했다.

더워서 그런지 낮에는 종묘 앞조차 한적했다. 공원에서는 늘 그렇듯이 근처 여러 동네 서낭신들이 모여서 장기를 두고 있었다.

'대체 저 양반들이 일을 하긴 하나 모르겠다. 서낭신이 하는 일은 뭐지.'

은지는 공원을 찾을 때마다 놀고 있는 몇몇 서낭을 보며 생각했지만, 무슨 일을 하긴 하나 싶기는 강은지의 상사도 마찬가지기는 했다.

"어, 왔느냐."

서낭신들이 은지의 손에 들린 술병을 반갑게 맞이했다.

"그러고 보니 곧 망혼일亡魂日이로구나."

"망혼일은 뭐였죠?"

강은지가 처음 듣는 것도 당연했다. 망혼일이란 백중百中날의 다른 이름이었으나, 이제는 백중이 무엇을 하는 날인지도 기억하는 사람이 별로 없었다.

망혼일은 조상의 혼을 위로하는 날이라 하여 머슴도 쉬게 했다고 한다. 모두가 새로 난 과일과 곡식을 차려 혼을 위로하거니, 제사를 지내 줄 자손이 없는 망혼들을 위로하기 위해 불교 사원에서 따로 천도재를 지내거나 나라에서 챙겨 주기도 했다. 요컨대, 온갖 귀신이 다 모여드는 날이었다.

"와, 백중이요? 교과서에서 보긴 봤는데, 그런 날인 줄은 몰랐네요. 핼러윈 비슷하네."

핼러윈이라는 말에 서낭신들이 일제히 언짢은 표정을 지었다.

"그런 수입산 명절은 챙기면서 망혼일은 다 잊어버리고, 잘

들 하는 짓이다."

백중 또는 망혼일은 음력 7월 15일이었고, 때문에 음력 칠월
은 귀신의 달. 혼란 속에서 평범한 세상과 귀신들의 세상을 가
르는 울타리가 더 낮아지는 시기이니, 평소보다 더 몸과 마음
을 바로 하고 위험한 일을 삼가는 것이 좋다는 게 서낭신들의
말이었다.

"아가, 너도 허튼짓하지 말고 얌전히 지내거라."

"안 그래도 한여름이라 어디 돌아다닐 생각도 안 들어요."

은지는 웃으면서 대답했다. 사실이었다. 몇 달 동안 월급이
꼬박꼬박 나오니 큰마음 먹고 고시원을 나와서 작은 원룸에 들
어간 것까지는 좋았는데, 에어컨이 나오지 않으니 집에 들어가
면 파김치처럼 늘어져 누울 뿐이었다. 오죽하면 더욱 뻔뻔해지
기로 마음먹고 최대한 긴 시간을 직장에서 보낼까.

이야기는, 어쨌든 귀신 달이니 서낭신들이 신경을 좀 더 써
야 한다는 쪽으로 흐르더니…… 은지가 귓등으로 듣는 사이 토
지 경계선 이야기로 넘어갔다가, 늘 하는 종로 개발계획에 대
한 걱정에서 다시 수입산 신들에 대한 불평으로 돌아갔다.

"난 핼러윈이니 크리스마스니 다 꼴 보기 싫어 죽겠다. 어디
서 본데없는 망측한 옷차림으로 요상한 노래나 부르고 말이야."

"그럼 죽든지. 어차피 그런 걸로 신나게 노는 젊은 애들은 우
리 동네에 오지도 않아. 사실은 좀 보고 싶은 거 아냐?"

"다 필요 없고, 난 세운상가가 제일 걱정이오. 다 허물고 잔
디밭으로 만든다던데, 터주가 버텨 내려는지."

"안 그래도 그것 때문에 오래 묵은 터주, 성주들 분위기가 뒤 숭숭해. 각자 동네들 좀 돌아보고 도닥여 주시게."

"도닥이긴 뭘 도닥여. 내가 해 줄 수 있는 말이 있어야 말 이지."

산만하게 옥신각신하는 모습이 정말 인간적인 신령들이었다.

서낭신들이 인간 같다는 생각을 하다 보니, 목에 걸린 가시 처럼 탑골 터주가 떠오르고 말았다.

사실은 현허가 한 번씩 들여다보라고 한 말도 무시하고 그동 안 탑골공원을 피해 다녔다. 죽어 간다는 터주신에게 정붙이기 가 싫었는지, 그저 일단 생각하기가 싫었던 것인지.

터주신의 죽음에 대해 생각하면, 현허의 냉정함만이 아니라 살고 싶어 하는 귀들에게 비휴가 보였던 분노가 같이 떠올라 더 마음이 어지러웠다. 주제넘은 줄 알지만 은지는 그렇게 반 응할 수가 없었다.

여의도의 구렁이만 해도 그랬다. 그때는 가엾은 개와 고양이 들 때문에 마음이 아팠고 구렁이는 마냥 끔찍하고 혐오스러웠지 만, 시간이 지나 한 번씩 곱씹어 보면 그 구렁이도 조금은 애처 로웠다.

'살 만큼 살았으면 내려놓아야 한다는 건 떠나는 쪽이 아니 라 남는 쪽 생각 아닐까. 그게 마음 편하니까.'

긴 투병에 효자 없다는 말도 그렇지 않던가. 생각하기 싫은 말이었지만.

은지는 고개를 휘휘 저었다.

'어째 직장생활 하면서 생각하기 싫은 것만 늘어나는 기분이네.'

그렇게 온갖 산만한 생각에 시달리던 은지는 해가 지기 전, 사람들이 조금씩 늘어날 때가 되어서야 겨우 종묘 앞을 떠나 탑골공원으로 향했다. 불치병 환자에게 문병 갈 때처럼, 어떻게 대해야 할지 모르겠다는 당혹스러움이 남아 있었다.

탑골공원은 전보다 더 조용했고, 터주신은 텅 빈 것처럼 느껴지는 팔각정 계단에 앉아 있었다.

그사이 놀랄 만큼 병이 진행된 환자 같은 모습이었다.

죽음을 앞둔 인간 같은 냄새가 나지는 않았다. 그 반대였다. 비휴라면 어떤 냄새를 맡을지 모르겠지만, 은지에게는 그저 탑골 터주가 껍데기만 남기고 텅 비었다고 느껴졌다. 투명하다고 해도 좋았다. 한없이 얇아지다가 없어질 것 같은 투명함이었다.

은지가 무슨 말을 꺼내야 할지 모르고 서성이자 탑골 터주가 먼저 웃었다.

"이상한 녀석이로구나. 벌써 이백 년을 살았다. 뭐가 그리 안타까울 게 있어."

은지는 한숨을 내쉬었다. 이백 년. 인간 강은지가 그렇게 살 일은 없을 테지만 딱히 부럽지도 않았다.

"이백 년이 길다는 거야 인간 기준인 거잖아요. 원래는 더 사실 수 있는 거니까, 그것도 때 이른 죽음이긴 마찬가지 아닐까요?"

그 말에 터주신이 또 웃었다.

"어린아이들이 오히려 지혜로운 말을 한다고 하더니만. 딱 그렇구나."

강은지는 아직 이십 대 초였고 건강했다. 자신만은 영원히 죽지 않을 것처럼 여기지는 않는다 해도, 죽음이 정말로 와닿는다고 할 수는 없었다. 심지어 이제 내가 죽을 때가 되었구나 해서 죽는다는 신령의 죽음은 더더욱 와닿지 않았다. 아이들이 한편으로는 삶을 알지 못하고, 다른 한편으로는 오히려 더 잘 아는 이치와 비슷했다.

"정말로 이제 그만 갈 때가 됐다고 생각하시는 거예요? 혹시 지금이라도 마음이 달라지면 다시 건강해지나요?"

탑골 터주는 무료한 얼굴로 석탑이 있는 쪽을 보았다.

"이 터가 옛날에는 절이 있던 곳이란다. 그 후에는 잠시 기생방도 있었다지. 나야 그런 건 다 허물어지고 저 탑만 남은 빈 땅만 기억한다만, 여기 터주로 깨어났을 때 처음에는 궁금하더구나. 예전에는 어떤 곳이었을까. 그때 터주는 어땠을까. 내가 지키는 땅에 사는 사람이 있다는 건 어떤 기분일까…… 이제는 그런 것들이 궁금하지가 않아. 내가 여기에서 무얼 하는지도 모르겠고."

아프다기보다는 지치고 피곤하고 싫증 난 목소리였다.

은지는 더 이상 할 말을 찾을 수 없었다. 빈둥거리는 터주신과 서낭신들을 만나며 늘 일은 대체 언제 하는 거냐고 생각했지만, 어쩌면 수호신이란 존재 자체가 직업인지도 모른다. 그렇다면 번아웃이 온다 해도, 직장을 그만둔다는 선택지가 없다. 퇴직이 곧 죽음이라면.

하루 종일 품고 다닌 안타까움, 답답함, 자괴감, 그리고 할머니 생각이 겹쳐지면서 탑골 터주에게 뭐라도 해 주고 싶었다. 돕고 싶었다.

은지는 말을 고르고 고르다가 물었다.

"터주님은 뭐라도…… 이런 건 꼭 해 보고 싶었다거나, 안 해봐서 후회된다거나 그런 거 하나도 없으세요?"

"꼭 해 보고 싶었다?"

탑골 터주의 눈에 처음으로 작게 빛이 들어왔다.

터주는 그 땅에서 벗어나기 힘드니 해 본 말이었다. 혹시 은지가 사거나 구해서 가져다줄 수 있는 게 있다면, 그 정도라도 해 주고 싶어서.

"내가 꼭 해 보고 싶다는 일이 있다면, 네가 해 주려고?"

은지는 별생각 없이 고개를 끄덕였다. 그다지 대답을 기대하지는 않았는데, 탑골이 눈을 굴리다가 뱉은 말은 예상치 못한 소원이었다.

"그럼 한번 업어 주련?"

업는다니, 사람이 신령을 업을 수가 있나 의아해하면서도 은지는 대수롭지 않게 대답하고 말았다.

"그래요. 그 정도야. 업히세요."

그리고 등을 돌리려는데…….

화면이 꺼지듯 시야가 암전했다.

몇 시간이 흘렀을까. 머릿속이 흐릿하니, 탑골공원을 찾은 게 조금 전이었는지 어제였는지도 혼란스러웠다.

혼란의 도가니에서 조금이나마 깨어나고 나자 겨우 주위가 보였다. 그나마도 필터 한 겹을 거치는 것같이 어색한 시선이었다.

새벽이 오고, 주위에는 주섬주섬 좌판이 깔리고 있었다. 비스듬히 명동극장 간판이 보였다. 강은지의 몸은 판석에 널브러지듯 앉아 있었다.

겨우 주어진 휴식이었다. 종로2가에서 여기까지 구두를 신은 채 걷고 또 걸었더니 발이 부었다. 차라리 구두를 벗고 맨발로 있는 편이 나을 것 같다.

하지만 앉고 걷는 것이 마음대로 되지 않는 상태였다. 섣불리 구두를 벗었다가 맨발로 아스팔트 길을 또 미친 듯이 걸었다간 붓고 아픈 정도가 아니라 피가 나겠지.

어차피 발이 붓고 아프다는 감각도 한번 필터를 거쳐서 들어오는 듯 둔했지만, 몸을 막 쓰더라도 은지 스스로 하는 짓이어야지, 남이 막 쓰는 건 사양이었다.

멍하니 그런 생각을 하다 보니 다시 한번 제 발등을 찍고 싶어졌다.

'업어 달라는데 그러자고 한 게, 그게 몸을 빼앗겨도 좋다는 대답은 아니었다고요오오!'

속으로 아무리 포효해 봐야 반응은 돌아오지 않았다.

그렇게 순진해서야 사기당하겠다던 현허 선생의 말도 떠올랐고, 그 생각이 경솔함에 대한 자책으로 이어져 마음을 우울하게 가라앉혔다.

'민구 선배 일도 그렇고, 어째서 내가 좋은 마음으로 하는 일들은 늘 나쁜 결과를 낳지?'

지금만큼은 생각이 그렇게만 흘렀다.

탑골 터주가 업어 달라고 말하고, 그러마 대답한 후에 무슨 일이 일어났는지는 정확히 모르겠다. 마치 술을 잔뜩 마신 다음 날의 기억처럼, 툭툭 끊어진 필름이 이어질 뿐이었다.

밤새도록 돌아다닌 기억이 드문드문 났다.

무방비하게 밤거리를 돌아다닌다고 위험할 일은 없었다. 은지 몸에 깃든 것은 어쨌든 신령이었으니, 떠돌이 귀들도 알아서 피하는 느낌이었다. 멋모르는 취객들도 몸을 부딪쳤다가 이쪽을 보고는 갑자기 술이 다 깬 얼굴로 어색하게 반대 방향으로 걸어가곤 했다.

무적이 된 기분이면서, 더없이 무력한 기분이었다. 꿈을 꾸는 듯했고, 동시에 스산했다. 반짝이는 간판과 지저분한 뒷골목이 다 신기했고, 번듯하게 수선한 궁궐 대문들은 낯설었다. 어느 쪽이 자신의 마음이고 어느 쪽이 터주신의 기분인지 알 수 없었다.

'빙의는 원귀들이나 하는 거 아니었어요? 신령님이 이래도 돼?'

평생 빙의 같은 걸 경험하리라곤 생각해 본 적도 없었건만, 하물며 수호신이 사람 몸에 들어올 수 있을 줄이야.

여한이 있다면 풀도록 돕겠다는 마음이 이런 식으로 이용당하다니. 배신당한 기분이라 더 마음이 아팠다. 대체 왜? 탑골 터주의 다 내려놓은 듯한 초연함은 처음부터 은지를 속이려는 거짓이었던 걸까. 다 계산이었던 걸까.

그때, 말하지 않은 은지의 마음을 들었다는 듯이 입이 열렸다. 은지의 목소리 같으면서도 다른 목소리가 잔잔하게 말했다.

"문득 내 터전에 오가는 객귀들을 보는데 그런 생각이 나더구나. 평생 한곳에 머물면서도 이 도시가 변하는 걸 알 수 있기는 했다만, 객귀들처럼 돌아다니는 삶은 어떨까. 구경하는 게 많았겠지? 내 눈이 미치지 않는 곳에서도 뭐가 많이 변했겠지? 하고 말이다. 네가 원하는 게 없냐 물어보니 그 생각이 퍼뜩 들었단다. 다른 곳을 구경해 보고 싶다는 생각이."

인간의 한평생이라 해도 한곳에만 머물기에는 긴 시간인데, 하물며 신령의 평생이라면 아득한 시간이다. 은지로서는 짐작하기 힘든 마음이었다.

"하지만 토지신은 정해진 구역을 벗어나서 멀리 갈 수 없게 되어 있지. 어기면 벌을 받는단다. 이제까지는 굳이 벗어나 보겠다는 생각도 없었지만 이제는…… 이제는 아무려면 어떤가 싶어서 내 잠시 편법을 써 보았다. 너무 화내지 말려무나. 네 몸은 곧 돌려주마."

한곳에 영원히 묶여 있어야 한다면, 죄수나 다름없지 않은가.

듣다 보니, 그러고 싶지 않은데도 왠지 분노가 조금 누그러들고 말았다.

은지는 애써 약해지는 마음을 다잡고 외쳤다.

'이미 많이 돌아다녔잖아요! 당장 돌려주세요! 좀 곱게 쓰기나 하시지. 사람 몸은 밥도 계속 먹고 쉬기도 해야 한다고요. 잠도 안 자고 이러면 병나요.'

나름대로 분노를 실은 말이었는데, 탑골은 오히려 좋은 생각이라는 듯이 주먹으로 손바닥을 쳤다.

"그렇지! 나도 인간의 몸으로 인간의 음식을 먹으면 어떤 맛일지 늘 궁금했다. 잘됐구나. 이참에 먹어 보고 싶었던 것들을 먹어 보마."

'아니, 뭘 드실 거면 생리현상도 챙겨 주셔야……'

"생리현상?"

그러고 보니 이것도 빙의의 부작용일까, 아직까지는 화장실 신호가 전혀 없었다. 은지는 미심쩍은 기분으로, 이것도 빙의 때문이냐고 물었다가 후회했다.

"글쎄다. 나도 사람 몸에 들어와 보기는 처음이라 어떻게 되는 건지 모르겠구나. 내가 나가면 한꺼번에 몰려오려나?"

눈앞이 아찔해지는 소리였다.

'안 되거든요! 곤란하거든요! 아니 그래서, 제 몸은 언제 돌려주시려고요.'

어느새 터주신에게 말려들고 있었다. 은지는 정신을 차리고 강경하게 주장했다.

'지금 돌려주세요! 제가 가능할 때 다시 빌려드리든지, 업고 구경시켜 드릴 테니까 나가세요. 제 몸은 벌써 엉망이라고요. 출근도 해야 하고요.'

"이런. 누가 오는구나. 잠시 쉬거라."

말하다 말고 밀려 넘어진 것처럼 세상이 어두워졌다.

또 필름이 끊겼다가 돌아왔을 때는 한낮이었다. 주위에 사람이 아주 많았다.

은지는 울고 싶은 기분으로, 몸도 없이 펄펄 뛰다가 겨우 마음을 가라앉히고 주위를 둘러보았다. 동묘 표지판이 보였다.

'동묘? 동묘가 어디였지?'

동묘란 동관왕묘東關王墓를 줄여 부르는 이름이다. 즉 관운장을 신으로 모시는 사당 중에서 동쪽에 있는 사당이라는 뜻이 되겠다.

서울에 관왕묘가 있다는 사실은 강은지도 몇 달 전에야 처음 알았다. 조선시대, 정확히는 임진왜란 당시 원군으로 온 명나라 군사들 때문에 처음 남산 기슭에 생겼다던가. 그러다 차츰 재앙을 막아 주고 복을 내리는 신으로 자리를 잡고 무당들이 모시는 중요한 신령이 되면서 사대문 밖마다 하나씩, 동서남북 네 개의 관왕묘가 생겼다 했다. 지금은 동대문 밖 동묘 하나만 남았지만 말이다.

그보다, 어느새 사대문 바깥이라는 생각이 머리를 스쳤다.

'설마 서울에서 벗어나기까지 하는 건 아니겠지.'

그러나 탑골은 서둘러 계속 이동하지 않고 동묘 앞을 느긋하게 구경하고 있었다.

담벼락을 따라 다닥다닥 보따리며 좌판이 펼쳐지고, 반대편에는 차양을 치고 손으로 쓴 간판까지 건 가게들이 늘어섰다.

온갖 물건이 다 있지만 우선 줄줄이 걸린 옷들 사이에 매직으로 삐뚤빼뚤 쓴 '무조건 천 원'이 눈에 확 띄었다.

몸을 빼앗긴 채로 구경하는 와중에도 '우와, 싸다!'는 생각이 먼저 떠올랐다. 이 고물가 시대에 만 원짜리 한 장이면 양손에 검은 봉지를 여러 개씩 들고 갈 수 있는 벼룩시장이라니. 물건도 다양해서 눈이 빙빙 돌아갔다.

은지는 보다 말고 물었다.

'여긴 왜 온 거예요?'

"여긴 친숙한 물건도 많구나. 이런 게 요새는 골동품으로 팔리는 모양이지? 예전에는 골동품이라고 하면 송나라 물건이나 당나라 물건이었는데 말이다."

강은지의 입에서 자연스럽게 또 터주신의 말이 흘러나왔다. 부아가 났다.

신령들은 남의 말을 잘 듣지 않는다. 그동안 마주친 다양한 수호신들에게 공통점이 하나 있다면 그것이었건만, 이렇게까지 그걸 절감하게 될 줄은 몰랐다.

은지는 탑골 터주가 즐겁게 시장 구경을 하는 동안 신령을 쫓아내고 몸을 다시 차지해 보려고 기도도 해 보고, 터무니없는 주문도 외워 보고, 요가 호흡도 해 보다가 맥이 빠져서 늘어졌다.

탑골은 그러거나 말거나, 동묘 앞 벼룩시장을 한 바퀴 돌고는 동묘를 기웃거리고 있었다.

정문을 통과하고, 다시 내삼문을 지나 들어간 동묘의 첫인상은…… 작았다. 종묘공원은 물론이고 탑골공원과 비교해도 작앉다. 설상가상으로 관우상이 있다는 건물은 복원공사 중이라며 금속 울타리를 둘러놓아 제대로 볼 수도 없었다.

은지의 몸이 햇빛에 부신 눈으로 어딘가 딱딱해 보이는 직선형 처마를 올려다보았다.

"동묘는 어떤 곳인가 궁금했다만, 어차피 예전 모습은 내가 알 수가 없겠지."

어딘가 아련한 목소리였다.

축 늘어져 있던 은지는 그 목소리에 의아해하며 고개를 들었다. 물론 늘어져 있다는 것도, 고개를 들었다는 것도 의식 속의 심상일 뿐이었지만.

'여기에 무슨 사연이라도 있어요?'

"동묘 터주도 몇 년 전에 죽었지. 귀매가 되어 죽어서 그런가, 아직까지 후대도 태어나지 않은 모양이다."

탑골은 공사 중이라는 본전을 계속 쳐다보며 천천히 말을 이었다.

"아니, 처리됐다고 해야 하려나. 네가 모시는 현허 선생에게 말이다."

'귀매라면 위험한 존재잖아요?'

귀매라는 말을 많이 듣지는 못했지만, 위험하다는 경고는 초반에 들었다. 미쳐 버린 신령이라고, 특징을 들을 필요도 없이 보면 바로 알 수 있다고, 강은지는 감당할 수 없는 상대이니 무조건 피하라고도 했다.

"그래, 위험하지. 아주 위험해. 귀매는 다른 수호신도 오염시키니까…… 그래서 나도 오염될 뻔했었지. 귀매가 탑골공원까지 왔었거든. 그랬다가 내 눈앞에서 죽었다."

그렇다면 탑골 터주신을 구해 준 셈일 텐데, 그 목소리에 현허에게 고마워하는 기색은 없었다. 오히려 약간은 싫어하는 기색마저 읽혔다.

'선생님을 원망하세요?'

"원망? 현허도 맡은 일을 할 뿐이니 원망할 것이야 없지. 그저 동묘는 무슨 마음이었을까 자꾸 생각이 나더구나. 사람은 끊임없이 드나드는데 여기 붙박여서 백 년, 이백 년씩, 우린 무엇을, 왜 지키는 걸까?"

혼잣말을 듣다 보니 마음 한구석이 싸해졌다. 탑골은 그냥 수명이 다해서 지친 게 아니라, 동묘의 죽음을 보고 나서부터 그런 의문을 품었겠구나. 뒤늦게 현허가 말했던 '이상함'이, '변화'라는 게 이것이었겠구나 하는 확신이 찾아왔다.

사대문 안을 돌아다니면서 서낭신과 터주신들을 살필 때는 문제가 생기면 도우려는 줄 알았는데, 정작 탑골이 곧 죽을 것 같다는 말은 대수롭지 않게 여겼지. 혹시 어느 수호신이 미쳐가진 않는지 감시하려던 거라면 더 말이 됐다.

은지의 마음을 읽은 듯 탑골이 말했다.

"그래, 그렇지. 맞아. 널 시켜서 둘러보는 건 우리를 걱정해서가 아니야. 현허는 우리를 감시한다. 수호신들이 제자리에서 벗어나거나 미치거나 하진 않는지, 그래서 귀매가 되어 버리진 않는지 언제나 신경 쓰고 있지. 귀매가 되면 사방을 오염시키기 전에 처단해야 하고, 기왕이면 그렇게 변하기 전에 없애는 게 더 좋거든."

현허가 말하는 '서울을 지킨다'라는 게 그런 건가 하는 생각을 차단하지 못하면서도, 은지는 일부러 더 강하게 반박했다.

'그래서요? 그래서 저보고 지금, 절 속에서 몸을 빼앗은 신령님 말을 믿으라고요? 게다가 그 말을 믿은들 뭐 어쩌라고요. 선생님이 나쁘다고 생각하라고요? 왜요? 뭔가 이유가 있겠죠. 지금 터주님 하는 거 보니까 그 이유가 뭔지도 알겠네.'

은지는 뒤이어 말했다.

'게다가 그렇다면 지금 터주님이 없어진 걸 알고 찾고 있겠네요?'

그래. 터주신이 제자리를 벗어나서든, 은지와 연락이 끊겨서든 간에 현허가 찾고 있을 것이다. 아니, 아마 비휴가 쫓고 있겠지.

은지는 그런 생각을 하다가 갑자기 깨달았다.

'아까 누가 왔다고 절 재운 것도 그래서였군요!'

혼자서 어떻게든 해야 한다고만 생각했는데, 누군가가 구하러 온다고 생각하니 마음이 뛰어오르듯 가벼워졌다.

탑골이 그 마음을 바로 읽은 듯이 심드렁하게 말했다.

"그래, 그래. 내 휴가도 잡히기 전까지만이라는 얘기지."

탑골은 중얼거리면서 동묘 본전 쪽으로 슬금슬금 움직였다.

"어떻게 할까. 추격전이란 것도 생전 처음 해 보니 재미있는데, 좀 더 놀고 싶기도 하고."

무슨 의미인지는 모르겠지만 왠지 불길했다.

'저기요, 터주님? 이상한 쪽으로 빠지시려는 건 아니죠? 설마 제 몸으로 비휴와 싸우겠다거나 그런 생각은 아니시죠?'

이전에는 비휴가 날뛰는 모습을 구경만 하면서 혀를 찼지만, 혹시 그 주먹에 스치기라도 한다고 생각하면 오싹했다.

탑골이 은지의 목소리로 낄낄거렸다.

"보잘것없는 땅�기 한 뼘의 수호신 주제에 용의 아들과 싸우다니. 내가 미치지 않고서야 그럴 리가 있나."

그 대답을 들으니 조금은 안심이었다. 비휴가 따라잡기만 하면 이 상황도 끝난다는 뜻이었으니까.

은지는 조금 여유를 찾고 물러앉아서 주위를 구경했다. 그러다 보니 동묘 본전에서 빠져나오는 사람이 하나 보였다. 지저분한 러닝셔츠 위에 긴 웃옷을 걸친 모양새로 보아서는 공사장 인부 같지는 않았다.

'저 사람은 뭔데 저기서 나온대. 저기는 그냥 들어가도 되는 건가.'

무의식중에 탑골 터주가 했을 생각을 대신 한 은지는, 정문으로 향하던 남자가 목덜미를 긁으며 잠시 뒤를 돌아보았을 때 눈을 크게 떴다.

'민구 선배?'

확신은 없지만 언뜻 보기로는 민구 선배 같았다. 게다가 객귀를 업고 있었다.

정말 민구 선배일까. 불안감에 마음이 다시 덜컹거렸다. 눈으로 그 남자의 이목구비를 확인하고, 발로 그 뒤를 따라가고 싶었지만 몸이 말을 듣지 않았다. 은지의 몸은 은지가 무슨 생각을 하든 무시하고 움직였고…….

'잠깐, 잠깐, 잠깐만요! 저 사람 확인해 봐야 해요!'

은지는 빽 소리를 지르며 발버둥을 쳤다.

"아, 내 몸이라고요!"

그리고 무척 뻘쭘해졌다. 이번에도 마음으로만 그런 동작을 취한다고 생각했을 뿐인데, 강은지의 몸이 실제로 동묘 바닥에 드러누워 있었던 것이다.

'혹시……?'

은지는 벌떡 일어났다. 어서 민구 선배를 따라가야 했다.

잠깐, 잠깐, 인석아. 나 아직 안 떠났다. 이번엔 내가 일부러 주도권을 돌려준 건데 그러면 쓰나.

머릿속에 터주신의 목소리가 울렸다.

우리 거래를 하자꾸나.

"이제 와서요?"

이제 신령이 하는 말은 잡귀들이 하는 말과 똑같이 불신하리라 마음먹고 대꾸한 은지였지만, 다음 말에는 다시 혹하고 말았다.

아까 그 녀석 말이다, 객귀 들린 녀석.

탑골의 속삭임이 마음을 다시 흔들었다.

"봤어요?"

그래, 네가 아는 사람인 모양인데, 쫓아가서 붙잡으면 어떻게 하려고?

"그건……."

은지는 머뭇거렸다. 당황하고 확인하려는 마음이 앞섰을 뿐, 객귀를 어떻게 퇴치하는지 방법 같은 것은 몰랐다.

탑골은 그 반응을 기다렸다는 듯 말했다.

이렇게 하면 어떻겠니. 내가 널 속인 게 아니라, 대가를 약속받고 잠시 네 몸을 빌린 걸로 하는 거야. 그 대가로 내가 저 녀석에게서 객귀를 떼어 주는 거지. 그러면 너도 원하는 바를 얻고, 나도 벌받을 일 없이 외출을 즐긴 셈이 되지 않겠니?

유혹적인 제안이었다. 몸을 빼앗겨서 화가 나긴 했지만, 백 년 넘게 탑골공원에만 있던 터주신이 잠시 외출하고 싶었다는 사실에 대해서는 계속 마음 한구석이 물러지기도 했다.

그래도 은지는 머뭇거렸다. 몇 달 지났다지만 아직은 현허의 호통을 잊지 않았다. 문제의 근원을 해결하거나, 응보의 계산이 맞아떨어지지 않으면 손대서는 안 된다던 그 말을 잊을 수가 없었다.

애초에 혼탁을 떼어 내서 몽귀가 붙었고, 몽귀를 떼어 내서 객귀가 붙었다. 그런데 여기에서 또 현허의 허락 없이 은지가 손을 대도 괜찮을까? 그다음에 또 더한 불행이 찾아온다면 어떻게 하나 생각하면 온몸이 굳어 버린 것처럼 움직일 수가 없었다.

그 생각을 고스란히 읽은 것처럼 탑골이 말했다.

그 말도 맞지만, 이 경우에는 내가 이미 네 몸을 빌려서 쌓인 응보가 꽤 크니까 말이다. 그걸 그쪽으로 돌린다면 남는 빚 없이 해결할 수도 있단다.

머릿속에 울리는 탑골의 목소리가 감미롭기까지 했다.

그래도 은지는 망설였다. 몇 달째 소화를 방해할 정도로 마음에 얹힌 일이다 보니, 해결할 수 있다면 해결하고 싶은 마음이 간절했다. 하지만 너무 달콤한 말이라서 더 망설여졌다.

그 망설임에 쐐기를 박은 것은 탑골이 짐짓 처량한 어조로 덧붙인 말이었다.

그렇게 의심스러우냐? 잠시 바람을 쐬고 싶다는 생각은 했지만, 나도 겨우 이 정도 일탈로 비휴에게 붙잡혀서 비참하게 끝을 맺고 싶진 않다. 적당한 데서 내 자리로 돌아가서 조용히 죽고 싶어. 아무리 그래도 내가 신령인데, 일부러 너에게 해를 끼치겠너? 믿어 다오. 신령은 거짓말을 못 한단다.

신령은 거짓말을 하지 못한다. 현허에게서도 들은 적 있는 말이었다.

은지는 주저하다가 결국 물었다.

"뭔가 계약서라도 쓸 수 있나요?"

그게 은지가 두 번째로 탑골 터주에게 속은 순간이었다.

❤❤❤

몇 시간 후, 강은지는 터주신에게 몸을 빼앗겼을 때와는 비교할 수도 없을 만큼 깊고 어두운 자학의 수렁에 빠져 있었다.

'나 정말 바보구나. 무능해도 이렇게 무능할 수가 없어. 구제 불능이야.'

은지가 머리를 짜내어 만든 계약 조건을 서로 승인하고, 객 귀가 붙은 민구 선배를 찾아 나섰을 때까지는 일이 순조롭게 되어 가는 것 같았다.

소식을 알고부터 노숙인을 찾을 방법에 대해 이리저리 생각 해 두기는 했지만, 터주신이 함께 있으니 노숙인 쉼터를 직접 돌아다닌다거나 전화를 돌리는 방법을 쓸 필요가 없었다.

은지는 자기 몸이 보통 사람이라곤 믿을 수 없을 정도로 빨 리 달리던 순간을 기억했다. 난폭하게 달리는 바이크 뒷자리에 앉은 것처럼 어지러웠다. 벼룩시장에 모여 있다가 은지에게 밀 려난 사람들이 화내고 뒤에서 삿대질하는 소리들이 강물처럼 흘러갔다.

문득 탑골이 은지가 보았던 남자의 어깨를 붙잡고서 이 남자 가 맞냐고 물었다.

돌아본 얼굴은 낯설어서, 민구 선배인지 아닌지 바로 판단이 서지 않았다. 노숙생활로 많이 변했나 싶기도 했다. 그러나 다 시 독촉을 받은 은지는 그 노숙인의 손등을 보았고, 익숙한 점 을 보고 맞다고 대답했다.

그게 끝이었다.

터주신은 약속을 지켰다. 분명히 지키기는 했다.

신령이 몸에서 빠져나가는 감각은 시원하면서도 불쾌했다. 비유하자면 놀이공원에서 높은 곳까지 올라갔다가 뚝 떨어질 때 같은 느낌이었달까.

곧이어 몸이 무거워지더니, 다른 것이 들러붙었다.

처음에는 어떻게 된 상황인지 이해하지 못했다.

민구 선배의 손이 앞에서 살랑이고, 귀에 익은 목소리가 들렸다.

"여기까지, 고마웠다. 잘 지내렴."

그게 무슨 말인지 겨우 이해했을 때는 이미 민구 선배가, 아니 민구 선배의 몸이 시야에서 사라진 지 한참 후였다.

그리고 그 몸에 붙어 있던 객귀는 이제 은지에게 붙어 있었다.

객귀가 붙은 느낌은…… 아주, 아주, 아주 더러웠다. 터주신에게 몸을 빼앗긴 상태와는 비교도 할 수 없이 나빴다.

비관적인 쪽으로만 생각이 돌아갔다. 낙관적으로 생각하기는커녕 생각을 제대로 이어 가기도 힘들었다. 무거운 돌에 짓눌린 채 겨우 숨만 쉬려고 노력하는 느낌이랄까. 시야는 점점 좁아졌고 몸은 점점 더 피곤해졌으며 마음은 끝없이 추락했다.

마음이 무거워질수록 등에 붙은 객귀가 더 무거워지고 더 착 달라붙는 느낌이었지만, 그걸 안다고 해서 마음을 가볍게 먹을 수 있다면 세상에 안 될 일이 없겠지.

은지는 지저분해져 버린 정장 바지를 꾹 움켜쥐었다. 머리가 어지러웠다.

'뭔가 벗어날 방법이 있을 거야. 그런데 없으면 어쩌지. 누가 도와줄 거야. 도와주긴 누가 도와줘. 넌 망했어. 그리고 망해도 싸. 다 내가 자초했지. 아무려면 어때. 소용없어. 뭘 해도 소용

없을 거야. 이제 끝이야.'

머리가 점점 더 무거워지고 몸이 수그러들었다.

그때 누군가가 자신의 팔을 잡았다.

은지는 튕겨 오르듯이 일어서고 나서야 번쩍하고 눈앞이 맑아지며 등이 한결 가벼워졌음을 깨달았다.

"뭐 하고 다니는 거야, 강은지."

비휴의 목소리가 그렇게 반가운 순간이 올 줄이야! 눈물까지 나려고 했다.

살짝 흘러나온 눈물을 닦지도 못하고 코를 훌쩍이는데, 비휴가 대뜸 은지를 들어서 어깨에 짊어지더니 움직이려고 했다.

"잠, 잠깐만. 어딜 가는 거야?"

"현허에게 가야지."

은지는 없는 힘으로 버둥거렸다.

"안 돼. 탑골…… 터주가."

객귀에게서 벗어나고 나자 저릿저릿하긴 해도 머리가 조금씩 돌아갔다.

탑골 터주는 객귀와 자리를 바꿨다. 민구 선배의 몸에 붙어서 도망쳤다. 이제는 분명하게 알 수 있었다. 탑골은 정상이 아니다. 보기보다 훨씬 이상해졌다. 어쩌면 이미 신령이 아닐지도 모른다. 그리고 지금 비휴가 현허가 있는 곳으로 돌아간다면 탑골과는 그만큼 더 멀어질 뿐이었다.

더듬더듬 그런 뜻을 전하려 했지만, 비휴는 짜증스러운 투로 말했다.

"그러면 너는? 너는 내버려 두고 쫓아가라고? 그사이에 또 뭐가 달라붙을 줄 알고. 너 지금 문이 활짝 열린 집이나 다름없어."

신령을 몸에 들인다는 것은 집에 문이 하나 뚫리는 것과 다름이 없다. 그 문을 닫아거는 방법을 알지 못하면 그 후에는 아무나 드나들 수 있게 된다. 즉, 귀신들에게 보통 사람보다 훨씬 취약해진다는 뜻이었다.

무당들이 신내림을 받지 않으면 불행이 닥치고 병이 난다는 것도, 문은 열렸는데 수문장 격인 수호신이 없으면 끊임없이 시달림을 당하기에 겪는 일이었다.

심지어 지금은 귀신 달이었다. 길거리에 돌아다니는 것들이 많은 시간.

"하지만."

비휴의 설명도 그다지 귀에 들어오지 않았다. 은지는 남은 힘을 다 끌어모아서 목소리와 눈에 힘을 실었다.

"그래도 도망치게 둘 순 없어. 그쪽이 더 급해. 사람에게 씌었는데. 선배가……."

비휴는 들은 척도 하지 않고 걸음을 옮기려 했다. 은지는 다급하게 말을 바꿨다.

"사람에게 씐 거 보면 신령이 엇나간 거잖아. 신령이 미치면 큰일 난다며. 도망쳤다가 귀매라도 되면 어떡할래."

아무 말이나 주워섬긴 셈이지만, 귀매라는 말을 듣자 비휴가 주춤했다. 은지는 얼른 다시 말했다.

"그냥 날 짊어지고 쫓아가면 되잖아. 힘이 모자라?"

비휴는 잠시 생각하는 얼굴로 은지를 보더니, 싸울 때 종종 꺼내던 금줄을 꺼내어 순식간에 은지를 고치처럼 둘둘 말았다.

"나중에 울어도 소용없다."

비휴는 그렇게 말하며 다시 은지를 짐짝처럼 지고 뛰기 시작했다.

허공으로 훅 뛰어오르는데 속이 바로 뒤집혔다. 먹은 게 없었으니 망정이지, 바로 비휴의 등에 토할 뻔했다.

오래지 않아 정신을 잃어버려서 차라리 다행이었다.

❤︎◟❤︎

"저기, 그래서 어떻게 됐어요?"

은지는 있는 눈치 없는 눈치 다 보면서 조심스럽게 물었다.

책상다리로 앉아서 한쪽 무릎에 턱을 괴고 듣던 현허는 손을 꼽아 가며 대답했다.

"그러니까 네 장대한 모험담을 짧게 요약하자면, 탑골에게 두 번이나 속아서 이용당한 거구나. 허이고. 세 번 속지 않은 게 그나마 다행이야."

놀리는 건지, 다행이라는 건지 모를 현허의 말에 은지는 울컥하는 마음을 참을 수 없었다.

"아니, 신령이 거짓말이나 하고 사람을 속일 줄 제가 어떻게 알았겠냐고요! 수호신은 좋은 편이어야 하는 거잖아요! 선생님이야말로 이럴 줄 알았으면 진작에 조심하라고 가르쳐 줬어야죠! 신령은 거짓말 못 한다면서, 다 거짓말이었잖아!"

"뭐야? 거짓말을 못 한다는 것만 믿고 넘어간 거냐? 옛날이
야기도 제대로 안 들어 봤어? 신령이 거짓말을 못 하는 건 사실
이지만, 거짓을 입에 담지 않아도 진실을 속일 방법은 얼마든
지 있지."

"그럼 그렇게 가르쳐 주셨어야죠! 신령이 잡귀보다 더 교활
하다고!"

씩씩거리고 화를 내고 나니 또 기운이 빠졌다. 은지가 어깨
를 늘어뜨리고 있자 현허가 혀를 찼다.

"그래서, 그때 주고받은 계약 내용이 정확히 뭐였는지는 기
억하고?"

"탑골 터주는 강은지가 부탁하는 사람의 객귀를 후유증 없이
떼어 주기로 한다. 그 대가로 강은지는 이틀간 탑골 터주에게
몸을 빌려준 것으로 한다."

"계약서 문구처럼 만들려고 애는 썼구나."

은지는 고개만 끄덕였다. 나름 머리를 짜서 제시한 조건이었
지만, 이제는 어디가 구멍이었는지 안다.

현허가 친절하게 해설했다.

"네가 맞다고 대답한 순간 조건은 맞춰진 셈이지. 그래서 탑
골은 네 선배의 객귀를 떼어 주고 네 몸에서 나갔고, 그 대신."

"알아요. 제 조건은 다 맞춰 줬지만, 그 대신 탑골 터주가 선
배 몸에 들어갔죠. 객귀는 제 몸에 붙고요. 그러지 않겠다는 조
건은 없었으니까요."

다시 복기하면서도 비참했다. 신령이 그렇게까지 비열할 줄이야!

은지는 각오를 다지고 다시 한번 물었다.

"그래서, 어떻게 됐는데요? 선배는요?"

"비휴가 동대문 건물 옥상까지 추적해서 잡았다."

은지는 '잡았다'는 말이 죽였다는 뜻인지 굳이 묻지 않고 그 다음 말을 기다렸다.

"네 선배라는 놈은 거기서 떨어지는 바람에 다리가 부러지고 갈빗대가 나가긴 했다만, 죽을 정도는 아니야. 병원에서 몇 달 치료받으면 멀쩡해질 거다."

민구 선배가 살아서 가족 옆으로 돌아갔다니 마음이 놓임과 동시에, 옥상에서 떨어졌다는 말에는 아찔했다. 또 좋은 일을 하려고 했다가 사람을 죽였다면, 그런 결과를 감당할 수 있었을까.

현허는 툭 뱉듯이 말했다.

"그나마 대가를 네가 나눠 져서 이 정도로 끝난 줄 알아라."

탑골에게 몸을 빼앗기고, 객귀에게 또 몸을 빼앗길 뻔한 정도가 한 사람을 집으로 돌려보내는 데 드는 대가였다면, 그 정도는 감수할 수 있을 것도 같았다.

은지는 크게 숨을 내쉬고 나서 말했다.

"탑골 터주님은 저한테 업혔을 때 이미 이상해졌던 거죠? 죽고 싶다는 것도 거짓이었을까요? 제가 좀 더 자주 찾아갔더라면 알아봤을까요?"

"네가 그걸 알아볼 순 없었지. 막을 방법은 더더욱 없었고. 지난 다음에 생각해 봐야 기운 낭비다."

게다가 탑골이 이상해졌다는 걸 빨리 알았다면 현허는 그 순간 바로 비휴를 보내어 탑골을 죽였을 것이다. 그 정도는 은지도 짐작할 수 있었다.

그때 현허가 뜻밖에도 따뜻한 말을 했다.

"네가 사람을 구하고 싶어 한 마음이나, 탑골을 안타깝게 여긴 마음을 나무라는 건 아니다. 네가 보기보다 고집이 훨씬 세다는 것도 이제 대충 알겠고. 하지만 이번에야말로 함부로 개입하지 말라는 내 말이 그 머리에 제대로 박혔겠지?"

은지가 천천히 고개를 끄덕이자 현허는 탁 소리 나게 부채를 접었다.

"그러면, 당장 문제는 네 상태로구나."

"저요? 제가 왜요?"

"탑골 터주가 오래 네 몸을 차지하고 있었던 탓에 후유증이 있었어."

"네?"

"이틀 가까이 신령을 지고 다닌 것치고 그 정도면 뭐, 기대 이상으로 튼튼하기는 하다만."

현허가 약간 애매한 표정으로 볼을 긁었다.

은지는 어리둥절할 뿐이었다.

"무슨 말씀인지 모르겠는데요. 저 아무 데도 안 아픈데요?"

"그야 아프지 않겠지. 다시 잘 생각해 봐라. 지금 네가 어떤 상태인지."

은지는 어리둥절해하며 몸상태를 돌이켜 보려 했다. 안 그래도 비휴에게 들려 왔을 때는 힘이 쭉 빠지고 서서히 열이 오르는 상태였던 것이 기억나기는 했다. 하지만 지금은 가뿐하기만 했다. 멍들고 생채기가 난 곳도 느껴지질 않을 만큼 가뿐했다…….

"어?"

가뿐한 정도가 아니라, 몸이 아예 느껴지질 않았다. 그리고 그 사실을 깨닫자마자 몸을 쭉 끌어당기는 느낌이 났다.

잠시 후에 은지의 당황한 목소리가 이어졌다.

"어, 어라? 나 이층에 누워 있는 건가? 지금까지 선생님하고 대화는 일층에서 했는데? 뭐야, 왜 대화가 되는데?"

방석에 동그랗게 등을 말고 앉은 현허가 쯔쯔 혀를 찼다.

"이제야 알았구나. 이건 뭐 둔한 건지, 예민한 건지. 비휴가 데리고 올 때부터 열이 올라 있더니 사흘을 꼬박 앓아누웠다. 그사이에 내가 열린 문은 단속해서 다른 것들이 네 몸에 들어가지는 못하게 했다만, 네가 몸에서 빠져나오는 건 막을 수가 없구나."

"몸에서 나와요? 몸에서 나와? 저 지금 몸에서 나와 있어요? 몸에서 나와 있다고?"

은지는 당황한 나머지 몇 번이나 같은 말을 반복하다가 한 바퀴를 돌았다. 이제 보니 보이는 풍경도 달랐다. 큰 틀은 비슷하지만, 평소에 보는 풍경을 개성 있는 화가가 그려 냈다면 이럴까 싶은 차이였다.

게다가 감각도 섞였다. 지금까지는 평소와 같겠거니 생각해서 아무렇지도 않았던 걸까. 이제는 청각과 시각, 후각과 촉각이 교차하는 느낌이라 어지럽기까지 했다.

은지는 당황한 채로 중얼거렸다. 원래는 속으로만 했을 생각이 다 말이 되어 흘러나왔다.

"빙의에 유체이탈이라니. 그래도 특이한 능력이 생기긴 했네. 아냐, 이런 능력이 갖고 싶진 않았어. 무슨 쓸모가 있는 거냐고. 기왕 없던 능력이 생길 거면 비휴 같은 게 좋다고. 힘도 세고, 높이 뛰고 그런 거. 보이기만 할 때도 골치 아팠는데, 내가 무슨 드라이아이스도 아니고, 녹아서 몸에서 흘러나오면 어떡하냐고. 몸에 어떻게 돌아가는데……."

"그만, 그만! 진정해라."

현허가 바닥을 가볍게 두드리며 외치자 은지의 중얼거림도 뚝 그쳤다.

"그러고 보니 선생님이 반투명하게 보이네요."

은지는 새로운 발견에 놀라서 손을 뻗었다. 평소에는 산신령이라기에는 너무나 인간과 똑같이 보인다고만 생각했던 현허인데, 이 상태로 보니 조금 달라서였다. 형태가 다르게 보이지는 않았지만, 깜박거리는 불빛처럼 아른거렸다.

현허가 부채로 은지의 손을 가볍게 쳐 냈다. 아니, 그렇게 느껴졌다. 다음 순간에는 몸 자체를 멀리 쳐 낸 것처럼 느껴지기도 했다. 현허와 거리가 훅 멀어져 있었다.

"쯔쯔쯔. 네 몸을 보호하려면 그 능력을 다스리는 방법을 배우는 수밖에 없겠다. 쓸모는 다음 문제고."

현허는 부채 끝을 은지에게 겨누며 경고하듯이 말했다.

"이 정도면 됐다 싶을 때까지 여기에서 못 나갈 줄 알아라."

"예? 여기서 지내라고요? 하지만 제 방은요! 월세가 아깝단 말이에요!"

"흠. 아직 세속적인 일에 집착하는 건 좋은 신호다만. 어림 없다. 지금 여길 나갔다간 온갖 잡귀들의 쉼터가 될걸? 지금 네 마음대로 몸에 돌아갈 수나 있으면 다시 얘기해 보든가."

현허의 말대로, 은지는 몸에 돌아가려다가 길을 찾지 못하고 한동안 집 안을 헤매야 했다.

항아리 속에

"저주를 걸고 싶은데요. 여기서 그런 것도 되나요?"

은지는 잠시 눈앞에 선 여자를 올려다보았다.

그래. 몇 달 동안 현허의 상담소에서 일하면서 언젠가는 이런 날이 올 줄 알았다. 무속이든, 점술이든, 마법이든 간에 어떤 사람들은 누군가를 저주하고 싶어 하니까.

그걸 머리로는 알고 있었지만, 정작 눈앞에서 보니 기분이 이상했다. 심지어 누가 들을지 신경 쓰지도 않고 대기실에서 이러는 사람이 있을 줄이야.

"음, 저기……."

예약 노트를 확인하니 이름이 나왔다.

"김예주 씨. 죄송하지만 저희는 저주를 걸어 드리는 곳이 아닙니다."

"하지만 무엇이든 해 준다고 들었는데요."

"무엇이든 상담해 드리는 곳이지, 해 드리는 곳은 아니에요. 우선 왜 그런…… 생각을 하시게 됐는지 상담해 보시는 게 맞지 않을까요."

은지는 대답하면서 살짝 몸을 뒤로 뺐다. 실제 몸을 움직였다기보다는 정신적으로 물러서는 몸짓이었다. 김예주라는 손님은 눈빛이 약간 맛이 간 상태였고, 더해서 어깨에 이상한 게 하나 붙어 있었다.

해골 모양의 나방이었다.

'기분 나빠! 기분 나빠!'

나방과 눈 마주치기 싫고, 김예주와 눈 마주치기도 싫으니 눈을 어디에 둬야 할지 알 수가 없었다. 게다가 이걸 보면 현허가 뭘 시킬지 알다 보니 벌써부터 도망치고 싶어졌다.

갑자기 유체이탈 비슷한 능력이 생기면서 현허의 사무소에서 벗어나지 못한 지 벌써 이 주째였다.

탑골 터주를 업으면서 일종의 문이 열린 셈인데, 그 문을 통제하지 못하면 여러모로 위험하다고 했다. 원래는 신령이든 잡귀든 은지의 몸에 들어가지 못하게 현허가 문을 막으면 되리라 생각했는데, 은지가 밖으로 빠져나오게 될 줄은 예상 못 했다.

그래서 기본적인 통제력이라도 갖추기 전까지는 집에 가지 못하는 실정.

그리고 그 통제라는 게 쉽지가 않았다. 이건 머리로만 받아들이고 실천하는 게 불가능한 영역이었다. 마음의 움직임이기 때문에, 마음 한구석에서 '에이, 별일 아니잖아'라는 생각이 남아 있으면 단속이 되지 않았다.

문제는 그 '절대 안 돼!'라는 마음이 잘 생기지 않는다는 지점이었다.

다른 존재를 몸에 들여서는 안 된다는 부분은 지킬 수 있었다.

'제일 중요한 건 네 몸을 보호하는 거다. 내가 수호부를 준다고 해도, 네 안에 다른 존재를 들이지 않겠다는 너 자신의 의지가 뒷받침하지 않으면 어떤 수호부도 소용이 없어.'

현허에게서 그 말을 듣고, 아니 듣지 않더라도…… 탑골 터주와 객귀를 연이어 업었던 경험 덕분에 그쪽에는 강력한 저항감이 생겼다.

그러나 침입을 막는 일과, 나가려는 마음을 단속하는 일은 전혀 달랐다.

처음에는 당황하고 불평하기만 했지만, 유체이탈로 경험하는 세상에는 편안함이 있었다. 낯선 아름다움도 있었다.

영혼은 육체와 별개로 존재하지 않는다. 그러니까 혼이 몸을 떠난다고 말하면 정확한 표현이 아니고, 몸의 한계에서 잠시 벗어난다는 게 더 비슷했다. 그리고 몸의 한계에서 벗어나면 해방감과, 새롭고 뒤섞인 감각들이 뒤따랐다.

시각이 유난했지만 다른 감각도 마찬가지였다. 모든 게 더 날카롭고 선명하고 강렬해졌다. 더 직접적으로 다가왔다. 원래 몸으로 돌아와서 보는 세상은 채도가 2도쯤 낮아지고 차분해진 느낌이랄까.

게다가 감각이 섞였다. 청각과 시각, 후각과 촉각이 교차하는 느낌이랄까. 마당의 나무들을 보고 있으면 사파이어 빛의 선들이 가지를 따라 달리는 모습이 보이면서 차가운 물을 마신 것처럼 시원한 감각이 목에도 같이 느껴지고, 멧새들의 울음소리를 들으면 온몸의 털을 하나하나 일으켜서 빗어 내는 듯 오소소한 감촉이 같이 오는 식이었다.

황홀했다.

그러나 그 세계에 푹 빠져 있다 보면 현실감이 멀어지고, 그만큼 신체능력이 저하할 수가 있었다.

"게임에 푹 빠져 지낼 때와 비슷하네요."

현허는 은지의 가벼운 말을 듣고 눈썹을 꿈틀거렸다.

"여전히 상황을 가볍게 보는구나. 그래, 몸을 돌보지 않는 정도는 가볍게 여길 수도 있겠지. 아직까지는 젊고, 현실을 아예 잊을 정도는 아니라고 생각할 테니 말이다."

"신기하고 재미있는 건 사실이지만, 제가 여기 푹 빠져서 위험해질 정도로 바보는 아니거든요? 저 원래 술버릇도 좋아요."

은지의 큰소리에 현허는 콧방귀를 뀌었다.

"나는 자제력이 있으니 적당히 할 수 있다는 소리는 중독자라면 다 하는 말이지. 게다가, 넌 아직 바깥 세계의 진짜 위험을 몰라."

심각한 건 이쪽이었다.

"너란 녀석은 말만 해서는 듣는 법이 없고, 직접 경험을 해 봐야 직성이 풀리지 않느냐. 불에 데는 경험을 한번 해 봐야 불을 무서워할 줄 알게 될 텐데……. 이 집은 내 영역이라, 위험한 게 들어올 수가 없으니 그게 문제구나."

현허의 사무소는 청정함이 강한 공간이었다. 여기에는 혼탁이 오래 머물지 못하고, 잡귀 중에서도 좀 크다 싶은 것들은 아예 들어오지 못했다. 그러니 몸의 한계에서 벗어났을 때 객귀와 마주친다면 어떤 일이 벌어질지 알 방법도 없었다. 그걸 알기 전까지는 밖으로 나갈 수가 없었고.

그래서 고심 끝에 현허가 낸 답은, 상담 손님을 평소보다 많이 받는 것이었다. 많이 받다 보면 잡귀를 붙이고 오는 손님도 늘 테고, 쓸 만한 샘플이 찾아올 가능성도 높아질 테니까.

즉, 바로 지금 같은 경험을 위해서였다.

재미로 점 보듯이 찾아온 앞 손님이 나오고, 은지는 시험을 앞두었을 때처럼 속이 답답한 기분으로 김예주를 현허의 방으로 안내했다.

아니나 다를까, 이번에는 현허도 바로 눈짓을 했다.

은지는 핑계용 수첩을 손에 꼭 쥔 채 한숨을 내쉬며 한쪽 구석에 앉았고, 마음의 준비를 하고 마음을 뻗었다. 그리고 다음 순간 바닥에 넘어진 채로 정신을 차렸다.

다행히 큰 소리가 나지는 않았는지 김예주는 뒤도 돌아보지 않고 뭐라고 떠들고 있었지만, 현허는 은지 쪽을 보고 있었다. 눈썹 움직임을 봐서는 걱정하는 것 같기도 하고 비웃는 것 같

212

기도 했는데, 당장은 제대로 판단이 서지 않았다. 네 발로 기다시피 빠져나가서 화장실로 달려가느라.

점심 먹은 것을 다 토하고 나서 씻고 나왔을 때쯤에는 이미 김예주가 나가고 있었다.

❥❥❥

다음 손님까지 상담이 끝나고 나서야 겨우 사무소가 비었다. 은지는 그제야 발을 질질 끌며 현허에게 가서 물었다.

"대체 그 손님에게 뭐라고 하셨기에 그렇게 빨리 가 버린 거예요? 거의 울면서 뛰쳐나가는 느낌이던데, 괴롭히기라도 하셨어요?"

"누구?"

"저주 걸어 달라던 사람이요. 김예주 씨."

"아, 그 나방 말이냐."

현허는 정말로 잊고 있었다는 듯한 얼굴을 하더니 고개를 끄덕였다.

"그래, 그 나방에 접촉해 보니까 어떻더냐. 너도 이번에 제대로 배웠겠지?"

은지는 반사적으로 얼굴을 찡그렸다.

"아주…… 아주, 아주, 아주 불쾌하던데요. 구역질도 나고…… 그래서 바로 토했잖아요."

그건 말로 설명하기 힘든 감각이었다.

눈으로 볼 때도 기분이 나쁘기는 했다. 하지만 직접 접촉했을 때의 느낌은, 그 불쾌감을 몇 배로 부풀린 무엇이었다. 끈적하고 질척하고 어두운 무엇인가가 몸에 달라붙는 느낌과, 뭔가 잘못 먹고 차를 탔는데 기름 냄새가 가득해서 멀미가 올라오면서 식은땀이 돌고 속이 울렁거리는 느낌의 결합이랄까.

그것은 악의였다.

어마어마한 악의는 아니었다. 작은 악의였다. 그러나 작다고 해서 가볍지는 않았다.

다시 떠올리기만 해도 속이 메슥거리는 기분에 은지가 인상을 쓰고 있으려니, 현허가 흡족한 얼굴로 말했다.

"그래, 그래. 이번에 제대로 배웠구나. 이제 함부로 마음을 못 뻗겠지?"

은지는 한숨을 내쉬었다. 불에 한번 데는 경험을 해 보면 손을 함부로 대지 않게 된다지만, 지금으로서는 그냥 몸 밖으로 나가는 것 자체가 두려워진 수준이었다. 입안이 모래가 들어간 듯 까끌했다.

"잡귀들이나 혼탁도 그런 식이에요?"

"그렇지는 않다. 불쾌감만으로 따지면 오늘 느낀 것보다 심한 경우가 별로 없을걸."

그건 조금 놀라운 말이었다.

"그렇게 작은 게 제일 위험하다고요?"

"가장 불쾌하지, 가장 위험한 건 아니다. 다만 사람의 악의라는 건 규모에 상관없이 다루기가 정말 까다롭거든."

"그건 알 것도 같고요……."

은지는 오만상을 찌푸리며 다시 한번 진저리를 쳤다. 잡귀나 요괴와 접촉할 일이 생기면 차이를 더 확실히 알겠지만, 김예주가 달고 다니는 나방에는 정말로 음습하고 끈적하게 들러붙는 느낌이 있었다.

단순히 느낌만이 아니었다. 그 짧은 접촉 순간에 같이 흘러들어 온 것도 있었다.

"왜 그렇게 쳐다보세요?"

"왜는, 몰라서 묻느냐. 얼른 털어놔 봐. 뭔가 더 있지?"

은지는 다 알고 있다는 현허의 눈빛에 마지못해 입을 열었다.

"진짜인지는 잘 모르겠는데, 같이 흘러든 조각 같은 게 있었어요."

그건 아마도 김예주가 겪은 일과 생각한 내용들이지 싶었다. 그 순간 바로는 이해할 수도 없고 짜 맞추기도 힘든 파편들이었다.

회사에서 들은 가시 박힌 말들. 바로 앞에서 없는 사람 취급하는 순간들. 이상한 소문이 돌고 있다고 말해 주며 이쪽을 살피는 얼굴. 비아냥. 무시. 비웃음. 억울함. 그리고 그런 파편적인 기억이 일으키는 시커먼 파문. 뭉뚱그려서 이해하자면, 부정적인 감정들의 집합체였다.

은지는 있는 대로 찌푸린 얼굴로 말했다.

"잠깐 사이에도 굉장히 부정적인 감정들이 느껴졌어요. 회사에서 많이 힘든가 봐요."

"흠."

"회사에서 괴롭히는 상사가 있나 본데요, 뭔가 좀 치사하고 더럽게 괴롭히는 느낌이에요. 왜, 별것 아닌 일로 꼬투리 잡고 트집 잡고 그러는 거 있잖아요. 사람 무능하게 취급하고. 상사가 계속 그러니까 사무실 다른 사람들도 같이 괴롭히나 봐요. 그러다 보니 점점 사람이 움츠러들고, 음침해지고, 뭐든 나쁘게만 보게 되고요. 그럴 수 있죠. 얼마나 화가 나겠어요. 저주하고 싶을 만도 하지."

해석이 잘 되지 않는 감정 덩어리를 풀어 해석하다 보니 김예주에게 이입하면서 괜히 은지도 울컥해졌다. 그러나 고개를 들어 보니 현허는 은지를 보면서 혀를 차고 있었다.

"왜요?"

"남의 악의에 접촉해 놓고, 그런 악의를 품은 사람에게 이입하다니 너도 참 큰일이다."

"예?"

은지는 어리둥절해졌다.

현허는 답답하다는 듯이 은지의 눈을 똑바로 보며 말했다.

"다시 생각해 봐라. 그 나방과 접촉했을 때의 느낌."

일부러 떠올리려고 하지 않아도 바로 질척하고 기분 나쁜 감정이 쏟아지는 느낌이 돌아오면서 속이 울렁거렸다.

"그래, 그 느낌. 그 부정과 악의를 누가 만들었지?"

"그야 괴롭힌 사람들이……."

은지는 말하다 말고 멈칫했다. 기분 나쁘게 속이 조여들었다.

현허의 질문은 '누가 만들었느냐'였다. 원인이 무엇인지, 누구 때문인지를 묻지 않았다.

은지는 떠오른 생각을 누르듯 다급하게 반박했다.

"그렇지만, 그 감정은 진짜였어요. 직접 접촉해서 느꼈으니 더 확실하잖아요. 억울하고, 분하고, 괴롭고, 힘들었다고요."

"누가 그 감정이 가짜라더냐. 감정에 가짜, 진짜 같은 건 없어. 하지만 그렇다고 해서 그게 진실이라는 건 아니지."

은지의 머릿속이 더욱 혼란스러워졌다.

"무슨 말인지 잘 모르겠어요. 나방을 만든 게 본인이라는 데까지는 저도 알겠는데요. 어쨌든 그 사람이 불행하고, 불행해서 악의를 품게 된 거잖아요? 본인 잘못은 아니죠."

"정말로 본인 잘못이 아닐까? 거리를 두고 다시 생각해 보거라. 다른 사람들이 너를 괴롭혔고, 그래서 분하고 억울하고 화가 난다고 치자. 그러면 너도 상대를 저주하려고 할까?"

현허는 차분하게 말을 이었다.

"내가 여기 앉아서 그동안 찾아온 사람들 하소연을 얼마나 들었을 것 같으냐. 요새처럼 많이 손님을 받진 않았다고 해도, 이 짓을 시작한 게 수십 년 전이다. 일터에서, 집에서, 심하고 부당한 일을 당한 사람은 많았단다. 하지만 대부분은 저주하려는 생각을 하지 않았어. 대부분은 직접 저주를 빚어내지도 못했고."

그건 사실이다. 하지만 은지는 굽히지 않았다.

"같은 상황에 놓인 것도 아니고, 같은 사람들도 아니잖아요.

전 안 좋은 상황에 몰리면 누구나 그럴 수 있다고 생각해요. 저도 그럴 수 있고요."

"허. 네가 그런 나방을 만들 수 있다고? 정말 그렇게 믿느냐?"

"그렇게 생각하고 싶지야 않지만, 또 모르죠."

이번에는 현허도 약간 감탄한 얼굴이었다.

"정말 긍정적이로구나. 인간에 대한 믿음도 크고."

어쩐지 맥빠지고 기분이 더 나빠지는 반응이었다.

은지가 인상을 쓰는 사이에도 현허는 고개를 이쪽으로 기울였다가 저쪽으로 기울이면서 뭔가를 중얼거리더니 다시 말했다.

"그런데 어쩌다가 이야기가 이렇게 빠졌지? 아, 그렇지! 나는 잘잘못을 가리거나, 상황의 진실을 가리는 데에는 관심이 없다. 다만 이 점은 네가 명심해야 해. 네 혼이 누군가와 접촉하면, 바로 본질을 아는 것처럼 느껴지지. 그냥 네 눈으로 보는 것보다 더 강렬하고, 잘 보는 것 같고. 하지만 그 감각을 그냥 믿어서는 안 된다. 절대로 안 돼. 그게 다가 아니야."

은지는 잠시 생각하다가 고개를 끄덕였다. 바로 수긍이 다 가지는 않았지만, 어쨌든 그 말은 맞는 말 같았다.

"그래서…… 누가 잘못했냐는 문제가 아니라면, 김예주 씨를 왜 도와주지 않으신 거예요? 보통 작은 잡귀 같은 건 없애 주셨잖아요."

"보통의 잡귀는 없애 줘도 나에게 돌아오는 인과가 없지."

'사람의 악의는 규모에 상관없이 다루기 까다롭다'던 말이 뒤늦게 떠올랐다. 은지는 의아함을 감추지 못했다.

"그냥 하시는 말이 아니라 정말로 까다로운 거예요? 사람의 악의 같은 건 흔하잖아요."

"겪어 본 적도 별로 없으면서 가볍게 말하는구나."

뜨끔했다. 그러나 뒤에 이어진 말은 또 달랐다.

"게다가 자신의 불행을 악의로 바꾸고, 그 악의로 저주를 빚어낼 수 있는 사람은 정말로 흔치 않아."

"어? 예?"

"그 녀석은 누구에게 저주를 부탁할 필요가 없다. 이미 지금도 그 마음이 작은 저주나 다름없이 작동하고 있을 거야. 다만 뭘 제대로 배우거나 터득한 적이 없다 보니 대상에게 초점을 맞추거나, 자기가 피해를 보지 않을 방법을 모르는 게지."

"잠깐, 잠깐만요."

은지는 날갯짓하듯 호들갑스럽게 손을 파닥였다.

"그럼 애초에 그것도 특별한 능력인 거예요? 김예주 씨도 타고난 능력자라고요?"

"그런 셈이지. 능력이라기에는, 그것 자체가 저주다만."

"아니 그러면, 아까 한참 이야기한 진실이 어쩌니 잘잘못이 어쩌니 한 건 뭐였어요?"

"그야 수업이지. 원래 널 가르치려고 받은 손님이지 않으냐."

은지는 잠시 머리를 부여잡았다가 정신을 차리고 심호흡을 했다.

"그러면 그 사람, 그대로 두면 어떻게 되는 건데요?"

"여러 가지 경우의 수가 있지. 저 상태로 악의가 더 커져서

흘러넘치면 주위 모두를 불행하게 만들 수도 있고, 조절을 잘
못해서 자기 자신을 잡아먹을 수도 있고. 폭탄처럼 터질 수도
있고."

"예에에?"

생각보다 훨씬 심각한 대답이었다. 은지는 새삼스럽게 현허
의 상식이 자신과 다르다는 사실을 실감하며 서둘러 말했다.

"아니, 아니, 그러면 정말로 어떻게든 손을 써야 하는 거 아니
에요? 그 사람은 그렇다 치더라도…… 아니, 그 사람도 그렇다
치면 안 되지만, 다른 사람들에게 피해가 가면 큰일이잖아요."

"큰일까지는 아니다. 어차피 인간 사이의 일이야."

"요괴가 인간을 해쳐도 선생님 일이 아니고, 인간이 인간을
해쳐도 선생님 일이 아니면, 대체 뭐는 선생님 일인데요?"

울컥해서 소리가 높아졌지만 현허는 털끝만큼도 신경 쓰는
것 같지 않았다. 오히려 부엉이처럼 고개를 움직이며 대꾸할 뿐.

"서울이 내 일이지. 수호신들이 내 일이고."

은지는 한숨을 내쉬며 어깨를 늘어뜨렸다. 어째서인지는 잘
모르겠지만, 어딘가 실망스럽고 조금은 슬프기도 했다.

현허는 그 기색을 알아차린 듯 고개를 갸웃거렸다.

"그런데 너는 왜 그 사람에게 그렇게 신경 쓰는 거냐? 아는
사람도 아닐 텐데. 괜히 직접 접촉을 시키는 바람에 친근감이
생긴 거냐? 그래서, 그러면 그 사람을 어떻게 해 주고 싶은데?
한번 말해 보거라."

이건 생각지 못한 역습이었다. 도와주고 싶다, 도와줘야 한

다고 생각은 했지만 방법을 물어보면 은지가 무엇을 알겠는가. 할 수 있는 일도 별로 없는데.

현허가 다시 물었다.

"네가 뭐든 할 수 있다 치고, 그렇다면 어떻게 해 줄지 말해 보라는 거야."

"뭐든 할 수 있다면요? 어…… 그러면 그 상사를…….."

"그 상사를 고쳐? 마음을 바꿔?"

나쁜 사람이라고 생각했지만, 그렇게 물으니 또 마음에 걸렸다.

"두 사람 사이의 부정적인 감정을 없앤다거나."

"없애고 나서 또다시 자라면? 감정을 없애서 다른 부작용이 따라오면?"

머리에 쥐가 나는 느낌이었다.

"하다못해 지금 그 나방이라도 떼어 주면…… 하긴, 어차피 근본이 해결 안 되면 다시 자라겠군요. 그러면, 그 능력을 아예 개발해 주면요? 지금은 모르고 저주를 만든 거잖아요. 그걸 조절할 수 있게 해 주면?"

"남을 저주하고 싶어 하는 사람에게 무기를 제대로 쥐여 주라고?"

"그……러면 악당이 될까요?"

머릿속에 슈퍼히어로 영화 한 편이 지나가는 사이, 현허가 눈을 반짝이며 히죽 웃었다.

"흐음. 나름 재미있는 발상이긴 하구나. 어쨌든 그것도 희귀

한 능력이긴 하니까 써먹는 방법도 있겠지……. 그래, 좋다! 그 녀석, 이름이 뭐라고 했더라? 하여간 그 녀석이 혹시 다시 찾아온다면 그때는 기회를 주마."

어쩐지 마음이 찜찜해지는 말이 섞여 있기는 했지만, 그래도 은지는 희망을 품었다.

그리고 며칠 후, 김예주가 다시 찾아왔다.

❥❥❥

은지는 예약 전화를 받고 바로 현허에게 달려갔다.

"선생님! 김예주 씨, 다시 온대요."

"누구?"

현허는 또 완전히 잊고 있었다는 듯이 되물었다.

"그, 저주 나방 달고 있던 여자분요."

"아아."

현허는 놀라지도, 반가워하지도, 그렇다고 못마땅해하지도 않았다. 동그란 얼굴도 여전히 심드렁했다.

은지가 약간 조마조마한 기분으로 살피자 현허가 피식 웃었다.

"뭘 그렇게 눈치를 보느냐. 네가 다시 오라고 연락한 걸 내가 모를까 봐? 됐다. 오라고 했다고 오면 그걸로 됐어."

이래도 되나, 고민하고 또 고민하다가 예약받았던 전화번호로 문자 메시지를 보냈던 은지로서는 머쓱해지는 말이었다. 맥이 풀리면서 조금은 마음이 놓였다.

"애초에 도와줄 마음이 있으셨던 거예요?"

"그거야 와서 뭘 부탁하느냐에 달렸지. 이번에는 너도 화장실로 달려가지 말고 잘 지켜봐라."

김예주는 며칠 전보다 더 어둡고 초췌한 얼굴로 들어왔지만, 지난번보다 오히려 차분했다.

"제가 지난번에 사람 저주하는 방법을 물었잖아요. 대뜸 그런 소리부터 해서 죄송했습니다. 어떻게 하면 좋을지 모르겠어서요."

풀려 나온 이야기는 은지가 지난번에 추측한 것과 얼추 비슷했다. 괴롭히는 상사, 이상한 소문, 점점 쪼그라드는 자신감, 늘어나는 실수, 악순환. 그런데도 일을 못한다고 매번 비웃고 혀를 차면서 자꾸 얹어 주는 쓸모없는 잔일들.

더해서 화장실에 있다가 자신이 상사를 농락했다거나, 그 남자를 속이고 양다리를 걸쳤다더라는 터무니없는 소문까지 직접 들었다는 데 이르러서는 목이 메는지 목소리가 떨렸다.

"어디서 그런 말도 안 되는 소문이 났는지 모르겠어요. 분명히 그 인간이 퍼뜨린 소리겠죠. 제가 미치지 않고서야 그런 인간하고 무슨."

하지만 듣는 내내 안타까운 마음과 별개로, 은지의 신경은 내내 김예주의 어깨에 붙은 나방에게 가 있었다.

며칠 전보다 더 커져 있어서, 보고 있기만 해도 조마조마했다. 특히나 김예주의 감정이 격앙될 때마다 날갯짓을 하는 부분이 불안했다.

"회사를 그만두지 그래?"

꽤 긴 하소연을 듣고 현허가 툭 던진 말이었다.

'아니, 그만두지 못할 사정이 있겠죠. 아무려면……!'

은지는 반사적으로 말해 버릴 뻔했다.

김예주도 울컥했는지 등에 붙은 나방이 크게 날갯짓을 했다. 금방이라도 날아오를 것 같았다.

"도망치고 싶지 않아요. 왜 제가 도망쳐야 하죠?"

은지는 움찔해서 저도 모르게 몸을 뒤로 물렸지만, 나방은 곧 멈췄고 김예주도 다시 목소리를 낮췄다.

"저도 생각이야 온갖 생각 다 해 봤죠. 하지만 난 잘못한 게 없는데 왜 도망쳐야 하지, 오기가 나더라고요. 그렇잖아요. 왜 제가 나쁜 사람들 살기 편하게 해 줘야 해요? 미국 같으면 소송이라도 걸겠는데, 우리나라에서는…… 세상에, 때가 어느 때인데도 여전히 법이 있다 해도 어렵다는 둥, 원래 주먹이 법보다 가깝다는 둥 그런 소리나 듣고. 오죽하면 저주하자는 생각 같은 걸 했겠어요. 제가 원래 그런 사람은 아니에요."

"그런 사람이라는 게 뭘 말하는지는 모르겠지만, 스스로를 생각해서 도망쳐도 나쁘지 않고, 오기로 버티겠다면 그것도 나쁘지 않아. 다만 저주는 내가 해 줄 수 있는 일이 아니다 뿐이지."

현허는 냉정하게 말하고 가늠하듯이 김예주를 가만히 보았다.

"그래서, 다시 말해 봐. 뭘 어떻게 해 줬으면 좋겠는지."

은지는 저도 모르게 마음속으로 빌었다. 텔레파시라도 보내고 싶다는 마음으로, 제발 저주할 방법만은 묻지 말라고 빌었다.

그 마음의 소리가 들리기라도 했을까. 김예주가 조심스럽게 답안을 고르는 표정으로 말했다.

"제 상황에 뭔가…… 돌파구를 마련할 수 있을까요? 완전히 해결되진 않아도 좋아요. 저도 그런 건 어려운 줄 아니까요. 그래도 뭔가, 계기가 있었으면 좋겠어요."

좋은 답변이었다.

은지도 그렇게 생각했고, 현허도 놀랄 만큼 밝은 얼굴로 손뼉을 크게 쳤다.

"좋아! 그러니까 정리하자면, 지금의 캄캄하고 답답한 상황을 해결할 방법이 없느냐는 거지? 한 가지 방법을 알려 주지."

현허는 벌떡 일어나서 밖으로 걸어 나가더니, 오 분쯤 후에 작은 항아리를 하나 들고 돌아와서 자리에 다시 앉았다.

항아리라고는 해도 두 주먹을 합친 정도의 작은 단지였다. 뚜껑을 덮고 한지를 씌워 봉해 놓은 모양새가 마치 뜯지 않은 술단지 같았다. 그동안 한 번도 본 적 없는 물건이었다.

현허는 온화하게 웃는 얼굴로 그 항아리 위를 두드리며 말했다.

"이 안에는 나쁜 마음을 먹어 치우는 짐승이 있어. 이걸 잘 간직하면, 지금 겪는 어려움에 도움을 받을 수 있을 거야."

너무나 사기꾼 같은 설명에 은지도 미간에 주름을 모았고, 김예주의 얼굴에도 실망감이 먼저 떠올랐다.

그러나 현허는 굴하지 않고 말을 이었다.

"돈 받는 거 아니니까 걱정하지 말고, 이 항아리를 회사에 가져다 둬. 꼭 보이는 곳에 두지 않고 서랍 안에 넣어 둬도 돼. 어쨌든 자주 들여다보고, 안 좋은 일이 있을 때마다, 안 좋은 생각이 들 때마다 마음속으로 이 항아리를 열어서 그 안에 집어넣는다고 생각하는 거야. 퇴근할 때는 마지막으로 한 번 더 마음을 털어서 이 항아리에 집어넣고, 뚜껑을 닫는 상상을 한 다음, 서랍을 잠그고 집에 가는 거지. 매일매일. 그렇게 할 수 있겠나?"

어쩐지 평범한 심리요법 같은 이야기였지만, 현허의 단호한 목소리에 실린 힘은 강력했다. 뻔히 아는 은지도 반신반의할 정도였으니 절박한 상황에 놓인 사람에게는 먹히지 않을까.

김예주의 얼굴을 슬쩍 보니, 여전히 망설임은 남아 있지만 이걸로 된다면 하는 기대감도 떠올라 있었다.

"단!"

현허는 항아리 쪽으로 뻗는 김예주의 손을 막으면서 엄숙하게 말했다.

"절대로, 절대로 이 항아리를 열어 보아서는 안 돼. 절대로. 그것 하나만 지킨다면, 상황이 달라질 거야. 할 수 있겠나?"

김예주는 잠시 망설이는 얼굴로 항아리를 바라보았다. 그 얼굴에 담긴 표정이 초 단위로 변하는 마음을 그대로 비쳤다. 그 마음이 믿는 쪽으로 기우는 것까지 투명하게 보였다. 현허의 말에 담긴 힘인지, 아니면 지푸라기라도 붙잡고 싶은 마음인지는 알 수 없지만.

"네."

김예주가 마침내 내놓은 한마디는 이전보다 훨씬 무거웠다.

은지는 김예주가 항아리를 소중하게 끌어안고 나간 후에야 볼을 긁적이며 중얼거렸다.

"잘 해결됐으면 좋겠네요."

"글쎄다. 결국에는 각자가 알아서 할 수밖에 없는 일이지. 어느 방향으로 가든."

현허의 냉소적인 태도에 은지는 의아할 수밖에 없었다.

"간단한 규칙이잖아요? 항아리를 열지 말라는 정도인데, 그걸 못 지킬까요, 설마?"

현허는 피식 웃었다. 아주 가벼운 웃음이면서, 많은 경험이 녹아든 느낌을 주는 미소였다.

"대체로 나는 호기심이 인간의 저주라고 생각한단다."

뜬금없는 말이었다. 하지만 어딘가 뜨끔한 말이기도 했다.

"전래동화에 나오는 금기는 언제나 깨지고, 그 이유는 둘 중 하나야. 만약 호기심이 별로 없는 사람이라면 지루하고 태만해져서 깨지. 호기심이 많은 인간이라면 규칙을 깨면 어떻게 될까 궁금증을 참지 못해서 깨고. 자, 저 사람은 어느 쪽일까?"

"으음. 굉장히 그럴싸한 말씀이긴 한데……."

은지는 미심쩍은 기분에 눈을 가늘게 떴다.

"그 항아리, 아무것도 안 들어 있지 않아요?"

적어도 은지의 눈에는 아무 특별한 데가 없는 항아리였다. 아무것도 붙어 있지 않았고, 특별한 기운이 느껴지지도 않았다. 이전 같으면 그래도 안에 잘 봉인되어 있나 보다 할 테지만, 지금의 은지에게도 보이지 않는다면 뭔가가 이상했다.

현허는 뜨끔해하기는커녕 기분 좋게 웃었다.

"그래, 잘 봤다. 안에는 아무것도 들어 있지 않지."

"속임수."

현허는 부정하지 않았지만, 그렇다고 긍정하지도 않았다. 꿍꿍이가 담긴 얼굴로 웃기만 했다.

"네가 내내 몸 밖으로 나오지 않았다는 건 확실히 알겠구나. 한번 토하고 나니 겁이 나나 보지?"

"뭔가 숨겨져 있는 것처럼 구셨지만…… 전 그것도 이중의 속임수라는 데 걸겠어요. 그냥 심리요법이죠?"

은지는 그렇게 단정하고 말했다.

"그것도 나쁘진 않다고 생각해요. 음, 결심에도 계기가 필요하죠. 사람은 마음으로만 '이래야지' 생각하기보다는 구체적인 뭔가가 눈에 계속 보여야 마음을 다잡기 좋으니까요. 그걸 위한 장치인 거죠?"

은지는 혼자 수긍하고 고개를 끄덕였다.

"사람은 변할 수 있으니까요. 아니, 변하는 게 아니라요. 그걸 뭐라고 해야 하지……. 사람 생각이라는 게 별것 아닌 일로 달라질 수 있다고 해야 하나? 그렇거든요. 십 분 전까지만 해도 세상이 다 망했으면 좋겠다는 기분이었다가, 누가 친절하게 한마디 해 주는 걸로, 심지어 지나가던 사람이 웃으면서 인사해 주는 것만으로도 생각이 바뀔 수 있단 말이에요. 아주 간단한

계기만 있으면요. 그러니까 아마 인간을 대단한 존재로 보는 게 아니라…… 별것 아니니까 그럴 수 있다고요."

현허는 나뭇가지에 앉은 부엉이처럼 등을 둥글게 말고 은지를 보며 고개를 살짝 기울이더니, 시큰둥하게 고개를 끄덕였다.

"그래. 그렇게 잘 풀리기를 빌어 보자."

너무 순순해서 오히려 더 불안한 반응이었다.

그걸 또 눈치챘는지 현허가 히죽 웃었다.

"왜? 내가 너 좌절시키려고 사는 줄 알고? 나도 네 희망대로 됐으면 좋겠다. 김예주가 저 항아리에 악의를 부어 넣고 멀쩡해져서 진짜 문제를 해결했으면 좋겠어. 정말이다."

뭔가 미심쩍었다.

●◡●

그리고 그 미심쩍은 기분은 시간이 지날수록 더 커져, 은지가 전화를 걸게 만들었다.

"강은지."

비휴가 전화를 받는 태도는 대체로 똑같았다. 특별히 반가워하지도 않고 불평하거나 불만스러워하지도 않았다. 한동안 은지가 생필품을 직접 가져다주지 못하고 심부름센터를 이용하고 있는데도 비휴는 딱히 불평하지 않았다. 먼저 연락하지도 않았다.

어째서인지 잘은 모르겠지만 은지도 그런 걸 기대하지는 않았다. 다만 시시때때로 전화해서 안부를 묻거나, 시답잖은 불평만 하고 끊어도 싫어하지 않는다는 데 만족할 뿐이었다. 은지가 도움을 청하면 도와준다는 것을 아니, 그걸로 충분했다.

은지는 단도직입적으로 물었다.

"알다시피 내가 아직도 밖에 못 나가서 그런데, 사람 하나 미행해 줄 수 있어?"

전화기 너머로도 비휴가 의아해하는 느낌이 전해졌다.

"사람? 미행이라고?"

은지는 우물쭈물 변명을 미리 늘어놓았다.

"무슨 이상한 이유가 있는 건 아니고, 결말이 궁금해서 그래."

"왜?"

비휴의 질문에 은지는 한숨을 쉬었다.

"인간은 이야기의 결말을 궁금해하게 생겨 먹었거든. 저주라고 할 수 있지."

현허가 했던 말의 반복이었다.

어쩌면 현허가 말한 호기심 이야기는 은지에게 해당한 것이었을까. 그냥 김예주가 잘 살기를 빌고 지나가기에는, 결과를 확인하고 싶은 욕망을 참을 수가 없었다.

비휴는 호기심이 없는지 흐음 소리만 내더니, 나머지 필요 정보만 물었다.

♩♩♩

그리고 며칠 후 저녁, 비휴가 현허 상담소의 거실 창문으로 들어왔다.

"그냥 좀 현관으로 들어오면 안 돼?"

상담소 문을 닫고 정리 중이었던 은지는 잔소리를 하다 말고 눈살을 찌푸렸다.

며칠 전에 부탁한 일 때문에 찾아온 줄 알았더니, 비휴의 손에 왠지 낯익은 항아리가 들려 있었다.

"어, 그거!"

"현허가 따로 시킨 일이다."

은지는 잠시 할 말을 잃었다.

"잠깐만! 그러면 내가 부탁하고 나서 현허 선생님도 김예주 씨를 감시하라고 시킨 거야?"

비휴는 어깨를 으쓱였다.

"너보다 먼저였지."

"그런데 나한테 말을 해 주지 않은 거야?"

"묻지 않았잖아."

"둘이 따로따로 같은 일을 시키는데 이상하지도 않고?"

비휴가 뭐가 문제냐는 듯 의아한 얼굴로 쳐다보니 뭐라고 할 말이 없었다. 은지는 한숨만 푹 내쉬었다. 비휴에게 호기심이 적다는 건 장점이라고 생각했지만, 이런 부작용이 있을 줄이야.

어쨌든 현허가 항아리만 내주고 관심을 끊은 게 아니라는 건 좋은 일이었지만, 마음이 영 찜찜했다.

은지는 그렇게 생각하며 항아리에 손을 뻗었다가 다시 거둬들였다. 지금 그 항아리는 김예주가 들고 갔을 때와는 완전히 달랐다. 속이 비어 있기는커녕 불길한 기운을 물씬 풍겼다.

"그 항아리⋯⋯."

은지가 더 말하기 전에 현허가 어슬렁어슬렁 걸어 나왔다.

"어, 왔구나."

현허는 태평하게 반응했다.

은지는 항아리에서 멀찍이 몸을 물리면서 고개를 틀고 물었다.

"선생님. 이거 어떻게 된 거예요?"

"보아하니 네 바람대로 김예주가 변했다는 증거로구나. 기쁘지 않으냐?"

"아니⋯⋯."

은지는 고개를 흔들었다.

분명히 항아리에서 물씬 풍기는 불길한 기운은 김예주가 매달고 있던 나방과 똑같았다. 나방에 깃들어 있던 악의가 항아리에서 느껴진다면, 김예주가 자신의 나쁜 감정을 다 그 안에 밀어 넣었다는 뜻이 되리라. 하지만 뭔가 이상했다.

"겨우 일주일이었어요. 겨우 일주일 만에 이렇게 불길하고 흉악한 항아리가 됐다고요? 대체 무슨 장치를 해 두셨던 거예요?"

분명히 일주일 전에 김예주에게 건넬 때는 그 항아리 안이 비어 있었다. 아무것도 보이지 않았고 아무것도 느껴지지 않았다.

아니, 아니었을까?

현허는 비휴에게 항아리를 바닥에 내려놓으라고 손짓하며

중얼거렸다. 이제 보니 아주 희미하게 그 손짓에 어린 긴장감이 보였다.

"네가 몸 밖으로 나와서 접촉했다면 비어 있지 않다는 걸 알았겠지. 이 항아리 안에 짐승이 있다는 건 은유였다만. 은유, 알지? 인간이 많이 쓰는 거."

은지는 심각한 얼굴로 항아리를 내려다보았다. 차라리 그때 확인했다면 모를까, 지금은 영체로 접촉하기는커녕 육체의 손도 대 보고 싶지 않았다. 현허도 항아리에 손을 대지 않으려 하는 모습을 보니 확신이 더 커졌다.

"비휴야. 이 항아리를 이층에 올려놓고 금줄로 한 번 묶어 다오. 그다음에 너도 소독은 한번 하는 게 좋겠다. 은지 너는 굵은 소금 꺼내고, 불 피울 준비를 해라."

비휴를 소독시키라며 소금과 불을 찾는 모습을 보니 더더욱 그랬다.

은지는 굵은 소금을 꺼내 놓고 나서 다시 현허에게 물었다.

"그래서 뭐예요? 그 항아리에 무슨 장치가 있었던 건데요?"

"저주의 기본은 결국 '마음'이다."

현허는 항아리가 앞에서 사라지자 한결 긴장이 풀린 얼굴로 말했다.

"기록에 남은 악명 높은 주술이 두 가지 있다. 무고와 염매. 뱀, 지네, 두꺼비 등 독이 있는 것들만 골라서 한 항아리에 집어넣고 먹을 것을 따로 주지 않으면, 서로 싸우며 잡아먹다가 마지막에 하나만 남아. 마지막 남은 녀석은 살기와 악만 뭉쳐서 독기를 풀풀 풍기는 저주 그 자체가 되지. 이걸 무고라고 해. 인간의 아이를 유괴해서 죽기 직전까지 굶기다가 맛있는 음식을 넣은 작은 통을 내밀어, 아이가 너무 먹고 싶은 나머지 혼이라도 빠져나갈 상태일 때를 노려서 찔러 죽이면, 혼만 그 통 안에 들어가서 갇혀 버리거든. 뒤틀리고 오염될 대로 된 존재라 그걸 꺼내기만 해도 어디든 오염시킬 수 있지. 이걸 염매라고 해. 사실 저주의 원리는 이 두 가지에서 크게 벗어나지 않아. 굶기고, 원치 않는 싸움을 붙이고, 수단 방법 가리지 않고 억울함과 분노와 미움을 켜켜이 쌓아 응축시키는 거지.”

설명을 듣기만 했을 뿐인데, 악의가 만들어 낸 나방을 만졌을 때보다 더 속이 울렁거렸다. 은지는 울렁거리는 속을 가라앉히기 위해 입으로 호흡하며 인상을 썼다.

“그런 걸 김예주 씨가 정말로 만들었다고요?”

“인간은 놀라운 일들을 할 줄 알거든. 신령도 요괴도 못 하는 일이지.”

비웃는 말투도 아닌데 그렇게 냉소적으로 들릴 수가 없었다.

“그래서…… 그러면…… 김예주 씨에게 그런 재능이 있다는 거였어요? 아니, 재능이라기는 뭐하지만.”

“재능이야 재능이지. 방법을 배운다면 할 수도 있었을 거다. 이젠 두 번 다시 못 하겠지만.”

“예?”

“내 말을 들을지 시험해 봤지. 진심으로 악의를 버리려고 생각하고 내 지시에 따른다면 발동하도록 걸어 놓은 주문이 있었

234

어. 지금 이 항아리 안에는 김예주라는 사람의 악의 전부와, 그 사무실 안에 있는 다른 사람들의 악의가 다 들어 있다."

은지는 잠시 귀를 의심했다. 무슨 말인지 잘 이해가 가지 않았다.

"여러 사람의 악의를 다 빨아들여서 이렇게 불길해졌다는 건가요?"

"여러 사람의, 평생분의 악의지."

"평생분?"

"이전에 품었던 마음은 물론이고, 앞으로도 다시는 이런 미움은 품지 못할 거다. 아주 착한 사람들이 됐겠지. 평생 평온하게 살 테고."

은지는 입만 뻐끔거리다가 천천히 그 말을 소화하고 나서 현기증을 느꼈다.

"그, 그래도 되는 거예요?"

현허는 멀뚱멀뚱 은지를 보면서 말했다.

"네가 바라던 대로 아니냐? 김예주는 편해졌을 것이고, 주위 사람들을 저주할 일도 괴롭힘당할 일도 없어졌겠지. 당연히 폭발할 일도 없겠고. 김예주만이 아니라 그 사무실에 있는 누구든 앞으로 다른 사람 괴롭힐 일도 없을 테고. 게다가 나에게는 쓸 만한 물건이 생겼으니 모든 면에서 잘 해결되지 않았느냐? 뭐가 문제냐?"

말이 통하지 않는다는, 벽을 마주한 듯한 막막함이 찾아왔다.

분명히 모든 문제가 해결된 것처럼 보이기는 했다. 하지만.

딱 잘라서 무엇이 잘못이라고 설명할 수는 없지만…… 뭔가 잘못되었다는 생각을 떨칠 수가 없었다.

은지는 몇 번이나 말을 해 보려다가 말고, 말을 해 보려다가 말고 고개를 흔들었다. 그리고 뒤늦게 생각을 되짚었다.

"아니, 잠깐만……. 쓸 만한 물건이 생겼다는 건 또 무슨 소리예요? 정화해서 없애지 않고요?"

"없애긴. 내가 쓸 거다."

"쓰다뇨?"

"이건 쓸 데가 있거든. 저주술사도 없고 정화술사만 있어서 곤란할 때가 있었는데 잘됐지 뭐냐."

만족한 듯이 손을 비비는 현허를 보자 이젠 불안한 정도를 넘어서 기가 막히고 허탈해졌다.

이제까지 걸핏하면 왜 현허는 능력이 있으면서도 인간을 돕지 않냐고 불만스러워했는데, 지금 처음으로 지금처럼 지내는 게 맞는지도 모른다는 생각이 들었다. 현허가 도우려 한다면, 그 방향이 꼭 은지가 생각하는 것과 같은 도움은 아닐지도 몰랐다.

은지는 소파에 주저앉으며 힘없이 물었다.

"그럼 대체 항아리 뚜껑에 대한 그 이야기는 뭐였어요? 아무 의미도 없는 거였어요?"

"회수해 오기 전에 뚜껑을 연다면 아주 심각한 사태가 일어나니까. 안전을 위해서 열지 말라는 거였지. 어쨌든 나도 이렇게나 빨리 항아리를 다 채울 줄은 몰랐거든. 내 생각보다 더 큰 재능이었어."

은지는 왠지 아파 오는 머리를 문지르며 내뱉듯이 말했다.

"그래요. 그렇게 좋은 거라니, 그 항아리 널리 뿌려서 남에게 해 끼칠 사람들을 다 착하게 만들면 좋겠네요."

아무렇게나 한 말이었는데, 현허는 정색을 하며 반박했다.

"그건 안 되지. 말했잖느냐. 다 인과가 따른다고. 김예주는 날 찾아와서 부탁했으니 운이 좋았던 거야."

분명히 코앞에 닥친 나쁜 일은 막은 셈인데, 왜 자꾸 악의와 저주가 다 빠져나간 후에 김예주가 허깨비만 남아서 살아가는 모습이 떠오르는지 알 수 없었다. 은지는 이후에 그 사람들이 어떻게 살지 알고 싶다고 생각했다가, 사실은 알고 싶지 않다고 다시 생각했다.

'그래도 괜찮은 거 맞겠지. 선생님이 나보다 훨씬 오래 살았고, 많이 알잖아. 신령님이고…… 크게 해가 되는 일을 하진 않았을 거야.'

은지는 금이 간 마음을 애써 봉합하려 했다. 하지만 한번 생긴 실금은 그 자리에 그대로 남아 있었다.

깨끗한 집

....

아직도 낮시간은 여름 끝물에 가까웠지만, 공기에는 가을 기운이 어려 있었다.

강은지는 핼러윈 장식을 한 음식점과 제과점을 보고 망혼일이 떠올라 인상을 찌그러뜨렸다가, 가을 하늘을 보고 다시 자유를 음미했다. 날벌레 같은 혼탁이 하늘에 둥둥 떠다니고, 지하철에는 객귀와 주귀들이 보이니 반가운 일상이었다.

이런 일상을 반기게 될 줄은 몰랐건만, 갑자기 유체이탈을 경험한 후 스스로 제어하고 단속하는 방법을 익힐 때까지는 돌아다녀선 안 된다는 엄명에 감옥 아닌 감옥 생활을 하고 나니 모든 것이 반가웠다. 사무소에서 숙식하다가 겨우 밖에 나오니 가을이라, 피 같은 월세만이 아니라 지나간 시간도 아까웠다.

어쨌든 오랜만에 출근하는 길은 상쾌했으나, 이제 집에 돌아

갈 수 있게 되었다는 건 다시 외근을 할 수 있게 되었다는 뜻이
기도 했다.

은지는 전날 들어왔다는 상담 내용을 받아 들고 고개를 갸웃
거렸다.

박진희라는 주부의 상담은 아파트에서 자꾸 이상한 소리가
나서 잠을 잘 수가 없다는 내용이었다.

"이게 뭐 특별한 데가 있나요? 층간소음이니, 부실공사니 하
는 문제는 흔하잖아요. 저는 그냥 평범한 이야기 같은데요. 굳
이 조사할 게 있다고 보신 이유를 모르겠어요."

현허에게 상담하러 찾아오는 사람 중에 아파트와 얽힌 고통
을 토로하는 사람은 정말, 정말 많았다. 아파트 공화국이라는
말이 있을 정도로 아파트가 많고, 아파트에서 사는 사람이 많
으니 확률상 당연한 일이었다.

그렇지만 층간소음, 누수, 부실공사, 하수구 역류, 주차 실
랑이, 이상한 이웃, 이상한 관리실, 이상한 자치회, 이상한 부
녀회, 아파트 내 치정 싸움에 이르기까지…… 온갖 불평불만을
접하다 보니 어느새 은지는 살아 보지도 못한 서울의 아파트
단지가 꺼려질 지경에 이르렀다.

하지만 대부분은 그저 사람 사는 일들일 뿐이었다.

현허는 오늘따라 통통해 보이는 손등으로 이마를 쓱쓱 문지
르면서 한가롭게 말했다.

"그게 말이다, 박진희는 귀신이 있는 게 틀림없다고 주장하
거든. 암만 봐도 묻어 온 게 없는데 물러서질 않으니……. 게다

가 공교롭게 옥토부동산에서도 한번 봐 달라고 요청을 했다."

"옥토에서요?"

은지는 주소를 다시 보고 고개를 끄덕였다.

"하긴, 이 동네면 옥토 쪽 일이긴 하네요."

누구는 어느 지역, 누구는 또 어느 지역 하는 식으로 관할이 나뉘어 있는 건 아니다. 다만 몇 달간 은지가 경험한 바로 한강 남쪽은 현허의 영역이 아니었다. 이 사무소에서 멀기도 하지만, 가끔 이야기하다 보면 현허의 머릿속 '서울'은 강북에 고정된 것 같을 때가 있었다.

반면 옥토부동산은 사무실부터 강남에 위치해 있었다.

"그래. 우 실장이 딱 집어서 널 빌려 달라고 하더라."

우 실장은 옥토부동산의 직원으로, 강은지가 여기 처음 왔을 때 보았던 홍 대표를 대신하여 주로 현허의 사무소에 들르는 인물이었다. 홍 대표의 떠올리기만 해도 잠시 현실이 잊히는 환상적인 아름다움에 가려 인상이 약하긴 하지만, 근육질의 거구임에도 불구하고 싹싹한 영업직원같이 친근했다.

은지는 '딱 집어서 요청'받았다는 사실에 놀랐다가, 수상쩍은 기분에 미간을 찡그렸다.

"선생님, 혹시 옥토도 그 손님이 귀찮았는데 마침 이렇게 됐으니 잘됐다 하고 저한테 던지는 거 아니에요? 절 굳이 왜 부른대요?"

"네가 눈이 좋다니 시험해 보고 싶은 거겠지."

의외의 답이었다. 심지어 현허는 웃지도 않고 덧붙여 말했다.

"옥토에도 같이 일하는 도사, 무당 나부랭이들이 있긴 하다만, 그것들 다 합쳐도 너만큼 눈이 좋지는 않을 테니까 말이다."

처음 듣는 칭찬 비슷한 말에 얼굴 근육이 통제가 잘 되지 않았다. 은지는 헛기침을 하며 일부러 근엄하게 말했다.

"제가 인재인 건 알지만요. 그렇게 입으로만 칭찬하셔도 의미가……."

"옥토에서도 파견비 따로 지급한단다."

"옙. 당장 가 보겠습니다."

❧

그래서 나른한 가을 오후, 은지는 잠실의 백합아파트 103동 506호에 들어가 있었다. 복도 끝 집이었다.

꽤 오래된 아파트라지만 외벽은 새로 칠했는지 깨끗한 연회색이었고, 집 안도 벽지를 새로 발라 새집 같았다. 바닥은 반들반들했고, 천장에는 물얼룩 하나 없었으며, 창틀은 오래되긴 했어도 계속 청소한 티가 났다. 옛날 영화에서나 봤던 것 같은 오래된 가죽 소파도 낡아 보이지 않고 오히려 고급스러워 보였다.

그러고 보면 원래 은지에게는 강남의 아파트에 대한 높고도 높은 선입견이 있었다. 잠실이 무슨 강남이냐는 사람도 있겠지만 그 부분은 일단 넘어가고…… '강남' 하면 은지의 머릿속에 떠오르는 건 넓고 휑한 도로와 화려한 강남역 풍경이었고, 강남의 아파트 하면 텔레비전에서 본 타워팰리스만 생각났는데,

그곳은 안에 사는 사람들을 철저히 숨긴 채 바깥사람을 밀어내는 성벽 같았다.

그런데 검색만 해 보아도 은지의 상상을 뛰어넘는 가격이 튀어나오는 그런 아파트에 정작 와 봤더니…… 낙엽이 떨어져서 쌓인 아파트 단지 안 도로도 생각보다 높지 않을뿐더러, 딱 정겨울 정도로만 낡은 느낌이 나는 건물들도 그런 이미지와는 너무 달랐다.

'하긴, 다 사람 사는 데인가.'

아니, 그건 편견을 반성하는 의미에서만 성립하는 말이었다. 여기가 은지가 이제까지 지낸 고시원촌이나 빌라 원룸들보다 훨씬 더 사람 사는 데답다고 생각하면 기분이 복잡해졌다.

거실을 둘러보던 은지는 자연스레 베란다 쪽으로 다가가서 커튼을 열고 밖을 내다보았다. 아이들이 공을 차고 놀고 있었다. 반쯤 열어 놓은 문에 의자를 대고 앉은 경비원과 지나가던 주민들이 잡담을 주고받았다. 같은 건물 계단에서 마주쳐도 알은체하지 않는 연립주택 사람들보다 더 이웃 같았다.

게다가 나무들.

나무가 어찌나 많은지. 오래됐으나 지저분하지 않게 관리한 공간에서 몇십 년을 버틴 나무들이 계절에 맞게 물들었다.

은지는 조금 씁쓸하고, 조금 부러운 기분으로 말했다.

"집이 정말 깨끗한데요."

동남향이라 마침 기분 좋은 가을볕이 들어와서 그런지, 아담한 거실이 반짝여 보이기까지 했다.

"아유, 관리는 신경 쓰느라고 썼는데 집이 너무 오래돼서 지저분해. 샷시도 갈아야 하는데. 베란다 페인트에도 금이 가서 먼지가 끼고……."

"제 눈에는 깨끗하고 좋기만 한데요. 그리고 청소만이 아니라 다른 의미로도 깨끗해요."

정말이었다. 잡귀는 고사하고, 익숙한 날벌레 형태의 혼탁도 거의 없어서 하늘이 한결 깨끗해 보였다.

그러나 은지가 그런 감상에 잠기거나 말거나, 초조하게 두 손을 비틀면서 집 안을 안내하던 진희는 못 믿겠다는 표정을 노골적으로 지었다.

"정말로? 그럴 리가 없는데. 잠도 제대로 못 자고, 막 미치고 팔짝 뛰겠다니까."

그 호소는 공격적이기까지 했다.

은지는 조심스럽게 진희를 살펴보았다. 눈 밑이 퀭하니 피곤한 기색이 역력하고 안색이 나쁘긴 하지만, 진희에게도 잡귀는 붙어 있지 않았다. 사소한 잡귀 정도라면 현허와 상담만 했어도 이미 날아갔을 테지만 말이다.

"그렇게 심한가요?"

은지가 묻자마자 진희는 쏟아 내듯이 말했다.

"조용하다가도 밤에 자려고만 하면 두두두두, 두두두두 뛰는 소리가 나. 그것도 애매하게, 우당탕탕도 아니고 쿵쿵도 아니고 딱 두두두두, 도도도도 이런 느낌인 거야. 가끔은 대체 무슨 짓을 하는 건지 꾸르륵꾸르륵 소리도 나고. 처음엔 당장 윗집으로 뛰쳐 올라갔지. 그런데 윗집에는 애가 아예 없다면서 펄쩍 뛰는 거야. 애도 없고, 동물도 안 키운다고. 우린 자려고 누워 있었는데 소리가 나긴 무슨 소리가 난다는 거냐고, 괜히 트집 잡아서 괴롭힌다고 되려 화를 냈대. 그래서 이상하다, 이상하다 하면서 내려오면 또 뛰는 소리가 나고…… 아주 사람을 미치게 만들어."

뭔가 있는 것 같으면서 사실은 아무 내용 없는 이야기였다.

은지가 세 든 원룸만 해도 부실한 연립주택이라, 벽과 천장이 이 아파트보다 훨씬 얇을 터였다. 층간소음이라면 모르지 않았다.

은지는 대수롭지 않게 생각하는 티를 최대한 내지 않으려고 노력했다.

"바로 윗집이 아니라 대각선이라거나, 엉뚱한 데서 소리가 전해지는 수도 있어요. 건축이 어떻게 되어 있느냐에 따라서 소리가 이상한 데로 전달되기도 한다더라고요. 그냥 들은 이야기가 아니라 저도 경험이 있거든요."

"그 정도야 우리도 알지! 처음엔 몰랐어도, 소리 때문에 노이로제 걸릴 지경인데 거기까지 안 알아봤겠니. 위층은 물론이고 옆집도 다 확인해 봤지."

진희가 자꾸 성을 내니 은지도 무슨 말을 하기가 조심스러웠다.

실은 이 가족에게 다른 스트레스 거리가 있는 게 아닐까 하는 의심부터 들었지만, 현허라면 모를까 은지가 그런 질문을 가볍게 던지기도 어려웠다. 박진희라는 사람 자체가 대하기 무난하지 않기도 했다.

은지는 저도 모르게 나올 뻔한 한숨을 눌러 참으며 기억을 더듬었다.

"그러면 혹시, 그런 소리 말고 다른 문제도 있나요? 한밤중에 작은 물건이 갑자기 떨어진다든가 하는. 칫솔이나 휴지, 컵일 수도 있어요. 열어 둔 방문이 바람도 없는데 닫힌다거나, 반대로 닫아 둔 방문이 혼자 열린다든가 하는 일은요? 혼자 계신데 누가 지켜본다는 느낌이 든 적은 없나요?"

집 안에 귀신이 깃든 게 아니라면 혹시 소령騷靈, 즉 폴터가이스트는 아닐까 싶어 확인하는 질문이었다.

"물건이 움직인다는 부분이 제일 중요해요."

그러나 진희는 열심히 생각해 보고 아닌 것 같다며 자신 없이 고개를 저었다.

어떤 면에서는 믿음이 가는 태도이기도 했다. 단순히 노이로제나 심리적인 이유에서 문제를 호소하는 사람들은 '혹시 이런 건 아니냐'고 물으면 바로 그거라고 대답하는 경우가 많으니 말이다.

은지가 어떻게 해야 하나 고민하고 있는데, 진희가 갑자기 은지의 팔을 덥석 잡았다.

"그렇지. 낮에는 그런 일이 원래 없어. 밤, 밤에 있어 봐. 밤에 지켜봐야 알아. 그래서 안 보이는 걸 거야."

갑자기 팔을 잡고 얼굴을 가까이 대며 눈을 희번득거리니,

그게 더 무서웠다. 은지는 기세에 떠밀려서 식은땀을 흘렸다.

사실 대놓고 물건이 날아온다면 모를까, 정체 모를 소음이 계속 들려온다는 게 그렇게 무서운 일인지부터 잘 알 수는 없었지만 말이다.

"그, 그럼 제가 밤새울 준비를 해서 다시 올게요. 저기 그런데, 다른 가족분들도 같은 소리를 들으신 건가요?"

혼자만 계속 들은 건지 아닌지가 또 달랐다.

박진희는 무서운 얼굴로 대답했다.

"그럼 나 혼자만 들었을까 봐? 그랬으면 진작에 나만 미친년 취급하고 어디 병원에라도 처넣었겠지. 남편은 출근하기 힘들다고 며칠째 호텔 신세고, 애들도 공부하는 데 너무 방해가 되니까 엊그제부터는 보내 놨어. 다들 이 집에 돌아오기도 싫어할 지경이라고."

어쩐지 자세한 이야기는 듣고 싶지 않았다. 은지는 하소연이 더 풀려 나오기 전에 얼른 말했다.

"그럼 오늘 밤은 제가 지킬 테니까, 여기 계시지 말고 호텔에 가서 주무세요. 가족분들 다 들으셨을 정도면 굳이 안 계셔도 될 거예요. 문제를 해결하려고 해도, 주무시고 체력을 지키셔야죠. 잠이 모자라면 평소엔 괜찮은 것도 더 신경 쓰이고 무섭고 그렇거든요."

어쩐지 버겁고 무서운 사람과 밤을 새우고 싶지 않은 마음에 되는대로 주워섬겼지만, 다들 있기 싫다는 집에 주부인 어머니만 있는 것도 못마땅하기는 했다.

"혹시 호텔을 싫어하시는 거면 친척이나 친구분 댁도 있잖아요?"

진희는 은지를 무섭게 노려보다가 한풀 기를 꺾고 고개를 끄덕였다. 하지만 들으라는 듯이 중얼거리기는 했다.

"다른 데는 다 지저분한데. 에휴, 그래도 보살님이 그러시면 들어야지 뭐."

반말 실컷 해 놓고 보살님이라는 알 수 없는 호칭을 붙이는 것도 이상하고. 다른 곳은 지저분해서 싫다니, 이제까지 자기 집이 낡아서 지저분하다고 했던 건 뭐였는지 모르겠고, 총체적으로 희한한 말이었다. 그러나 무슨 생각으로 한 말인지 물어보기도 싫었다.

챙기긴 뭘 챙기냐, 갈아입을 옷도 수건도 챙겨 줄 테니 그냥 있어라 하는 바람에 또 실랑이를 벌이느라 나가는 걸음이 피곤했다.

❤〰❤

우 실장은 최대한 선입견 없이 살펴봤으면 한다면서, 끼어들지 않고 지상주차장에서 기다리고 있었다.

"안녕하세요, 강은지 씨. 집은 잘 살펴보셨어요?"

우 실장은 거대한데도 위압적이기보다 호감 가는 인상이며, 깔끔한 옷차림이 은지에게는 약간 본받고 싶은 직장 선배 느낌이었다. 정작 은지의 직장에는 그런 사람이 존재하지 않으니 말이다. 그래서 은지는 씩씩하게 대답했다.

"네, 잘 봤습니다. 좋던데요. 깨끗하고. 특별히 보이는 건 없었어요."

"그래요?"

"네. 그런데 집주인은 밤에 있어 봐야 한다고, 자고 가라고 하시네요."

"그렇군요. 저희도 밤에도 한번 봐 주십사 부탁드리고 싶네요. 물론 시간이 늘어나는 만큼 비용도 더 드리겠습니다."

이래저래 밤샘은 피할 수 없게 됐다. 은지는 망설이다가 물었다.

"보긴 할게요. 그러니까 말씀해 보세요. 뭐가 더 있는 거죠?"

아무리 생각해도 이 정도만 가지고 현허 선생에게 상담을 보내고, 은지를 빌려 오고 할 이유가 없었다.

우 실장은 가만히 웃었다.

"그게 말이죠, 그 집 하나만 그런 게 아니라서 그래요. 정도 차이는 있는데 같은 라인에서 불평이 좀 있어서요. 저희 쪽에서도 조사를 해 봤는데 명확하게 잡히는 건 없고, 해결이 쉽게 안 되네요."

자세히 설명하지 않고 얼버무리는 건 뭔가 찜찜했지만, 다른 회사 사정을 자세히 묻기도 좀 그랬다. 은지는 난감한 기분이 되어 말했다.

"아니, 제가 사실 특별한 재주는 없는데요. 봐 달라고 하시니까 봐 드리는 거야 어렵진 않지만, 과연 도움이 될지……."

그러자 우 실장이 오히려 정색을 했다.

"무슨 소리예요. 현허 선생님에게 눈이 좋다는 말을 들을 정도면 정말 드문 인재입니다. 그렇게 자신을 낮추지 말아요. 안 좋은 버릇이에요. 꼰대 같은 소리지만, 자기 능력을 낮게 말해서 좋을 게 하나도 없어요. 낮게 생각한다면 더더욱 나쁘고요. 누군가가 일을 도와 달라고 한다면 은지 씨가 필요해서 부르는 거고, 그럴 만한 이유가 있는 거예요."

다 맞는 말이긴 한데, 더 어색해졌다.

우 실장을 따라간 비싼 밥집도 어색했고.

우 실장은 인재에게 그 정도는 당연한 대우라고 했지만, 속 편하게 그렇구나 하기에는 뭔가가 계속 찜찜했다. 그렇다고 비싼 밥을 잘 못 먹었다는 건 아니지만 말이다.

밥을 먹고 돌아가서는 저녁때까지 주위 산책을 길게 했다. 목적지에 도착하는 데만 급급했던 아까와는 달리, 이번에는 이 아파트에 터주신이나 나무신이라도 보일지 주의하며 천천히 걸었다.

같은 아파트 이름 아래 몇천 집이 산다고 했던가. 이 거대한 아파트 단지에 수호신이 있다면, 옛날로 치면 마을 하나 급이 아니라 도시 하나 급 아닐까 싶었다.

'그러면 이 단지가 지어졌을 때 태어난 걸로 쳐서 1979년생일까? 어리네. 그래도 나보다는 훨씬 나이가 많지만.'

잠실은 오래된 땅이 아니다.

아니, 그 전에 땅이 없었던 건 아니었다. 육백 년 전에는 한

강물이 자주 넘치는 땅이었고, 그래서 왕실이 뽕나무 숲을 키우고 누에 치는 동잠실을 설치하면서 잠실이라는 이름이 붙었다. 그러나 홍수로 한강에 뜬 섬이 되었다가, 1970년대에 대규모 사업으로 땅을 메워 다시 섬이 아니게 되었다.

섬은 육지가 되고, 육지에 있던 마을은 물에 잠기면서 운명이 뒤바뀌었다.

그동안 종로 일대의 토지신들을 만나 보니 그 정도로 큰 변화를 겪으면서 사라지지 않고 그대로 유지된 토지신은 없었다. 수호신이라는 게 어떤 식으로 교체되는 건지는 아직도 자세히 모르지만, 현재 서울에 백 살 넘은 토지신이 별로 없는 것이 현대에 와서 있었던 전쟁과 재난과 개발과 온갖 큰 변화들 탓임은 분명했다.

'그나저나 뽕나무는 도저히 못 찾겠네. 여기가 아니라 다른 아파트에 있는 건가.'

잠실에 대해 검색해 보았을 때는 아직 오백 년 넘은 뽕나무가 한 그루 남아서 천연기념물로 지정되었다고 나왔는데, 아무리 기웃거려도 단지 안에는 뽕나무가 보이지 않았다. 백합아파트만 해도 몇천 세대에, 근처에 줄줄이 다른 아파트 단지가 같이 모여 있으니 어디가 어디인지 파악하기가 쉽지 않기도 했다.

어차피 이미 죽은 나무라고는 했다. 나무가 죽었는데 나무 신령만 살아 있을 리는 없겠지.

은지는 뽕나무 찾아보기를 포기하고 다시 걸음을 돌렸다. 운치 있게 늘어선 은행나무들을 보니 문득 재건축 운운하던 검색 내용도 떠올랐다.

'재건축을 하면 이 나무들은 어떻게 하는 거지?'

재건축에 대해서 은지는 원래 있던 집들을 허물고 건물을 다시 짓는다는 정도밖에 몰랐다. 그럴 때마다 부동산 가격이 오른다는 것도.

어쨌든 이 건물을 다 허문다면 나무들을 그대로 두고 공사를 하리라고는 생각하기 힘들었다. 설마 몇십 년 묵은 나무들을 쉽게 버리지는 않을 텐데, 어딘가에 옮겨 심으려나.

나름 주의를 기울이며 걸었음에도 특별히 눈에 띄는 나무나 짐승은 없었다. 은지는 날이 어두워지자 아파트 안으로 돌아갔다.

❤🌙🌙❤

괜히 다른 곳에 누울 생각 말고 여기에서 자라는 뜻인지, 거실에 침낭이 깔려 있었다. 무시하고 침실을 차지할 수도 있겠지만, 치사해서라도 그러고 싶지 않았다.

우 실장의 이야기까지 듣고 나서도 이 집에 특별한 뭔가가 도사리고 있을 거란 생각은 들지 않았다. 기껏해야 장난치기 좋아하는 소령이 밤에만 나타나는 정도겠지 했다.

그러나 그 예상은 크게 빗나갔다.

거실에 자리 잡은 김에 실컷 TV를 보다가 슬슬 자 볼까 하고 불을 껐을 때였다. 그때까지 조용하던 게 거짓말처럼 드드드드득 하는 소리가 울렸다.

은지는 벌떡 일어나 앉았다.

잠시 동안은 잘못 들었나 싶게 조용했다. 냉장고 돌아가는 소리만 우우웅, 잠시 울리다가 말았다.

그러나 한참 그렇게 가만히 앉아 있으려니 다시 드드드득, 드드드드, 뿌드드드드득 같은 소리가 울려 퍼졌다. 아주 크지는 않지만 선명하게 들리니, 과연 잠귀 밝은 사람은 잠을 못 이룰 만도 하겠다.

은지는 불을 켜지 않고 일어서서 살금살금 집 안을 돌아보았다. 소리는 간헐적으로 들리는데 여전히 보이는 것은 없었다.

장난치기 좋아하는 소령이라면 낮에는 안 보였더라도 지금쯤은 보여야 한다. 만에 하나 사람이 무의식중에 저지르는 짓일 수도 있다고 생각했지만, 지금은 집에 은지 혼자밖에 없었다.

소리가 어디에서 나는지라도 알아보려고 애를 썼지만 위에서 나는 것 같았다가, 옆에서 나는 것 같았다가, 사방에서 나는 것 같기도 하니 아리송하기만 했다.

'야, 이 정도면 보통 사람은 미치고 팔짝 뛸 만도 하네.'

저도 모르게 박진희 씨에 대한 편견을 반성하고 있는데, 갑자기 바람이 달라졌다.

베란다 쪽에서 불어 들어오는 외풍이 아니었다. 정반대 방향이었다. 건물 안에서 바깥쪽으로 불어 나가는 바람이었다. 그 바람과 함께 소리가 커졌다.

두두두두두. 두두두두두.

아까와는 결이 다른 소리였다. 평범한 사람은 발소리라고 생각할 수밖에 없는 소리였다. 은지는 바람이 부는 방향으로 몸을 돌렸다가 앗 하고 소파 위로 뛰어올랐다.

방금까지만 해도 아무것도 없었던 집 안에 갑자기 온갖 잡귀들이 가득했다. 병귀, 몽귀, 뜬귀, 주귀, 그 외에 알아볼 수 없는 작은 잡귀들에 나방이나 날파리처럼 생긴 부정과 혼탁들까지 퍼레이드 하듯 몰려들었다.

방금까지만 해도 아무것도·없었는데 이게 무슨 일인가 황망한 것도 잠깐, 뒤늦게 등골이 서늘해졌다.

그들은 은지에게 아무 관심도 없었다. 얼른 소파로 피하지 않았다면 정면으로 부딪칠 경로였지만, 아마 부딪쳤어도 그냥 뚫고 지나갔을 듯싶었다. 온갖 잡귀들은 은지는 본체만체하고 미친 듯이 달려서 거실을 통과하더니 벽 너머로, 작은 베란다 너머로 사라졌다.

잡귀들이 바람을 몰고 빠져나가고 난 집 안은 조금 쌓인 혼탁까지 싹 사라져서 아주 깨끗했다. 이제 수수께끼 일부는 풀린 셈이다. 이 집이 깨끗한 이유도, 한 번씩 요란한 발소리 같은 게 들리는 이유도 알았다. 하지만 왜?

은지의 시선이 베란다 반대편으로 향했다. 복도 끝 집이다 보니 베란다가 복도 맞은편에 하나만 있는 게 아니라 기역 자 형태로 있었는데, 방금 잡귀들이 우르르 지나간 방향을 따라가면…… 빈 벽이었다. 옆집과 붙어 있을 벽.

'뭐야, 이건. 잡귀들이 지나다니는 통로 같은 건가.'

은지는 바람이 불어왔던 쪽 방으로 향하면서 머리를 바삐 굴렸다.

'하지만……'

통로라고 생각하기 미심쩍은 게, 그 모습은 영락없는 도망이었다.

입술이 바싹 말랐다. 동시에 여전히 이해가 가지 않았다. 저렇게 귀신들이 허둥지둥 도망을 칠 정도면 무시무시한 뭔가가 느껴져야 마땅하건만, 여전히 은지의 감각에는 아무것도 느껴지지 않아서였다.

'그 무서운 뭔가가 옆집에 있는 걸까.'

거슬림이 있었다. 체하지는 않았는데 소화가 안 된다는 기분이 들 때, 뭔가가 떠오를 듯 떠오를 듯하면서 좀처럼 떠오르지 않을 때 같은 답답함이었다.

은지는 우 실장에게 전화했다. 언뜻 본 시간이 새벽 두 시였지만 상관하지 않았다. 늦은 시간에 미안하다거나 하는 인사도 다 생략하고 단도직입적으로 물었다.

"같은 라인에서 있었다는 다른 일들, 뭐였어요?"

"뭔가 본 거군요?"

"뭐였냐고요. 다 층간소음 불평이었어요? 발걸음 소리? 혹시 벽에 대해서 뭐라는 얘긴 없었어요? 금이 갔다거나, 곰팡이라거나……"

"아."

반응이 왔다. 은지는 기다렸다.

우 실장은 부드럽게 말했다.

"누수 문제로 몇 달 동안 싸우다가 폭발한 남자분이 윗집 사람을 죽인 사건이 있었어요."

"죽, 죽인…… 살인사건이요?"

갑자기 장르가 바뀐 기분이 들고, 조금 어안이 벙벙하다가, 화가 났다.

"그런 일이 있었다는 얘긴 안 하셨잖아요!"

우 실장은 아무것도 아닌 은지에게도 언제나 깍듯했다. 그게 지금만큼 거리감으로 느껴질 때가 없었다. 지금도 우 실장은 예의 바르고 상냥하게 대답했다.

"죄송합니다. 이 정보는 언론에도 나가지 않게 막고 있어서요. 확실히 관계가 있다면 모를까, 확실해지기 전까지는 말씀드리기 좀 그랬어요."

말은 그럴싸하지만, 일부러 숨겼다고 인정한 셈이었다.

은지는 큰 숨을 들이마시고 마음을 진정시킨 다음에 겨우 말했다.

"그 집, 볼 수 있어요?"

"네. 바로 가겠습니다."

마치 은지가 그렇게 말하기를 기다린 듯했다.

◗◞◖

기가 막히게도, 살인사건 이후 비어 있는 집은 같은 103동에 심지어 같은 층인 503호였다.

살인사건이라는 말을 들으면 막연히 떠오르는 건 강도살인이라거나 치정살인 같은 것이었다. 보통 사람이 살인을 한다는 생각은 못 하기 마련이니까. 하지만 집에 물이 새는 게 내 탓이니, 네 탓이니 하다가 아랫집 사람이 윗집 사람을 찌른 사건이라니.

처음에는 수돗물이었다고 했다. 이상하게 흙탕물이 자꾸 나왔다나. 초반에는 물 색깔이 조금 이상한가 싶은 정도로, 지은 지 오래된 아파트니 당연히 물탱크나 수도관 문제인가 생각했다고 한다.

물론 물탱크 문제였다면 이야기는 거기에서 끝났을 것이다. 503호에서 부득부득 고집을 세우니 몇 번에 걸쳐 물탱크를 점검했지만 이상이 없었다.

그렇다면 수도관이 오래되어 그런 게 아닌가 하는 말이 나왔다. 수도관을 다 뜯을 수야 없었지만 부분 교체를 해 봤다. 그러나 그 집요한 모든 과정이 지나가도록 흙탕물은 그저 나왔다가 안 나왔다가 했다.

그게 끝이 아니었다. 흙탕물이 해결되지 않은 상황에 누수가 시작됐다고 한다. 집에 늘 사람이 있는 게 아니니 물이 떨어지는 장면도 정확히 보지 못했는데, 자꾸 어딘가에 물이 고여 있고 곰팡이가 피는 일이 잦아졌다고 했다. 그간 여름이었으니 결로현상일 리도 없었고, 물이 새는 게 아니냐는 쪽으로 결론을 냈지만 아무리 찾아도 새는 곳을 찾을 수가 없었다.

"이렇게도 해 보고 저렇게도 해 보고, 누수 원인을 찾겠다고

업체도 돌아가면서 불러 봤다는군요. 그 과정이 진행되는 중에 윗집에도 몇 번씩 올라가서 확인하고, 확인하고, 또 확인하고요. 그러다가 어느 날부턴가 503호 아저씨가 대놓고 시비를 걸기 시작한 거예요. 이건 분명히 윗집에서 일부러 하는 짓이라고, 날 괴롭히려고 일부러 물을 흘리는 거라고요. 곰팡이도 윗집에서 퍼뜨린 게 틀림없다고 했다나. 순순히 당할까 보냐고, 그 왜, 층간소음 보복할 때 쓴다는 이상한 소리도 틀고 그랬나 봐요. 603호에선 날벼락이 따로 없죠. 누수 원인 찾겠다고 이 사람 저 사람 찾아오는 것도 꼬박꼬박 받아 주고, 혹시나 폐를 끼치고 있나 싶어서 저자세로 미안해하고 그랬는데, 왜 갑자기 미쳐서 칼을 들고 뛰어 올라왔는지 알 수가 없다고 해요."

은지는 우 실장의 설명을 듣다가 저도 모르게 끙 소리를 내고 말았다.

"진짜 그것밖에 없어요? 뭔가 남들에게 말 안 하는 원한 관계 같은 게 있는 거 아니에요?"

"그렇죠. 우리도 그 생각부터 해서 조사해 봤어요. 그런데 503호 아저씨와 603호 아저씨 사이에는 정말로 아무 접점도 없더라고요. 물론 다른 가족과도요."

"이해가 안 가네요. 아무리 미칠 것 같다지만 사람을……."

"뭐, 살인하는 사람 마음을 우리가 이해할 수 있으면 그것도 문제 아니겠어요?"

은지는 잠시 어이없는 기분에 피식 웃고 말았다.

"그러네요. 역시 사람이 제일 무섭다는 말이 맞나 봐요."

한때는 지하철에서 객귀와 눈이 마주칠까 봐 그렇게 눈을 피했던 사람으로서 할 말이 아닌가 싶기도 했지만, 진심이었다. 자고로 아는 것보다는 모르는 게 더 무서운 법이다. 귀신은 조금씩 알겠는데, 사람은 갈수록 모르겠다.

우 실장은 변함없이 웃는 얼굴로 가볍게 말했다.

"그거야 언제나 진리죠. 아무튼 그 일로 503호와 603호, 양쪽 다 집은 내놨고요. 빨리 나가고 싶다는 마음도 있겠다, 하필이면 이런 사건이다 보니까 우리 회사에서 우선 약간 저렴한 값에 사기로 한 거예요. 기다릴 여유만 있다면야, 문제 해결하고 시간 좀 지나면 다시 제값에 팔 수 있는 물건이니까요."

변함없는 웃음, 변함없이 산뜻한 말투가 왠지 무섭기까지 했다. 그렇지만 새벽 세 시에 나타난 우 실장이 아무 일도 없다는 듯 굴고 있으니, 은지도 프로처럼 굴기로 했다.

"그래서, 누수 문제는 아직도 해결이 안 된 건가요?"

"지금은 누수는 사라졌어요. 아니지, 정확하게 말하죠. 사라진 건지, 원래 누수 현상이 없었던 건지 분명하지가 않아요. 503호가 이사해 나간 후로 몇 번이나 확인해 봐도 녹물이 나오거나 물이 고이는 일은 없었거든요. 앞서 있었던 일은 다 이 집 사람들 이야기로만 들은 거고."

최대한 객관적이고 감정 없는 투로 말하고는 있지만, 은지가 박진희의 이야기를 들으면서 품었던 의구심이 여기서도 느껴진다고 하면 오해일까.

"그냥 정신적인 문제였다고 생각하세요?"

망설이다가 던진 질문이었는데, 우 실장은 물 흐르듯 받아넘겼다.

"그냥 정신적인 문제 같은 건 없어요. 보이는 건 보이는 거고, 아닌 건 아닌 거죠. 우리야 우리가 해결할 수 있는 문제냐, 아니냐만 생각하면 되니까요. 그걸 위해서는 제대로 확인을 해야 하고요. 흔하다면 흔한 일이지만, 그래도 살인까지 가는 일은 잘 없잖아요?"

결국, 은지를 불러들인 건 먼저 내세운 박진희의 집이 아니라 이 사건 때문이었다는 말이었다.

살인사건이라니. 소설이나 드라마로만 볼 때는 무감했지만 실제 살인사건이 난 집이라면 상태가 아주 안 좋으리라 예상할 수 있었다. 폭력이란 크고 긴 반향을 일으키는 법이고, 갑작스러운 죽음 역시 그렇다. 탁기가 시커멓게 내려앉았을 것은 뻔하고, 어떤 잡귀가 꼬였을지도 알 수 없었다.

각오를 다지던 은지는 우 실장이 열쇠를 꺼내어 문을 열었을 때 기가 막혀 한숨을 내쉬고 말았다.

그 집은 텅 비어 있었다.

물론 이사를 나가고 쓰레기만 남아 비어 있기도 했다. 그러나 다른 의미로는 너무나 텅 비었다. 아주 깨끗했다. 사람이 살았다는 흔적조차 느껴지지 않는, 새집같이 깨끗한 집이었다. 혼탁 한 점 없었다.

"왜 그래요? 뭐 보이는 게 있어요?"

은지가 있는 대로 인상을 찌푸리고 서 있으니 우 실장이 염

려스러운 목소리로 물었다.

"아뇨, 깨끗해요. 어이없게 깨끗하네요."

혹시나 하기는 했지만, 정말로 깨끗한 집 안을 보니 비현실적이었다.

피가 직접 흐르지 않았다 해도 감정은 유효하다. 살인을 저지를 만큼 스트레스를 심하게 받은 사람이 산 집이다. 원망, 비틀림, 일그러짐이 당연히 있었을 것이다. 원인이 누구에게 있었든 간에 모든 가족이 괴롭고 아팠을 것이다. 그만큼 집 안에 어둡고 탁한 기운이 가득 고였을 게 분명했다. 그 어둠이 다른 뭔가를 불러와서 사건이 터졌다 해도 이상하지 않았다.

그런데 아무것도 없었다.

원귀도, 다른 잡귀도, 혼탁도 없이 깨끗했다.

살인 같은 사건이 없었다 해도, 아니 누수 문제로 스트레스 받는 사람들이 없었다 해도, 말도 안 되게 행복하고 화목한 가족이 살았다 해도 혼탁조차 없을 수는 없었다.

우 실장은 은지의 설명을 진지하게 듣더니 말했다.

"아무것도 없는 게 이상한 거다…… 그렇군요. 이해했습니다. 균형이 맞지 않는다는 뜻이군요."

"네. 이제 문제는 왜 깨끗하냐인데요. 여기도 다 도망을 친 건지, 아니면 다른 이유인지 모르겠네요."

"도망을 치다니요?"

은지는 그대로 말해도 될까 망설이다가 박진희의 집에서 목격한 잡귀들의 도망 행렬을 이야기했다.

"자세히 보지는 못했지만 어느 정도 흔하다 싶은 귀신은 다 있었어요. 그게 다 도망을 쳤다면 뭔가 무서운 게 있나 보다 싶었죠. 방향을 봐서는 이쪽이 맞고, 그래서 살인사건 얘길 들었을 때 딱 떨어진다고 생각했어요. 여기에 뭔가 엄청난 게 있을지도 모른다고요."

"그런데 여기도 비었다……? 그런 거라면 오히려 비어 있어서 다행이군요. 강은지 씨에게 그것들과 싸울 능력은 따로 없다고 알고 있는데, 맞나요?"

은지는 마지못해 고개를 끄덕였다.

"그럼 여기까지만 하고 나갑시다. 그동안 감도 못 잡았는데, 이것만 해도 아주 잘해 주셨어요. 더 살펴보더라도, 전력을 정비하고 다시 들여다보죠. 잠시만 전화 좀 걸고 올게요."

우 실장이 심각한 얼굴로 전화기를 들고 한쪽 옆으로 움직였다.

은지도 현허에게 연락해서 보고하고 그만 이 일에서 빠져야 한다는 생각은 들었다. 들기는 했는데, 왠지 벽에서 눈을 뗄 수가 없었다.

'벽이 원래 이런 색깔이었나?'

벽에 손가락을 대 본 은지는 움찔했다. 손에 분명히 뭔가 붙었다고 생각했는데, 들여다보니 아무것도 없었다.

조심스럽게 다시 벽에 손바닥을 붙였다가 천천히 떼어 보았다. 이제야 보였다. 가느다란, 아주 가느다란 실 같은 것이 손에 붙어서 딸려 오다가 중간쯤에 뚝 끊어졌다.

은지는 주춤하고 다시 물러서서 벽을 노려보았다.

이상한 깨달음이 찾아왔다.

지금 이 순간까지는 몰랐다. 스스로가 '집'이라고 하면 집 안의 공간만을 떠올리고 있었다는 걸. 그러니까 여기에 집이 하나 있고, 위에도, 옆에도, 아래에도 집이 하나씩 있다고 생각하고 있었지만, 집과 집 사이에 무엇이 있는지에 대해서는 생각하지 않고 있었다.

'하지만 벽이 있었어!'

본래는 벽을 포함한 전체가 집일 것이다.

단독주택이라면 사방의 벽과 발아래 바닥과 머리 위 천장까지가 다 집이었을 것이다. 그러나 아파트에서는 벽이 한집에 속하지 않았다. 모든 벽이 다른 집과 공유하는 벽이자, 벽 자체로 따로 존재했다. 그러므로 벽 안에 든 것은, 집 안에 있는 것도 아니고 집 밖에 있는 것도 아니었다.

그런 생각을 했을 뿐인데 갑자기 시야가 변했다. 벽이 코앞까지 다가왔다.

몸에서 흘러나간 은지는 그대로 벽 속으로 빨려 들어갔다.

숨이 잘 쉬어지지 않았고, 눈앞이 제대로 보이지 않았다. 눈을 깜박일 때마다 주위 풍경이 바스락거리며 흘러내리고, 지금까지 보던 것과는 다른, 전혀 다른 세계의 모습이 깜박거렸다.

밝고 따뜻한 기운이 잠시 스쳤다가 황량한 세계로 떨어졌다. 평화로운 기분을 빼앗아 가고 색깔이 없는 세계가 밀어닥쳤다. 추웠다. 주위가 텅 비었다. 머리 위에도 발밑에도 아무것도 없었다.

그런 허공이 끝났다 싶더니 어딘가에 갇혔다. 손을 뻗어 보면 차가운 금속에 가로막혔다. 주위를 둘러싼 세상이 잘못되었다는 생각이 마음을 뒤흔들었다. 숨이 막혔다. 은지는 우리에 갇힌 짐승처럼 뱅뱅 돌았다.

'이건 뭐지? 이건 뭐지?'

어두웠다. 보이는 것이 없었다. 그러나 짙은 흙냄새가 났다. 흙냄새에 섞인 달콤한 썩은 내.

'이게 무슨 냄새더라? 곰팡이?'

'이건 분명히 윗집에서 일부러 하는 짓이라고, 날 괴롭히려고 일부러 물을 흘리는 거라고요. 곰팡이도 윗집에서 퍼뜨린 게 틀림없다고 했다나요.'

우 실장의 말이 스쳐 지나갔다. 그 집에 생긴 곰팡이가 이것이었을까?

드드드드드드득. 드드드드드득.

아까 들었던 소리가 다시 울렸다. 서서히 눈앞이 밝아졌다. 빛이 생겨서가 아니라 눈이 익어서였다.

어둠 속에 실금같이 하얀 것이 있었다. 잔금처럼 퍼져 나갔다. 멈춰 있는 게 아니라 조금씩 자라고 있었다. 자라고, 뻗어 나가고……

드드드드드득.

덩굴.

아니, 뿌리였다.

말라 죽은 게 아닌가 싶을 정도로 가늘디가는 파리한 잔뿌리가 뻗어 나가고 있었다. 드드드득거리는 건 그 소리였다.

은지는 마음의 손을 뻗어 실 같은 뿌리 끝을 건드렸다. 쿵 하고 심상이 흘러들었다.

여기는 물도, 영양도 부족했다. 배가 고팠다. 언제나 배가 고팠다.

뿌리는 간신히 살아 있는 상태로 영양을 갈구했다. 살고자 하는 욕망. 아니 욕망도 아니었다. 원초적인 본능의 외침이었다.

생각이나 고민이 끼어들 여지가 없었다. 짐승의 본능조차 아니었다. 훨씬 더 정적이고 훨씬 더 깊은 곳에 있는, 가장 무서운 생명력이었다.

사악한 기운도, 탁한 기운도 아니었다. 순수한 허기였다.

그리고 그 압도적인 허기는 검은 입을 벌리고 은지를 삼켰다.

그리고 뱉어 냈다.

"악!"

은지는 비명을 지르며 바닥에 나동그라졌다.

순식간에 몸 안에 돌아와 있었다. 심장이 미친 듯이 뛰었다. 몸에서 빠져나갈 때 넘어졌던 건지, 엉덩이가 뒤늦게 아팠다.

"무슨 일이에요?"

은지는 우 실장의 목소리도 듣지 못한 채 주저앉아 빈 벽을 노려보았다. 꿈이 아니었다. 벽 안에 있는 그것이 잡귀들이 도망친 원인이 틀림없었다.

그 생각을 하자 갑자기 네 개의 벽, 아니 여섯 개의 벽 사이에 들어와 있다는 사실이 갑갑해졌다.

은지는 그대로 일어나서 밖으로 뛰쳐나갔다.

❥❥❥

계단으로 오 층을 내려가면서 전화를 반복해서 걸었지만, 현허는 받지 않았다.

혹시나 하고 걸어 봤지만 비휴도 통화가 되지 않았다.

은지는 잠시 짜증을 내다가 심호흡을 하고 허리를 펴서 아파트 건물을 마주 보았다. 저 안에 알 수 없는 뭔가가 있다고 생각하니 아까와는 달리 불길하게만 보였다.

뒤늦게 따라온 우 실장이 헉헉거리며 물었다.

"무슨 일입니까? 뭔가 있었나요?"

바로 설명이 나오지 않았다. 은지는 천천히 말을 골랐다.

"벽 속에 뭔가가 있어요. 곰팡이 같기도 하고, 잔뿌리 같기도 한 게 벽 속에 잔뜩 퍼져 있어요. 엄청나게 배고파하고 있었고."

설명하기가 힘들었지만, 말하다 보니 마음이 차분해졌다.

"엄청나게 배고파했는데도 저를 잡아먹진 않았네요. 어째선지 삼키자마자 뱉어 냈어요."

알 수 없는 요괴가 자기를 잡아먹었다가 퉤 뱉어 내는 모습이 만화처럼 그려지자 웃음마저 나왔다. 웃고 나니 좀 더 머리가 맑아졌다.

분명히 그랬다. 스스로 몸 밖으로 빠져나간 기억이 없으니 벽 속의 뭔가가 잡아당긴 것이었을 텐데, 그렇게 해서 삼켜 놓고서는 잘못 먹었다는 듯이 바로 튕겨 냈다. 어찌 된 연유일까.

은지가 차분해지자 우 실장 쪽이 오히려 당황해서 물었다.

"벽 속에 요괴가 있다고요? 어디에요?"

"어디까지 퍼져 있는지 잘은 모르겠어요. 오층 한 라인인지, 아니면 103동 전체인지. 설마 단지 전체는 아니겠지만. 확실한 건, 503호나 506호 한 집에 둥지를 튼 건 아니에요."

단지 전체일 수도 있다는 말에 우 실장이 끙 소리를 냈다. 평정이 완전히 깨진 모습을 보니 그래도 아까부터 품고 있던 꺼림칙함은 덜해졌다.

은지는 그런 우 실장을 곁눈질하며 가볍게 말했다.

"다시 확인해 보면 알겠죠. 정체가 정확히 뭔지, 어디까지 퍼져 있는지."

"다시 확인하겠다고요? 위험하지 않겠어요?"

"아무래도 사람을 해치진 않는 것 같아요."

우 실장이 의심스럽다는 듯 한쪽 눈썹을 올렸다.

"은지 씨를 바로 뱉어 내서요? 그건 현허 선생님의 수호부 때문 아닌가요?"

수호부를 알다니.

현허에게서 받은 수호부가 있는 건 사실이지만, 그건 은지 몸에 뭔가가 들어오지 못하게 막는 수호부였지 잡아먹히지 않게 해 주는 물건은 아니었다.

'그렇게 들었는데, 다른 기능도 있을까?'

은지는 잠시 생각하다가 하려던 말을 계속했다.

"그렇지만 생각할수록 이상하잖아요. 귀라면 이렇게 아무것도 안 느껴질 수가 없어요. 게다가 집집마다 안 좋은 기운이 모여들기는커녕 깨끗하기만 해요. 바로 아까만 해도 잡귀들이 도망치는 모습을 봤고요. 어쩌면 이거, 사람보다 혼귀에게 더 위험한 뭔가일지도 몰라요."

"저는 잘 모르겠네요. 이미 생각보다 너무 큰일이 됐어요. 정 마음에 걸리면 우선 물러났다가, 재정비하고 아침에 다시 조사해 봅시다."

그 정도면 우 실장이 꽤 강하게 반대하는 셈이었지만, 은지는 이미 한 가지 생각에 몰두해 있었다.

신령은 맑은 기운을 좋아하고, 잡귀는 탁한 기운을 좋아한다. 신은 살아 있는 것들의 생기와 활기 속에서 번창하고, 귀는 비틀리고 더러운 기운을 반긴다. 요괴는 생기를 품은 것들을 잡아먹고 강해진다. 그렇다면 탁기를 잡아먹는 것은 무엇일까?

은지는 잡귀를 입에 넣고 씹어도 되는 존재를 적어도 하나는 알고 있었다.

비휴가 기귀를 먹었던 일을 떠올리며, 은지는 말했다.

"하나만 시험해 볼게요. 너무 걱정 마세요. 선생님에게 받아온 물건이 있으니까요."

현허는 은지가 얻은 부작용을 저지른 짓의 '대가'라고 했지만, 몸 밖으로 나갈 수 있게 된 것도 분명 능력은 능력이었다. 나쁘지만은 않았다.

위험하다고 신신당부를 하다 하다 못해 현허가 내준 두 가지 물건이 있었다.

하나는 수호부였고, 또 하나는 울쇠라는 물건이었다.

'이 수호부를 가지고 있으면 어지간한 것은 네 몸에 들어오지 못할 거다. 물론 네가 단속하는 게 우선이지만, 네 능력을 살짝 상회하는 정도라면 이게 막아 줄 거야.'

'아니, 이런 걸 가지고 계셨으면서 왜 진작 안 주셨어요?'

현허는 적반하장으로 나오는 은지에게 인상을 썼다.

'원래도 네가 찾아온 날 내 수호인을 남겨 두기는 했었다. 네가 이렇게까지 천방지축일 줄이야 몰랐지! 하여간 나한테 하는 거 보면 네가 얼마나 신령들을 만만하게 생각하는지 알 만해. 아직도 신령 무서운 걸 못 배웠지?'

수호부가 방어에 치중한다면, 울쇠는 공격에 해당하는 물건이었다.

은지는 기대감을 품었다가 울쇠의 모양새를 보고 고개를 갸웃했다.

전혀 멋있지도 대단해 보이지도 않았다. 평범한 열쇠고리, 아니 평범 이하의 열쇠고리처럼 보였다. 쓸모없는 금속 조각을 그러모아 엮어 놓은 듯한 모양새인데, 다섯 개의 금속 조각이 길이도 크기도 제각각인 데다 심지어 약간 녹이 슬기도 했다.

울쇠는 원래 제주도굿에서 큰무당이 흔드는 무구이자 악기인데, 금속 거울 여러 개를 엮어서 방울처럼 흔들면 악한 신을 쫓고 선한 신을 청하여 불러들인다고 전해졌다.

물론 그건 세간에 알려진 바였고, 현허가 말하는 울쇠의 기능은 조금 달랐다.

'울쇠는 잡귀와 신령을 가리지 않고 영적인 존재 모두를 움직일 수 있는 무구다. 쫓을 수도 있고 불러들일 수도 있지. 물론 제대로 된 울쇠를, 충분한 힘이 있는 자가, 제대로 쓸 때 이야기지만.'

'그거, 저는 셋 다 아니라는 말씀이네요.'

'당연한 소리를 군이 하다니, 뻔뻔한 것 아니냐?'

현허는 그렇게 말하면서 은지에게 기본적인 사용법을 가르쳤다.

본래 잡귀는 금속성을 싫어하니, 은지 정도의 능력이라도 작은 울쇠를 흔들어서 소소한 잡귀를 쫓는 것은 어려울 게 없었다. 반면 불러들이기는 조금 더 힘들었다.

'이번이 그걸 시험해 볼 기회라는 거지.'

자고로 아티팩트가 손에 들어오면 써 봐야 하고, 스킬이 생기면 발전시켜야 하는 것 아니겠는가. 은지는 밑져야 본전이라 생각했다.

마음을 가라앉히고 집중하여 울쇠를 흔들었다.

한 번에 성공하지는 못했지만, 그래도 다섯 번을 넘기지 않고 귀를 불러들이는 데 성공했다.

울쇠 소리에 끌려 다가온 귀는 하나가 아니라 둘이었다. 커다란 머리통만 있는 걸귀乞鬼와 사람만 한 개불같이 생긴 상문살귀喪門殺鬼였다.

걸귀는 보기보다 대단치 않은 잡귀였지만, 상문살귀는 은지는 물론이고 정확히 알아보지 못할 우 실장도 뒤숭숭한 표정을 지을 정도로 불길한 기운을 풀풀 풍겼으므로 슬그머니 다시 놓아 보냈다. 그리고 은지는 원래 그럴 생각이었다는 듯 애써 가슴을 폈다.

"자, 이제 이걸로 낚시질을 할 거예요."

계획은 아주 단순했다. 만약 103동에 도사린 뭔가가 은지의 생각대로 잡귀를 먹는 존재라면, 굶주린 녀석 앞에 미끼를 놓으면 뭔가 행동을 할 거라는 가설이었다. 혹시 잡아먹는지, 그냥 공격하거나 내쫓는지도 확인할 수 있을 테고.

범위가 얼마나 넓은지 확인할 겸 우선은 103동 외벽부터 시작해 보기로 했다.

풀어 줘도 도망칠 상태가 아닌 걸귀를 외벽 앞에 둬 봤지만,

오 분쯤 기다려도 아무 반응이 없었다.

"역시 건물 전체는 아닌가……?"

그만 줄을 거두고 오층으로 올라가서 실험을 반복해야 하나, 고민스러웠다. 정말로 낚시라도 하는 기분이었다.

은지는 다시 오 분을 기다리다가 초조하게 짝다리를 짚고 중얼거렸다.

"전 낚시는 못 할 것 같아요. 인내심이 없네요. 얼마나 기다려야 하지……."

거기까지 말한 순간, 회색 외벽이 출렁였다.

뿌리가 움직이기 시작했다.

식물의 성장을 초고속 카메라로 촬영해서 트는 것만 같았다. 연회색 건물 외벽이 출렁이듯이 움직이며 순식간에 나무뿌리로 뒤덮이더니 드득, 드드드득 빠른 속도로 뿌리 끝을 뻗었다.

은지를 삼켰다가 뱉었을 때와는 완전히 달랐다. 이전까지만 해도 존재를 느낄 수 없을 정도로 간신히 살아 있었던 나무뿌리가 지금은 있는 힘을 다 끌어모아 광폭하게 손을 뻗었다.

순식간에 걸귀가 하얀 뿌리에 뒤덮이더니, 바람이 빠지는 풍선처럼 쭉쭉 크기가 줄어들었다.

"오오오."

가설이 맞았다는 뿌듯함은 잠시뿐, 그다음은 예상과 다르게 펼쳐졌다.

걸귀가 줄어드는 데 정신이 팔린 사이, 잔뿌리가 은지에게까지 뻗어 오고 있었다.

은지가 알아차렸을 때는 이미 코앞이었다.

수호부는 이번에도 역시나, 은지가 몸에서 빠져나가는 것을 막아 주지는 못했다.

이번에는 처음과 달리 시야가 닫히지 않았다.

처음에는 그물망처럼 퍼진 거미집이라고 생각했다. 오랫동안 버려둔 지하실에 거미줄이 켜켜이 늘어진 모습 같기도 하고, 결이 고운 솜털을 잡아 뜯어 흩뿌려 놓은 모양새 같기도 하고, 어딘가에서 보았던 신경망 촬영사진이 떠오르기도 했다.

벽 전체에 잔뿌리가 뻗어 있었다. 잔뿌리에 얽힌 실뿌리 같았다. 또는 뿌리가 잘게 갈래를 뻗은 나머지 뿌리의 형태를 잃은 것처럼 보이기도 했다.

아까는 거기까지밖에 보지 못했지만, 이번에는 시야가 확장되며 큰 그림이 보였다.

실뿌리는 끝없이 이어지며 길게, 길게 뻗어 나갔다. 일반적인 나무뿌리처럼 굵어지지 않고 가느다란 뿌리가 끊어질 듯 이어지며 아파트 건물 전체에 뻗어 있었다. 콘크리트와 금속으로 이루어진 건물 속을 연약한 뿌리가 천천히 파고들었다.

그 연약한 실타래에 엉긴 아파트 한 채, 한 채는 집이라고 부를 수 없었다. 방이었다. 거대한 나무뿌리 사이사이에 자리 잡은 두더지굴, 아니면 개미집과도 같았다. 모두 연결되어 있었다.

경계가 소멸했다. 이 아파트 동에 사는 사람들 모두가 한집 안에 살고 있었다. 혼자 방에 있다고 생각한 순간에도 끊임없이 누군가와 겹쳐져 있었고, 연결되어 있었고, 보이지 않는 누군가를 의식하고 있었다. 그리고 어딘가에서 울리는 발소리 같은 진동, 천장에서 떨어지는 물방울, 예상하지 못한 순간에 잠을 방해하는 벨소리들이 사람들의 신경을 계속 자극했다.

배가 고팠다. 이 '마을'에도 물은 있었지만, 양분이 부족했다. 이전처럼 청정한 기운을 먹을 방법이 없었다.

신경이 곤두선 사람들이 내보내는 먼지 같은 어둠, 일상에서 쌓인 축축한 피로, 부스러기처럼 떨어지는 신경질과 짜증의 파편들이 모두 벽을 따라 뿌드득, 뿌드득 뻗어 나가고 있는 뿌리의 먹이가 되었다. 뿌리는 탁기를 빨아들여 연명했다.

그러던 어느 날, 피가 흘러들어 왔다.

강렬한 살기와 탁기를 듬뿍 머금은 어두운 피였다. 독이나 다름없었지만 어떤 면에서는 영양이 풍부하기도 했다.

수십 년 동안 미음만 먹다가 고기를 먹은 사람이 그랬을까. 탈이 났다. 탈이 났지만, 그 경험은 맹렬한 허기를 더했다. 더 먹고 싶었다. 가까스로 연명할 정도가 아니라 제대로 배를 채우고 싶었다.

점점 더 큰 잡귀를 잡아먹어도 허기는 채워지지 않았다. 언제나 부족했다.

부족했다…….

은지는 입술을 세게 깨물고 스스로를 '뜯어내어' 정신을 차렸다.

입안에 감도는 피맛에 구역질이 났지만, 손에 쥐고 있었을 울쇠를 기억했다. 울쇠만 흔들면 된다. 마치 가위눌릴 때처럼,

손끝만 까딱하면 깨어날 수 있는 순간이었다.

손가락을 움직이려고 온 힘을 기울이고 있었을 때, 갑자기 놀이기구가 뚝 떨어질 때 같은 현기증이 찾아오면서 몸이 제자리로 돌아왔다.

"은지 씨!"

은지가 현기증에 휘청거리자 우 실장이 다급하게 외쳤다. 그 사이에 은지를 붙들고 뿌리를 떼어 내려 하고 있었던 모양이다. 잔뿌리가 아직도 일부 몸에 붙어 있었다.

"물러나라!"

바람이 내리치는 듯한 목소리가 울리더니, 아직까지 은지를 붙들고 있던 나무뿌리가 한순간 주홍빛 불길에 휩싸여 재로 변했다.

움찔할 시간조차 들지 않았고, 뜨겁다는 느낌조차 없었다. 현실의 불이라면 불가능할 파괴력과 정확도였다.

"무모한 짓을 했네요, 강은지 씨."

안에 담긴 감정과 별개로 감미롭게 들리는 목소리.

옥토부동산의 홍화 대표였다.

그냥도 무시무시한 미모의 여성이 그 말만 던지고는 구두굽을 울리며 103동 건물 쪽으로 걸어가는 모습에는 굉장한 박력이 있었다. 햇빛 앞에서 도망치는 벌레들처럼 나무뿌리가 촤아아악, 그 앞에서 물러섰다. 그래 봤자 빠르게 도망치지 못한 뿌리는 조금 전처럼 하얗게 타 버렸지만, 벽 안으로 물러난 뿌리는 자취를 감췄다.

은지는 홍화가 외벽에 손바닥을 붙이는 모습을 보고는 저도 모르게 조심하라고 소리를 질렀다. 그러나 나무뿌리가 또 공격해 오는 일은 없었다. 홍화가 잠시 눈을 감고 있다가 손을 떼더니 혼잣말처럼 중얼거릴 뿐이었다.

"벽 안으로 들어가 버리면 잡을 도리가 없구나. 안정시키기도 간단하진 않겠어."

"대표님이 제때 와 주셔서 정말 다행입니다. 은지 씨, 어딘가 이상은 없어요?"

한 톤은 높아진 목소리로 외치는 우 실장의 얼굴에는 은지에 대한 걱정과 멋지게 등장한 상사에 대한 뿌듯함이 뒤섞여 있었다. 얼핏 우 실장이 전화해서 부른 사람이 홍 대표였구나 하는 생각이 스쳤다. 은지는 아주 잠깐, 부럽다고 생각했다가 서둘러 몸을 바로 세웠다.

"아무렇지도 않아요. 괜찮습니다."

우 실장이 절레절레 고개를 저었다.

"역시 무리한 짓이었잖아요. 은지 씨가 잡아먹혔으면 어쩔 뻔했어요?"

"아마 먹지는 못했을 거예요."

마지막 말은 홍화가 했다. 우 실장은 아까와는 달리 대표가 말하자 반박하지 않았지만, 이번에는 오히려 은지가 의혹을 표현했다.

"구해 주셔서 감사합니다…… 그렇지만 어, 방금 분명히 저도 삼키려고 들지 않았나요? 사람을 먹으려 들진 않을 줄 알았는데, 저도 놀랐어요."

"강은지 씨를 먹었어도 소화는 못 시키고 뱉어 냈을 거예요. 다만 지금은 인간을 먹을 수 없다는 사실조차 기억하지 못할 정도로 병든 모양이네요."

"그러면 정말로……."

은지가 말끝을 흐리자 홍화가 명쾌하게 정리했다.

"그 짐작이 맞아요. 이건 요괴가 아니라 서낭신이에요."

"예에?"

은지가 반응하기 전에 우 실장이 먼저 경악한 소리를 질렀다. 은지는 그래도 짐작한 대로라 그렇게 놀라지는 않았다. 다만 홍화의 단어 선택에 의구심을 표할 뿐이었다.

"아무리 신령이었다고 해도, 이렇게 망가졌으면 이미 서낭신이라고는 할 수 없지 않나요? 말도 안 통하고, 심지어 위험하기까지 한데요."

뒤이어 현허와 비휴가 늘 경계하던 이름이 떠올랐다.

"신령이 미치면 귀매가 되는 거잖아요. 귀매 아니에요?"

귀매라는 이름이 나오자 홍화는 단호하게 고개를 저었다.

"귀매는 아니에요. 귀매였다면 진작에 주변을 다 오염시키고 있겠지. 이렇게 기운이 숨겨지지도 않을 거고. 이 서낭은 미치지 않았어요. 그저 병이 든 거랍니다."

그게 그거 아닌가. 차라리 탑골이 말이 통하고 멀쩡했다는 생각에 은지는 다시 한번 반론했다.

"그렇지만, 사람을 죽이는 신령이 어딨어요."

"서낭신이 죽인 게 아니에요."

홍화는 그 말에 잠깐 감정을 실었다가, 순식간에 다시 정돈된 목소리로 설명했다.

"그래요. 이 서낭이 그동안 혼탁과 잡귀를 먹고 산 건 확실해요. 본체인 나무가 병들어서 양분을 공급할 수 없게 된 후에 어쩌다가 이런 형태로 변한 건지는 모르겠지만, 생기가 아니라 탁기를 먹어 생존하는 몸이 된 거죠. 하지만 그렇게 해서 나쁜 기운을 배출한 게 아니라 먹어서 없애 주고 있었어요. 어떤 의미로는 지금도 여전히 서낭신의 직분에 충실한 셈이죠. 그런데도 살인이나 폭력이 일어난 건, 그 인간들에게 도저히 해결 안 될 문제가 있어서고."

홍 대표가 연회색 벽에 손을 올리고는 단호하게 말했다.

"그러니까 사람이 죽은 건 서낭신 잘못이 아니에요. 난 오히려 사람들이 어리석은 칼부림을 벌이는 바람에, 아슬아슬하게 균형을 유지하고 있었던 서낭신의 병세를 악화시켰다고 봐요."

죽이고 죽은 사람들에게는 무정하기 짝이 없는 말이었지만, 은지는 진하고 독한 피가 떨어지는 기억이 환영처럼 솟아올라 움찔했다. 두 번이나 타의로 몸에서 나가 벽 속을 들여다보았을 때 본 감각과 심상들이 아직 강하게 남아 있었다.

잠깐씩 비치던 햇빛과 비와 바람과 흙의 단맛. 그리고 어느 날 넓고 깊게 뻗었던 뿌리 대부분이 잘려 나가던 섬뜩한 감촉. 발 디딜 땅이 사라져 버린 황망함. 싸늘한 금속 느낌만 가득하던 적대적인 땅.

그런 상태로도 끊임없이 밀려들었던 기도 소리들.

평온하게 살게 해 주세요. 이렇게만 살게 해 주세요. 잘살게 해 주세요. 더 잘살게 해 주세요. 남들보다 더 잘살게 해 주세요. 나만 잘살게 해 주세요. 더, 더, 더, 더.

산책할 때 찾지 못했던 천연기념물 뽕나무가 머리를 스쳤다. 섬에서 옮겨 심을 때, 변화를 이겨 내지 못하고 병들어 죽었다던 그 나무였다.

그렇게 병들고 이지를 잃었는데도 여전히 수호신이라니, 얄궂은 이야기였다.

은지는 두 손으로 얼굴을 세게 문지르며 그 이미지들을 쫓아냈다.

"병이 들었다면, 치료할 순 있나요?"

퇴치할 게 아니라면 치료해야 하지 않나. 은지가 겨우 고개를 들고 묻자 홍 대표는 무표정하게 고개를 저었다.

"치료는 무리예요. 이미 변화한 것은 돌이킬 수가 없어요."

순간 탑골을 두고 돌이킬 수 없다고 말하던 현허의 모습이 겹쳐졌지만, 홍화의 다음 말은 방향이 조금 달랐다.

"그래도 더 악화되지 않게 관리는 할 수 있겠지요. 그래야만 하고. 개인적으로도 굳이 없애고 싶지 않지만, 건물과 일체가 되어 있으니 없애려다가는 오히려 살고 있는 사람들에게 더 큰 피해가 갈 거예요. 이제 상황을 알았으니 앞으로는 극단적인 일이 생기지 않게 우리가 관리하면 됩니다. 서낭신이 이렇게까지 해서 계속 직분을 지키려 하는데 우리도 도와야지요."

반박할 수 없는 정리였다. 은지보다야 홍화가 훨씬 더 잘 알 터였고. 그런데도 뭔가가 걸렸다.

"그럼 박진희 씨는 어쩌죠? 그 가족은요. 또 잡귀들이 도망치는 통로에 있거나 그 소리가 들리는 다른 집은요."

"그 집이야 이사 가라고 해야지요."

홍화의 답은 산뜻했다.

"박진희 씨는 감이 좋은 편이었던 모양이에요. 어렴풋이 그집이 다른 곳보다 깨끗하다는 것도 알고 있었던 걸 보면. 평범하고 둔한 사람들이 이사 오면 모르고 잘 살 거예요. 앞으로는 관리에 신경도 쓸 테고, 원래도 살인사건같이 주변 기운이 요동칠 일만 없다면 그렇게 요란한 백귀야행도 일어나지 않았을 테니까요."

하기는, 세를 놓든 집을 팔든 그 가족이 이사 가기는 어렵지 않을 것이다. 비싼 집이니까.

은지는 어딘가 거북한 마음으로도 고개를 끄덕였다.

홍화가 초승달 같은 미소를 지었다.

"이해해 줘서 고마워요. 무서운 경험을 한 사람한테 쉽게 용서하라고 하면 안 되는 건데. 오늘 고생은 제대로 보상해 줄게요."

"아니, 제가 무슨……. 용서는요. 그런 말을 제가 입에 담을 건 아니죠."

그대로 홍 대표의 미소 앞에서 쩔쩔매다 보니 더 묻고 싶었던 질문들도 잊혔다.

그 대화의 이상한 부분들을 다시 돌이키게 된 건 나중 일이었다.

❧❧❧

나머지 정리는 다 옥토부동산에서 한다는 말을 듣고 부암동
으로 돌아간 새벽.

발을 끌며 들어간 거실에 현허가 앉아 있었다. 방금 통화를
끝냈는지 손에 전화기가 들려 있었다.

"그러고 계시면서 왜 제 전화는 안 받으셨어요? 선생님이 전
화를 안 받아서 큰일 날 뻔했잖아요."

부루퉁하게 말하고 현관 앞 의자에 주저앉는데 피로가 몰려
왔다.

잠시 침묵이 흘렀다.

은지는 굳이 불을 켜지 않고 어슴푸레하게 밝아 가는 바깥을
바라보며 천천히 밤사이 있었던 일을 보고했다.

그리고 천천히 물었다.

"홍 대표님 말씀이 맞는 건가요?"

"응? 그래. 그거라면 치료는 안 된다. 앞으로는 사람을 죽음
까지 몰고 가지 않게 최대한 관리하는 수밖에 없겠지. 애초에
옥토에서 넘긴 일이었으니 그쪽에서 알아서 할 거다. 넌 네 몫
의 몇 배는 해 준 셈이고."

대답은 했지만 현허의 태도는 어딘가 정신이 다른 데 팔린
듯 건성이었다.

은지는 그 영혼 없는 대답에 잠시 안심했다가, 뒤늦게 반응했다.

"잠깐만요! 사람을 죽음까지 몰고 가지 않게라고 하셨어요? 누가요, 서낭신이요? 그건 신령님이 한 짓이 아니잖아요. 홍 대표님은 오히려 살인사건이 나는 바람에 서낭신 상태가 악화된 거라고 하셨는데."

현허는 픽 웃더니 경멸조로 말했다.

"홍화가 그러더냐? 그 서낭신은 아무 책임도 없다고? 그럴 리가. 분명히 직접 죽인 것도 아니고, 사람을 잡아먹지도 않았지만 그 상황을 부추기긴 했다고 봐야지."

"혼탁과 잡귀를 잡아먹는 걸로요?"

"잡아먹을 혼탁과 잡귀를 더 만들려고 했겠지."

홍화의 말을 들으면서 계속 마음에 걸렸던 위화감의 정체가 드러난 기분이었다. 너무 깨끗하던 아파트의 상태. 그리고 끊임없이 부족하다고 중얼거리던 거대한 허기.

그 아파트에 사는 수많은 사람들을 생각하자 손발이 차가워졌다.

"그러면 어떡해요?"

"이미 결론 내지 않았느냐. 옥토에서 관리할 거고, 그 아파트가 재건축에 들어가면 사람들 퇴거한 후에 없앨 수 있을 거다. 그러는 게 돈도 제일 적게 들겠지."

깔끔하면서도 너무나 계산적인, 너무나 냉담한 말로 들렸다.

"대체 선생님은…… 선생님도 신령이면서, 어떻게 그렇게 무정할 수가 있어요? 서낭신이 저런 꼴이 되어 있는데 어떻게 그런 이득만 따지고, 그런 데로 생각이 빠져요?"

홍화는 분명 은지와 함께 그 서낭신에게 공감했다. 안타까워했다. 살인사건에 서낭신 책임은 없다고 말한 것도 그래서일 터다. 지금 현허가 말하듯이 계산적인 마음일 리가 없다.

그러나 현허는 그런 은지의 생각을 완전히 잘못 이해한 듯, 이마를 찌푸리며 엉뚱한 소리를 했다.

"그러면? 어떻게, 비휴한테 당장 가서 그 녀석을 죽이라고 하랴? 아니면 네가 업어서 빼내 주려고? 아마 그것도 안 될 게다. 탑골과 달리 그 녀석은 도망치고 싶어 하지 않을 테니까."

은지의 얼굴에 열이 올랐다. 탑골의 이름을 꺼내다니, 비열한 공격이었다.

그대로라면 무슨 말을 던졌을지 모르겠다. 하지만 그 대화가 더 이어지기 전에 퍼드득 날갯소리가 나더니 수리부엉이가 날아들었다. 현허가 특히 편하게 여기는 새였다. 키가 오십 센티쯤 될 테지만 어쩐지 더 커 보이는 녀석은 현허의 어깨에 올라앉아서 포호포호 소리를 냈다.

현허가 잠시 귀를 기울이더니 혀를 쯧쯧 찼다.

"혹시나 했더니, 비휴 녀석."

심상찮은 분위기에 은지가 등을 세우는데, 현허가 벌떡 일어나더니 대꾸할 틈 없이 지시했다.

"오늘 예약 잡힌 게 있었으면 다 취소해라. 문도 닫아걸고 아무도 못 들어오게 해. 그리고 명진이에게 연락해서 최대한 빨리 달려오라고 해야겠다."

"예? 명진 만신이요?"

은지도 몇 번이나 이름을 들었지만, 명진은 정화 전문가였다.

현허가 찌푸린 얼굴로 주먹을 쥐었다가 펴면서 말했다.

"비휴 녀석이 귀매에게 당한 모양이다."

귀매 낚기

대충 옷을 덮고 소파에 비스듬히 누워서 자던 은지는 쿵 소리에 화들짝 놀라 깨어났다.

비휴가 거실의 큰 창문을 넘어 들어오면서 난 소리였다.

시계를 보니 이미 오전 아홉 시였다. 그럭저럭 두 시간은 잔 것 같다.

그래서 겨우 나타난 비휴의 몰골은 어떤가 하면, 엉망이었다. 아무리 튼튼하다는 등산복을 사다 줘도 순식간에 허름하게 만드는 재주가 있었지만 오늘은 유난히 심했다. 팔과 다리 부분이 다 너덜너덜했고 몸통 부분도 몇 군데나 구멍이 뚫렸다. 하지만 피가 묻었다거나 어딘가 크게 다친 것 같지는 않았다.

은지는 조금 마음이 놓여서 투덜거렸다.

"뭐야. 선생님은 무슨 당했다는 표현 같은 걸 써 가지고, 큰

일이라도 난 줄 알았네."

그런데 쿵 소리가 날 정도로 무겁게 거실 바닥에 내려앉은 비휴가 피곤한 얼굴로 천천히 몸을 일으키는 걸 보니 생각이 달라졌다.

이제까지 비휴는 늘 귀찮아하기는 해도 피곤해하는 일은 없었다. 움직이는 동작이 마치 나이 많은 사람처럼 느린 것도 낯설었다.

"다친 거야?"

그러고 보니 비휴가 계속 몸을 긁어 대고 있었다. 자세히 보니 너덜너덜하다고만 생각했던 옷에 구멍이 난 게 아니라 검은 얼룩 같은 게 묻어 있었다. 처음에는 검댕 같았지만, 보다 보니 이질감이 드는 검은색이었다. 마치 그 부분만 삼차원이 아니라 이차원이 된 것 같은 검정이랄까.

게다가 그 까만 얼룩은 잠시 보는 사이에도 이상하게 반들거리며 눈을 혼란시켰다. 또한 옷에 생긴 까만 부분이 조금씩 넓어지는 것이, 마치 바다 위로 퍼져 나가는 검은 기름띠 영상이 떠올랐다.

"뭐야, 이거?"

홀린 듯 다가선 은지가 옷을 잡고 들여다보려 하자 비휴가 큰 소리를 내며 손을 쳐 냈다.

"손대지 마!"

"아, 깜짝이야. 내가 뭘 했다고 그래?"

은지는 놀란 데다 무안해서 툴툴거렸지만, 비휴는 인상을 더 일그러뜨렸다.

"거기."

"응?"

비휴가 험상궂은 얼굴로 가리키는 방향을 보니 은지의 손등이 빨갛게 되어 있었다.

"앗. 내 섬세한 피부!"

비휴가 손등을 쳐서 생긴 붉은 자국이었으니 한바탕 뭐라고 해 주려고 했는데, 비휴가 빠르게 말했다.

"그 손 당장 불에 씻어."

"엉?"

은지는 뒤늦게 왼손으로 오른 손목을 잡으며 외쳤다.

"뭐야, 그 꺼먼 거 위험한 거였어?"

"잠깐 부딪친 정도로 오염되진 않을 테지만, 혹시 모르니까 소독해라. 불 있지?"

"잠깐, 잠깐! 난 인간이라고. 불에 손을 씻을 순 없어."

"그럼 소금으로 하든가."

"아, 소금, 소금."

은지는 소금을 찾아서 부엌으로 들어갔다. 소금이야 처음 왔을 때부터 굵은 소금, 가는 소금, 분홍색 소금, 파란색 소금 할 것 없이 남아도는 집이었다.

빨갛게 부은 손등을 싱크대 안에 넣고 소금을 부으면서 거실을 향해 소리쳤다.

"너도 소금 갖다 줘? 아니면 불 필요해?"

"나는 그걸로 안 돼."

"뭐라고? 좀 크게 말해!"

"그걸론 안 된다고!"

은지는 소금더미에서 쓰라린 손을 빼내고 거실로 돌아갔다.

"안 된다니. 불이나 소금으로 씻으라며."

"넌 잠깐 닿은 것뿐이니까 혹시나 예방조치를 한 거고."

비휴는 피곤한 행색으로도 꼬박꼬박 대답을 했다.

은지는 찜찜한 기분에 다시 부엌으로 돌아가서 소금을 봉지에 담아 손을 싸매고 다시 비휴에게 돌아갔다. 이제는 좀 더 제대로 보였다. 옷 여기저기에 구멍처럼 자리 잡은 얼룩은 물론이고, 옷이 뜯겨 나가고 드러난 팔과 다리에도 드문드문 검은 점이 있었다. 그리고 꿈틀거리고 있었다.

"그래서 이게 뭔데?"

다시 묻는데 뒤늦게 문이 열리고 방에 있던 현허 선생이 나왔다. 오늘따라 유난히 작고 나이 들어 보였다. 현허 선생을 마주 보고 선 크고 시커먼 비휴는 오늘따라 유난히 어려 보였다.

"꼴 참 볼 만하다."

가는 말이 고와야 오는 말이 곱다고, 현허가 먼저 혀를 차며 입을 열자 비휴가 퉁명스럽게 받아쳤다.

"선생이 일을 똑바로 했으면 이런 꼴이 안 나지."

"그 꼴이 된 건 누구 성질 탓일 텐데? 왜 무작정 싸운 거냐? 귀매는 네가 그냥 두들겨 패서 잡을 수 있는 게 아닌 줄 뻔히 알면서."

비휴는 어깨만 으쓱였다.

현허는 은지를 향해 물었다.

"넌 왜 또 그러고 있어. 건드린 거냐? 어디 보자."

은지가 소금 봉지 안에서 손을 꺼내자 현허가 허리를 굽혀 들여다보았다. 오늘따라 현허 선생이 날카로워서 그런지, 비휴가 큰 소리를 냈을 때보다 마음이 더 불안했다.

은지가 몇 초 동안 숨을 죽이고 기다렸을까, 마침내 현허가 허리를 펴고 진단을 내렸다.

"비휴가 호들갑을 다 떨기에 혹시 했는데, 됐다. 너에게 옮겨붙은 건 없어."

은지는 무엇 때문인지도 모르면서 안도의 숨을 내쉬었다. 그리고 한 박자 늦게 물었다.

"옮겨붙다뇨? 저 꺼먼 게 무슨 벌레 같은 거예요?"

"벌레라……. 일종의 벌레라고도 할 수 있겠지. 명진이는 언제 온다던?"

명진 만신에게 미안함을 무릅쓰고 새벽같이 전화를 했었다. 다행히도 명진은 이미 깨어 있었으나, 안타깝게도 서울과 꽤 먼 곳에 있었다.

"바로 오시겠다곤 했는데, 빨리 와도 다섯 시간은 걸린다고 했어요. 그러니까……."

현허가 성급하게 말을 잘랐다.

"아직 세 시간은 더 기다려야 한단 얘기군. 할 수 없구나. 지금 현금 인출할 수 있는 건 다 인출해서 금은방에 다녀와라."

"예? 금은방이요?"

황당한 주문이었다.

"그래. 가서 금붙이, 금부스러기를 있는 대로 긁어 와."

황당한 주문이었지만, 적어도 이젠 비휴가 금붙이를 먹으면 일종의 포션처럼 힘을 회복하거나 강해진다는 걸 알고 있었다.

은지는 엉거주춤한 자세로 바닥에 앉지도 않고 서 있는 비휴를 흘긋 보고 고개를 끄덕였다.

☙☙

수상한 눈총을 잔뜩 받으면서 금붙이를 최대한 쓸어서 돌아갔을 때, 현허의 거실에서는 기가 막히는 장면이 펼쳐지고 있었다.

거실 한가운데에 금줄을 세 겹 둘러놓고 쪼그려 앉은 비휴가 앞에 쌓인 금붙이를 먹고 있었다. 어디에 숨겨 놨던 건지 모를 금괴까지 입안에 들어가서 우적우적 씹히는 광경이라니, 평범한 서민인 은지로서는 저게 대체 얼마일까 생각만 해도 손발이 차가워질 수밖에 없었다.

비휴의 몸에 달라붙은 위험물질 때문에 먹인다는 걸 알지만, 아마 현허가 저걸 다 꺼내서 먹일 정도면 목숨이 위험한 거겠지만, 그건 머리로 아는 거고.

'대체 저게 얼마야. 비휴에게 월급도 안 주는데 괜찮을까 생각했던 저를 반성합니다.'

은지는 본의 아니게 초탈한 도인이 된 기분으로, 사 온 금붙이를 마저 쌓았다.

명진은 은지가 점심까지 대충 먹고 다시 의자에 앉아 꾸벅꾸벅 졸고 있을 때 찾아왔다.

무당 명진은 점을 전혀 치지 않았다. 굿에 참여하더라도, 굿을 제대로 시작하기 전에 그 장소를 정화하는 맨 앞 과정만 맡았다. 겉보기에 화려함은 전혀 없지만 이 과정이 잘못되면 굿 전체가 어그러질 수 있기에, 보통은 가장 나이 많은 큰무당이 맡는 역할이었다.

그러나 명진은 어릴 때부터 지금까지 정화만 담당했다.

강력한 정화력을 타고났기 때문이고, 동시에 다른 능력은 어느 하나 갖추지 못했기 때문이다. 명진의 정화력은 혼탁만 밀어내는 게 아니라 어지간한 신령도 꺼리는 것이었으니, 신내림은 불가능했다.

음악이나 춤에도 재능이 한 점도 없었다. 지금도 그게 어디가 무당이냐고 폄하는 사람들이 있을 정도였다.

그 정도 정보는 알고 있던 터라, 명진을 맞이하러 나간 은지는 문 앞에서 또 얼빠진 표정을 짓고 말았다.

눈앞에 실물로 나타난 사람은 은지보다도 키가 더 크고 어깨가 넓은 몸에 큼지막한 꽃무늬가 박힌 빨간 원피스를 떨쳐입은 사십 대 여성이었다.

명진이 먼저 쩌렁쩌렁한 목소리로 말했다.

"실제로 만나는 건 처음이네요! 반가워라. 전화 통화를 계속

해서 그런지 낯설지가 않다. 그치?"

"어, 아, 네. 안녕하세요. 명진 만신님이시죠?"

은지는 더듬더듬 인사하며 겨우 명진이 들어올 수 있게 비켜 섰다. 명진은 호탕하게 웃으며 은지의 어깨를 쳤다.

"신령님도 못 모시는 내가 만신은 무슨 만신. 그냥 명진 언니 라고 불러."

명진은 은지의 답도 듣지 않고 신발을 벗으면서 바로 말을 쏟아 냈다.

"오랜만에 뵙습니다, 선생님. 아유 참, 그렇게 들어앉아서 도통 움직이질 않으시는데 어째 살도 안 찌시나 그래요. 저도 비결 좀 알려 주세요. 신통력이 있으면 된다 그런 소리는 하지 마시고요. 아니, 그런데 옷은 굳이 그런 것만 입으셔야겠어요? 한복을 입더라도 요새 좋은 옷 많이 나오는데 말이죠. 에그그, 비휴 님은 앉은 채로 주무시나? 아이고, 옷에 구멍이 숭숭 뚫렸 네. 얼른 갈아입고 그 옷은 마저 태워 버립시다. 마침 잘됐네. 정화 한판 거하게 해야 한다면서요. 그 김에 태웁시다. 내가 직 접 갈아입혀 드려?"

그야말로 폭풍 같은 선제공격이었다.

명진을 따라가던 은지는 갑자기 늙어 보이는 현허와 질린 얼 굴로 눈썹만 치켜뜨는 비휴를 보며 감탄밖에 할 수 없었다.

"거……."

"아, 대화는 조금 있다가 하죠. 조금이라도 빨리 정화해야 지. 맑은 술, 소금, 불 피울 흰 종이 있지? 큰 사발 두 개도."

은지는 현허가 말도 못 꺼내게 하는 명진의 기세에 감탄하며 얼른 몸을 움직였다. 명진이 주문한 물건들이야 이 집에는 언제나 넉넉하게 구비되어 있었다.

명진은 사발 두 개에 술을 채우고, 한쪽 사발에는 흰 종이를 태운 재를, 다른 한쪽에는 소금을 풀었다. 그러고는 양손에 사발을 하나씩 들고 입속으로 무슨 말인가를 중얼거리며 천천히 거실을 한 바퀴 돈 후 사발에 담긴 술을 조금씩 뿌렸다. 그리고 집 밖으로 나가서 같은 작업을 반복했다.

"집 밖은 이걸로 됐고."

명진을 따라다니며 지켜보던 은지는 조금 실망하고 말았다.

"그게 다예요? 생각보다 별거 없네요."

말해 놓고 아차 했지만 명진은 시원하게 웃어넘겼다.

"보기에 시시하긴 하지? 그래서 그런지 별로 인기가 없어. 뭔가 화려한 동작을 넣어 볼까 생각은 했는데 내가 그쪽에 재주가 영 없어서. 괜히 폼 잡고 그러는 거 닭살 돋아 못 해 먹겠더라고. 어차피 내 고객들은 일반인들이 아니니까, 뭐."

은지도 주위를 둘러보고 고개를 끄덕일 수밖에 없었다. 대체 무슨 원리인지 모르겠지만, 명진이 끝이라고 말한 후 공기가 맑아졌다.

현허의 집은 원래도 다른 곳보다 깨끗한 편이었지만, 지금은 스모그가 걷힌 하늘처럼 쨍하다고 해야 하나. 눈에 띄는 얼룩이 없어 깨끗한 줄만 알았던 유리창에 전문가의 손길이 닿고 나서야 그동안 쭉 뿌연 상태였구나 깨닫게 되는 경우와 비슷했

292

다. 그런 의미에서 백합아파트의 깨끗함과도 전혀 달랐다.

"와! 이런 건 처음 봤어요."

"눈이 좋다더니 과연 알아보는구나. 정작 나는 안 보이지만 말이야."

명진은 어깨를 한번 으쓱이더니 다시 거실로 들어갔다. 은지는 '안 보인다'는 말에 약간 당황했지만, 그 문제를 깊이 생각할 겨를은 없었다.

"자, 예방조치는 했고요. 이제 비휴 님을 봐야지?"

거실 바닥에 다리를 접고 앉은 비휴를 살피는 명진의 얼굴은 지금까지와 달리 아주 신중했다.

명진이 살피는 동안 은지는 명진의 얼굴과 비휴를 번갈아 보았다. 비휴의 몸 위를 꿈틀거리며 움직이는 검은 얼룩을 보면 자꾸 눈을 깜박이거나 시선을 다른 곳으로 돌리게 됐다. 일부러 눈을 부릅뜨고 쳐다보려고 하면 시야 바깥으로 도망치는 느낌이 들기도 했고, 어지러웠다.

정작 명진은 아무것도 안 보이는지, 은지에게 상황을 묻고는 휘파람을 불었다.

"그 정도로 오염되고 몇 시간이 지났다면 멀쩡하게 버티시는 게 용하네. 역시 청정하게 태어나신 몸이라 그런가. 내가 듣기로 서낭신이 귀매에게 오염되면……."

잠들었나 싶던 비휴가 고개를 들고 말했다.

"그런 건 신경 쓰지 말고, 정화진만 준비하면 돼. 몰아내는 건 내가 하고, 마무리는 현허가 할 거야."

"나는 보조만 하면 되는 거란 말씀이네?"

명진은 마뜩잖은 듯도 하고, 오히려 환영이라는 듯도 한 몸짓으로 머리를 긁더니 물러서서 펜과 종이를 찾았다.

은지는 명진이 적어 준 목록을 확인했다.

"황토 한 주머니 챙겼고, 맑은 술 한 병, 혹시 모르니까 두 병. 흰 천 한 사리와 라이터 두 개, 비상용 기름통, 열쇠 꾸러미나 쇳조각 묶음……? 쇳조각은 왜 필요해요? 아니, 알겠어요. 흔들면 쇳소리가 나게 말이죠?"

은지는 자문자답하며 고개를 갸웃했다.

"목적이 그거라면 꽹과리나 태평소가 낫지 않을까요?"

"그건 두드리거나 불어야 소리가 나잖니. 그럴 여력이 없을 때를 생각하면 흔들어서 소리 나는 물건이 좋아. 그러니까 종이나 방울도 괜찮지."

"아, 그거라면."

방울 같기도 하고 열쇠 꾸러미 같기도 한 울쇠가 있으니 그것도 확인이었다.

"그러면 이제 남은 게…… 소나무나 복숭아나무 가지? 둘 다 마당에 있을 텐데, 어느 걸로 잘라 올까요?"

"둘 다 심어 두셨어? 둘 다 있다면야 복숭아나무가 낫지."

은지는 현관 신발장을 열고 공구통을 뒤져서 줄톱을 꺼내 들었다. 명진이 고개를 빼고 물었다.

"네가 할 수 있겠어?"

"걱정 마세요. 시골에서 살았는걸요."

은지는 나가면서 속으로 덧붙였다.

'여기에서 그 경험을 살릴 만한 일이 있을 줄은 생각도 못 했지만요.'

다행히 그렇게 높지 않은 곳에 가지가 하나 뻗어 있었다. 가을 끝물에도 살아남은 벌레들을 쳐 내면서 힘들여 나뭇가지를 톱질하고 있으려니 피부가 끈끈했다. 이 일만 끝나면 집에 가서 샤워하고 잘 수 있으려나 생각하며 가지를 잘라 손에 쥐는데, 문득 조금 전에 불렀던 재료 목록이 떠올랐다.

맑은 물은 원래 더러움을 씻어 내고, 맑은 술은 물의 연장선상에 있다. 불은 소금과 함께 정화력이 있어, 상가에 다녀온 사람에게서 상문살을 떼기 위해 불붙인 신문지를 타 넘게 하거나 소금을 뿌린다. 황토는 굿을 할 때 요사스러운 잡귀가 들어오지 못하게 막는 데 쓰고, 복숭아나무 가지는 양기가 가득하니 나쁜 귀신을 물리치는 데 쓰고, 쇳소리에는 귀신을 물리치거나 움직이는 힘이 있다.

그러니까 하나같이 정화에 쓰이는 물건이었다. 그런데 하나씩 모아 놓고 보니 불, 물, 나무, 쇠, 흙이었다.

"뭐야. 화수목금토 아냐?"

재료가 딱 그랬다. 은지는 가지를 들고 집에 들어가서 다른 재료들 옆에 내려놓은 뒤 목록에 줄을 그으며 물었다.

"황토, 불, 맑은 물, 복숭아나무 가지, 쇠라니, 이거 오행五行 원소를 맞춘 거예요? 원래 오행 원소가 정화하는 데 쓰이는 거예요?"

명진은 대기 손님을 위해 비치해 둔 패션 잡지를 팔락팔락 넘기며 설명했다.

"원래의 오행 원소 자체는 정화와 큰 상관이 없지. 물에도 더러운 게 있고 깨끗한 게 있고, 흙에도 더러운 게 있고 깨끗한 게 있고 그런 게 세상 아니겠니. 지금 이건 뭐라 그래야 하나, 질서의 힘을 빌린다고 해야 하나? 그런 거야. 음양오행이란 우주 만물의 질서를 나타내는 규칙이잖니. 작게라도 이런 오행진을 만들면 그 안에 작은 우주가 담기는 건데, 그 우주는 어그러짐 없이 질서 정연하겠지?"

은지에게 묻는 말 같았지만 명진은 답을 기다리지 않고 말을 이었다.

"귀매는 더는 신령이 아니지만, 잡귀도 아니야. 아예 질서에서 어긋난 존재지. 거꾸로 말하면? 질서를 바로 세우면 귀매는 설 자리를 잃는다는 거야. 자연으로의 복원이랄까. 물론 말이 쉽지 한번 어그러진 건 쉽게 제자리로 돌아가지 않는 법이지만, 어차피 지금 나는 보조로 온 거니까. 마지막 과정은 비휴 님이나 선생님이 알아서 하시겠지. 언더스탠?"

말도 빠르고 내용도 어려워서 정신없이 듣는데, 마무리가 참 생뚱맞기도 했다. 명진은 명랑하게 손뼉을 마주쳤다.

"자, 준비가 거의 다 됐으니 이제 선생님을 모셔 오렴."

"나와 있다."

언제 나와 있었던 건지, 현허가 바로 뒤에서 말했다. 언제 옷을 갈아입었는지, 평소에 늘 입는 헐렁한 생활한복이 아니라 검은색 도포를 갖춰 입었다. 그 옷에 유난히 무표정한 얼굴까지 더해지니, 평소처럼 둥글둥글하지 않고 각진 느낌이 났다.

현허가 등을 반듯하게 펴고 진 앞에 서더니 짧게 말했다.

"진을 배치해라."

은지는 재료를 다 확인한 후 비휴를 에워싼 세 겹의 금줄을 건드리지 않게 조심하면서 그 바로 바깥쪽에 진을 배치해 나갔다.

마무리가 금숲이었다.

"이걸 써도 되겠죠?"

은지가 울쇠를 꺼내자 명진이 눈을 크게 떴다.

"세상에! 선생님, 쟤한테 울쇠를 주신 거예요?"

하긴, 울쇠의 위력은 어쨌든 백합아파트에서도 느낀 바 있었다. 은지는 괜히 우쭐하는 마음으로 울쇠를 살짝 흔들다가, 혼자 멋쩍어져서 변명했다.

"별로 잘 쓰지는 못하는데요. 몸을 보호하라고 주신 거라."

명진은 입술을 둥글게 하고 오오 감탄하더니 해맑게 은지를 금줄 앞으로 이끌었다.

"자, 이 위치에서 정신을 집중해서 울쇠를 세 번 흔들고 가만히 내려놓는 거야. 금줄 안으로 들어가지 않게 조심하고."

집중해서 흔들라는 게 무슨 말인지 바로 감이 오진 않았지만, 은지는 금줄 안에 주저앉아 있는 비휴를 보고 마음을 다잡았다. 그리고 위험한 일이 지나가고 무사하기를 바라는 마음으로 울쇠를 한 번 흔들었다.

자르륵 쇳소리가 나고, 이상하게 금줄이 움직이는 것 같은 착각이 일었다. 은지는 눈을 깜박이고 다시 한번 마음을 가다듬어 울쇠를 흔들었다.

이번에는 확실히 금줄이 움직였다. 출렁거리면서 회전했다.

그리고 세 번째. 자르륵 쇳소리가 울리고, 금줄이 희미한 빛을 발했다. 진 중앙에 있던 비휴의 모습이 아지랑이처럼 흔들거렸다. 은지는 힘이 쑥 빠지는 느낌에 비틀거렸다.

"조심."

명진이 은지의 팔꿈치를 잡고 뒤로 끌어내더니, 진 주위를 일정한 속도로 걷기 시작한 현허와 부딪치지 않게 같이 물러섰다.

겉보기에 현허는 그저 사뿐사뿐 진을 밟으며 걷고 있을 뿐인데, 갑자기 주위가 어두워졌다. 어둠이 찾아왔다기보다는, 잔잔한 물이 차오르는 느낌이었다.

이어서 파문이 번져 나가는 것처럼 주변에 맑은 기운이 퍼졌다. 울쇠를 흔들고 빠져나갔던 에너지가 순식간에 돌아왔다.

가까이 붙어 있던 명진이 작게 중얼거렸다.

"선생님이 힘을 쓰시네."

어째선지 경이로워하면서도 근심이 담긴 목소리였다.

비휴의 몸이 회색 빛으로 너울거렸다. 마치 수면에 비친 달이 흔들리는 것 같기도 하고, 저절로 타오른 불이 창백하게 일렁이는 것 같기도 했다. 은지가 넋 놓고 바라보는 사이 그 불은 비휴를 태우지 않고 비휴의 몸 위를 어지러이 달리던 검은 것들을 씻어 나갔다. 천천히. 끈기 있게.

짧다면 짧고 길다면 긴 시간 후에 오행진에서 빠져나온 현허의 얼굴이 유난히 해쓱하고 반투명했다.

현허가 심호흡을 몇 번 하더니 얼굴을 문지르며 은지에게 말했다.

"이제 여기서 네가 할 일은 더 없다."

은지는 아직도 불타고 있는 것처럼 보이는 비휴를 보면서 주춤했다.

"그래도 저만 퇴근하기는 좀 그런데요."

현허는 얼굴 근육을 거의 움직이지 않고도 놀라울 정도로 풍부한 감정을 전달했다.

"누가 퇴근하래? 넌 조사를 하러 가야지."

머쓱해할 틈도 없이 현허의 말이 이어졌다.

"시간 싸움이다. 비휴와 명진이 회복하면 바로 그 귀매를 잡으러 가야 해. 그러려면 사전 조사를 끝내 놓아야 하고."

"예? 하지만 귀매라는 거 굉장히 위험하다면서요. 저 혼자 그걸 찾으러 가라고요?"

"비휴가 저렇게 되도록 싸웠으니 귀매도 아직 회복을 다 못했을 테고, 낮 동안에는 잘 움직이지 못할 거야. 그리고 귀매는 인간에게 제일 덜 위험해."

은지는 인상을 찌푸렸다.

"아까는 저한테도 옮겨붙었을까 봐 엄청 걱정하셨으면서요?"

현허는 한숨을 내쉬었다.

"평범한 잡귀는 귀매에게 그냥 잡아먹힐 테고, 서낭신들 같으면 귀매와 접촉한 순간 끝이지만, 인간이라면 오염도 더디게 일어나고 정화할 수 있다. 물론 그래도 접촉은 피해야겠지만. 그냥 어디로 갔는지만 알아내면 돼. 귀매는 원래도 빠르지 않으니까, 마주치더라도 도망치기 어렵진 않을 거다."

현허가 손을 뻗어 은지의 팔을 잡았다. 거의 일어나지 않는 일이었다. 아니, 처음 있는 일이었다. 땀 한 방울 없이 마른 손바닥이지만 차가웠다.

"부탁한다."

지금까지 온갖 일을 시키면서 현허는 늘 당연히 은지가 할 일이라는 식으로 굴었다. 부탁한다는 말을 듣기는 처음이었다. 은지는 조금 얼떨떨해서 대답했다.

"어…… 알았어요."

❧❧❧

그래서, 신설동.

신설동新設洞이라는 이름은 조선시대 한성부 동쪽에 새로 지었다고 하여 '신설계'라고 한 데서 왔다는데, 지금은 새로운 마을은커녕 가장 오래된 마을 중 하나였다. 아파트도 거의 없고 오피스텔이나 조금 있을까, 일제 강점기에 지은 한옥 주택이 많이 남아 있어 풍경이 사뭇 달랐다.

밤을 꼬박 새우고 사무소에서 겨우 두 시간쯤 자고 나온 상황이다 보니 여러모로 상태가 좋지는 않은데, 장소를 확인하니 더 기분이 나빠졌다.

신설동은 동묘역에서 동쪽으로 조금만 가면 나왔다. 은지가 탑골과 마지막으로 같이 있었던 장소와 멀지 않다는 뜻이었다.

그 일을 생각하면 여전히 마음 한구석이 아프게 뭉치는 기분이었다.

은지가 그런 생각을 하거나 말거나, 안내를 맡은 신설동 서낭신은 활기차게 수다를 떨었다.

"여기가 그 악명 높은 신설동 로터리라네. 무려 서울에서 두 번째로 교통사고가 많이 나는 곳이지! 숭인동과 절반씩 나눠 갖기는 했지만, 내 쪽이 더 엉망이야."

신설동 서낭신의 자랑스러운 설명에 은지의 얼굴이 썩어 들어갔다.

바탕이 무엇이냐에 따라 제각각인 서낭신들에게 공통된 특징이 하나 있다면, 자기 동네에 대한 자부심이 상상 이상이라는 것이었다. 터주신과는 그 점에서도 달랐다. 어쩌면 '수호신'이라는 수지 안 맞는 일에 몰두하게 하려면 그런 자부심과 소유욕이 필수인지도 모른다.

은지는 그런 생각을 했다가 턱을 긁적였다.

'수지 안 맞는 일이라니. 내가 언제부터 이런 식으로 생각을 했지?'

어쨌든 교통 혼잡지역이라 사람들의 분노와 짜증이 쌓이는 신설동 로터리에는, 사망자의 유령이 아니더라도 혼탁이 많이 쌓일 수밖에 없었다. 그리고 혼탁이 쌓이는 곳에는 잡귀들이 모이기 마련이었다.

"그런 곳치고 이상하게 깨끗하네요."

"그러게 말일세. 어제오늘 사이에 눈에 확 띄게 줄었지."

백합아파트를 계속 떠올리게 만드는 구석들이 영 반갑지 않았다. 은지는 어쩐지 이미 물어본 질문을 또 하는 듯한 기시감을 느끼며 물었다.

"귀매가 다른 귀를 잡아먹어서요?"

신설동 서낭의 기색이 살짝 흐려졌다.

"그렇기도 하고. 뭐라고 해야 하나…… 산에 크고 위험한 짐승이 나타나면 그보다 못한 짐승들은 도망치거나 숨기 마련 아니겠나. 게다가 간밤에는 요란한 싸움도 일어났으니 말이지."

비휴와 귀매가 맞붙은 일을 말하는 것이다.

"서낭님도 그 싸움을 보셨어요?"

"느끼기야 했지. 가까이 갈 엄두는 못 냈고. 내가 오염되면 큰일 아니겠나."

또 그 말이 나왔다. '오염'.

인간을 기준으로 위험을 말한다면 잡귀도 위험하고, 원혼도 위험하고, 때로는 신령조차 위험할 수 있다. 그러나 앞에 거론한 것들 대부분은 신령에게 별 영향이 없다.

귀매는 달랐다. 귀매는 세상 만물에게 위험하지만 그중에서도 특히 신령에게 위험하다고 했다. 한번 만들어진 귀매는 다른 신령까지 오염시켜 귀매로 만들 수 있으니까.

신설동은 두 손을 모아 입 주변을 매만졌다. 사람 모습을 하고는 있었지만 너구리 같은 몸짓이었다.

"귀매의 위험이야 누구보다 우리가 더 잘 아니까 말이야."

"하지만 그……."

은지는 바로 말을 잇지 못하고 머뭇거렸다.

"혹시 이 근방 신령은 아니었어요?"

귀매가 다른 신령을 오염시킨다는 건, 그들이 귀매를 발견한 시점이 늦어질수록 많아진다는 뜻이다. 그러니 탑골이 아니라도 이 귀매는 근처 어딘가에서 발생했을 가능성이 높았다. 그러니 신설동이 아는 신령일지도 모른다 생각했지만.

"그건 신령이 아닐세. 전혀 다른 것이야. 우리 신령들을 모독하는 존재지."

빠르고 차가운 대답이 돌아왔다.

현허와 비휴가 귀매를 입에 올릴 때 빨리 없애야 하는 위험 인자를 말하듯 했다면, 신설동 서낭의 태도에는 날 선 혐오가 섞여 있었다.

신설동은 마치 은지의 마음을 읽었다는 듯, 아까와 달리 진지한 얼굴로 말했다.

"그냥 하는 말이 아닐세. 조금이라도 소통할 수 있다거나, 돌이킬 수 있을 거란 생각은 해선 안 되네. 절대 괜한 인정에 휩쓸리지 마. 아무리 우리처럼 오염되는 일은 없다지만 자네처럼 어리고 순수한 사람을 귀매 앞에 들이밀려니 걱정이구만."

'말이 많은 만큼이나 정 많고 좋은 신령님이네.'

은지는 저도 모르게 그렇게 생각했다가 도리질을 쳤다. 탑골도 좋은 신령이라 생각했었다. 좋은 신령이라 해도 속은 모르는 것이다.

신설동은 이어서 간밤의 싸움에 대해 늘어놓았다.

"처음에 이상을 느꼈을 때는 아직 귀매인 줄 몰랐지. 근처에 모여 있던 혼탁이 무슨 태풍에 낙엽 날리듯이 우수수 날아오르기에 깜짝 놀라서 두던 장기도 팽개치고 달려왔어. 그런데 멋모르고 가까이 가려고 했더니 요란하게 벼락이 치지 뭔가. 비휴 님이 주변 신령들이 다가왔다가 큰일이 날까 봐 그러셨던 모양이야."

'비휴야 그냥 성질나서 그랬던 게 아닐까?'

비휴가 싸우는 모습을 몇 번 본 경험으로는 싸울 때 주변을 생각하는 것 같지 않았지만, 은지는 입 다물고 계속 듣기로 했다.

"벼락이 치고 나서야 보니까 주변 기운이 마구 뒤틀려 있지 뭔가. 얼른 물러나서 높은 곳에 올라 지켜보았지. 검은 빛과 금 빛이 몇 번 충돌하더니, 금 빛이 갑자기 팍 꺼졌을 때는 정말 가슴이 철렁 내려앉았다네. 용의 아드님을 단숨에 먹어 치울 정도의 귀매라면 우린 다 죽은 목숨이나 다름없지 않겠나. 그런데 다행히도 조금 있다가 뻥 소리가 나더니, 비휴 님이 귀매를 찢고 튀어나온 모양이더군. 그때가 벌써 새벽이었어."

그때는 비휴가 귀매를 해치운 줄 알고 반가운 마음에 달려갔지만, 귀매는 터졌다가도 다시 뭉쳐서 어딘가로 사라진 후였고 비휴는 신설동을 비롯한 다른 신령들에게 가까이 오지 말라고만 경고하더니 사라졌다는 것이다. 휙 사라졌다고 하기에는 느린 속도였지만 말이다.

"들고 계신 금줄도 반 동강이 났고, 현장에 토막 난 금줄이 흩어져 있는 게 아주 참혹하더구만. 비틀거리는 비휴 님이 걱정되긴 했지만 그쪽은 내가 손댈 수가 없으니 뒷정리나 열심히 했네. 아까 말했듯이 여기 신설동 로터리는 워낙 교통사고가 많아서 말이야. 어제 일도 새벽에 큰 충돌사고가 나서 연쇄적으로 추돌을 일으킨 걸로 처리가 됐다네. 내가 일부러 유리조각도 좀 뿌리고 현장을 애써 꾸며 보았지. 그나마 통행량 제일 적은 새벽이라 다행이었네."

과연 교통경찰과 출근자들에게도 다행이었을까 모르겠지만, 은지는 고개를 끄덕이고 물었다.

"그러면 그 귀매가 어디로 도망갔는지 아세요?"

비휴가 어쩌다가 귀매와 싸웠는지도 궁금은 했지만, 제일 중요한 용건은 역시 이거였다. 그 귀매가 어디로 도망쳤을지, 어디 있을지 알아내는 것.

"그게 말이지, 근처 다른 서낭들은 물론이고 쥐와 새들에게 흔적을 찾아보라고 다 도움을 청해 놨는데 말이야……. 원래도 귀매는 움직임이 빠르지는 않으니까, 타격을 입은 이상 금방 찾을 수 있을 거라고 봤는데 아직까지 소식이 없지 뭔가."

은지는 중언부언하는 말에 인내심을 잃고 말했다.

"그래서 결론이 뭐예요? 놓친 건가요?"

"아니, 아니야. 그럴 리가 없네. 지상으로 움직였다면 이렇게 아무도 못 봤을 리가 없네. 그러니까 말이지, 아무래도 저리로 간 게 아닐까 싶네."

아래를 가리키는 신설동의 손가락을 쳐다보던 은지는 '아,

손가락이 셋이네' 같은 생각을 하다가 뒤늦게 펄쩍 뛰었다.

"예? 이 환기구 밑이라면, 지하철역이요?"

신설동이 고개를 끄덕였다.

"아니, 잠깐만요. 설마 귀매가 지하철을 타고 어딘가로 가기라도 했다면……."

그렇다면 지하철 괴담을 갱신할 만한 사태였다.

신설동 서낭은 지하철역에 내려가지 않으려 했다. 결국 은지 혼자 내려가는 수밖에 없었다.

지하철도 그렇지만 지하철역에도 많은 것들이 산다. 서울 중심부에다 1호선과 2호선이 지나가는 곳이라면 더했다. 대체로 한낮이라 해도 사람이 많았고, 그 사이에 사람 아닌 것들도 많이 섞여 다녔다.

그런데 지금은 그게 대부분 보이지 않았다. 이쪽도 도망간 건지, 잡아먹힌 건지는 모르겠지만…… 큰 잡귀들은 그렇다 치고, 오래된 지하철역이면 바닥에 눌어붙다시피 해 있던 작은 것들도 없었다.

'아, 이러다가 진짜 깨끗한 데만 보면 긴장하는 버릇 생기겠어.'

은지는 이마를 잠시 문지르다가 개찰구를 통과해서 1호선 플랫폼으로 내려가 보았다.

내려가자마자 벤치에 드러누운 주귀가 보이고, 비상용 공중전화 아래에 쪼그려 앉은 망령도 보였다. 열심히 청소했을 테지만 늘 지저분해 보이는 바닥에도 땅벌레 같은 게 있었다. 즉, 평소의 지하철역 그대로였다.

'위에는 아무것도 없었는데 여기는 그대로라니. 이게 무슨 뜻이지?'

잘하면 남아 있는 혼귀들을 가지고 귀매의 이동 경로를 잡을 수도 있을 것 같았다. 은지는 한숨부터 내쉬고, 음료수를 하나 뽑아서 에너지를 보충한 다음 바쁘게 신설동역 안을 돌아다니기 시작했다.

얼마나 걸었는지 모르겠다. 역 안이 유난히 복잡하게 꼬여 있어서, 같은 곳을 몇 번 돌기까지 해야 했다.

은지는 다시 개찰구 밖으로 나가서 얼굴을 문지르다가 잠시 찬 공기를 쐬러 밖으로 나갔다. 의논할 상대가 없으니 혼자 소리 내어 말했다.

"지하철 플랫폼은 다 평소 그대로야. 그러니까 플랫폼으로는 가지 않았겠지. 그러니까 지하철을 타고 어디로 간 것도 아닐 테고. 그럼 안에 아직 있다는 얘긴데, 어떻게 된 거지?"

"혹시 지하 삼층으로 간 게 아닐까?"

옆에서 불쑥 튀어나온 얼굴에 비명을 지르면서 때릴 뻔했다.

"아, 서낭님 좀! 못 내려가겠다더니 여기서 기다렸어요?"

은지는 신설동을 확인하고 살짝 짜증을 내고 말았다. 신설동은 역 앞까지 온 것만으로도 불안한지 눈을 이리저리 굴리며 은지의 옷소매를 잡아당겼다.

"자네 하는 말 들었어. 어디 다른 데로 간 건 아닌데, 바로 아래에는 흔적이 있다는 얘기지? 역 안을 다 돌아본 것 맞나?"

"어…… 그러고 보니 지하 삼층이라고 하셨어요?"

"그래. 유령 승강장 말이야."

알고 보니 신설동역 지하에는 또 다른 역이 있었다. 2호선 쪽, 지하 이층 구석 숨은 분홍색 철문을 열고 지하로 더 내려가면 나왔다.

지하 삼층의 숨겨진 플랫폼이라니, 살짝 마음이 설렌 것도 잠시뿐. 해리 포터의 마법학교로 가는 승강장 같은 것이라면 몰라도 이건 마법도 유령도 아니었다. 그저 사십 년도 더 전에 개통되고는 일이 꼬여서 쭉 쓰이지 않은 채 남아 있을 뿐이었다.

기자재도 보관하고 열차 입출고용으로도 쓰면서 관리하고 있다지만 '11-3 신설동'이라는 낡은 표지판 하나가 벽에 붙어 있을 뿐, 페인트칠도 없고 내장재도 없어 콘크리트 그대로 드러난 모양새가 썰렁하고 삭막했다.

은지는 유난히 썰렁한 빈 플랫폼에 서서 어깨를 움츠렸다.

'이건 안 좋은데.'

지하는 본래 음陰에 속하는 곳, 햇빛과 공기의 순환이 잘되지 않는다는 것만으로도 탁기가 살기 좋은 곳이다. 게다가 물이라도 새는지, 습도도 이상하게 높았다. 사람에게 붙어 다니기를 좋아하는 흔한 귀들은 아니라도, 잡귀가 살기 아주 좋은 곳이었다.

그런데 없었다.

귀매가 여기로 숨어들었다는 느낌이 강하게 왔다. 그러나 확신할 수 있을까?

은지는 잠시 입술을 물고 있다가 현허에게 전화를 걸었다. 신호가 아주 깨끗하게 떨어지진 않았지만 연결이 됐다.

현허는 은지의 말에 조용히 귀를 기울이더니 갈라진 목소리로 대답했다.

"지하 삼층에다 사람이 잘 드나들지 않는 공간이라…… 여러모로 안 좋구나. 그래, 귀매도 비휴 녀석 덕분에 타격을 입었을 테니 본능적으로 회복하기 위해 움직였다고 생각하면 거기가 맞을 것 같다. 거기 지하에 잡귀는 좀 보이고?"

은지는 다시 한번 플랫폼을 끝부터 끝까지 걸어 보았다.

"일단 플랫폼에는 아무것도 안 보여요. 아무래도 여기 같긴 한데, 어쩌죠?"

여기를 혼자 돌아다닌다는 건 본능적으로 꺼려졌다.

"비휴가 가고 있으니 그 전에……."

지지직. 신호가 나빠졌는지 현허의 목소리가 잘 들리지 않았다. 은지는 플랫폼 끝에서 어둑어둑한 선로 저편을 보며 긴장했다. 통화 품질이 나빠지고 기온이 내려가는 장면이야말로 전형적인 공포영화 전개 아니던가.

"그 전에 뭐요? 뭘 하라고요? 여보세요?"

통화가 끊겼다. 은지는 전화기를 잠시 들여다보다가 다시 선로 저편을 보았다. 기분 탓인지 그림자가 움직이는 것 같았다.

망설이다가 플랫폼에서 뛰어내려 선로 위에 섰다. 심장이 간질간질했다. 가끔 기차선로 위에는 서 봤지만, 사고가 아니고서야 지하철 선로 위에 설 일이 있었겠는가.

버려진 지하철 선로에서 괴물과 싸움이라, 게임에서 쓰면 딱 좋겠다 싶은 설정이기는 했다.

'난 싸움은 안 할 거지만!'

어두운 선로 안으로 더 들어가기는 싫었기에, 플랫폼에서 멀리 벗어나지 않은 자리에서 폰을 들었다. 사진을 찍어 놓고 나가서 살펴볼 생각이었다.

찰칵.

카메라를 누른 순간이었다. 목덜미가 쭈뼛하더니 구멍으로 공기가 쭉 빠져나가는 것 같은 느낌이 났다. 소리는 나지 않는데 이상한 진동이 공기를 흔들었다.

'이럴 때는 무조건 미친 듯이 도망쳐야 해. 괜히 뭔지 알아보려고 하면 안 돼.'

안 되는데, 그 마음을 참기가 힘들었다.

끌려가듯 몇 걸음 더 걸어 들어간 선로 저편의 어둠이 천천히 움직이고 있었다. 팽창했다가 수축하는 느낌이었다.

귀매가 보이면 알아볼 수 있게 어떻게 생겼는지 알려 달라고 했을 때, 현허는 귀매는 뚜렷한 형태가 없다고 했다. 그러나 사람은 정말로 아무 형태도 없는 것을 그대로 볼 수 없기에, 어떤 형상에든 그림을 덧그린다. 사람의 심상이 형태를 빚어낸다. 그러니까 무엇으로 보일지는 알 수 없지만, 그렇다 해도 보는 순간 귀매라는 걸 알 수 있을 거라고 했다.

은지는 그 시커먼 말미잘 같은 것에 얼굴이 달려 있다고 생각했다. 탑골의 얼굴이었다.

말도 안 된다는 걸 알지만, 그래도 호흡이 가빠졌다.

조심조심 선로를 뒷걸음질 쳤다.

'뛰지 마. 아직 뛰지 마.'

천천히 뒷걸음질 쳐서 플랫폼을 다시 기어올랐다. 다행히 귀매가 쫓아오는 것 같지는 않았다. 은지는 식은땀을 흘리면서 계단을 오르다가 반쯤 올라간 후부터 뛰었다.

전력질주로 달려 올라가서 지하 이층의 분홍색 철문을 쾅 닫았다. 멀쩡하게 지나다니던 사람들이 화들짝 놀라며 물러서는 모습이 보였다.

문을 막아 두어야 한다는 생각에 미친 듯이 주위를 둘러보는데, 손에 꼭 쥐고 있던 전화기가 진동을 했다. 현허였다.

은지는 현허가 무슨 말을 하기 전에 낚아채듯이 말했다.

"밑에 있었어요. 못 올라오게 여기 철문 막을 방법 없나요? 아니다, 이 역을 잠시 폐쇄하거나 하게 할 수 없어요? 저런 게 밑에 있으면 사람들이 위험한 거 아니에요? 뭐든 꾸며 내서, 선생님 그런 거 잘하시잖아요."

수화기 너머의 현허는 잠시 조용하다가 은지가 계속 떠들자 말했다.

"가만, 가만. 그대로 둬도 바로 올라오지는 않을 거다."

"그래요?"

"그래. 인간은 귀매에게 에너지가 되지 않아. 유인 효과가 없다."

현허는 천천히 말을 이었다.

"오히려 계속 안 올라올까 봐 그게 더 걱정이구나. 그 아래에 있으면 처리하기가 안 좋은데."

순간 나머지 플랫폼에 있던 잡귀들이 떠올랐지만, 그 부분에 대한 걱정을 털어놓기 전에 현허가 다시 말했다.

"어쨌든 역을 닫을 방법은 내가 알아볼 테니까, 너는 명진과 비휴가 도착하길 기다려서 처리 방법을 의논해 봐. 나는 한동안 연락이 힘들 거다."

"네? 제가 뭘……."

현허는 벌써 전화를 끊었다. 은지는 전화기를 노려보며 중얼거렸다.

"갈수록 직원 막 굴리시네."

투덜거리면서도 마음 한편에는 희미한 불안감이 자리했다. 쉰 목소리도 그렇고, 무려 부탁한다는 말까지 했던 것도 그렇고, 무엇보다도 듣다 보면 바로 믿게 만드는 그 강력한 목소리에 힘이 빠져 있었다.

은지는 애써 불안을 누르고 비휴를 기다렸다.

❤❤❤

차를 몰고 오는 명진보다 뛰어왔을 비휴가 먼저 도착했다.

완전히 평소와 같은 모습이었다. 그러니까 무뚝뚝한 얼굴, 구멍 난 데 하나 없지만 이상하게 허름해 보이는 옷차림은 그대로였고, 피부에 이상한 게 흘러 다니지 않는다는 뜻이었다.

"이제 완전히 괜찮아진 거야? 후유증 같은 건 없고?"

은지가 빤히 쳐다보면서 말하자 비휴는 얼굴을 찡그렸다.

"없어. 오염이 속까지 파고들기 전에 잡았으니까."

그러고 보니 보통의 서낭신은 그렇게 길게 버티지 못한다던 명진의 말이 생각났다. 이런저런 신령이며 잡귀들이 비휴의 특별함을 말하는 소리도 여러 차례 흘려들은 것 같은데, 용의 아들은 특별히 맑은 기운이 뭉쳐 있는 걸까.

문득 한 번쯤은 비휴의 본질을 제대로 보고 싶다는 생각을 하다가 차가운 금속의 감촉에 생각이 끊겼다. 비휴가 손을 내밀기에 엉겁결에 받고 보니 울쇠였다.

"아, 고마워."

가지고 다닌 지 얼마나 되었다고, 다시 손에 잡으니 마음이 든든했다. 게다가 평소보다 묵직하다 싶어서 살펴보니 쇳조각이 늘어 있었다.

"필요할 거다."

고개가 저절로 끄덕여졌다. 그것도 무기라고, 울쇠가 손에 잡히니 마음이 놓였다. 은지는 이마를 문지르며 한숨을 내쉬었다.

"선생님은 아무래도 산 아래로 못 내려오시는 거야? 선생님이 안 되면, 옥토 홍 대표님한테 도와 달라고 하면 안 되나? 지난번에 보니까 옥토 홍 대표님 굉장하던데. 귀매도 화르륵 태울 수 있을 것 같던데."

백합아파트에서 빠져나온 나무뿌리를 싹 태워 버리던 위력을 생각하면 그랬다. 그건 현허가 비휴를 정화할 때 보여 준 것과는 색채도 위력도 전혀 달랐다.

비휴가 언뜻 얼굴을 찌푸리며 고개를 기울였다.

"홍화의 불을 봤어?"

"응. 지난번에 백합아파트에서 뭘 좀 알아봐야 한다고 옥토에서 불렀거든. 거기서 홍 대표님 아니었으면 큰일 날 뻔했지 뭐야."

"흠."

비휴는 그 말만 하고 뭔가 생각하는 것 같더니 곧 입을 열었다.

"현허에겐 거기 도움을 청하자는 말 하지 말아라."

"왜? 지금도 이것저것 일은 같이 많이 하잖아. 껄끄러운 관계야?"

"어차피 홍화는 이쪽은 안 올 거야. 자기 구역이 아니니까."

은지는 눈을 굴렸다. 비휴는 감추는 것 없이 말해 주는 편이긴 했지만, 그렇다고 설명이 친절한 건 아니었다.

"구역이 정해져 있어? 옥토가 주로 다루는 지역이 강남인 건 알지만, 선생님과 달리 홍 대표님은 강북에도 오시잖아. 아, 혹시 그분은 산신이 아니라 뭔가 다른 수호신인가?"

비휴는 홍화가 어떤 존재인지 설명해 주지 않았지만, 수호신이 아니라고 부정하지도 않았다. 그냥 엉뚱한 말로 답했다.

"홍화 없어도 내가 해결할 수 있어."

은지는 이미 한번 귀매와 싸우다가 다치지 않았냐고 말하려다가 그만두었다. 어쨌든 비휴가 옆에 있으니 불안이 가시고 한결 마음이 놓였다. 또 어떤 기물파손을 저지를지는 몰라도 어떻게든 되겠거니 싶고.

그 생각을 하자 문득 다른 데로 생각이 흘렀다.

"그런데 좀 웃긴 것 같아. 그렇게나 빨리 없애야 한다는 귀매보다, 귀매가 잡아먹는 요괴 쪽이 나한테는 더 무서운 상대라니 말이지."

"그건……."

"명진 언니 왔다."

잡담 끝. 작전회의 시간이었다.

대단한 작전은 없었다. 복잡하면 어그러지기 쉽기도 하니, 결정은 단순했다. 명진이 정화진을 펼치고, 비휴가 싸우면서 귀매를 진 안으로 유인해 오고, 정화진 안에서 끝낸다는 것이 전부였다.

다만 어디에 정화진을 펼치느냐가 문제였다.

명진은 지하철역 안으로 내려가지도 않고 고개를 설레설레 저었다.

"지하는 안 좋아. 그냥 동굴이라도 안 좋을 판인데 지하철역이라니. 진을 그릴 순 있겠지만 자연력이 너무 안 받쳐 줘. 어떻게든 지상으로 끌고 올라오면 좋겠는데. 비휴 님, 어떻게, 유인하거나 잡아서 끌고 올라오는 건 안 될까요?"

비휴도 고개를 저었다.

"지하 삼층이라니. 지상까지 끌고 오기엔 동선이 너무 길다."

"비휴 님이 그렇게 약한 소릴 하실 줄 몰랐네. 내가 그렇게 온 정성을 다해서 치료도 도와드렸는데, 힘이 모자라다는 소린 아닐 테고."

은지는 퍼뜩 비휴가 밀폐된 공간에 들어가기를 싫어한다는 사실을 되짚었다. 그러나 비휴는 그저 내키지 않는다는 얼굴로 대답했다.

"그 귀매는 이미 한번 싸워서 나를 집어삼키기 어렵다는 사실도 알았으니, 내가 유인한다고 따라온다는 보장이 없어."

"나는 뭐 그냥 싫어서 안 된다고 그러는 줄 아시오? 말했잖아. 정화야 지하 이층이든 지하 삼층이든 어디서든 할 수 있지. 그런데 지금 내 역할이 그게 아니잖아. 그런 데선 정화진을 그리고 내가 아무리 애를 써 봐야 하나도 도움이 안 될 거라니까."

둘의 생각이 팽팽하게 맞선다 싶더니, 어째서인지 명진과 비휴 둘 다 고개를 돌려 은지를 쳐다보았다.

"……?"

은지는 잠시 어이가 없었다. 강은지는 여기에서 가장 경험이 없고 힘이 없고 역할도 제일 없었다. 그런 사람에게 해결책을 내놓으라니, 신입사원에게 프로젝트를 조율하라는 꼴 아닌가.

그런데 뭔가 내놔 보라는 얼굴로 빤히 쳐다보는 두 사람을 보니 그 말이 나오지 않았다.

"그러니까 지금까지 제가 들은 내용을 정리하면…… 우선 정화진은 무조건 지상에 쳐야 한다, 지하에 쳐서는 도움이 안 된다는 건데요. 지하라도 보강할 방법 같은 건 없을까요?"

명진이 잠시 생각하더니 마지못해 말했다.

"재료를 늘리면 보강이 좀 될지도 모르지만, 어느 세월에? 나뭇가지 한두 개 늘리는 정도로는 별 차이가 없어."

그렇다면 다른 쪽으로 가는 수밖에 없었다.

"비휴가 말하는 문제점은, 무조건 안 된다는 게 아니라 그렇게 유인하기가 힘들다는 거죠? 그러면 음, 미끼를 쓰면 어떻게 안 될까요?"

'사람으로는 유인이 안 된다'던 현허의 말 때문에 엉겁결에 떠오른 생각이었는데 비휴와 명진 둘 다 흥미를 보였다.

"미끼라면, 어떤 거?"

"귀매가 제일 탐내는 게 신령이라니까 그쪽은 안 되겠지만, 위험한 잡귀를 두엇 잡아다가 중간중간 미끼로 쓰면서 끌어내는 거죠."

은지는 어느새 잡귀를 잡아다가 미끼로 쓰자는 말까지 하게 된 스스로가 어이없어서 피식거리다가, 헛기침을 하고 말했다.

"그런데 힘 조절해서 사로잡을 수 있겠어? 멀쩡한 상태로 잡아야 하는데."

비휴가 잠깐 생각하더니 대답했다.

"한번 해 보지."

하필 신설동에는 야산이나 공원도 거의 없었다. 신설동역에서 제일 가까운 맨땅이라고 겨우 찾은 게 도서관 앞 작은 공원 하나와 고등학교 운동장이었다.

"거기서 거기네."

명진은 두 곳 다 둘러본 후에 마지못해서 10번 출구, 문 닫은 우체국 앞에 진을 치는 데 동의했다.

그사이 현허가 무슨 마법을 부렸는지, 몇 시간 만에 10번 출구를 폐쇄하고 공사하는 척 가짜 가림막으로 둘러싸는 데 성공한 덕이기도 했다.

"아니, 지하철역 하나 가짜 공사하게 만들 능력은 있는데 인력 충원은 안 돼요?"

은지는 투덜거리면서도 명진의 지시에 따라 보도에 지름이 삼 미터쯤 되는 원을 그렸다. 그리고 그 선을 따라 시계방향으로 황토, 열쇠고리, 술병, 나뭇가지, 흰 천을 놓았다. 그런 후에 간격을 일정하게 맞추고, 각 재료마다 이어지는 직선을 긋자 오망성이 만들어졌다.

은지는 선을 살펴보다가 원 밖으로 물러나면서 물었다.

"좀 작지 않아요?"

"더 크면 나 혼자 감당할 수가 없어. 이것 봐, 지금도……."

명진은 시범 삼아 원 주위를 한 바퀴 돌았다. 나이를 생각하나 입고 있는 치마를 생각하나 믿기지 않게 빠른 속도였다.

"한 바퀴 도는 데 이 정도 시간이 걸리잖아."

명진은 가뿐하게 제자리로 돌아와서 천을 들어 올렸다.

"이 진은 아까와 달리 불이 붙어야 발동해. 불이 안 붙어 있으면 수목금토뿐이니 완성이 안 된 상태고. 난 발동한 진 주위를 돌면서 정화를 도울 거야. 그러면 진 안에 있는 비휴 님도 오염 걱정 없이 안전하게 싸울 수 있지. 문제는 불을 언제 붙이느냐야. 나는 귀매가 여기 들어와도 보질 못하니까, 불은 네가 붙여야 해. 정확한 타이밍에. 너무 빠르지도, 늦지도 않게."

명진의 진지한 표정을 보고 목소리를 듣자 배 속이 살짝 꼬이는 기분이었다. 정확한 타이밍에 불을 붙인다, 그걸 할 수 있을지 불안했다.

"미리 붙여 두면 안 돼요? 차에 양초도 있는데."

"미리 붙여 두면 귀매가 못 들어가지."

"아! 그러니까 불을 빨리 붙이면 귀매가 진 안에 못 들어가고, 늦게 붙이면……."

"귀매가 눈치를 채고 빠져나오겠지."

은지는 잠시 목이 걸리는 느낌에 헛기침을 몇 번 했다.

확실히 실제로 본 귀매는 아주 기분 나쁜 존재였다. 예전에 지하철에서 눈이 마주칠까 두려워하던 객귀나 지금도 조금 무서운 상문살귀 같은 것들이 주는 불쾌감과는 또 달랐다. 있어서는 안 될 것이 거기 있다는 느낌이랄까.

"귀매…… 전에도 잡아 보셨어요?"

은지의 질문에 명진은 태연히 대답했다.

"아니. 그렇게 자주 나오는 물건이 아니라서, 나도 이론만 알아."

"몇 년 전에도 하나 나왔다고 들었는데요. 그것도 종로에서요. 그러면 그때는 돕지 않으셨던 거예요?"

탑골이 그랬다. 동묘 터주신도 귀매가 되어서 없어졌다고. 그때는 비휴 혼자 해결할 수 있었던 걸까.

명진은 난처한 듯 어깨를 들썩였다.

"몇 년 전까지는 날 호출하시는 일이 거의 없었어. 알아서 하시지 않았을까?"

무심한 듯 조심스러운 말 속에, 지난 몇 년 사이 상황이 달라졌다는 의미가 읽혔다. 자동으로 산신이 점점 줄어들어서 힘든 시절이라던 말이 기억 언저리를 스쳤다.

명진이 말을 돌렸다.

"하여간 귀매는 질서에 어긋난 물건이니까. 잡귀는 잡아먹고, 신령은 오염시키고. 오염된 신령은 또 귀매가 되니까 빨리 잡지 않으면 무섭게 불어난다지."

"으음. 뭔가 있어선 안 될 것이라는 느낌은 확 왔지만요. 신령이 없어지고 잡귀도 없어지면 결과적으로는 플러스 마이너스 제로 아니에요? 사람에게는 영향이 적다면서요."

"상대적으로 덜하다는 거지, 사람이나 다른 생물에게라고 좋겠니. 질서가 어그러진 상태가 점점 더 퍼져 나가는 건데. 신령이나 잡귀처럼 즉각적이지 않을 뿐이지, 영향이 오랜 기간에 걸쳐서 나타나기도 해. 아름드리 고목이 겉은 멀쩡한데 속에서부터 천천히 썩어 가는 것처럼. 영적인 독인 셈이지. 변해도 어떻게 변했는지 스스로 모를 수 있고."

이제야 제대로 설명을 들은 은지의 얼굴도 썩어 들어갔다.

전생처럼 아득한 아침에, 손이 닿았다는 이유만으로 신경을 곤두세우던 비휴의 모습이 눈앞을 스쳤다. 현허는 그런 비휴를 호들갑이라고 일축했지만.

'현허 선생, 이 망할 작자야! 뭐가 인간은 괜찮다는 거야?'

그러나 명진은 태연하게 손사래를 쳤다.

"아니, 어쨌든 다들 나쁜 영향을 받긴 해도 신령님들이 제일 심하다니까? 원래 맑은 기운이 뭉쳐진 존재인 만큼 오염되면 걷잡을 수 없다고 해야 할까. 아마 그냥 인간인 우리가 제일 덜 위험한 것도 그래서일 거야. 예를 들어 비휴 님이나…… 현허 선생님이 오염된다면 그건 우리가 감당할 수 없는 일이지만, 우리가 조금 오염되는 정도는 다른 분들이 어떻게 해 줄 거라는 거지. 그런 의미에서 괜찮다는 거고."

현허가 했던 말을 조금 더 친절하게 풀어서 했을 뿐이었다. 은지는 또 속았다는 기분으로 암울하게 고개를 저었다.

"그리고 조금 전에 말한 건 거대한 귀매가 생겼을 경우야. 지금은 아직 작은 신령 하나 정도니까, 그렇게 파괴력이 크진 않을 거야."

명진은 그렇게 말하고는 마무리로 원 위에 하얀 흙을 뿌렸다.

"자, 이제 나는 불붙일 준비 하고 귀매가 여기까지 오기만 기다리면 되고. 너는 비휴 님을 도우러 가 봐야지."

비휴는 지하철역 입구 바로 아래에서 기다리고 있었다.

누가 볼까 걱정도 안 되는지 태연하게 금줄로 묶어 놓은 잡귀가 셋이었다. 은지는 울쇠를 쥐고도 감당할 수 없었던 상문살귀까지 있었다.

은지는 잠시 그 머리에 상식을 좀 더 불어넣어야 하나 생각하다가 그냥 마음을 내려놓기로 했다. 설령 누가 사진을 찍어올린다 해도 핼러윈 행사 연습이나 특이한 이벤트려니 하겠지.

주귀는 지하 삼층에서 지하 이층으로 올라오는 중간에, 허방귀는 지하 일층에, 그리고 마지막으로 상문살귀를 10번 출구로올라가는 계단에 배치해 놓기로 했다. 비휴는 최대한 귀매의경계심을 덜기 위해서라는 변명을 달고 지하 일층에 숨어 있기로 했다.

은지는 설명을 듣다 말고 의아한 마음에 물었다.

"이러면 귀매가 선로에서 나오는지 어떻게 알아? 언제 올라오는지는 어떻게 알고?"

비휴는 당연한 것 아니냐는 듯 대꾸했다.

"그걸 네가 맡아야지."

"내가? 내가 왜?"

오늘 대체 몇 번째로 어이가 날아가는 건지 모르겠다.

"위험하잖아. 난 싸우지도 못하는데! 아무리 귀매가 느리다지만 내가 빨리 뛰어 봤자……."

"몸은 두고 영체만 날려서 살펴보다가, 귀매가 미끼를 물면 바로 돌아오면 된다."

비휴가 워낙 자신 있게 말하니, 은지는 그게 현허에게서 받은 지시라고 생각했다. 그래서 투덜거리면서도 바로 수용했다.

"와, 진짜 직원 함부로 굴리시네. 몸에서 함부로 빠져나가지 말라던 건 다 뭐였대?"

은지는 투덜거리면서 목에 건 수호부와 손에 꼭 쥔 울쇠, 혹시나 싶어 주머니 속의 라이터와 호루라기까지 점검하고 나서 운동화 끈을 단단히 맸다. 가지고 가진 못한다 해도 몸이 그걸 다 갖추고 있어야 안심이 될 것 같았다.

비휴는 주귀를 묶어 놓고 지하 일층으로 올라갔고 은지만, 정확히는 은지의 일부만 지하 삼층에 남았다.

몸이 없으면 온도와 습도를 느낄 리 없건만 묘하게 춥고 습하다는 느낌이었다. 유체이탈을 하면 좋은 것은 더 좋아지고 나쁜 것은 더 나빠지는 법. 아까 혼자 내려왔을 때보다 더 기분이 안 좋았다.

게다가 금줄로 기둥에 묶여서 울어 대는 주귀를 보고 있자니 마치 양이나 토끼를 미끼로 쓰는 듯 찜찜했다.

'아니, 아니, 아니야. 이건 반대라고. 저것들은 사람을 해치잖아.'

주귀는 말 그대로 술을 좋아하는 귀신이라, 사람에게 붙으면 알코올중독에 빠뜨렸다.

허방귀는 장난을 좋아해서, 사람이 걷다가 허방을 짚고 넘어지게 만들곤 했다. 지하철에서는 물론 주로 계단과 플랫폼에서 그런 짓을 했으니, 주귀보다 직접적인 해는 더 끼친다고도 볼 수 있었다.

상문살귀는 본래 사람이 죽을 때 뿜어내는 나쁜 기운과 죽은 사람을 둘러싸고 벌어지는 나쁜 감정들이 뭉쳐서 만들어지는 존재로, 사람에게 붙으면 가볍게는 병이 들고 무겁게는 급사했다. 지금 여기에서 잡힌 걸 보면 좀 전까지도 누군가에게 붙어 있었을 것이다.

셋 다 별것 아닌 잡귀라지만 사람을 죽일 수도 있었다. 그러니까 비휴는 이렇게나 쉽게, 이렇게나 순식간에 세 사람 이상을 구할 수 있는 셈이었다.

'하지만 그러지 않지.'

반드시 대가를 받고 일해야 한다거나, 함부로 귀를 떼어 내면 더 나빠질 수도 있다는 교훈을 열심히 새기려 해도 이럴 때면 의구심을 누르기 힘들었다. 당장 사람을 해치는 괴물들은 열심히 잡지 않으면서, 사람보다 신령에게 더 해를 끼친다는 존재를 잡기 위해서는 온 힘을 다하고 있다는 현실에 대해서.

'아니, 원래 사람을 돕겠다는 마음으로 찾은 직장은 아니지만 말이야.'

생각에 빠져 있던 은지는 한 박자 늦게 뭔가 이상하다는 사실을 알아차렸다. 공기가 기분 나쁘게 눅진하고 끈적했다.

귀매가 와 있었다.

그쪽에 시선을 보낸 은지는 순간 바로 몸으로 돌아갈 뻔했다가 겨우 참았다. 인간의 눈으로 보았을 때도 기분 나쁜 존재였지만, 몸 밖에서 보는 지금은 더더욱 기분이 나빴다. 객귀를 볼 때의 불쾌감이나 상문살귀에게 느끼는 두려움과는 궤가 달랐다.

이제는 백합아파트의 신령이 병들었을지언정 귀매와는 거리가 멀다는 말도 수긍이 갔다. 이건 그냥 달랐다. 세상에 존재한다는 사실을 알고 싶지 않은 종류의 무엇이었다. 그 점에서는 오히려 저주와 더 비슷했다.

은지가 필사적으로 마음을 가라앉히고 곁눈질로 다시 보니 귀매가 주귀를 조금씩 삼키고 있었다. 시커먼, 아니 시커멓다고 묘사하기도 뭔가 맞지 않는, 색을 다 지워 낸 것 같은 덩어리가 천천히 주귀를 먹어 들어가는 모습을 보니 속이 메슥거렸다.

문제는 그다음이었다. 차마 귀매 가까이 다가가지도 못하고 밑에서 초조하게 그 기나긴 식사가 끝나기만 기다렸더니만, 주귀를 다 먹어 치운 귀매가 위로 올라가려 하지 않고 다시 내려가려 하는 게 아닌가.

'아니, 아니, 아니. 이러면 안 되지!'

다음 미끼를 바로 계단 위에 놔둬야 했던 걸까.

오만 가지 생각이 머릿속을 스쳤다.

이대로 몸으로 돌아가야 하나. 하지만 그러면 미끼를 놓고 꾀어내는 작업을 처음부터 다시 해야 할 게 아닌가. 방금 같은 기분을 또 겪고 싶지도 않았고, 얼른 끝내고 집에 가서 열 시간쯤 푹 자고 싶은 마음에 초조해졌다.

그래서였을까. 물리적인 몸이 아닌 영체는 은지가 생각을 정리하기도 전에 먼저 마음에 반응했다.

귀매를 걷어찼다.

적어도 은지에게는 그 접촉이 걷어찬 느낌으로 다가왔다. 팍 하는 가벼운 충격이 전해지며 다시 튕겨 나온 느낌. 마음은 걷어찼는데, 파직 하는 정전기가 오른 건 가슴팍이었다는 게 이상했지만.

다음 순간 은지는 계단을 뛰어오르고 있었다.

영체는 물리법칙에서 어느 정도 자유롭다지만, 그것도 생각이 자유로운 만큼만 가능한 자유였다. 생각에 한계가 있다면 똑같은 한계에 갇혔다. 그 순간 은지는 자신의 상태를 몸이 있을 때와 똑같이 인식했고, 그래서 몸이 있을 때처럼밖에 움직이지 못했다.

거의 계단을 다 내려와 있던 귀매가 은지를 인식하고 따라오고 있다는 걸 알 수 있었다.

미친 듯이 뛰어서 열려 있는 철문을 지나 지하 이층을 달렸다. 지하 일층으로, 다음 미끼가 있는 곳으로 도망쳐야 했다.

악몽 속에서처럼 발이 느리게 움직였다. 은지는 허우적허우적 허방을 밟다가 문득 허방귀가 근처에 있다는 사실을 깨달았다. 하지만 마음이 놓인 것도 잠시, 돌아보고는 귀매가 꽤 가까이 있다는 사실에 소스라치게 놀랐다.

'뭐야. 난 이 모양인데 저건 왜 속도가 빨라져?'

주귀를 잡아먹은 탓인지, 아니면 허방귀가 귀매에게는 다른 영향을 미치는 건지 모르겠다. 설상가상, 귀매는 미끼로 달아

놓은 허방귀에게는 덤비지도 않고 은지를 계속 쫓아왔다.

'인간으로는 유인이 안 된다더니, 선생님 개사기꾼!!'

속으로 울부짖으며 죽어라 달리려니 눈앞이 빙빙 돌았다. 저 앞에 금줄로 칭칭 감긴 상문살귀가 보였다.

그리고 그 옆에서 튀어나온 그림자가 계단 아래로 날아내리면서 은지를 쳤다.

비휴가 외쳤다.

"돌아가!"

팟, 하는 느낌도 없었다. 그저 정신이 들고 보니 은지는 바닥에 무릎을 꿇고 구역질을 하고 있었다. 그 와중에도 현실 육체로 들이마시는 바깥 공기가 달았다. 옆에서는 명진이 당황해서 외치고 있었다.

"얘, 얘! 이게 무슨 일이야. 괜찮니? 네 품에서 파지직거리고 불꽃이 튀어서 이게 무슨 일인가 했다."

귀매와 생각 없이 접촉했을 때 튕겨 나온 게 현허의 수호부 덕분이었나 보다. 은지는 간신히 머리 한쪽으로 그 생각을 하면서 지저분해진 손을 바닥에 문질렀다.

그리고 보니 은지 때문에 명진이 오행진에서 벗어나 있었다.

"곧, 곧 와요!"

허둥거리는 사이에 길게 포효하는 소리가 들렸다. 어정쩡하게 은지를 잡고 있던 명진도, 바닥에서 몸을 일으키던 은지도 잠시 얼어붙었다.

귀매는 소리를 내지 않는다. 입이라고 할 것도 없다.

비휴의 포효였다.

"빨리요!"

명진이 급히 제자리로 돌아가고, 은지는 허둥지둥 라이터를 찾았다.

은지가 겨우 라이터를 쥐고 진 앞에 섰을 때, 검은 덩어리가 10번 출구 계단에 모습을 드러냈다.

순간 귀매만 나온 줄 알았지만, 검은 덩어리 사이로 플래시가 터지듯 금빛 선이 한 번씩 번득였다. 은지는 그 빛을 세 번쯤 보고 나서야 금줄이라는 사실을 알아차렸다. 비휴가 쥔 금줄이었다. 움직이는 속도가 너무 빨라서 빛의 선으로만 보이는 거였다.

지상으로 올라와서 그런지, 몸 안에 있어서 그런지, 무슨 이유에서인지는 모르지만 귀매를 보아도 전처럼 속이 울렁거리지 않았다. 그러나 긴장감은 아까보다 더했다.

'비휴와 귀매가 원 안에 들어오면 불을 붙여야 한다. 빠르지도 늦지도 않게.'

귀매가 조금씩 입구 바깥으로 밀려나면서 안쪽에서 공격하고 있는 비휴의 모습도 언뜻언뜻 보였다.

은지는 라이터를 꽉 쥔 채 비휴가 가까이 오기를 기다렸다. 숨도 참고 있었던 것 같다.

비휴가 마침내 허공에 몸을 띄우더니, 금줄을 내려치면서 발로 귀매를 연속으로 걷어차고 다시 허공에 떴다.

귀매가 밀리면서 진 안에 들어섰다.

라이터를 켰다.

찰칵.

작은 소리가 나고 불꽃이 튀었지만 불은 켜지지 않았다. 다시 엄지손가락을 아래로 내렸다.

찰칵.

불꽃이 튀고 불이 켜졌다. 그대로 천에 불을 붙이려 했지만 지체하는 사이에 귀매가 꿈틀거리면서 다시 움직였다.

당황한 순간 라이터가 손에서 미끄러져서 진 안쪽으로 떨어졌다. 생전 안 하던 욕이 튀어나왔다.

"아, 씨……."

고개를 들어 보니 귀매가 지름 삼 미터짜리 원 안에 꽉 들어찬 채 밖으로 넘치려 하고 있었다.

비휴도 같은 상황을 인지했는지 반대편에 내려앉아서 다시 귀매를 밀어 넣으려 하고 있었다.

라이터는 진 안에 떨어져 있었고, 귀매는 조금씩 비휴를 쫓아 원 밖으로 빠져나가고 있었다.

은지는 앞쪽으로 크게 한 발을 디뎌 진 안으로 들어섰다. 진 안에 발을 들이자 찌릿찌릿 정전기 같은 것이 피부를 타고 달렸다. 라이터를 낚아채고 천에 불을 붙이면서 발을 뺐다.

그러나 이미 늦었다.

원을 따라 파란 빛이 일면서 진 안에 있던 검은 덩어리에게는 푸른 빛의 그물 같은 것이 덧씌워졌지만, 원 밖으로 빠져나간 부분이 있었다. 그리고 그 남은 부분이 반 가까웠다.

원 저편에서 비휴가 잠깐 은지와 눈을 마주치는 것 같더니, 여러 겹으로 겹쳐서 방패처럼 앞을 막고 있던 금줄을 휘리릭 풀었다. 금줄은 두 개의 단창이 되어 비휴의 손에 다시 잡혔다.

그리고 다음 순간, 푸른 불이 꺼졌다.

외마디 소리를 지르려던 은지는 불을 밟아 끈 사람이 명진이라는 사실을 뒤늦게 알아차리고 입만 벌렸다. 이해가 가지 않아서 어리둥절해 있는데 명진이 속삭이듯이 말했다.

"한꺼번에 못 잡으면 소용없어. 다시 준비해."

명진은 이미 원 주위를 돌면서 진을 다시 정비하고 있었고, 비휴 쪽은 이미 육탄전이었다.

다른 사람이 본다면 어떤 장면이 보일까 궁금했다. 흐릿한 어둠 속에서 혼자 날뛰는 비휴와 금줄?

그사이에도 비휴의 무기인 금줄은 조금씩 토막이 나면서 짧아지고 있었다. 금줄이 다하고 나면 뭘로 싸운단 말인가. 원래는 넉넉했을 테지만 여분의 금줄은 지금 미끼로 쓸 귀들을 묶는 데 써서 지하에 흩어져 있을 터였다.

'뭔가 없나.'

남는 금줄이 없나 무턱대고 주머니를 뒤집는데, 울쇠가 떨어지면서 잘그랑 쇳소리가 났다. 그리고 귀매의 검은 표면이 흔들리는 푸딩처럼 떨렸다.

은지는 바닥에 떨어진 울쇠를 낚아채어 그대로 비휴에게 던졌고, 비휴는 어설프게 공중에 뜬 울쇠를 깔끔하게 낚아챘다.

울쇠가 한 번 소리를 내자 주위 공기가 뒤흔들렸다. 두 번 소리를 내자 귀매가 진동기에 연결된 것처럼 흔들리고 휘청였다. 비휴는 세 번째로 울쇠를 흔들면서 그대로 귀매를 때렸다. 쩡 소리가 나며 귀매가 뒤로 주르륵 밀려갔다.

비휴는 연타를 때려 귀매를 원 안으로 몰아넣고 그대로 철괴 위를 밟았다. 비휴가 은지에게 외침과 동시에 원을 돌던 명진 도 은지를 보고 외쳤다.

"불!"

"불붙여!"

비휴가 귀매와 씨름하고, 명진이 원 주위를 돌며 내부를 정 화하는 사이 아까 불붙인 천은 거의 다 타서 꺼져 가고 있었다. 은지는 정신없이 손에 잡힌 라이터를 켰다.

그러나 이건 지포 라이터가 아니었다. 영화에서처럼 멋지게 라이터째로 던졌다간 바로 불이 꺼질 것이다.

은지는 황망 중에 불쏘시개감을 찾아서 주머니를 뒤지다가, 바닥에 떨어져 흩어진 가방 속 내용물에 달려들었다. 그리고 불을 붙여서 집어 던졌다.

불덩이가 포물선을 그리며 떨어졌다.

강은지 평생 손에 꼽을 만큼 정확한 겨냥이었다.

❥〰❥

파랗게 타오르던 빛이 꺼지고 귀매의 가루만 남은 후에도 녹 초가 된 세 사람은 잠시 움직이지 못했다. 은지는 모든 에너지를 소진한 기분에 잠시 대자로 길바닥에 누워 있었다.

문득 옆에 주저앉아 있던 명진이 칭찬을 던졌다.

"잘했다. 훌륭해. 네가 잘해 줬어. 생각보다 침착하고."

들은 적도 없는 칭찬이어서 뭐라고 대꾸해야 할지 알 수가 없었다. 다행히 명진은 대답을 듣지 않고 다시 물었다.

"그래, 귀매를 직접 보니 어떻든? 무섭든?"

생각나는 말이라곤 하나뿐이었다.

"그게 작은 귀매라고요?"

명진이 웃음을 터뜨렸다.

은지는 반쯤 잠꼬대하는 기분으로 말했다.

"휴. 영화에서 보면 불 피울 땐 꼭 라이터를 떨어뜨리던데, 일회용 라이터라 그렇게도 못 하고. 비상용으로, 싸구려 말고 불 잘 붙는 비싼 라이터 좀 사 둬야겠어요. 차라리 성냥을 사 두든가."

"그거 나도 좀 사 둬야겠다. 실전에 들어가니까 생각과 다르긴 다르네. 오행진을 제대로 써먹어 보기는 처음이라서 말이지."

이 말에는 은지만이 아니라 저만치 있던 비휴까지 움찔했다. 아니, 전문가라고 안심하고 믿었는데, 이렇게 허술해도 되는 건가?

그런 생각을 아는지 모르는지 명진이 은지를 쿡쿡 찔렀다.

"그런데 참, 마지막에 던진 거 뭐였니? 불 참 잘 붙더라. 오래 타기도 하고."

"어, 그게 말이죠……."

명진은 왜 그러냐는 듯 은지를 보았다.

"그거 패드였어요."

"패…… 뭐어?"

"옛날에 쓰레기 태우다가 알았는데, 그게 종이보다 잘 타더라고요."

명진은 잠시 할 말을 찾지 못하겠다는 얼굴로 은지를 쳐다보았다. 은지는 어깨를 으쓱였다.

"공짜 샘플이라서 챙겼더니 이런 데 써 버리게 되네요. 뭐, 할 수 없죠. 쉽게 얻은 건 쉽게 나가는 법이잖아요."

명진이 커다란 웃음을 터뜨리며 은지의 등을 두드렸다.

"애, 너 볼수록 마음에 든다. 언니 전화번호 알려 줄 테니까 가끔 연락해. 밥 사 줄게."

훈훈한 마무리였지만, 정작 보고차 전화를 걸어도 걸어도 현허가 전화를 받지 않았다.

현허가 바로 전화를 받지 않으니 짜증이 났다. 은지는 더 걸기를 포기하고 음성메시지를 남겼다.

"저 진짜 녹초예요. 집에 가서 자고 내일 조금 늦게 출근할게요."

❥❥❥

피곤에 절어서 집으로 향하려니 머리가 잘 돌지는 않았지만, 마음 깊숙이 걸리는 부분이 뒤늦게 다시 떠올랐다.

귀매는 신령이 미쳐서 생긴 물건, 말이 통할 이성이 한 줌도 남아 있지 않고 행동에 이유가 없다고 했다. 그런데 은지가 잠시 접촉한 귀매에게서 느낀 바는 달랐다.

수호부 덕분에 길게 빨려 들어가지는 않았지만, 짧은 순간에도 분명히 느꼈다. 파편 같은 감정들. 그래, 분노가 그중에 큰 비중을 차지하기는 했다. 하지만 슬픔도 있었다.

그리고 '풀어 달라'는 마음이 들렸었다.

혼란스러웠다.

"아오, 모르겠다. 내가 잘못 들었겠지."

은지는 생각하다 말고 소리 내어 말하며 눈을 비볐다.

'피곤해서 그래, 피곤해서. 내 일이나 신경 쓰자.'

그리고 보니 때맞춰 입금해야 할 고지서가 떠올랐다.

덕분에 옥토부동산에서 입금한 금액을 본 은지는 잠시 눈을 의심했다. 곤혹스럽기까지 했다. 고작해야 24시간도 안 되는 파견근무에 넉 달 치 월급이 꽂히다니.

실수로 잘못 입금한 게 아닌가 싶어 소심하게 문자를 보냈지만, 우 실장은 이 초도 걸리지 않아서 상큼한 답변을 보냈다.

〈그 금액 맞습니다. 그 정도는 드려야죠. 고생 많으셨어요.〉

갑자기 생긴 돈에 들뜨면서도 겁이 났다.

머리가 한층 더 복잡해졌다.

서울의 가장자리에서

어느새 겨울이 성큼 다가오고, 사방에서 떠들어 대는 대통령 선거 소식에 퍼뜩 시간의 흐름이 느껴졌다.

'사 년 전에 뭐 했는지는 기억도 안 나네. 일 년 전까지 내 걱정거리는 주로 취직과 학자금 대출이었지만.'

그리고 지금 은지의 가장 큰 고민은 옥토부동산 문제와 현허 선생의 변화였으니, 일 년 사이에 얼마나 많은 것이 달라졌는지 새삼스러웠다.

옥토부동산이 준 돈은 무려 천만 원이었다. 갖고 싶지 않다면 거짓말이었다. 하지만 어딘가 꺼림칙했다. 차라리 더 적은 돈이었다면 모를까, 은지는 차마 그 돈을 쓰지 못하고 고이 통장에 모셔 두기만 했다.

호기롭게 돌려주겠다고 하기에는 탐이 나고, 그렇다고 선뜻 쓰기에는 뭔가가 찜찜했다. 옥토의 우 실장은 은지가 그만한 돈을 받을 만하다고, 자신의 능력을 하찮게 여기지 말라고 했지만⋯⋯.

'일단 내가 뭐 한 게 있어야 그렇게 생각하지.'

백합아파트의 수호신이 어떤 상태였는지 생각하면 속이 불편했다. 신령이 계속 그 상태로 혼탁을 먹으며, 심지어 때로는 혼탁을 만들어 내어 먹으면서 살아가게 해야 하다니. 그 생각을 하면 혼이 닿았을 때 느낀 고통도 같이 떠올랐고, 과연 그게 귀매보다 나은 상태인가 계속 의문이 생겼다.

그래도 현허가 평소처럼 굴었다면 다시 말을 해 보기는 했을 것이다. 그 김에 옥토부동산이 준 돈 문제도 이야기하고.

그런데 현허가 내내 이상했다.

귀매 사건을 끝냈을 때도 바로 연락이 되지 않더니 그 후 한 달 가깝도록 얼굴을 몇 번 보지 못했다. 상담소를 여는 시간도 줄어들었고, 예약도 거의 받지 않았으며, 은지가 출근해서 일하는 동안 방에서 나오지 않는 날이 많았다.

처음 며칠은 현허에게 다른 일이 있나 보다 하고 무심히 넘겼다. 그러나 그 상태로 일주일이 더 지났을 때는 은지도 걱정이 커졌다.

무슨 일인지 직접 물어보려고 해도 현허는 방 밖으로 거의 나오질 않았다. 가끔 얼굴을 내밀 때에도 왠지 찬바람이 돌아서 용건만 간단히 처리하고 들어갔다. 먼저 문을 두드리기는커녕 먼저 말을 걸기도 눈치가 보였다.

'뭐지? 나한테 뭐 화난 일 있나?'

현허가 은지에게 화낼 만한 일이 떠오르지도 않았고, 화가 났다 한들 이렇게 크게 싸운 가족처럼 굴 리도 없었다.

'빚이 있나? 상담소 망하나?'

어차피 상담소 회계는 현재 은지가 맡고 있었으니, 은지가 모르는 빚이 있다면 개인적인 빚일 텐데……. 거기까지 생각하다 보니 무슨 바보 같은 생각을 하는 거냐 싶어졌다. 산신령이 빚을 지고 끙끙 앓는 그림이 말이 되냐 말이다.

달리 '사장님 요새 왜 저래?' 대화를 나눌 직장 동료가 없다는 사실이 새삼스럽게 다가왔다. 혼자 쌓여 가는 혼탁이나 힘차게 쓸어 내던 은지는 결국 만만한, 아니 유일한 직장 동료 겸 대화 상대에게 물어보기로 했다. 겸사겸사, 눈치 보지 않고 점심 식사도 하고.

☾◡☽

은지와 점심을 먹은 비휴는 먹던 닭고기를 뼈까지 깔끔하게 씹어 삼킨 다음에 말했다.

"아픈가 보지."

비휴는 대수롭지 않다는 듯 말했지만, 듣는 은지는 눈이 커졌다.

"신령이 아프기도 하고 그래?"

"당연하지. 신령도 태어나고, 늙고, 아프고, 죽는다."

생로병사라니, 비휴의 입에서 나오리라고는 생각지도 못한 심오한 대답이었다.

"이제까지 미친 신령도 보고, 죽어 가는 신령도 봤으면서 뭘 놀라."

듣고 보니 그렇긴 했다. 하지만 그렇다면 신령이 다른 생명과 다른 게 뭘까. 인간과 다른 게 뭐냔 말이다.

순간 다른 길로 샐 뻔한 은지는 얼른 정신을 차렸다.

"아니, 아니지. 중요한 건 그게 아니고. 그래서 선생님이 편찮으신 거라고?"

"편찮? 그게 뭔데?"

"아픈 거. 아픈 거 맞냐고."

비휴는 바로 대답하지 않고 이상하다는 듯 되물었다.

"네가 그렇게 느꼈다면 맞는 거지, 왜 나한테 물어?"

"내가 느낀 건 그냥 분위기가 우중충하다는 거고. 그게 무슨 의미인지 잘 몰라서 물어보는 거잖아."

비휴는 이해가 가지 않는다는 듯 얼굴을 찌푸렸다.

"현허의 힘이 약해진 건 옆에서 바로 느꼈을 거 아냐."

"아."

비휴가 그렇게 말하자 뒤늦게 그동안의 변화가 정리되어 머리에 들어왔다. 현허의 얼굴을 거의 보지 못하는 동안에도 상담소의 변화가 현허의 변화를 알리고 있었다.

원래 대문과 마당, 현관문을 통과하여 현허의 집 안에 들어서면 바깥과 공기가 달랐다. 마치 서울을 벗어나서 산속 맑은 공기를 마실 때 같은 느낌이랄까. 혼탁이 거의 없으면서, 그렇다고 부자연스럽지는 않은 정도로만 깨끗한 공간이었다. 보통 사람들도 그 차이는 느꼈고, 그 점이 현허에 대한 신뢰도를 높였다.

그런데 현허가 제대로 얼굴을 보이지 않은 지 며칠이 지나자 공기가 점점 무겁고 텁텁해지기 시작했다. 또 며칠이 지나자 사무소 곳곳에 쌓인 혼탁도 눈에 보이기 시작했다. 은지는 지난 며칠 동안 얼마나 열심히 혼탁을 쓸어 내야 했는지 떠올리며 고개를 끄덕였다.

"알았어. 그게 선생님이 아프고 힘이 약해져서 그렇게 된 거였단 말이지. 그런데 왜? 그럴 만한 일이 있었나? 언제 낫고? 낫긴 하는 거지?"

은지는 왠지 초조한 심정으로 물었다.

답이 다 있으리라 생각하고 던진 질문은 아니었는데, 정작 비휴는 담백하게 대답했다.

"아마 날 정화하느라 무리한 거겠지. 시간 지나면 회복할 거야."

"정화? 그, 귀매 때?"

비휴가 귀매에게 오염되는 바람에 정화했을 때 이야기였다.

보통의 한국 사람이라면 이런 순간에 미안해하거나, 미안해하는 시늉이라도 할 테지만 비휴는 태연하게 고개만 끄덕였다.

"이해가 좀 안 가는데. 비휴 너는…… 아니다. 아무튼, 그 오염이 그렇게 심각한 정도였어? 산신령이 앓아누울 만큼? 산신이라는 건……. 어, 모르겠다. 지금까지 서낭신들에게는 대단한 모습을 못 봤지만, 그래도 산신은 다른 거 아냐?"

"그야 온전한 산신령이라면 그렇게 힘들 일은 아니었지."

"온전한 산신령이라면? 그게 뭐야. 선생님은 온전하지 않다는 뜻이야?"

비휴는 대수롭지 않다는 듯 어깨를 으쓱였다.

"요새 약해지긴 했어. 다른 이유가 있는지, 수호진에 힘을 많이 빼앗겨서 그런지는 나도 모르지만."

"수호진?"

어리둥절했다가 한 박자 늦게 생각이 났다. 그러고 보니 몇 달 전이었던가, 북한산에서 얼핏 들었던 기억이 있었다. 한양 도성 수호진의 시작이자 끝이 북악이라고 했던가.

평창동 서낭이 했던 말도 떠올랐다.

'뭐 그래, 수호진에 신경 쓰시느라 여유가 별로 없는 분이니 이 정도는 이해해야겠지.'

'한양 수호진. 요새는 백악이 혼자 지키고 계시니까……'

게다가 지난번에 귀매를 잡을 때, 명진도 그랬다. 몇 년 전까지는 정화하거나 귀매를 잡는다고 명진을 호출하는 일이 없었다고.

은지는 그런 단서들을 짜 맞추며 고개를 끄덕였다.

"맞다, 옛 서울을 두르는 수호진이라는 게 있다고 했지. 그걸 지키느라 여력이 없단 말이지? 집에서 나오지 않으시는 것도 그래서인가? 그 상태로 평소에 안 쓰던 힘을 써서 확 안 좋아졌고. 회복이 아직 안 되어서 힘도 없고. 대충 그렇게 된 거란 말이지. 그러면 신경질적인 모습도 이해가 가네."

"그래. 아까 내가 그렇게 말했잖아."

비휴의 말만으로 그걸 알아듣는다면 마음을 읽는 수준이겠지만, 일단은 그렇다 치고 대충 넘어가기로 했다. 은지는 냅킨으로 입가를 닦으며 생각했다.

"그래서 그 수호진은 뭘 하는 건데?"

은지는 자문자답으로 말을 이었다.

"한양을 수호하려고 만든 진이라면서. 못해도 몇백 년은 됐다는 말 같은데, 지금도 작동하기는 하는 거야? 매일매일 나쁜 일이 계속 일어나는 건 그렇다 치고, 신령이 이상하게 변하거나 귀매가 되는 일들도 하나도 막아 주지 못하잖아. 그 진이 뭘지켜 주는 거야?"

조선시대부터 있었던 수호진이라면, 그사이에 이 도시가 겪은 수많은 재난은 왜 막아 주지 못했느냔 말이다.

의문이 의문을 불렀지만, 때마침 날아온 비휴의 대답이 그 굴레를 깨뜨렸다.

"큰 재앙에서 지키는 용도일걸."

"서울에 재앙이 한두 번 온 게 아닌데, 지킨 거 맞아? 그럼 그나마 수호진이 있어서 이 정도라는 거야?"

은지가 미심쩍은 마음으로 뱉은 말은 질문이라기보다는 혼잣말에 가까웠다. 비휴도 어깨만 으쓱였다.

"글쎄. 내가 아는 건, 지금은 그 수호진을 간신히 유지하고 있을 뿐이고 힘이 약해졌다는 정도다. 그동안 타격도 여러 번 입었고, 산신도 줄고 강신도 없어지고 서낭신들도 줄어들기만 하니까."

몇 달 동안 이미 체감은 했지만, 은지는 아직도 수호신이 줄어들고 모두 힘을 잃어 간다는 사실을 생각하기가 싫었다. 쇠락해 가는 집을 볼 때 드는 기분, 좋아하던 게임이 문을 닫는다고 공지할 때 드는 기분 같은 걸 느끼고 싶지 않았다. 그러다 보면 또 곱씹기 싫은 기억들이 돌아오기도 했고.

그래서 그 문제를 더 파고들지 않기로 했다.

"어쨌든 선생님은 시간 지나면 괜찮아진다는 거지?"

"그렇겠지. 늘 그랬으니까."

은지는 그냥 고개를 끄덕였다.

❧

현허가 이상하게 구는 게 은지와 아무 상관 없다는 것도 확인했겠다. 이유를 모를 때보다는 걱정을 덜었다.

'그렇지만 아프면 푹 쉬고 빨리 회복하는 게 낫지 않나. 상담소를 닫으면 굶어 죽을 것도 아닌데 왜 계속 여시는 거지.'

비휴의 설명을 듣고 그런 생각을 한 게 점심때인데, 어쩌다가 이 오후에 서울 북쪽으로 머나먼 길을 가고 있는 걸까.

"너 어디 좀 다녀와야겠다."

상담소에 들어가자마자 눈앞에 불쑥 디밀어진 종이에는 서울 북쪽에 위치한 신축 아파트 단지 안 주소와 한 사람의 이름과 전화번호가 적혀 있었고, 그 옆에는 주민자치회장이라고 휘갈겨 쓴 글씨가 보였다.

"만나서 이야기 좀 듣고 와라. 전화로는 도통 무슨 소린지 못 알아듣겠구나."

현허는 두통이라도 있는 사람처럼 살짝 찡그린 얼굴이었다.

나가지 못하는 현허를 대신해서 조사하러 가는 일이야 종종 있었지만, 이렇게 변변한 설명도 못 듣기는 처음이었다. 뭐라도 더 물어보려는데 현허가 손을 휘휘 내저었다.

"얼른."

"예? 지금요?"

은지는 당황해서 다시 물었다.

"아니, 오후에 상담 예약도 하나 있는데요?"

"상담은 너 없이도 한다."

축객령이나 다름없었다. 약간 짜증마저 실린 목소리에 더 말을 붙이지 못하고 도망치듯 밖으로 나오고 말았다.

◖◗◖

지하철만으로도 꽤 먼 곳인데, 현허 선생 집에서 지하철역까지 가는 길, 그리고 지하철에서 내려서 문제의 아파트 단지까지 가는 길이 간단치 않았다. 지하철역에 내려서자 완전히 다른 도시에 온 기분마저 들었다.

돌고 돌아서 도착한 서울의 북쪽 끝, 도봉산이라는 큰 산이 큰 비중을 차지하는 지금의 도봉구 지역은 1963년에야 서울에 편입되었다. 논밭과 마을이었던 땅이 도시에 흡수된 것이다.

그어 놓은 선이 변한다 해서 그 바탕에 있는 땅이 변하지야 않겠지만, 행정구역 개편이 있을 때마다 범위가 늘기도 하고 줄기도 하는 와중에 동네 풍경은 사십 년 전 사람이 전혀 알아볼 수 없게 변했고 계속 변하고 있었다.

도봉산 중턱에 파묻히듯 지어진 작은 신축 아파트는 깨끗하면서도 을씨년스러웠다. 맑은 날 오후 햇빛이건만 불투명한 막을 한 겹 통과해 떨어지는 것처럼 탁했다. 주위가 한적하고 고요한데 산에서 아래로 바람이 불 때마다 거대한 짐승이 울부짖는 듯한 소리가 났다.

은지는 새삼스레 서울이 참 넓다는 생각을 했다. 공간이 넓다는 감각과는 달랐다. 오히려 공간적으로는 좁게 느껴질 때도 많았다. 그러나 돌아다니다 보면 하나의 큰 도시가 아니라, 서울이라는 이름 안에 수많은 작은 도시가 꼬깃꼬깃 접혀 들어가 있다는 느낌이 들 때가 있었다.

천천히 아파트 단지 안으로 들어가는데, 길목에 아름드리 느티나무가 한 그루 보였다. 보기 드물게 큰 나무였다. 수령이 못해도 삼사백 년은 되었지 싶었다. 그래서인지 도로를 포장하면서도 이 나무는 베어 내지 않고 시멘트 사이에 흙을 남겨 살린 모양새였다.

그냥 봐도 마을 수호목 같았으나 조심스럽게 다가가서 손을 대 본 느티나무는 고요하기만 했다. 겨울이라 잎이 다 떨어졌다고는 해도 죽은 나무는 아니건만, 영적으로는 속이 빈 상태나 다름없었다.

이렇게 큰 나무인데 아깝다는 생각과, 차라리 비어 있는 게 낫다는 생각이 교차했다.

은지는 씁쓸한 기분으로 딱딱한 나무껍질에서 손을 뗐다.

엘리베이터 앞 게시판에 붙은 커다란 빨간 글씨가 보였다. 평소 같으면 무심히 지나쳤을 테지만, '쓰레기'라는 말이 눈에 확 들어왔다.

〈이러시면 안 됩니다!!〉
〈○○동에서 쓰레기를 창밖 화단으로 투척한 사진을 공개합니다.〉
〈재산이나 인명 피해가 발생할 경우 선처 없습니다!!〉

읽어 보니 쓰레기를 제대로 가져다 버리지 않고 창문 밖으로 던지는 집이 있다는 내용으로, 한두 번이 아닌 듯했다. 봉투가 터져서 땅바닥에 음식물 쓰레기가 널린 사진이 보기 흉했다. 은지의 미간에 저절로 주름이 잡혔다.

'아니, 아파트면 음식물 쓰레기 아무 때나 버릴 수 있잖아. 계단도 아니고, 엘리베이터 타고 오르내리면 되는 거고. 뭐가 문제야?'

내놓을 날짜와 시간을 맞추지 못하면 음식물 쓰레기를 끌어안고 며칠씩 지내야 하는 은지의 좁은 원룸 골목에서도 이렇게 쓰레기를 집어 던지는 사람은 없는데 말이다.

그게 다가 아니었다. 크고 굵은 빨간 글씨로 인쇄한 종이가 몇 개나 더 붙어 있었는데, 일층에 주차된 차를 긁고 다니는 사람에 대한 경고문, 장애인 주차구역에 상습적으로 차를 대는 사람에 대한 경고문까지 읽었을 때 엘리베이터가 일층에 도착했다.

그리고 엘리베이터 안에는 또 하나 충격적인 공고문이 붙어 있었다. ×월 ×일에 엘리베이터 안에서 대변을 본 사람이 있었다고 성토하는 내용이었다. 갑자기 발밑이 신경 쓰였다.

어쩌면 같은 것들을 보았더라도 그저 '와, 별일이 다 있네. 이 아파트 괜찮나' 하고 넘겼을지도 모른다. 하지만 하필이면 정체 모를 의뢰 때문에 온 길이다 보니 생각이 많아졌다.

이 아파트에 무슨 문제가 있는지는 모르지만, 그 모든 일이 자치회장에게 엄청난 부담을 지우고 있다는 것만은 분명했다. 원래는 건강체일 듯한 건장한 체격의 노인은 얼굴에 피곤이 깊게 내려앉아 있었다.

조사차 왔다고 설명은 했어도 은지의 어린 나이가 미덥지 않을 만한데, 지푸라기라도 잡고 싶은 상태인 건지, 아니면 일단 누구든 푸념을 늘어놓을 사람이 필요했던 건지 말을 마구 쏟아 냈다. 말의 파도 속에서 걸러 낸 사연을 요약하여 이해하면 이랬다.

우선 이야기의 시작은, 요새 아들에게 죽은 며느리 귀신이 붙었다고 주장하며 소란을 떠는 사람이었다. 편의상 신 씨라고 하자.

그런데 그 신 씨에 대한 설명을 조금만 들어도 물음표가 잔뜩 떴다. 안 좋은 일이라는 게 하늘에서 쓰레기가 떨어져서 아들의 자동차 앞유리가 박살이 났다거나, 아파트 같은 동에 사는 사람이 오층에서 떨어진 화분에 맞아서 입원했다거나, 아들의 회사 팀원은 복막염으로 응급실에 갔고, 아파트 옆 동은 엘리베이터가 계속 고장이 났다 등이었다.

결정적인 불행은 본인이 베란다에서 미끄러져 넘어져 팔이 부러진 일이었다. 하마터면 그대로 떨어져 죽을 뻔했다는 말도 덧붙여졌단다.

은지의 표정이 오묘해질 수밖에 없었다.

"대체 그게 무슨 앞뒤가 안 맞는 소리예요? 쓰레기가 떨어져서 앞유리가 박살 난 거 빼면 아들이 겪은 불행은 하나도 없는데? 차라리 아들이 아니라 본인에게 귀신이 붙었다고 하면 몰라. 아니, 그것도 말이 안 되지만요. 온갖 일을 다 그렇게 해석하는 거 보니까 혹시 원한 살 만한 일이라도 해 놓고 죄책감에 시달리는 거 아니에요?"

어이가 없다 보니 거의 폭언이 튀어나온 셈인데, 자치회장은 그게 오히려 기꺼운지 눈물마저 보였다.

"그러게 말입니다! 내 말이요!"

문제는 그게 끝이 아니라 시작이었다는 점이다. 신 씨 하나만 그랬다면, 골치는 아프지만 어디에나 이상한 사람은 있다는 생각으로 넘어갔을 것이다. 그런데 신 씨의 말이 알음알음 퍼지면서 그 핑계로라도 굿을 하고 싶어 하는 사람들이 모여들었다.

사실 신 씨가 귀신이 한 짓이라면서 들고 나온 사연 중에 상당수는 다른 주민들도 공유하는 문제였다. 엘리베이터는 수리해도 자꾸 고장이 나고 자잘한 하자보수 신청은 계속 나왔다. 누군지 집요하게 베란다에서 쓰레기봉투를 던지는 사람이 있었는데, 처음에는 한 명이 그러다가 전염이라도 되는지 점점 늘어났다. 그걸 또 따라 하는지 물풍선을 던지는 아이들이 나왔고 급기야는 화분이 떨어지는 사태까지 일어났다.

누구인지 확실하게 잡으려면 경찰에 의뢰해야 할 텐데, 그래야 하느냐 마느냐를 두고 또 다툼이 일어났다. 관리사무소와 주민자치회는 끊임없이 불러 대는 사람들에게 시달렸고, 이웃과 이웃이 서로를 의심했다. 엘리베이터에서 인사를 하기보다는 경계하는 사람들이 늘어났다.

그 와중에 또 누군가가 이 상황을 인터넷에 적으면서 범인을 색출하자는 소동이 일어났다. 집값을 떨어뜨리려는 음모라는 소문도 돌았다. 그러더니 종교인들이 적극적으로 움직이기 시작했다.

주민들끼리는 서로 다른 종교에 피해를 끼치지 않도록 자제하자는 암묵적인 합의가 있다고 생각했는데, 같은 동에 산다는 핑계로 전도에 나서는 사람이 조금씩 나타났고, 다시 그게 또 싸움으로 번졌다. 거기에 이제는 이게 다 살이 낀 거라고 크게 굿을 해야 한다는 사람들이 나왔다.

도무지 말이 안 되는 논리였지만 그런 일들이 거짓말처럼 순식간에 진행됐다.

듣다 보니 은지도 점점 진지해졌다. 분명히 말썽이 하나씩 이라면, 아니 둘이나 셋이라도 흔히 있다고 할 수 있다. 하지만 이런 일이 한곳에서 터진다고? 그것도 한꺼번에? 마치 어느 집에나 하나씩 있는 진상이 한집에 종류별로 다 모여 사는 드라마 같은 이야기였다.

은지는 둥굴레차를 마시며 '세상에, 어떡해요' 열심히 맞장구를 치다가 몇 번이나 선생님에게 잘 전달하겠다고, 무슨 일인지 알아보겠다고 다짐하고 겨우 놓여날 수 있었다.

밖으로 나왔을 때는 벌써 어두워진 지도 한참이었다.

'와, 이거 혹시 나한테 벌을 주려고 떠넘긴 거 아니야? 나 밉보일 만한 일 있었나?'

한탄을 늘어놓는 사람에게 붙들려 있었더니 기운이 쭉쭉 빠졌다. 이제부터 돌아갈 길이 까마득했다. 어두워지면서 울부짖는 듯한 바람소리도 아까보다 심해졌다.

위험한 장난, 잦은 싸움, 이상한 해결책에 집착하는 사람들, 흉흉한 인심……. 이런 상황인데 아파트 단지에 들어서서 지금까지 특별한 게 눈에 띄지 않는다는 점이 더욱 기이했다. 잡귀가 보이지도 않았고, 여기저기 쌓인 혼탁도 평범한 수준이었다. 없지는 않지만, 많다고 볼 수도 없었다.

은지는 관자놀이를 문지르며 끙 소리를 내고 말았다. 뭔가가 마음에 걸리기는 하는데, 영 머리가 맑아지질 않았다. 없던 두통까지 찾아왔다.

유난히 피곤하더라니, 집에 가서 바로 쓰러져 잤는데도 몸이 무거워 다음 날 출근까지 늦었다.

'정신 차려 강은지! 고용주가 게을러졌다고 나까지 이러면 안 되지!'

제시간에 출근해도 현허가 얼굴을 내비치지 않는 나날이 열흘 가까이 이어지다 보니 해이해졌나 보다. 정신 차려야지 마음을 다잡으면서 서둘러 현관에 들어갔더니, 상당히 멀쩡해 보이는 현허 선생이 떡하니 식탁에 앉아서 은지를 쳐다보고 있었다. 앞에 술병과 술잔도 놓고서.

'아, 왜 하필 오늘! 내가 부지런히 나올 때는 안 나오더니 왜 오늘!'

은지는 괜히 억울한 기분으로 고개를 꾸벅 숙였다.

"늦어서 죄송합니다. 지금 얼른 준비할게요."

"됐다. 오늘 예약은 아직 멀었으니 어제 조사 보고부터 듣자꾸나."

이 이상한 조사 건이 생각보다 중요한 문제였나. 은지는 조금 의아한 마음으로 식탁 맞은편에 앉으면서 뒤늦게 변화를 알아차렸다. 현허가 어제보다 약간 안색이 좋았다. 완벽하진 않지만 주위 공기도 어제보다는 맑았다.

"이제 나아지신 거예요?"

반색하며 묻자 현허는 눈썹을 꿈틀거렸다.

"왜, 그동안 할 일도 없고 좋았는데 아쉽냐?"

퉁명스러운 말투였지만 가시도 느껴지지 않았고, 찬바람이 돌지도 않았다. 그것만으로도 은지는 한시름 놓았다.

"할 일이 없긴요. 그동안 공기도 나빠지고, 청소에도 힘이 더 들었다고요. 어휴, 평소 모습 찾으시니 좋네요. 걱정했어요."

"걱정은 무슨 걱정. 왜, 상담소 문이라도 닫을까 봐?"

"앗. 그러고 보니 그 생각은 못 했네요. 월세도 내야 하는데 제 월급이 끊기면 곤란하죠."

살벌하게 굴던 현허가 다시 농담을 하니 은지도 말이 가볍게 나왔다.

"선생님 산신이라면서 뭐 그렇게 약해요. 정화 한 번 했다고 골골대시고, 역시 나이가 나이라서 그런가."

"그런 말은 속으로 생각하는 게 보통 아니냐?"

현허는 손을 내젓더니 그 화제는 그만 됐다는 듯이 말했다.

"그래서, 조사하고 온 일은?"

은지는 느슨해졌던 자세를 바로 했다.

"솔직히 말해도 돼요?"

"지금까지는 솔직하지 않았더냐? 네가 언제는 말을 가렸다고."

"이야기 들으면서 처음에는 왜 조사하라고 보내신 건지 이해가 안 갔어요. 그런데 다 듣고 보니까 뭔가가 이상하긴 해요. 이상하긴 한데, 뭐가 문젠지는 전혀 모르겠고요."

은지는 나름대로 적어 온 수첩을 참고하며 들은 내용을 전했다. 그리고 직접 본 아파트의 인상도 덧붙였다.

보고가 끝났을 때는 오랜만에 맑다 싶었던 현허의 얼굴이 흐려져 있었다.

"아파트라는 곳에 사는 사람이 많아졌으니 분란이 많아지는 거야 당연하다만. 네 말마따나 그런 자잘한 일이라도 한꺼번에 한곳에서 일어나는 건 괴이하구나. 마을 수호신은? 거기 큰 느티나무가 하나 있을 텐데."

어라. 어떤 곳인지 아시는 건가? 은지는 의아한 속마음을 얼굴에 그대로 드러내며 순순히 대답했다.

"맞아요. 입구에 큰 느티나무가 있길래 혹시나 하고 가 봤는데, 빈 것 같았어요. 나무는 살아 있는데 속에 아무것도 없더라고요."

"확실해?"

은지는 그렇다고 대답하려다가 주춤했다. 확실하냐고 물으니 괜히 한 번 더 생각하게 되어서였다. 영적으로 확실히 죽었던가? 수호신이 없어진 게 확실하던가?

"텅 비었다고 해야 하나, 투명한 느낌이어서 없구나 생각하긴 했는데요. 깊이 들여다보지는 않았어요."

"투명하다고?"

"뭐라고 해야 하지. 존재감이 엷어진다고 해야 하나, 얇아지는 것 같은 느낌이요. 예전에 탑골 터주신에게서도 비슷한 느낌을 받긴 했었어요."

"투명하다. 재미있는 표현이구나."

현허는 눈을 굴리며 잠시 뭔가 생각하는 것 같았다.

은지는 잠시 기다리다가 다시 말했다.

"그래서 무슨 일인데요. 거긴 왜 보내신 건데요. 설명을 제대로 해 주셔야 저도 일을 더 잘하지 않을까요?"

"미리 이런 것 같다, 저런 것 같다 말을 듣고 나서 보면 들은 대로 끼워 맞추기 쉽지. 선입견 없이 보는 편이 더 낫다고 생각한다만."

"처음에는 그렇다 쳐도 지금은 설명을 해 주셔도 되잖아요."

현허는 술잔을 손안에서 굴리면서 천천히 말했다.

"알았다, 알았어. 어디 보자. 도봉산은 서울이라고 하기엔 먼 곳이다만, 몇십 년 전인가 그쪽에 상담을 한번 해 준 일이 있었다. 제법 오래된 마을 자리에 아파트 단지를 짓는 계획이었는데, 마을 수호목을 어떻게 할 것이냐는 문제였지."

"그래서 그 나무를 알고 계셨군요."

"그래. 그냥 상담을 받았어도 나무를 꼭 살리라고 했을 텐데, 알아보니 그 나무를 살리는 게 아주 중요한 위치였다."

현허가 설명해 준 이유는 이랬다.

풍수지리에 비수지풍悲愁之風이라는 지세가 있다. 산줄기 뒤가 물에 의해 끊어진 자리인데, 바람이 불거나 비가 내리면 구슬피 우는 듯한 소리가 난다고 해서 붙은 이름이었다.

원래 비수지풍인 땅에는 생기가 남아나질 않기 때문에 동물이 살기에 좋지 않으니, 사람이 살기 좋을 리가 없었다. 그런데 이미 그 자리에 꽤 오랫동안 마을이 있었으니 이 어찌 된 일인가.

짚어 보니, 과거에도 지세가 비수지풍이니 마을 터로 좋지는 않았지만 큰 나무가 혈을 짚고 서서 살기를 눌러 준 덕분에 무사했던 모양이었다. 그러니 새로 아파트 단지를 짓더라도 마을 수호목은 꼭 지켜야 하며, 위치도 다른 곳으로 옮겨서는 안 된다고 신신당부를 하여 건축할 때도 지키도록 했었다.

"그런데 마침 그 아파트에서 들어온 이야기라서, 이참에 수호목을 확인해 봐야겠다고 생각하신 거예요?"

현허가 그 수호목을 걱정해서 알아보려 했을 리는 없다는 생각부터 들어 마음이 가라앉았다. 귀매 문제가 터지면서 흐지부지 넘어갔던 백합아파트 일이 다시 떠올라서였다. 그때 현허의 태도를 생각하면, 지금 그 수호목을 확인한다는 것도 그냥 안부 확인은 아니지 싶었다.

'일 잘하나 감시하러 다니는 악덕 고용주가 따로 없네.'

애써 속으로나마 농담을 하며 마음을 가볍게 하려는 은지의 생각을 아는지 모르는지, 현허는 덤덤하게만 말했다.

"글쎄다. 네 말대로 서낭나무가 이미 비어 버렸다면, 그래서 아파트에 안 좋은 일이 늘었다고 설명할 수도 있기는 한데…… 모든 면에서 평범해 보였다니 그게 마음에 걸리는구나. 좀 더 알아보는 수밖에 없겠다. 우선 확실히 수호신이 사라졌는지부터 확인하고."

현허의 말을 들은 은지는 반사적으로 투덜거리고 말았다.

"으. 거기 오래 있기 싫은데. 바람소리가 시끄러워서 그런가 엄청 피곤했다고요. 두통도 생기고요. 마을버스에, 지하철에, 다시 도보로 가기도 복잡하고."

"그럼 택시 타고 가든지."

웬일로 현허가 택시비와 외근비와 간식비까지 가볍게 내줬지만, 택시를 타고 서울을 가로지르기엔 정작 은지가 너무 소심했다.

'이러니 천만 원을 턱 줘도 의심만 하지.'

은지는 결국 지하철을 타면서 자조했다.

'그리고 보니 오랜만에 대화할 기회였는데, 옥토부동산에 대해서는 또 말을 못 했네.'

잠깐 그런 생각이 스쳐 지나갔지만, 이제 현허가 나아졌으니 언제든 기회가 있을 터였다. 그렇게 생각만 해도 기분이 한결 가벼웠다.

❧

마음이 가벼워졌다고 생각한 지 얼마나 됐다고, 은지는 도봉동 아파트 앞에서 한참을 머뭇거리고 있었다.

느티나무 주변 공기는 평온하게 가라앉아 있었지만, 역시 여기는 뭔가 기분이 좋지 않았다. 그래서 그럴까, 새삼스럽게 몸에서 빠져나가기가 무서웠다.

아니, 정확히 말하자. 몸에서 빠져나가는 것보다도 느티나무에 들어가기가 무서웠다.

저주 항아리 때 겪은 교훈도 있지만, 그 후에 백합아파트의 망가진 수호신에 이어 귀매까지 접촉해 보면서 두려움이 커졌다. 정확히 현허가 바란 대로였고, 아마 안전을 위해서는 그 편이 낫겠지만 말이다.

'기분이 나빠서만은 아니지.'

저주나 비틀림에 접했을 때 속이 뒤집히는 느낌보다 더 망설이게 된 건, 그럴 때마다 흘러들어 오는 심상들이었다. 누군가의 생각이나 감정이 읽힌다는 건 무서운 일이었다. 심지어 그 누군가가 정상 상태가 아닌 신령이라면 말할 필요도 없었다.

'설마 이번에는 별것 없겠지? 바깥쪽에 이상한 기운이 느껴지지도 않잖아.'

은지는 용기를 북돋는다는 핑계로 초콜릿을 세 개나 먹고 나서야 겨우 심호흡을 하고 마음을 가다듬었다. 벤치에 잘 앉혀 둔 몸에서 조심스럽게 빠져나가서, 다이빙대에서 몸을 날리는 것 같은 느낌으로 느티나무 안에 들어갔다.

잠시 동안은 텅 빈 것 같았지만, 조금 더 깊이 들어가자 수면 아래에서 일렁이는 반짝임 같은 게 느껴졌다.

'살아 있었어?'

다음 순간, 홱 끌어당기는 느낌이 났다. 반사적으로 이전에 있었던 일이 겹쳐지며 공포감이 치솟았다. 그러나 저항하려 하자 더 당기는 느낌이 강해졌고, 곧 은지는 물에 빠진 사람처럼 몸부림을 치고 있었다.

어딘가에 빨려 들어가기도 벌써 몇 번째지만, 이번에는 또 조금 달랐다. 계곡물에 조심스럽게 발을 담갔다가 소용돌이에 휩쓸린 느낌이랄까. 정신을 못 차리고 물을 꿀꺽꿀꺽 마시는 심상이 덮쳐들었다.

정신을 차리고 보니 은지는 허공에 떠 있었다.

산 위였다.

백합아파트 때나 귀매의 감정이 흘러들어 오던 때와는 달랐고, 그보다는 예전에 북한산에서 겪었던 경험에 가까웠다. 다만 그때는 그림 속에 빨려 들어가고도 한참이 지나도록 그 사실을 눈치채지 못했지만, 지금은 바로 여기가 현실이 아니라는 걸 알 수 있었다. 허공에서 주위를 돌아보려고 해도 몸이 고정되어 돌아가지 않았다.

'나무의 마음 같은 걸까? 아니면 기억? 꿈?'

죽었다고 생각할 만큼 힘이 없는 상태였으니, 심상 공간 역시 제한을 많이 받는 게 아닐까. 답답한 와중에도 그런 생각이 들었다.

'그래서 무슨 말을 하고 싶은 건데요, 나무신령님. 그냥 말을 해 줘요.'

은지는 이대로 영원히 벗어나지 못하는 게 아닐까 하는 공포를 누르고 마음속으로 열심히 외쳤다.

마치 그 말을 듣고 응답하듯, 천천히 아래 풍경이 변했다.

대충 그려서 군데군데 깨진 그래픽처럼 조잡했지만, 산속에 계곡이 하나 보였다. 그런데 물이 마른 계곡에 안개가 자욱하게 덮여 있었다. 그것도 하얀 물안개가 아니라 검은 안개, 아니 기분 나쁘게 거무튀튀한 색의 안개였다. 산 전체를 뒤덮은 것도 아니고, 그 계곡에만 짙게 차올라 앙상한 나뭇가지들이 다물에 빠진 사람처럼 위로 손을 뻗고 있었다.

잘 보이지는 않지만, 그 안에 뭔가 안 좋은 게 있다는 느낌이 들었다. 가까이 가고 싶지 않았다.

그때, 덜컹하고 멀미가 나며 몸이 움직이기 시작했다. 은지는 아래로 떨어지나 싶어 화들짝 두 손을 맹렬히 휘저었다. 여전히 몸은 마음대로 움직이지 않았지만, 다행히 떨어지는 건 아니었다. 풍경이 이동했다.

평범한 아파트 단지가 보였다. 가까이 선 커다란 느티나무 덕분에 '아, 그 아파트구나' 알아볼 수 있었다. 그리고 밤이 오고 달이 사라지자 계곡에 있던 안개가 꿈틀거리며 아파트 단지 쪽으로 내려가기 시작했다. 스멀스멀, 기분 나쁘게, 기어가는 괴물처럼.

구름이 낀 검붉은 밤하늘 아래 안개에 휩싸인 아파트 단지는 꿈속에서도 보지 못한 비현실적인 풍경을 그렸다. 안개는 울부짖는 바람소리에 맞추어 파도처럼 한 겹, 한 겹 더 두툼하게 쏟아져 내렸다.

그리고 그 속에 꿈틀거리는 얼룩 같은 것이 있었다.

제대로 보려고 하면 시야를 비껴 내는 것 같은, 왠지 거기 있어선 안 될 것 같은 종류의 어둠. 비휴의 피부에 묻어 있던 얼룩과도 조금은 비슷한……

저게 뭘까. 자세히 들여다보고 싶은 마음과, 영영 보고 싶지 않은 마음이 교차했다.

여기가 현실이 아니라는 인식이 사라지고, 그 안개 앞에 맨몸으로 서 있는 것만 같았다. 도망치고 싶었지만 발이 꽁꽁 묶인 듯 움직일 수가 없었다. 도망칠 방법이 없었다. 은지는 이를 물고 눈을 꽉 감았다.

아무 소리도 없이 거센 충돌이 느껴졌고, 다음 순간 은지는 허공으로 튕겨 올랐다. 현기증 나게 빙글빙글 돌면서 마지막으로 본 광경은, 느티나무 앞에서 투명한 벽에 부딪힌 듯 안개가 흩어지는 모습이었다.

뒤이어 은지는 땀에 흠뻑 젖은 채 깨어났다.

❥〰❥

어디부터 어디까지가 꿈이었을까.

언제 어떻게 정신을 수습하고 상담소로 돌아왔는지 모르겠다.

밤이었다. 은지는 대자로 누워 있다가 꿈틀꿈틀 기다시피 몸을 반쯤 일으켰다.

은지가 누워 있던 곳은 현허의 방이었다. 언제나 유난히 깨끗하던 공간이지만, 지금은 살짝 먼지가 앉은 듯 혼탁이 쌓여 있었다.

그리고 그 방 주인은, 앉은뱅이 상 위에 술병과 술잔을 올려놓고 벽에 붙여 놓은 지도를 빤히 보고 있었다.

서울 전체 지도였다. 중심에는 옛 한양 성곽이 이지러진 원을 그리고, 바깥으로는 빈말로도 원이라고 할 수 없는 지금의 서울 윤곽선이 그어져 있었다. 도봉산은 그 서울의 북쪽 경계선쯤에 있었다. 서울과, 서울이 아닌 곳에 걸쳐서.

은지가 아직 누운 채로 중얼거렸다.

"제가 이미 보고는 드린 거죠?"

"그래. 와서 잠꼬대하듯이 떠들더니 그대로 엎어져 자더구나."

비몽사몽간에 시계를 찾으니 벌써 새벽이었다. 은지는 부스스 일어나서 현허의 술잔에 손을 뻗었다. 독한 술이 식도를 지지듯이 태우며 내려가고, 진저리가 쳐졌다.

"소주인 줄 알았는데요."

"그게 진짜 소주다. 아직 그 맛을 알기엔 네가 좀 어리지."

어쨌든 정신이 드는 데엔 도움이 됐다.

은지는 한 잔을 더 따라서 조금씩 마시면서 물었다.

"거기서 대체 무슨 일이 벌어지고 있는 거예요? 그 느티나무 신령은 무슨 말을 하고 싶었던 거고요?"

현허는 지도에서 시선을 떼고 한숨을 내쉬었다.

"무슨 일이 일어나는지 전해 준 거라고 봐야겠지. 도봉산 계곡에 혼탁이 그렇게 많이 고였을 줄은 몰랐구나. 그동안 그게 이동해 오지 못하게 막느라 그 서낭신이 힘을 다 잃은 모양이다. 서낭신이 점점 약해지니 아파트 사람들에게 조금씩 영향이 커지는 거였고. 혼탁이 아예 둥지를 튼 것도 아니다 보니 알아차리는 게 늦었어."

어쩐지 너무 늦게 알았다는 말이 함축된 느낌이었다.

은지는 입술을 씹으며 기억을 돌이켰다.

"위험한 건 알겠어요. 그거, 제 느낌은 혼탁이라기보다는 저주와 더 비슷했거든요. 귀매 같기도 한데, 그것보다 좀 더……."

은지는 말하면서 몸서리를 쳤다. 몇 사람의 평생분의 악의가 모여서 만들어졌던 저주 항아리. 그 꺼림칙한 물건을 몇 배로 키워 놓은 느낌이었다.

현허는 하고 싶지 않은 말을 삼키는 표정으로 느릿느릿 말했다.

"아직. 아직은 확실하지 않아. 비휴를 시켜서 정체를 확인해 봐야겠다. 그사이에 방어벽부터 보강해 두고."

"방어벽이요?"

"네가 본 장면에서, 그 나무신령 앞에서 안개가 갈라졌다고 했지? 아마 이제까지 그런 식으로 방어벽을 세워서 받아 내고 있었던 게 아닌가 싶구나. 그래서 거의 힘이 다한 것일 테고."

"제가 들어갔을 때도 이미 텅 비었다는 느낌이었는데, 아직 힘이 남아 있긴 할까요."

은지의 마음이 술렁거렸다.

"이번에도 막은 걸 보면 그 나무도 조금은 힘이 남아 있다는 얘기겠지. 어쩌면 이 공격에 대비하느라 깊이 숨어서 자고 있었는지도 모르고. 그러니 조금이라도 더 버틸 수 있게 해 줘야겠어. 내일 바로 아파트 자치회에 닿을 만한 연줄을 찾아서 풍수도 조정하고…… 일단 방어벽을 제대로 치고 나면 천천히 다시 밀어낼 방법이 있을지도……."

현허가 다 알아들을 수 없는 소리를 중얼거렸다. 머리가 멍했던 은지는 다 듣지 않았지만, '조금이라도 더 버틸 수 있게' 해 준다는 말만은 선명하게 꽂혔다.

"더 버틸 수 있게 한다면, 치료해 주는 건가요? 나을 수 있어요?"

현허의 말이 잠시 끊겼다. 그리고 은지가 반쯤 예상한 답이 돌아왔다.

"그 정도까지 기력이 떨어진 신령을 원상태로 복구할 수는 없다."

결국에는 죽을 테지만, 조금이라도 더 오래 버티도록 수리해서 끝까지 써먹자는 소리였다. 백합아파트 때 들었던 말과 비슷했다.

하지만 은지는 느티나무가 그린 심상 속으로 끌려 들어갔을 때, 말하지 않은 말을 느꼈었다.

그건 살려 달라도 아니고, 도망치고 싶어도 아닌 '그만하고 싶다'는 마음을.

그것도 산 너머에서 밀려오는 불길한 안개와 마찬가지로 진실이었다.

"꼭 그래야 해요? 다른 방법은 없어요? 그 신령님은 이제 지칠 대로 지쳤던데, 그냥 놓아드리면 안 돼요?"

처음이었다. 현허가 시선을 피하는 일은.

그 사실을 알아차리고 놀라면서도 은지의 입에서는 떠밀리듯 말이 계속 굴러 나왔다.

"선생님, 예전에는 그러셨잖아요. 탑골 때요. 그렇게 지치고 놓아 버리고 싶어졌다면 그걸 붙드는 것도 못 할 짓 아니냐고, 고통을 연장시킬 뿐 아니냐고, 내버려 두라고 하셨죠. 왜 지금은 말이 전혀 다른데요? 백합아파트처럼 손댔다간 아파트가 다 무너지거나 사람들 다 휩쓸릴 상황도 아니잖아요."

처음이었다. 현허도 속으로는 떳떳하지 못하구나 싶어진 순간은.

이제까지는 무슨 궤변을 늘어놓을 때나 늘 당당했고, 네가 잘 몰라서 그런다는 식이었던 현허가 망설임을 비치니 은지가 오히려 필사적으로 말을 짜냈다.

"차라리 흩어 놓거나, 다른 데로 옮기면요? 좀 더 힘 있는 수호신이 있는 쪽으로 옮길 수는 없어요? 그렇지, 서울 수호진이라는 거 원래 이런 재앙에 대비한 거 아닌가요? 그건 지금 쓸 수 없어요?"

그 순간 죄책감이 어른거리는 것 같았던 현허의 얼굴이 확 굳었다.

"무슨 소릴 하는 거냐. 수호진으로 막으려면 그 더러운 것을 여기 한양 중심부까지 끌어들여야 해. 그런 위험한 짓을 할 수는 없다. 피해는 최대한 외곽에서 끝내야지."

지금까지 들은 적 없이 날카로운 목소리였다. 현허는 그 기세로 뭔가 더 말하려다가 말고 손을 내저었다.

"네가 아직 잘 몰라서 그렇다. 차차 이해하게 될 거야. 준비할 일이 많으니 우선 가서 쉬어라."

은지를 내치는 말이었지만, 오히려 현허가 도망치는 것처럼 느껴졌다.

가슴이 체한 것처럼 답답했다.

수호신으로 산다는 것
·····································

계속 언제 한번은 홍화를 다시 만나서 이야기를 해 봐야지 하고 있었지만 이렇게 보게 될 줄은 몰랐다.

다소 촌스럽게 느껴지는 '옥토부동산'이라는 이름과 달리, 명함에 적힌 옥토의 대표 주소는 강남 대로변의 번듯한 위치에 자리 잡은 세련된 건물이었다.

조금만 생각해 보면 당연한 일이기도 했다. 옥토는 가끔 뒷수습을 위해 공권력을 움직일 때도 있었으니, 보잘것없는 회사일 리 없었다.

은지는 조금 당황하고 주눅 든 마음을 숨기고 최대한 자세를 바르게 하려고 했다. 홍화는 그런 은지가 귀엽다는 듯이 웃으면서 잘 묶어 놓은 두루주머니를 내밀었다.

"별로 어려운 일은 아니에요. 처방도 내가 거의 완성해 놨으니까, 은지 씨라면 충분히 할 수 있을 거예요."

현허는 옥토부동산에 아예 치료 과정을 맡기고 싶어 했지만, 시간이 급한 탓에 실행은 은지가 맡아야 하는 상황이었다.

"다만 주머니를 열 때 조심해요. 위험하니까 절대 닿으면 안 됩니다. 본체가 나무인 신령이라니 그대로 뿌리 근처에 부으면 될 거예요."

"위험하다니, 약 아니었어요?"

"원래 독과 약은 같은 거예요. 효능이 강한 약이라면 강한 독일 수밖에 없죠."

홍화는 그런 말을 하면서 그림 같은 미소를 지었다.

용건은 그걸로 끝이었지만, 비싸 보이는 아름다운 찻잔에 담긴 커피가 남아 있었다.

백합아파트 때 워낙 좋은 기억이 남아서일까. 지나치게 아름다운 외모에도 어느 정도 적응이 된 걸까. 홍화와 마주 앉아 있어도 전처럼 머릿속이 하얗게 되지는 않았다. 은지는 잠시 숨 돌리는 기분으로 커피를 홀짝이다가 입을 열었다.

"이게 정말 잘하는 일인지 모르겠네요. 확실히 치료해 주는 거라면 저도 더 의욕이 날 텐데요. 진짜 우리, 수호신들한테 너무하는 거 아닌가요."

은지는 울분을 터뜨리듯 말하고 나서야 조금 민망해져서 입가를 문질렀다. 그러나 한번 튀어나온 말은 멈추지 않고 굴러떨어졌다.

"그냥 시키는 대로 하면 되는 건데 제가 너무 쓸데없는 생각이 많죠? 저야 모르는 것도 많고, 아마 현허 선생님이 맞겠죠. 맞겠지만요. 제가 알 수 없는 부분이 많다는 것도 알겠지만요. 그래도 그렇구나 하고 받아들이질 못하겠어요. 설명이라도 제대로 해 주시면 좋을 텐데."

홍화가 뭔가 방법을 제시해 주리라 기대한 건 아니었다. 단지 좀 더 이해할 만한 말을 해 주지 않을까 하는 기대는 있었다. 백합아파트 때도, 돌이켜 보면 결국은 같은 결론이었지만 홍화의 말에는 수긍했는데 현허의 말에는 반발하게 됐으니까.

그런데 홍화는 은지의 두서없는 말을 가만히 듣더니, 생각지 못한 말을 뱉었다.

"은지 씨도 참 특이하네요."

홍화는 아름다운 얼굴에 그림 같은 미소를 띠고 있었다. 은지는 그 얼굴에 잠시 홀렸다가 어리바리하게 대꾸했다.

"제가요? 왜요?"

"인간이면서 인간이 입을 피해보다 수호신들의 괴로움에 마음을 더 쓰다니, 혹시 인간이 싫어요? 인간 혐오나 그런 거예요?"

생각도 하지 못한 말에, 은지는 말 그대로 앉은 자리에서 펄쩍 뛰었다.

"인간 혐오라뇨! 그런 거 아니에요. 사람들이 피해 입어도 괜찮다고 생각하는 건 정말 아니고요."

은지는 누가 봐도 비싸 보이는 커피잔을 만지작거리며 변명했다.

"그야 나쁜 일은 막아야겠지만요. 단지, 전 아무래도 누군가를 희생해도 된다는 생각을 못 받아들이겠어요. 인간들만 무사하면 그만이라고도 생각할 수가 없어요."

"그것도 '서울 사는 인간만'이라고 생각하면 더 그렇죠?"

홍화가 툭 던진 말이 마음에 확 꽂혔다.

"맞아요! 계속 뭔가가 마음에 걸린다 했는데, 그거였네요. 그래요."

현허 앞에서는 정확히 짚어 내지 못했지만, 지금 '서울'이라는 말을 듣고 보니 딱 그랬다. 흘려들었던 현허의 말들이 뒤늦게 떠올랐다.

수호목을 치료한다는 말 다음에 그랬었지. '일단 방어막을 제대로 치고 나면 천천히 혼탁을 다시 밀어내거나 흩어 놓을 방법을 찾자'고.

바깥으로 밀어낸다면, 서울이 아닌 곳으로 보내면 괜찮다는 말인가.

게다가 현허가 지킨다는 서울은 대체 무엇인가.

위험하고 더러운 것을 한양 중심부로 끌어들일 수는 없다고, 최대한 외곽에서 막아야 한다는 말. 그건 결국 외곽은 피해를 입어도 된다는 말인가. 옛 도성이 서울 외곽보다 중요하다는 말인가. 아니, 서울은 서울 바깥보다 중요한 건가.

서울 바깥보다는 서울, 서울 외곽보다는 서울 중심, 그래서 서울 중심의 무엇을 지키나. 건물? 땅? 인간을 지킨다기에는 인간에게 무관심하고, 그러면서도 수호신의 희생은 당연하게 여기면서 뭘 지키는 걸까.

생각하다 보니 점점 화가 올라왔다.

마치 타이밍을 잰 듯 홍화가 그 위에 돌을 하나 얹었다.

"현허 선생님이 만능은 아니니까요. 애초에 서울의 수호신도 아니고, 어쩌다 보니 너무 무거운 짐을 지셨죠. 동료도 없고, 일손도 달리고, 버티는 것만도 버거울 만해요."

그렇기는 했다. 서울 전체를 지키는 수호신 같은 것은 없고, 다른 산신들은 줄줄이 없어지거나 잠들고, 작은 서낭신이며 터주신들도 많이 없어져서 수호진을 지탱하느라 힘든 상황. 아마 현허가 비휴 하나 정화하고도 이 주일 가까이 아플 정도로 약해진 것도 그래서겠지. 아마 그래서 나오는 판단들이 있겠지.

하지만 그런 생각을 하자 왠지 마음이 가라앉기는커녕 화가 더 났다.

홍화는 뒤이어 고개를 살짝 기울였다.

"힘겹다 보니 시야가 좁아져서 생각을 잘못하시는 걸 수도 있죠."

"네?"

현허에게 화가 나기는 했어도, 현허가 생각을 잘못했을지 모른다는 말에는 멈칫했다.

그러나 홍화는 현허 대신 변명하듯이 조곤조곤 말할 뿐이었다.

"은지 씨도 같이 일하면서 이런저런 생각이 있겠지만, 나도 그런 고민을 하게 되더군요. 선생님은 사악한 기운이 안으로 들어오지 못하게 막아야 한다고만 하시는데, 요새가 옛날 같은 시대는 아니잖아요? 서울은 정말 큰 도시가 되었고, 사람도 아주 많이 살고요. 그러니까 방법이 달라질 필요도 있지 않을까 싶은데, 선생님한테는 이런 이야기가 먹히질 않거든요. 아무래도 현허 선생님은 옛 한양의 수호진을 지키고 계시고, 오래 사신 만큼 예전에서 벗어나지 못하시는 부분도 있고요. 서울 바깥은 물론이고, 최근에 서울에 편입된 지역에 대해서도 생각이 미치지 못하실 때가 있어요."

"그야 그렇죠."

홍화는 고개를 살짝 옆으로 기울이면서 혼잣말하듯 말했다.

"이를테면 말이죠…… 선생님은 이대로 혼탁이 서울로 들어오지 못하게 막을 생각만 하시지만, 그게 넓게 퍼지면 덜 위험할 수도 있잖아요? 그렇다면 한 방향으로 밀기만 할 생각을 하지 말고, 당기기도 해야 하는 게 아닐까요? 옆으로 넓게 퍼트린다거나요."

은지는 갑자기 퀴즈를 내는 교수님 앞에 선 기분으로 잠시 헤매다가 조심스럽게 말했다.

"무슨 말씀인지 잘 모르겠어요. 그러면 피해를 막을 수 있는 거예요?"

홍화는 어깨를 으쓱였다.

"막을 순 없더라도 줄일 순 있다고 생각해요. 실험해 볼 기회가 없었다 뿐이지."

은지는 자리를 고쳐 앉았다. 갑자기 그 자리가 불편해졌다.

홍화가 다 이해한다는 얼굴로 은지를 마주 보더니, 의미심장하게 한숨을 내쉬었다.

"그냥 해 본 말이니 신경 쓰지 말아요. 어차피 서울 북쪽은 내 관할도 아니고, 현허 선생님이 알아서 잘 판단하셨겠지요."

한발 물러선 태도였지만, 뒤이어 한 말은 은지의 정신을 제대로 뒤흔들어 놓았다.

"그런데, 그런 마음이면 은지 씨 괜찮겠어요? 이러면 그 서낭도 백합아파트처럼 될지 모르는데."

달칵. 커피잔이 위험한 소리를 내면서 받침 위에 내려앉았다.

❥〜❥

누가 한 말이었더라. 누군가가 그런 말을 해 줬었다.

'다 필요 없고, 이게 진짜 실용적인 충고다. 너희들, 직장은 그냥 직장이야. 일에서 자아 찾고 그러면 안 돼.'

이 일에 무슨 의미가 있긴 한 걸까 회의가 들더라도, 내가 쓸모 있는 일을 하긴 하는 걸까 의심스럽더라도 너무 타격받지 않고 흘려야 한다고 했다. 그런 생각을 아예 안 하기는 무리라도, 얼른 흘려 버려야지 파고들면 위험했다.

일은 일일 뿐. 일한 만큼 돈을 받으면 그만이다. 괜히 기대하고 실망해선 안 된다. 일도, 일터에서 만나는 사람들에 대해서도 마찬가지다.

'애초에 내가 뭐 대단한 포부가 있어서 시작한 일도 아니잖아. 난 그냥 도망치지 않고 살고 싶었을 뿐이야. 내 삶을 통제하고, 남들처럼 돈도 벌면서, 좀 더 마음 편하게 살고 싶었을 뿐이라고.'

그래서 은지는 며칠 동안 기계적으로 현허의 지시를 수행했다. 아파트 주민자치회장과 연락하고, 풍수적으로 아주 나쁜 상황이니 그걸 돌리기 위해 아파트 주변에 거대한 조형물을 몇 개 만들어야 한다는 현허의 말을 옆에서 들으며 너무 전형적인 사기꾼 멘트 아닌가 생각하고. 다음 단계로는 현허의 지시대로 조형물을 만들 건설회사와 자치회장을 연결해 주면서 이거 딱 부정부패 아닌가 생각하기도 했지만, 깊이 고민하지는 않았다.

하지만 조금 전 옥토에서 들은 이야기가 눌러 놓았던 고민을 다시 일으켰다.

은지는 떠밀리듯 지하철을 타고 도봉동까지 간 후에야 마음을 다잡고 현허에게 전화를 걸었다.

"그래. 처리했느냐?"

마음이 바쁜지, 현허는 전화를 받자마자 그렇게 물었다. 은지는 말문이 막혔다가 천천히 대답했다.

"아뇨. 아직 가는 중이에요. 그런데 여쭤보고 싶은 게 있어서요."

은지는 물어보라거나, 지금은 시간이 없다거나 하는 반응을 기다리지 않고 내달리듯 빠르게 물었다.

"이렇게 치료하면 말이에요, 다 죽어 가는 신령님을 억지로 살려 놓으면, 그래도 괜찮나요? 부작용 같은 거 없어요?"

신령은 거짓말을 하지 못한다. 수화기 너머로 이어지는 잠시 간의 침묵이 그래서 더 의미심장하게 다가왔다.

현허는 조용히 말했다.

"부작용, 있지. 세상 무엇이든 제 수명을 거스르는데 좋을 리가 있을까."

잠시 머릿속이 텅 비었다. 겨우 결심하고 묻기는 했지만, 이 다음에 무슨 말을 해야 할지 생각하지 못했다.

은지가 그러고 멍하니 있는 사이에 현허가 강하게 말을 이 었다.

"하지만 그 서낭도 그 정도는 감수할 거다."

"그만두고 싶다고 생각하고 있었는데도요? 제가 접촉했을 때 요. 완전히 지쳐서, 더는 그만하고 싶다는 마음이 전해졌어요."

"그건 잠시의 기분일 뿐이야. 지금은 제대로 판단할 상태가 못 돼. 힘이 돌아오면 그 신령도 수호신으로서 직분을 다하는 게 당연하다고 생각할 거다."

"그건……!"

은지의 반박은 제대로 이어지지도 못했다. 현허가 단호하게 말을 끊었기 때문이다.

"너는 모른다. 수호신에게 무엇이 더 맞는지는 내가 잘 알아. 나중에 마저 이야기하자. 지금은 무조건 살려라."

통화가 끊어졌다.

그냥 현허를 믿고 시키는 대로 할 수 있다면. 그렇게 간단하면 얼마나 좋을까. 결과를 알지 못하고 그저 해야 할 행동만 알았다면 훨씬 쉬웠을 텐데.

괜히 현허가 무슨 생각을 하는지 알려 주고 선택지마저 줘버린 홍화에게 원망하는 마음이 들었다가, 고개를 저었다.

'아니야. 이게 뭔지 모르는 채로는 내가 못 견뎠겠지. 아무것도 모르고 저질렀다가는 더 후회했을지도 모르고.'

은지는 축 처진 기분으로 느티나무 앞에 서서 고민을 거듭했다. 여전히 마음 한구석에서는 현허가 더 잘 알 테니 믿어야 한다는 속삭임이 들려왔고, 다른 한편으로는 그거야말로 내 책임은 없다고 도망치고 싶어서 하는 생각이 아니냐고 소곤거렸다.

투명하게 빛을 발하던 느티나무 신령이 아파트와 한몸이 되어 시커먼 혼탁을 먹으며 살아가게 된다. 그대로 사라졌을 수도 있는데, 발목을 잡혀서 고통스럽게 계속 살아가게 된다. 언젠가는 백합아파트처럼, 자연적으로 발생하는 혼탁으로도 부족해서 직접 안 좋은 일을 만들지도 모른다.

그런 변화를 직접 초래한다고 생각하면 가슴이 꽉 죄어들었다.

그런 일은 정말 하고 싶지 않았다.

'이대로 그냥 뭉갤까?'

느티나무 신령에게는 남은 힘이 얼마 없었다. 뒤집어 생각하면, 시간을 끌기만 하면 그냥 죽을 수도 있다는 뜻이었다.

하지만 그게 얼마나 걸릴지도 알 수 없었고, 설령 그렇게 된다 해도 마음이 편할 것 같지 않았다.

"강은지. 뭐 하냐?"

화들짝 놀라서 고개를 들자, 어디에서 날아왔는지 훌쩍 내려선 비휴가 가벼운 태도로 느티나무를 툭 건드렸다.

"네가 여긴 왜 온 거야? 아, 그 안개를 찾는 중?"

은지의 자문자답에 비휴가 고개를 끄덕였다.

현허가 꼽은 제일 먼저 해결해야 할 일이 그 안개의 정체를 명확하게 짚는 것이었다. 그 일을 비휴가 맡은 것은 당연했다.

은지는 다른 이유로 의아해졌다.

"벌써 며칠이 지났는데 못 찾았단 말이야? 냄새가 안 나?"

비휴는 잡귀와 신령의 냄새를 맡을 수 있었다. 정확히 어느 정도 코가 좋은지는 잘 모르지만, 서울 시내에서 탑골 터주와 은지도 이틀 만에 찾아냈던 후각이다. 산속에서 그 거대한 혼탁 덩어리의 냄새를 맡지 못한다는 건 이상한 일이었다.

비휴도 이상하다고 생각하긴 하는 것 같았지만, 딱히 왜 그럴까 깊이 생각하거나 오래 걸린다고 짜증을 내지는 않았다. 있는 그대로만 전달할 뿐이었다.

"바람이 심해서 그런지, 다른 뭔가가 가리고 있는 건지 냄새가 안 나. 계곡마다 뒤지는 중이다."

"흐음. 혹시 냄새 맡는 능력에 문제가 생긴 건 아니고?"

"그랬다면 산속에서 네가 온 줄 알지는 못했겠지."

아무 사심 없이 담백한 말이었지만, 비휴가 냄새를 맡고 은지에게 왔다고 생각하니 약간 기분이 이상했다.

비휴가 드물게 질문을 던졌다.

"그래서, 넌 여기서 뭐 하는 건데?"

"나?"

마침 잘됐다는 생각도 들었다. 누군가에게 의논하고 싶었지만, 달리 의논할 상대가 없던 차였다.

은지는 차가운 바람소리 속에서 느티나무를 다시 한번 올려다보았다.

"선생님은 이 나무신령을 억지로 살려서 방패로 쓰고 싶어하시는데, 난 그러기가 싫어."

"싫으면 안 하면 되잖아."

대뜸 정론에 말문이 막혔다.

"아니, 그럴 순 없지……."

입이 저절로 움직였지만, 그러고 보니 안 될 것도 없었다.

'그냥 나는 죽어도 못 하겠다고 할 수도 있긴 있구나. 정 안 되면 사표를 낼 수도…… 있나? 월세 내야 하지만. 생활비도 벌어야 하지만.'

마침 옥토부동산에서 준 천만 원이 있었다. 은근히 옥토에서 일자리를 줄 것 같은 말도 이미 들었고. 그러니까 이런 짓은 못 하겠다고 때려치워도 분명 살길은 있었다.

"그건 도망치는 거잖아."

은지는 힘없이 말했다.

결국 답은 그것이었다. 도망치고 싶지는 않았다. 게다가 은지가 여기에서 못 하겠다고 하고 도망치면, 결국 누군가 다른 사람이 같은 일을 하겠지. 그걸 바라는 게 아니었다.

그러나 비휴는 전혀 이해가 가지 않는다는 듯 눈살을 찌푸렸다.

"도망치면 왜 안 되는데?"

"그러는 너는 왜 현허 선생님이 시키는 대로 하는데? 왜 도망도 안 치고?"

약간 발끈한 마음에 되물은 말이었는데, 비휴는 망설임 없이 답했다.

"딱히 싫지 않으니까."

"뭐?"

의외의 대답이었다.

은지가 그동안 보았던 비휴는 구차하게 삶에 매달리는 잡귀들을 싫어했다. 그 외에도 비휴는 싫어하는 게 무척 많았다. 밀폐된 공간에 들어가는 것을 싫어하고, 잡다한 냄새가 많은 곳을 싫어하고, 발악하는 잡귀들을 싫어하고, 신령도 딱히 좋아하지 않았다. 그래서 싫은 데도 현허가 시키는 대로 일하는 데에는 이유가 있겠거니 했다. 아니면 그래도 양육자니까 어쩔 수 없다거나.

그런데 비휴는 어깨를 으쓱이더니 가볍게 말했다.

"좋지도 않고, 싫지도 않아. 아무래도 상관없어. 달리 할 일도 없고, 딱히 하고 싶은 일도 없고, 가고 싶은 곳도 없으니까."

황당했다.

'어디서 중2 청소년 같은 소리를?'

어이없어서 눈을 크게 뜨고 있는데, 뭐라고 타박하기 전에 비휴가 은지를 보더니 아무렇지도 않게 말했다.

"그렇게 살리기 싫으면, 내가 죽여 줄까?"

이건 또 무슨 소리인가 했더니, 비휴는 엄지손가락으로 느티나무를 가리키고 있었다.

"원한다면 내가 죽여 줄 수도 있어. 깔끔하게."

터무니없지만 그 순간 조금 감동했다. 비휴가 먼저 짐작해서 은지가 원하는 바를 해 주겠다고 하다니! 조금 전에 말한 대로 대부분의 일에 아무래도 상관없다는 것이 사실이라면 더욱 엄청난 호의였다. 길고양이가 알은척을 해 줄 때 같은 뿌듯함이 밀려왔다.

하지만 감동은 감동이고, 그럴 수는 없었다.

"아니야. 어떻게 하든 내가 해야지."

다시 느티나무를 올려다보던 은지는 떨리는 숨을 뱉었다. 비휴와의 대화는 아무 답도 주지 않았지만, 덕분에 결심이 섰다.

수백 명의 목숨과 나무신령 하나의 운명을 나란히 놓는 결정이었다 해도 고민했을 텐데, 방어벽이 없다고 그 사람들이 당장 죽는 것도 아니지 않나. 소소한 불화와 불행은 더 심해질지도 모르지만, 수백의 불행이 하나를 희생할 이유가 될까?

지금까지 일 년 동안 겪은 일들의 어느 순간을 돌이켜도, 도저히 그렇게는 생각할 수가 없었다.

현허 스스로가 수호신이라 해서 수호신들이 무엇을 원하는지, 무엇이 더 좋은지 잘 안다고 할 수는 없다. 은지가 인간이라 해서 인간 전체를 대변할 수 없는 것과 마찬가지다.

"그러니까 직접 물어볼래. 어떻게 하고 싶은지. 신령님이 원하는 대로 할 거야."

그 결론에 비휴는 고개를 살짝 기울였다.

"그랬다가 지난번처럼 되면 어쩌려고?"

탑골 터주 때 이야기였다. 몸을 빼앗기고 강제로 돌아다녀야 했던 불쾌한 기억을 떠올리니 몸이 움츠러들었지만, 은지는 일부러 어깨를 펴고 씩씩하게 대꾸했다.

"뭐, 그때는 그때대로 또 어떻게 되겠지. 너도 있고."

비휴는 턱을 쓸다가 어깨를 으쓱였다.

"그렇다면야. 그럼 난 간다."

"고마워."

비휴는 간다고 말하자마자 순식간에 사라져 버려서, 은지는 허공에 대고 말을 맺었다.

그리고 심호흡을 하며 느티나무 앞에 앉았다. 다시 한번 잠수할 시간이었다.

❧❧❧

전보다 더 각오를 다지고 들어갔지만, 이번에는 느티나무 안으로 한참을 들어가도록 아무것도 느껴지지 않았다.

혹시 지난번에 은지에게 메시지를 전했을 때 남은 힘을 다 소진했던 걸까. 이미 죽어 버린 건 아닐까? 이미 늦은 줄도 모르고 괜한 고민을 거듭했나, 그런 생각을 할 때쯤 간신히 희미한 빛 한 자락이 닿았다.

이전처럼 심상을 전달할 힘이 남지 않은 것은 확실했고, 말도 거의 통하지 않았다. 그러나 아직 살아 있기는 했다. 마치 할머니가 돌아가시기 직전과 비슷한 느낌이었다.

생명에는 실체가 없건만, 잡은 손 안에서 생명력이 꺼져 가는 것을 명확하게 느낄 수 있는 이유는 무엇일까.

물속에 들어갔을 때처럼 그대로 힘을 뺀다고 의식하자 서서히 더 아래로 내려갈 수 있었다.

원래대로라면 신령의 의식이라고 해야 하나, 혼이라고 해야 하나, 그 속으로 이렇게 깊이 들어오는 건 위험한 일이다. 그러나 신령의 생명력이 거의 꺼져 가는 지금은 은지가 이 안에서 길을 잃거나 먹혀 버릴 위험이 거의 없었다. 그리고 지금 상태로는 가장 안쪽으로 들어가야만 대화를 나눌 수 있었다.

내려가다 보니 서서히 신령의 마음이 스며들었다.

이제 그만하고 싶다는 마음이 제일 큰 건 맞지만, 처음 접했을 때보다 훨씬 복잡한 마음이 층층이 밀려왔다. 고단하고 아프고 슬프면서도 자부심과 책임감이 남아 망설이는 마음까지. 내가 이만 떠나도, 내가 돌보던 이들은 괜찮을까 하는 아주 작은 망설임.

안타깝고 애처로웠다.

"할 만큼 하셨어요. 잘하셨어요. 이제 그만 쉬셔도 돼요."

저도 모르게 나무줄기를 쓰다듬는 동작을 하며 위로해 보려던 은지는 멈칫했다.

"……어? 네?"

제대로 들은 건지 확실하지 않았지만, 다시 들려오는 소리는 없었다. 은지는 저도 모르게 주위를 둘러보았다. 이번에는 '놓아 달라'가 아니라 '풀어 달라'로 들렸기 때문이다.

'풀어 달라니. 묶여 있기라도 한 것처럼……? 아니, 정말로 묶여 있었구나!'

왜 이제까지 보이지 않았나 신기할 정도로 눈에 확 들어왔다. 비휴가 쓰는 금줄과 아주 비슷한 굵은 줄이 나무의 혼을 칭칭 감고 어딘가 모를 곳으로 뻗어 나가 있었다.

은지는 아연실색했다.

'이게 뭐야?'

헤엄치듯 가까이 다가가서 줄을 더듬어 보았다. 처음에는 어딘가에 줄이 묶여 있겠지 생각하고 손으로 잡으며 따라가 보려 했지만, 나무에서 멀어지자 풍경의 색이 확확 변하는 것이 영 꺼림칙하고 무서웠다.

엉금엉금 다시 줄을 잡고 돌아와서 나무에 휘감긴 금줄을 한참 더듬다 보니 매듭이 손에 걸렸다.

'이거구나.'

직감적으로 알 수 있었다.

간단하지는 않았다. 매듭이 한 겹뿐이기는 한데 어찌나 단단하게 묶여 있는지, 낑낑대며 한참을 씨름해도 풀려나질 않았다.

'왜 이렇게 안 풀려!'

은지는 비명을 지르고 싶은 마음으로 매듭과 씨름을 했다. 단단히 묶인 매듭은 좀처럼 풀리질 않았다. 실체도 없는 이마에 땀이 맺히는 느낌이었다.

'아오, 이런 건 확 잘라 버려야 하는데. 칼이라도 가져올걸! 아니, 비휴에게 따라오라고 할걸!'

잠시 물러서서 씩씩거리며 매듭을 노려보았다. 포기하고 몸으로 돌아갔다가 방법을 갖춰서 다시 와야 할까?

그때 주머니에서 희미한 금속성이 들렸다.

무심코 손을 넣었더니 정말로 금속이 만져졌다. 울쇠였다. 울쇠가 영체 상태로도 따라올 수 있는 물건이었다니, 지금 처음 알았다.

열쇠고리만 한 작은 울쇠를 주머니에서 꺼냈더니 갑자기 크기가 커지는 게 더욱 놀라웠다. 무지갯빛을 은은하게 발하는 울쇠에는 다섯 가지 무구가 달려 있었다.

본래 제주도 심방의 울쇠에는 거울이 다섯 종류 달려 있다고 한다. 해거울, 달거울, 몸거울, 아왕쇠, 뽀롱쇠. 그리고 아왕쇠는 직사각형의 길쭉한 거울이었다. 어찌 보면 날이 없는 칼 같기도 했다.

은지는 얼른 아왕쇠 조각을 매듭 사이로 찔러 넣고 힘을 주어 매듭을 벌렸다.

'됐……다!'

신기하게도 매듭이 풀어지는 순간, 뭔가가 끊어지는 것 같은 소리가 울렸다.

풀려난 금줄이 끊어진 전선처럼 거칠게 요동치면서 나무줄기 주위를 꿈틀거리고, 신령이 긴 숨을 토해 내며 만들어진 바람이 은지의 혼을 바깥으로 쭉 밀어냈다.

다음 순간, 은지는 나무에 기대앉아 있던 몸 속으로 돌아와 있었다.

잠시 감각이 일치되지 않아 어지러웠다. 한편으로는 모든 감각이 줄어들고 세상이 평범하게 보이면서, 또 한편으로는 아직 나무신령에게 연결된 듯 기묘한 색채와 소리와 향기가 뒤섞였다. 그리고 등에 맞닿아 있는 나무줄기 속에서 희미하게 움직이는 빛도 느낄 수 있었다.

살아 움직이는 사람의 몸과는 다르지만, 이상하게 비슷한 방식으로 '아, 이제 끝났구나' 느낄 수 있었다. 마지막 숨을 뱉은 몸이 무기물로 변하는 순간처럼, 반투명한 신령의 빛도 그대로 흩어질 듯했다.

제대로 떠나는 신령을 보기는 처음이었다. 그 장면은 장엄한 종교의식을 볼 때나, 아름다운 숲 위로 햇빛이 비칠 때와 비슷한 감정을 불러일으켰다.

그러다가 희미하게 찰랑이던 빛이 갑자기 확 밝아졌다.

죽기 전에 마지막으로 타오르는 빛일까. 거의 생명이 꺼져 가고 있었다고는 믿을 수 없을 만큼 강렬했다. 눈에 불그림자가 찍힐 듯한 빛이었다.

기묘하게 혼재된 시야 저편으로 나무를 중심으로 폭발하듯이 퍼진 빛이 멀리, 저 멀리 도사리고 있던 회색 안개를 밀어내는 것까지 느껴졌다.

❧❧

"저기, 그래서⋯⋯."

은지는 무릎 꿇고 앉은 자세를 슬슬 풀고 싶다고 생각하며 현허의 눈치를 보았다. 현허가 왜 이렇게 살벌한 분위기를 풍기는지 알 수가 없었다.

잘 해결된 게 아닌가?

나무신령이 사라지기는 했지만, 속박에서 풀려나면서 남은 힘을 짜내어 회색 안개를 물리치고 도봉동 아파트를 끝까지 지키지 않았나.

현허도 몰랐던 길을 찾아냈다는 생각에 뿌듯하게 돌아왔는데.

"네가 무슨 짓을 한 건지 알긴 하는 거냐?"

은지는 눈을 껌벅이다가 아는 대로 말했다.

"나무신령님이 묶여 있었어요. 금줄과 비슷한 굵은 줄이었는데요, 그걸 풀었더니 꺼져 가던 빛이 확 타오르면서 안개를 밀어내더라고요. 그 줄에 묶이는 바람에 신령님이 죽어 가고 있었던 거 아닌가요? 누가 한 짓인지는 모르지만요."

현허는 눈을 질끈 감고 관자놀이를 문질렀다.

"무조건 내 말에만 따르다가 어느 순간 돌변하는 녀석보다야, 무슨 생각을 하는지 알 수 있는 쪽이 좋겠다고 생각했더니만……."

중얼거리는 말이 무슨 뜻인지 몰라 눈을 껌벅이는데, 현허가 다시 말했다.

"그 서낭나무가 마지막 힘을 짜내어 자기 동네를 지킨 건 맞다. 하지만 그 안개는 사라진 게 아니라 밀려나서 다른 곳으로 이동했을 뿐이야. 아니, 이제는 어디로 갔는지, 어딜 다시 공격하려 하는지부터 찾아야 하게 생겼지."

공격적인 말투에 은지의 어깨가 저절로 움츠러들었다.

"그렇지만……."

"그렇지만 뭐?"

"그 신령님을 선생님 계획대로 치료했어도, 근본 해결책은 아니었잖아요. 백합아파트 서낭신처럼 변해도 그 안개를 다 먹을 순 없잖아요."

현허의 눈이 원래 동그랗다고는 믿을 수 없을 정도로 가늘어졌다.

"네가 이번에 저지른 짓에서 좋은 결과가 딱 하나 있는데, 그게 뭔지 알겠느냐?"

"나무신령님을 풀어준 거요?"

"틀렸다. 완전히 틀렸어. 지금 불행 중 다행인 부분이라고는, 그 안개가 갑자기 밀리는 바람에 잘 숨어 있던 계곡에서 벗어났고 그 덕분에 비휴가 정체를 알아냈다는 거, 그거 하나다. 그나마도 네가 잘한 게 아니라 소가 뒷걸음질 치다가 쥐를 잡은 격이지."

"정체가 뭔데요?"

현허는 정말 하기 싫은 말을 씹어뱉듯이 대답했다.

"강철."

혼탁은 어떻게 해서 생길까. 주로 인간의 부정적인 감정이
쌓여서 만들어진다. 보통은 먼지처럼 자연스럽게 쌓이고 또 흩
어진다. 그런데 어떤 곳에 유달리 많이 쌓이면, 그리고 거기에
다른 재료가 더해지면 잡귀와 요괴 같은 것들이 태어난다.

많은 수의 부정적인 감정이 어쩌다가 한곳에, 도봉산의 어
느 계곡에 모였다. 그 상태로 흩어지지도, 흐르지도 않고 고이
고 쌓였다. 쓰레기장이 된 셈이었다. 그리고 쓰레기가 압축되
어 쌓이면 태어나는 것이 있다.

"흩어져 있었다면 평범한 잡귀들이 되었을 텐데. 잡귀로 화
하지도 않고, 흘러가지도 흩어지지도 않은 채로 너무 커졌다.
공교롭게 조건들이 맞아 들었어. 고인 혼탁 덩어리가 뭉쳐서
강철이 태어나 버린 거다. 더 나쁜 건, 아마 잠들어 있던 도봉
산신을 야금야금 먹고 있었던 것 같다. 그래서 비휴도 종적을
바로 찾지 못했겠지. 산신이 강철의 냄새를 가렸을 테니까."

은지는 보고 싶지 않았던 안개 속의 얼룩들을 떠올렸다. 마
치 검은 벌레로 이루어진 구름 같았는데, 그런 벌레들이 우글
우글 산에 달라붙어서 뜯어먹는 장면을 떠올리자 저절로 몸서
리가 쳐졌다.

은지는 진저리치면서도 일부러 가볍게 물었다.

"그 강철이라는 게 휩쓸면 어떻게 되는데요? 혹시 좀비 바이러스나 분노 바이러스, 뭐 그런 게 퍼진 것처럼 사람들이 미쳐 돌아가요?"

물론 좀비 바이러스가 무슨 말인지 모르는 현허는 은지의 농담을 무시하고 하던 설명만 계속했다.

"조선시대에는 주로 강철이라고 불렀다만, 본 사람들마다 다른 이름으로 부르기도 했다. 강철이라고도 하고, 독룡이라고도 하고, 화룡이라고도 하고, 강길이라고도 하고, 그저 검은 기운만 보고 흑기라고 하기도 했지. 말꼬리가 길게 흩날리는 모양이라고도 하고, 용이 날아가는 것 같다고도 하고, 묘사도 제각각이야. 어쨌든 그건 움직이기 시작하면 끝없이 황폐를 퍼트리는 재앙이다. 농작물도, 다른 동식물도, 사람의 마음도 황폐하게 만들지."

기록에 남기로, 강철이 휩쓸고 지나간 땅에는 오랫동안 초목이 나지 않고 수확이 이루어지지 않았다. 땅 자체가 메말라서 비가 내려도 물을 머금지 못하기도 했다. 이미 존재하던 생물은, 말라 죽지는 않더라도 그 기운이 뒤틀려 흉포하고 사나워지며 밑 빠진 독처럼 아무리 먹어도 배가 고프고 아무리 마셔도 목이 마르는 저주에 걸리기도 했다. 원인을 알 수 없는 전염병이 몇 년 동안 돌 수도 있었다.

"그렇게까지요?"

좀비를 입에 담은 것은 은지 나름의 농담이었건만, 그보다 더 거창하고 추상적인 이야기라서 오히려 와닿지 않았다. 민기지도 않았다.

하지만 사실 느티나무 신령이 보여 준 광경도 직접 느끼지 않고 눈으로 보기만 했다면 악몽으로 치부하고 말았을 것이다. 믿고 싶지 않으니까.

마치 은지의 생각을 읽은 듯 현허가 물었다.

"그래서, 도봉산에 도사린 게 그런 것인 줄 알았다면 너도 내가 시키는 대로 했을까?"

은지는 당연하지 않냐고 대답하려다가, 그러지 못하고 입을 다물었다.

"다시 묻겠다. 다음에 비슷한 상황이 오면, 엉뚱한 짓 말고 내가 시키는 대로 하겠느냐? 내 결정이 하나를 희생시키는 것처럼 보이더라도, 그게 더 많은 이들을 위해서라고 받아들일 수 있겠느냐?"

백 명의 목숨과 한 명의 목숨을 저울에 올려놓고 한쪽을 골라야 하는 일은 보통 사람의 인생에 일어나지 않는다. 은지에게 그런 문제에 대답할 능력은 없었다. 사실은 이렇게 무거운 이야기를 받아들일 능력도 없었다.

이제까지 실감이 가지 않았던 것일까, 갑자기 머리 위 공기가 급격하게 무거워지며 몸을 내리누르는 것 같았다.

"반칙이에요. 너무 무리한 말씀을 하시는 거 아니에요? 전 아직 모르는 게 많고, 여기서 일한 지 일 년도 안 된 말단직원인데요!"

울고 싶은 기분에 뱉은 말이었지만, 현허는 그 말에 반박하지 않았다.

"그러게 말이다. 모르는 게 많은 말단직원이라면 네 멋대로 결정하면 안 된다는 걸 알고는 있었구나."

할 말이 없어졌다.

할 말이 없는데도 은지는 기어이 말을 꺼냈다.

"그렇지만, 서낭나무를 묶어 놓은 건……."

서낭신을 묶어 놓은 게 누구인지 찾아야 하지 않냐고, 나쁜 사람이 있는 게 아니냐고, 그게 중요한 문제 아니냐고 말하려고 했는데, 현허가 싸늘한 눈으로 은지를 쏘아보았다.

"그 묶인 줄이 금줄이었다고 했지. 금줄에서 나쁜 기운이 느껴지더냐?"

생각지 못한 질문에 은지는 눈을 깜박였다. 금줄은 비휴의 주무기이기도 하지만, 삿된 것이 들어오지 못하게 막는 용도로 쓰는 줄이었다. 나쁘거나 더러운 기운은 전혀 없었다. 다만 신령을 묶어 두고 있었을 뿐이다.

"신령을 묶어 두고 있었다고 해서 무턱대고 나쁜 거라고 생각했겠지. 네 마음대로, 고민도 없이 그런 판단을 내렸어. 그렇지? 확실하게 말해 두마. 앞으로 그런 줄을 보게 되면 절대로 손대지 마라."

이제까지 현허에게서 함부로 행동하지 말라는 경고를 여러 번 받았지만, 이번에는 달랐다. 이번에는 그게 나중에 대가를 치를 일이라거나 위험하다거나 섣부르다는 경고가 아니었다. 정말로 얻어맞을 것 같은, 아니 칼을 맞을 것 같은 압력이 느껴졌다.

현허는 한 글자, 한 글자에 힘을 넣어서 다시 말했다.

"금줄을 끊지 마라. 무슨 일이 있어도."

그게 어떤 물건인지 안다는 뜻이냐는 질문이 목구멍까지 올라왔지만, 도저히 물어볼 수가 없었다.

현허 선생이 칼날 같은 기운을 거둬들이고 고개를 돌리면서 말했다.

"내일 당장 회의를 해야겠다."

은지가 급하게 준비한 엉성한 프레젠테이션 테이블 앞에, 아는 얼굴 몇과 모르는 얼굴 몇이 앉거나 서 있었다. 현허의 급한 호출에 응해서 모인 이들이었다.

옥토부동산의 홍화가 있었고, 예전에 한번 본 키 이 미터의 삼각산 승려가 있었다. 비교적 가까운 평창동 서낭신도 왔다. 나머지 사람들과 중간중간 보이는 동물들도 아마 비교적 힘 있는 수호신들이나 그들이 보낸 대리일 터였다.

이제까지 본 중에 가장 많은 신령이 모인 자리였지만, 그래봐야 수호신들의 모임이라기에는 초라하기만 했다.

"이미 터진 홍수를 막을 방법은 없네. 물길을 돌려 피해를 최소화할 방법이 있을 뿐이지."

현허는 그들을 상대로 대략 상황을 설명한 후에 벽에 건 지도에 선을 그었다.

"그나마 지금 희망은, 강철이 완전해지기 전에 움직였고 움직이는 속도도 그리 빠르지는 않다는 정도야. 우선은 인구가 적은 곳으로 유인하면서 시간을 벌고 피해를 줄이는 수밖에 없네. 서울로 다시 진입하지 못하게 막아야 해."

도봉산에서 동북쪽에는 의정부시가 있으니, 서북쪽이나 서쪽으로 유인하자는 게 현허의 계획이었다. 마침 지도상으로는 서울 북서쪽이 빈 땅처럼 보였다.

다들 무겁게 침묵하는 분위기에서 먼저 나선 것은 홍화였다.

"그건 터무니없는 희생 강요인데요."

날카로운 발언에 긴장감이 차올랐다.

"그러면 지금 이런 재난을 백악 님 혼자 막으라는 게요? 우리 본분이 뭔데, 이럴 때 나서야 마땅하지요."

삼각산의 사자가 분위기를 수습하려는 듯 서둘러 반박했지만, 대꾸하는 홍화는 당당하기만 했다.

"그런 말이 아닙니다. 서울로 진입하지 못하게 한다면, 서울 바깥은 황폐화되어도 됩니까? 인구가 적다는 이유로 강철을 보낸다면, 아무리 수가 적다 한들 그곳에 사는 사람들에게 터무니없는 요구 아닌가요? 아, 네. 당장 비교하면 피해가 적어 보이기는 하지요. 하지만 밀어낸 강철이 그 후에 어디로 어떻게 갈지 알고요? 서쪽으로 더 가면 다시 도시도 나옵니다."

홍화는 틈을 주지 않고 말을 이었다.

"뿐입니까? 거기서 피해를 입힌 후에 소멸한다는 보장도 없지요. 바깥에서 피해를 줄 만큼 주고 돌아서 다시 서울에 진입한다면, 그때는 어쩌시게요?"

좌중을 향한 발언 같지만 마지막 질문은 명백히 현허를 향하고 있었다. 현허도 알아차리고, 웅성거리는 수호신들 사이로 홍화를 쏘아보았다.

"내가 한 말은 어디까지나 제대로 방책을 세울 때까지 시간을 벌자는 차원의 이야기야. 그렇게 말하는 자네에게는 대책이 있는 건가?"

홍화는 좌중을 쭉 둘러보며 여유롭게 말했다.

"애초에 이런 위험이 닥친 것은 도봉산에 고인 혼탁 때문이지요? 그렇다면 그 혼탁이 왜 그곳에 그렇게 많이 고였는지부터 이야기해야 하지 않을까요."

현허의 얼굴이 굳어졌다. 그러나 모여 있는 수호신들이 웅성거리며 '그게 왜?', '무슨 말을 하려는 거요?' 같은 소리가 오가는 가운데서도 현허는 홍화의 열변을 막지 않았다.

"비휴 도령 같은 신수는 청정함의 정수를 타고났기에, 혼탁과 잡귀를 완전히 소멸시키거나 잡아먹지요. 하지만 수호신들에게는 대부분 그런 재주가 없어요. 수호신의 힘은 혼탁을 정화하는 게 아니라 그저 우리가 지키는 경계선 밖으로 밀어낼 뿐입니다. 수호신은 대부분 그러하고, 수호진도 마찬가지지요."

듣던 은지는 심장이 두근거려 가슴께를 잠시 눌러야 했다.

백합아파트에서 우르르 도망치던 잡귀들이 떠올랐다. 그때는 그저 잡귀를 잡아먹을 정도로 비틀려 버린 수호신 탓이었다고 생각했지만, 그게 아니라도 수호신의 존재는 잡귀와 혼탁을 밀어냈다. 수호하는 '경계선' 바깥으로.

그리고 도봉산은 딱 '서울 경계선' 바깥이었다.

게다가 서낭신이 마지막 힘을 다해서 한 일도 딱 그 강철을 밀어내는 것이었다.

지금 홍화가 하는 말이 거짓이라고 생각할 수가 없었다.

하지만 홍화가 현허에게 공공연히 맞서는 모습을 보자 마음이 어수선했다. 그동안 어렴풋이 느끼기는 했지만 이렇게까지 정면으로 반대할 줄은 몰랐는데. 홍화는 마치 그동안 벼렀다는 듯이 연설을 토했다.

"서울에서는 부글부글 끝도 없이 혼탁을 생산하는데, 그동안 우리는 그 혼탁을 주로 바깥으로 밀어내고 있었지요. 마치 서울 안에만 없으면 사라질 것처럼요. 하필 그걸 받아서 어느 정도 흩어 줄 수 있었을 도봉산신도 부재하니, 혼탁 덩어리가 딱 서울 경계선 바깥에 자리를 잡은 것도 당연한 일입니다. 그런 면에서 그건 인간이 만든 것이고, 또 수호신들이 한 짓이기도 해요."

좌중을 쭉 둘러보던 홍화의 시선이 은지를 스치고 다시 현허에게로 돌아갔다.

"그리고 현허 선생님 책임이기도 하지요."

모두의 시선이 뒤에 물러나 있던 현허에게 다시 쏠렸다.

"애초에 이 사람 많은 도시에서 끝없이 생겨나는 혼탁 때문에 생긴 일이니까요. 지난 수십 년간 나쁜 것은 다 서울 경계선 밖으로 밀어내기만 하셨으니 저렇게 많은 혼탁이 경계선에 모여 버린 게 아닙니까."

저도 모르게 은지의 몸에까지 힘이 들어가는데, 홍화는 반박할 시간도 주지 않고 다른 곳으로 공격의 화살을 돌렸다.

"아니, 더 거슬러 올라가면 역시 이건 인간이 자초한 일이지요. 저 많은 혼탁을 만들어 낸 것도 인간. 수호진을 이런 식으로 처음 짠 것도 인간. 그런데 왜 우리가 알아서 막아 줘야 합니까? 언제까지요? 이제는 우리의 고마움조차 모르고, 우리의 존재조차 모르는데요? 인간들이 직접 해결하라고 해요. 그래야 자기들도 교훈을 얻겠지요."

수호신들이 멈칫하는 분위기가 확연했다.

"인간이 직접 해결하라니요. 뭘 어떻게 하라는 소립니까?"

소심하게 듣고만 있던 2D 산신 모습의 평창동이 소심하게 물었다. 홍화는 서슴없이 대답했다.

"피해를 입어 보면 자기들이 깨우치겠죠. 방법을 다 잊었다면 그것도 자기들 운명일 테고."

"말은 그럴싸하다만……."

드디어 현허가 입을 열자 모두의 시선이 다시 그쪽으로 향했다. 지금까지 조용히 듣고만 있던 현허의 얼굴에 노기가 서려 있었다.

"결국 재난을 그냥 방기하자는 소리 아니냐. 인간이 얼마나 피해를 보든, 서울이 얼마나 타격을 입든 상관하지 말자는 소리 아니냐! 그게 수호신이 할 소리냐?"

홍화는 지지 않고 맞섰다.

"언제부터 인간을 그렇게 신경 썼다고 그러세요? 큰 전쟁이 났어도, 역병이 돌았어도 인간은 없어지지 않았어요. 조금 죽으면 어때요. 순식간에 그만큼 다시 불어나는데. 재난이 일어난다고 다 죽는 것도 아니고, 다 무너지는 것도 아닙니다. 오히려 적절히 통제하면, 너무 부풀어 오른 풍선의 바람을 빼 주는 효과도 있을 수 있어요. 그게 이 도시에 더 좋을 수도 있어요."

현허는 기가 막힌다는 얼굴이었다.

"아주 이런 일이 터지기를 바란 것 같구나?"

"그럴 리가요. 단지 기왕 터진 일이라면 좋은 쪽으로 이용할 수도 있다는 겁니다. 늘 똑같은, 미련한 대처에 매달리지 말고."

"궤변이다. 궤변이야. 변화라면서 희생을 말하는 건 오히려 네 쪽 아니냐. 인간이 큰 피해를 입게 내버려 두면 수호신들은 멀쩡할까. 강철이 휩쓰는 곳마다 수호신도 무수히 죽어 나갈 텐데, 그것도 어쩔 수 없는 변화라고 할 작정이냐? 사실은 어차피 강철이 한강을 넘어서 네 영역까지 갈 일은 없다고 생각하는 게 아니고?"

분위기가 일변하고, 좌중이 한층 불안하게 술렁였다.

홍화는 현허의 지적을 부정하지 않았다.

"그러면 선생님이 내놓은 대책이 더 낫긴 합니까? 정신 차리세요. 이제는 제발 좀 시대가 바뀌었다는 걸 인정하고 적응하시라고요."

"쇠퇴해 가는 지역은 버리고, 약한 곳은 내버려 두자는 게 네가 말하는 적응이냐?"

홍화는 냉정하게 대꾸했다.

"서울은 이미 하나의 도시가 아니에요. 예전처럼 생각하는 건 틀렸을 뿐만 아니라, 도움도 안 돼요. 아니, 오히려 해가 된다고 할 수도 있겠죠. 도시의 중심부도 시간이 흐르면 움직이기 마련이고, 도시의 심장도 이동하게 되어 있어요. 지금 서울의 중심이 어디인지 정말 몰라요? 사대문 안이니 옛 한양이니 하는 지도 위의 선에 집착해서 뭘 어쩌겠다고요. 망할 건 망하게 되어 있어요. 질질 끌면서 이것저것 다 끌고 추락하느니, 무너질 건 빨리 무너져 주는 쪽이 좋을 수도 있습니다."

반발하기 이전에 차가운 정적이 흘렀다.

어차피 한강 북쪽의 수호신들은 희생할 수밖에 없다고 인정하는 발언이나 다름없었다. 홍화를 제외하면 여기 모인 수호신들은 모두 강북에 속했다.

현허가 천천히 다시 물었다.

"그게 네 생각이냐?"

"제 생각이고, 제가 대변하는 모두의 생각이죠. 옥토는 이제까지 전체를 위해서 할 만큼 했어요. 이 일에는 못 끼겠습니다."

그건 마치 우리는 더 이상 공동 운명이 아니라는 선언과도 같았다. 서로 같은 입장이 아니며, 한강 남쪽은 이 일에 끼어들 이유가 없다는 선언.

"나가라."

"그러죠."

현허의 말도 짧았고, 홍화의 답도 짧았다.

나머지 수호신들은 홍화가 우아하게 몸을 돌려 나가고 나서도 조금 시간이 지나서야 웅성이기 시작했다.

그러나 그 후에 강북의 수호신들만이라도 모두 한마음 한뜻으로 뭉치는 아름다운 모습이 벌어지지는 않았다. 침체된 분위기로 다시 재개된 의논에서는 부정적인 의견만 계속 나왔고, 아무 진전도 없었다.

다들 말없이 눈을 내리뜬 현허의 눈치를 보면서도, 의심하는 마음을 계속 내뱉었다.

"현실적으로, 옥토부동산의 인프라도 없으면 우리끼리 밀어내기가 가능하기는 한 겁니까. 게다가 그러려면 최전선에 서는 수호신들은 못 살아남는다고 봐야 할 텐데요."

"소용돌이를 상대로 육탄 돌격 하라는 건 너무 무모한 소리 잖습니까."

"어떻게, 백악께서 방법을 새로 찾아 주셔야……."

지켜보는 은지가 다 암담할 지경이었다.

회의는 홍화와 현허의 대립만을 남기고 지리멸렬하게 끝났다.

답이 없어 보였지만, 모두가 흩어져 버린 후에도 현허는 오랫동안 지도를 보고 있었다. 은지가 그 자리에 있다는 사실도 잊은 듯 몰두한 모습이었다.

슬슬 무슨 말이라도 해야 하지 않을까 은지가 망설일 때쯤, 갑자기 현허가 중얼거렸다.

"내가 잘못 생각했는지도 모르지. 그래, 내가 시대에 뒤처졌는지도 몰라."

귀를 의심할 만한 말이었다. 현허가 틀렸을지 모른다는 생각
은 은지도 했었지만, 이렇게 약한 소리 하는 모습을 보고 싶지
는 않았다. 현허가 평소보다 어려 보이면서, 동시에 더 늙어 보
이기도 했다. 가슴이 아렸다.

그러나 현허는 은지가 그 자리에 남아 있다는 사실도 잊은
것 같았다.

"이 방법밖에 없겠구나."

현허의 손이 도봉산에서부터 남서쪽으로 선을 쭉 그었다.

이런 식으로 지도를 보기 전까지는 몰랐다. 현허의 상담소가
괴상한 위치에 있다고만 생각했지, 북대문에서 경복궁으로 향
하는 길목에 있을 줄은.

하늘에서 내려다보는 형태의 지도를 멀리서 보며 은지는 기
분이 이상해졌다. 저기는 그때 내가 죽자고 뛰어다녔던 곳, 저기
는 너무 더워서 왜 상점 하나 없는지 불평했던 길, 저기는……

다시 현허가 긋는 선으로 눈길을 돌려 보니, 북악산에서 종
로로 내려가기 전 길목에 숙정문이 있었다. 높은 고개에 위치
한 데다 불길한 방향이라는 이유로 조선시대 내내 거의 열린
적도, 쓰인 적도 없는 북대문이다.

그리고 그 문을 통과하면, 얼마 지나지 않아서 현허의 상담
소가 나왔다.

이상한 느낌이 들었다.

'여기로 끌고 온다고? 여기에 뭐 숨겨진 비장의 무기라도

있나?'

"여기로 끌고 오면, 선생님이 직접 싸우시게요?"

현허는 그제야 은지가 있다는 사실을 기억해 낸 듯한 얼굴로 돌아보더니, 잠시 사이를 두고 멍한 얼굴로 대답했다.

"그래야지."

현허가 직접 해결한다니 안심이 되어야 하는데, 왠지 모르게 계속 머릿속에 경고등이 울렸다. 하지만 그 생각을 더 이어 나가기 전에 현허가 은지를 똑바로 쳐다보았다.

내내 돌처럼 굳어 있던 현허의 표정이 조금 풀리고, 짙은 눈썹이 인사하듯 까닥거렸다. 그 얼굴은 상냥하다고 해도 좋을 정도로 부드러우면서, 동시에 이상하게 멀었다. 완전히 차단된 것처럼 아무 감정도 생각도 읽을 수가 없었다.

"네가 고민할 것 없다. 이제까지 무리한 일을 계속 시킨 줄 안다. 그러니까, 여기까지만 하자. 너는 이제 빠져라."

잠시 의미가 이해가 가지 않았다.

은지는 어리둥절해 있다가 설마 하고 물었다.

"빠지라니, 이번 일에서 빠지라고요?"

"사무소에서 빠지라는 거다."

"절 쫓아내신다고요? 지금요?"

"그래. 남은 기간도 월급은 챙겨 주마. 유급휴가라고 생각하거라."

"지금 그게 문제가 아니잖아요!"

은지는 황망하다가, 조금 화가 났다가, 다급해졌다.

398

"제가 잘못해서 그래요? 선생님 말씀을 자꾸 안 들어서요? 그냥 넘어갈 것처럼 구시더니, 회의만 끝나면 자르려고 하신 거예요? 그래도 이번 일 끝날 때까지는 있을게요. 제가 싸움에 도움은 안 될지 몰라도, 잡일도 이것저것 있을 텐데…… 일손도 따로 없잖아요."

마지막에 가서는 거의 매달리듯 말했지만, 현허는 단호했다.

"계약 종료다."

매듭 풀기

·······································

취직도 갑작스러웠지만, 해고는 더 갑작스러웠고 더 실감이
가지 않았다.

어떻게 집으로 돌아왔는지도 모르겠다.

멍하니 원룸에 앉아 있으려니 앞뒤 안 맞는 생각들이 몰려들
었다.

'대체 뭐야? 이제까지 혼내기는 했어도 내쫓는다 소리 같은
건 안 했잖아. 이번에 말 안 듣고 금줄을 끊은 게 그렇게 나쁜
짓이었어? 아니, 생각해 보면 애초에 내가 받아 주십시오, 사부
님 한 것도 아니고, 자기가 일하라고 해 놓고선! 혹시 이거, 나
보고 잘못했다고 빌라는 거야?'

그러나 남은 월급에 더하여 넉넉한 퇴직금까지 통장에 꽂힌
것을 확인하자 기분이 더욱 더러워졌다.

통장 내역을 노려보며 생각을 하던 은지는 벌떡 일어나서 샤워를 하고, 머리를 감고, 좋은 옷으로 골라 입고서 밥을 사 먹으러 나갔다. 새삼 공기가 싸늘했다. 따뜻한 물 속에 잠겨 있다가 갑자기 바깥으로 쫓겨난 것처럼 추웠다.

직장이 없다는 게 이렇게 서러운 일이었나.

사실 그냥 직장이 아니었다는 것은 스스로도 알고 있었지만, 은지는 일부러라도 그렇게 생각하려고 했다.

겨울은 해가 바뀌는 계절. 그래서인지 세상이 조용하면서도 어수선했다. 표면적으로는 차분하게 가라앉아 있었고, 그 아래에서는 잡귀들의 분위기가 수선스러웠다. 불안해하는 건지, 아니면 뭔가가 다가온다는 걸 알고 들썩이는 건지.

그동안 읽은 자료에 그런 이야기도 있었다. 섣달그믐에는 본래 묵은해의 잡귀를 쫓아내기 위한 의식을 했었다고. 궁중에서는 대대적으로 나례라는 의식을 했고, 민가에서도 집 안 구석구석 불을 밝히고 청소를 하는 식으로 혼탁을 몰아냈다.

그런데 집집마다 그렇게 잡귀를 쫓아냈다면, 그 쫓겨 나간 잡귀들은 어디로 갔을까? 길거리?

다시 생각이 강철 문제로 돌아갈 수밖에 없었다.

만약 현허가 강철을 막지 못한다면 무슨 일이 벌어질까. 원룸에 혼자 있어도 알 수 있을까. 강철이 시내 구석구석에 퍼지면 그게 다 보이고 느껴질까.

아니면 무슨 일이 일어났는지 아무것도 모르는 채로 살게 될까? 혹시 비휴가 죽거나, 현허가 죽어도?

'그건 싫어.'

밥맛이 다시 떨어진 은지는 물을 계속 따라 마시면서 머리를 식혔다.

애초에 현허 혼자서 감당할 수 있었다면 굳이 회의를 소집하지 않았을 것이다. 산신이라고는 하지만 수호진 때문에 힘이 약해진 현허다. 정화 한번 거들었다가 며칠을 아팠는데, 정말로 혼자서 해결할 수 있을 리가 없다. 뭔가 극단적인 방법이 아니고서야.

'무슨 방법인지는 모르지만, 그렇다고 날 내쫓을 이유가 뭐지? 내가 방해가 될 일이라서? 내가 못 미더워서? 아니면······.'

마지막으로 본 현허의 얼굴을 떠올리면, 왠지 좋지 않은 예감이 들었다.

❤♡❤

잠시 후, 강은지는 눈을 가늘게 뜨고 전화기를 노려보았다.

얄팍한 인맥을 짜내어 그동안 사무소에서 일하면서 기억한 몇몇 번호에 전화를 돌렸지만, 나오는 게 없었다. 정말로 모르는 건지, 아니면 현허가 저 녀석은 이제 우리와 관계가 없으니 아무 말도 해 주지 말라고 한 건지의 여부도 알 수가 없었다.

처음에는 긴가민가했는데, 점점 오기가 생겼다.

수호신령들에게는 전화가 없고, 명진은 아예 서울과는 한참 떨어진 남쪽 도시에서 일하는 중이었다. 강철에 대해서도 전혀 모르는 눈치라, 굳이 말해 주기도 애매했다.

결국은 늘 셋 중 하나에게 기댔다는 것이 실감이 갔다. 그동안 일하면서 모르는 게 있으면 늘 현허나 비휴에게 물었고, 대부분 실무적인 일은 옥토부동산에서 해결했다.

은지는 평소 같으면 제일 먼저 찾았을 번호에 마지막으로 전화를 걸었다.

통화 버튼을 누르기까지 은지에게는 상당한 결심이 필요했건만, 비휴는 아무렇지도 않게 받았다. 아무 일 없다는 듯한 반응이었다.

"강은지."

그러고 보니 비휴는 은지가 쫓겨난 걸 알고 있을까. 뒤늦게 든 생각에 어색한 질문부터 튀어나왔다.

"잘 지내?"

이건 뭐 헤어진 애인 안부 묻는 것도 아니고. 정신적으로 머리를 싸쥐는데 설상가상으로 비휴는 아무 대답이 없었다. 뭘하던 중인지는 모르겠지만 잡음이 꽤 심하게 이어졌다.

은지는 전화기에 바싹 귀를 기울였다. 신호 잡음이 아니라 비휴가 뛰고 있어서 나는 소리 같았다.

"잠깐만. 지금 혹시 바깥이야?"

"그래."

"뭘 하고 있는데? 혹시 강철을 사무소로 유인하는 중이야?"

"찾기부터 해야 유인을 하지. 아직 찾고 있다."

은지는 나오기 직전에 본 서울 지도를 퍼뜩 떠올렸다. 현허가 그 지도를 짚어 가면서 그리던 동선도.

"혹시 선생님이 강철을 찾아내면 숙정문을 통과해서 사무소로 유도하라고 하신 거 맞아?"

"그래."

"그러고 나서 어떻게 하라거나, 어떻게 하자거나 그런 지시는 없었어?"

묵묵부답. 그렇다면 역시 사무소에서 막는다는 뜻이다. 은지는 조급하게 질문을 퍼부었다.

"겨우 둘이서 싸운다는 거야? 아니면 설마 아예 선생님 혼자 싸우신다는 거야? 하지만 수호진 때문에 힘도 얼마 못 쓰신다며. 네가 귀매에게 오염됐을 때 정화하고도 일주일 넘게 정상이 아니었는데, 어떻게? 무슨 수로? 혹시 수호진에 특별한 방어 무기 같은 거라도 있어?"

한꺼번에 몇 가지 질문을 했건만, 답은 간단하게 나왔다.

"나야 모르지."

"관심도 없어? 걱정도 안 돼?"

"현허가 한다고 했다면 할 수 있을 테니까."

은지는 울컥해서 물었지만, 비휴는 관심 없다는 듯 덤덤하게만 말했다. 비휴의 그런 성격이 편할 때도 있었지만, 지금은 답답하기만 했다.

"진짜 아무 데도 관심이 없구나. 내가 쫓겨난 건 알아?"

"알지. 너에게 연락이 와도 아무 말 하지 말라고 하던데."

그 말을 듣자 한 박자 후에 놀라움이 찾아왔다.

"지금 나하고 이야기하고 있잖아."

비휴는 한결같이 덤덤하게 대꾸했다.

"내가 현허의 말대로 해야 할 의무는 없으니까."

"지금까지는 늘 선생님 말대로 하지 않았어?"

"지금까지는 대체로 아무래도 상관없었으니까 그랬고."

"잠깐만, 나 지금 좀 감동할 것 같아."

비휴에게 강은지라는 사람이 그 정도 의미는 있다는 말이었다. 배배 꼬인 사춘기 꼬맹이를 길들인 듯한 감동이 밀려왔다. 어쩐지 지난 일 년여간이 아주 헛되지는 않다는 뜻 같기도 했다.

은지는 잠시 그 마음을 음미하다가 다시 정신을 차렸다.

"관심 없어도 생각을 좀 해 봐. 현허 선생님이 강철을 막을 방법이 뭐가 있을까? 추측은 할 수 있잖아. 수호진에 숨겨진 기능이 있다거나, 선생님에게 숨겨 둔 무기가 있다거나. 그렇지, 불가사리는 어때? 불가사리라면 잡귀를 먹어 치우는 만큼 커지잖아. 강철도 먹을 수 있는 거 아닐까?"

비휴도 생각해 보는지, 답이 나오기까지 잠시 시간이 걸렸다.

"글쎄. 그렇게 큰 건 무리일 거다. 나보다야 많이 먹을 수 있겠지만."

그렇다면 비휴도 먹을 수 있기는 한 모양이었다. 미심쩍지만, 정말로 불가사리나 비휴는 아니라도 그 비슷한 뭔가를 동원하려는지 모른다는 생각이 들었다.

"단순히 양만 문제야? 귀매처럼 오염되지는 않고?"

"귀매와는 다르다고 알고 있지만, 정확히는 모른다. 지난번에 강철이 나왔던 건 내가 태어나기 전이었으니까."

"결국 아는 게 별로 없단 소리네."

갑자기 비휴가 은지의 이름을 다시 불렀다.

"강은지."

"어?"

"너무 걱정하지 마라. 강철을 못 막는다고 당장 세상이 다 끝나는 것도 아니고. 기껏해야 조금 더 나빠질 뿐이야. 큰 변화는 없을 거다."

비휴의 말이 어이없으면서도, 조금은 긴장이 풀렸다.

이상한 방식이긴 해도 비휴 딴에는 위로인가 싶기도 했다. 비휴 기준에서 조금 나빠진다는 게 실제로 어느 정도인지 모른다는 게 문제일 뿐.

"나는……."

은지는 그냥 알았다고 대답하려다가 멈추고, 다른 말을 하려다가 다시 멈췄다. 그러고 나서 작은 소리로 말했다.

"나는 네가 걱정이 돼. 선생님이 걱정되고."

말하고 보니 그게 사실이었다.

현허가 말한 강철의 무서운 면모도 당연히 걱정스러웠고 불안했지만, 당장 마음을 조이는 건 막연한 미래에 대한 걱정보다 가까운 이들에 대한 걱정이었다. 현허와 비휴가 강철을 막는 데 실패한다면 정말 다시는 못 볼 수도 있을 텐데, 그런데도 무슨 일이 일어났는지 모르는 채로 살 수도 있다고 생각하니 견딜 수가 없었다. 뭐가 어떻게 돌아가는지만이라도 알고 싶었다.

비휴는 몇 초 동안 아무 말이 없었다.

은지는 어깨의 힘을 조금 빼고 억지로 입꼬리를 올렸다.

"그러니까 혹시 강철을 찾거든, 전화를 하진 못하더라도 뭔가 신호만이라도 보내 줄래? 부탁할게."

억지로라도 웃으면서 전화를 끊으려 했지만, 끊기 직전에 비휴가 다시 입을 열었다.

"현허는 원래 산신이었다."

"그렇지?"

왜 뻔히 아는 이야기를 꺼내는지 알 수 없었다.

"원래 능력대로라면 지난번 귀매 정도는 멀리서도 치울 수 있었어. 그렇게 쉽지는 않겠지만 강철도 해결할 수 있을 테고."

은지는 어리둥절했다.

"하지만 지금은 그 원래 힘이 없잖아. 그래서 문제 아니었어?"

"현허가 한다고 했으면 할 수 있는 거야."

비휴는 처음 했던 말을 다시 반복했다.

"그 말은 그러니까, 지금 급하게 힘을 되찾을 방법이 뭔가 있다는 뜻이야? 그러니까 걱정할 필요 없다고?"

어떻게 설명해야 할지 모르는 것인지, 아니면 다른 이유에서인지 또 한참 말이 없던 비휴는 썩 달갑지 않은 목소리로 말했다.

"아마 나보다는 홍화가 잘 알 거다."

"홍화? 홍 대표님? 대판 싸우고 갈라선 거 아니었어? 왜 그 이름이 다시 나와?"

더더욱 오리무중이었다. 홍화는 지난번에 현허의 계획에 반대하며 이게 다 현허 탓이라고 비난했고, 또 현허는 그런 홍화가 이기적이라고 비난하지 않았던가. 어째서 지금 현허가 뭘 하려는지를 비휴보다 홍화가 잘 알고 있다는 건가.

❧❧❧

"저한테도 알려 주세요."

은지를 사무실에 들여놓고서도 커다란 책상 앞에 앉아서 서류만 보고 있던 홍화가 잠시 입 끝을 올렸다.

"뭘 알려 줘요? 우리 회사에 들어오면 직원복지가 어떻게 되는지 설명해 줄까요?"

움찔했지만, 그렇게 쉽게 물러서지는 않았다.

"제가 잘린 걸 이미 아시네요? 현허 선생님과 뭔가 이야기하셨어요?"

"저런. 이미 해고됐나요? 그건 몰랐는데."

그제야 홍화는 펜을 내려놓고 안경을 벗었다.

은지는 여전히 그림 같은 그 모습을 보다가, 허세를 유지하려던 생각을 포기하고 솔직하게 말했다.

"현허 선생님은 이제 다른 신령들의 도움을 받을 생각이 없으세요. 제 도움도 받을 생각이 없으시죠. 홍 대표님이 떠난 후에 회의도 해산하고, 저도 해고하셨어요. 비휴에게 어떻게든 사무소까지 강철을 유인하라는 지시만 내렸고요. 포기하셨을

408

리는 없으니까, 이건 혼자 싸우겠다는 뜻이나 다름없죠. 맞죠? 그런데 대체 어떻게요?"

"그걸 나한테 묻는 거예요?"

홍화는 그만 됐다는 듯이 손을 내젓더니, 곧이어 마음이 바뀐 듯 은지를 돌아보았다.

"방법을 알면 뭘 어쩌려고요?"

말문이 막혔다. 정말 좋은 방법이 있다면 안심할 수 있을 테고, 무모한 짓이라면 막아야 한다고 생각했다. 막을 수 있느냐는 또 다른 문제였다.

홍화는 뭔가를 재 보듯이 은지를 보고 있었다.

"솔직히 이렇게까지 열심히 덤빌 일은 아니지 않아요? 강은지 씨 일도 아니고."

"제 일 맞는데요."

"해고당했다면서요. 그러면 아니죠."

또 말문이 막히고, 기분이 나빠졌다. 상당히 무례한 말이 튀어나오기 직전에 홍화가 팔짱을 끼면서 물었다.

"현허 선생님이 뭔가 켕기는 일을 하려고 은지 씨를 치운 거라는 생각은 안 해 봤어요?"

"그럴 리가요."

생각해 보기도 전에 대답이 먼저 튀어나왔다. 홍화는 조금 웃었다.

"충성심이 강하네요. 얼마나 오래된 사이라고 그렇게 철석같이 믿어요? 그야 현허 선생님 말을 듣다 보면 없던 신뢰가 우러

나오긴 하지만, 그게 언령을 써서라는 건 알고는 있죠?"

물론 알고 있다고 대답하고 싶지만, 사실 그동안 언령에 대해서는 잊고 지냈다. 하지만 언령 때문에 은지가 현허를 의심하지 않고 따랐다고 말하고 싶은 거라면, 전제부터 틀렸다.

분명히 현허를 믿기는 했지만, 지난 십여 개월 동안 끊임없이 현허의 지시를 무시하고 현허의 결정을 의심하고 반박하면서 지냈으니까. 심지어 최근에는 현허의 힘이 약해지면서 설득력이 더 떨어지고 있었다.

그러다가 의아해졌다. 홍화에게 뭔가 정보를 캐내려고 온 건 은지 쪽이었는데, 지금 상황은 오히려 반대처럼 보이지 않나.

"대표님이야말로 지금 왜 그러시는 거예요? 저한테 뭘 떠보고 싶으세요? 왜요?"

홍화는 잠시 말이 없다가, 붉은색 주머니를 하나 던졌다.

받고 보니 도봉동에서 쓰지 않아 홍화에게 돌려줬던 두루주머니였다.

은지는 왠지 망설여지는 기분으로 주머니 입구를 단단히 묶은 금줄을 풀었다.

풀어 보자 안에 금줄로 묶인 주머니가 또 있었지만, 그 시점에서는 더 열어 보지 않아도 그 안에 무엇이 있는지 알 수 있었다.

이 기운을 알고 있었다. 악의에 처음 접촉했을 때의 그 토할 것 같은 감각.

"설마 이거, 저주독이에요? 먹으면 일시 치유는 되지만 백합 아파트처럼 될 수도 있다는 약이 저주독이었어요?"

은지의 머리가 빠르게 돌아갔다.

도봉산 느티나무를 백합아파트 서낭신처럼 만드는 방법이 저주독이었다면, 저주독을 먹은 신령이 끝나 가는 수명을 연장하면서 혼탁을 먹고 살아가게 된다면, 현허에게도 지난번에 거둬들인 저주 항아리가 있었다. 이 주머니와는 비교도 할 수 없을 정도로 크고, 이 주머니 속에 든 저주독의 몇 배는 독한 저주가 단지 하나 가득 있었다.

현허가 그걸 먹는다면······.

은지는 숨을 크게 들이마셨다.

홍화가 이번에는 조금 안됐다는 투로 다시 말했다.

"확실히 이보다 더 좋은 해결방안은 없어요. 피해도 제일 적을 테고. 난 여전히 아무것도 하지 않고 인간이 뿌린 대로 거두게 해야 한다는 생각이지만, 피해가 적으면 좋죠."

은지는 수많은 생각을 하나도 내뱉지 못하고 고개만 저었다.

"그럴 리가 없어요. 선생님은, 선생님은 수호신이잖아요. 서울을 지키는 데 진심이라고요. 정작 그 서울을 지킨다는 게 뭘 말하는 건지는 아직도 이해가 잘 안 가지만, 고집이 얼마나 강한데요. 죽어도 수호신이려고 할 거라고요."

홍화는 짐짓 심드렁한 태도로 말했다.

"그렇죠. 선생님은 죽어서도 수호신이려고 해요. 바로 그러니까 그런 선택을 하는 거죠."

분명히 현허는 도봉동 느티나무를 치료하려고 할 때, 그 신령도 수호신으로서 직분을 다하는 게 당연하다고 생각할 거라

했었다. 하지만 동시에 백합아파트 서낭신에 대해서는 경멸과 혐오를 드러냈었다. 이미 치워야 할 존재가 되었다고 생각하는 게 분명했다.

아무리 제멋대로 굴고 술과 과자에 집착하고 농담을 할 때를 떠올린다 해도, 현허가 그런 전락을 받아들이는 모습은 상상할 수가 없었다. 저주독을 마시고 백합아파트 서낭신처럼 된다는 건, 오히려 지금까지 홍화가 말한 고집을 꺾는 일 아닌가. 신령 이기를 포기하고 사는 셈 아닌가.

"대체 왜요? 왜 그렇게까지 하는데요?"

홍화는 대답 대신 다른 데로 말을 돌렸다.

"어차피 수호진에 묶인 이상은 영원히 수호신이에요. 설령 자신이 아니게 된다 해도. 신령이 아니게 된다 해도."

은지는 잠시 눈을 껌벅였다. 다시 수호진, 또 한양 수호진이 었다.

"한양을 처음 수도로 정했을 때, 성곽과 한양 수호진을 같이 만들었죠."

홍화는 갑자기 현허가 뭔가를 가르칠 때와 비슷한 투로 말을 이었다.

"성곽의 기능은 바깥을 상대로 안쪽을 지키는 데 있죠. 수호 진은 뭘까요, 그럼? 여기서 진이란 진법陣法의 진이에요."

홍화가 마치 교수님처럼 은지를 쳐다보는 바람에 얼굴이 붉 어졌다. 최근 현허의 사무소에서 일하느라 한자를 새로 공부하 기는 했지만, 이렇게 갑자기 한자를 꺼내도 알 정도는 아니었다.

홍화는 웃음기 없는 미소를 날리며 말했다.

"진법은 군사를 배열하는 전투대형을 말해요. 즉 한양 수호진이란 한양을 수호하기 위해 군사를 배치하는 방법……. 여기에서 군사란 뭘 말할까요?"

홍화가 무슨 말을 하려는지 따라가느라 이마에 저절로 주름이 잡혔다.

"그래서 그 군사라는 게 수호신들이라고요? 그런 소리예요?"

말이 안 되는 비유는 아니었다. 수호신들은 맡은 땅을 지키고, 해를 끼치는 혼탁과 잡귀를 쫓아내니 군사와 비슷하다고 할 수도 있었다. 그런데 왜 홍화의 입술 끝에 신랄한 미소가 맺혀 있는 걸까.

되짚어 보니 홍화는 현허가 '수호진에 묶인' 상태라고 했다. 은지는 천천히 생각을 따라가며 중얼거렸다.

"군대라면 강제성이 있는 거죠."

"그래요. 한양 수호진의 핵심은, 수호신들을 제자리에 붙들어 두는 거예요. 탈영하지 않고 명령대로 싸우게 하는 군율이자 속박이죠. 내가 보기에는 강제 소집령에 가까워요. 그것도 기한이 정해지지 않은, 영원한 징집이죠. 심지어 징집됐다는 사실조차 모르게 유지하는."

어안이 벙벙한 은지가 그 말을 다 소화하기도 전에 홍화가 다시 말했다.

"백합아파트의 서낭신이 요괴로 변하고도 수호신으로 계속 있을 수 있는 게, 어째서라고 생각해요?"

그게 요괴라는 사실을 인정하는 것도 지금이 처음이었다. 연타를 먹은 은지는 정신을 차리지 못하고 소파에 주저앉았다.

"그게 그러니까 수호진이 붙잡고 있어서 그런 거라고요? 신령들을 강제로 수호신으로 만들어서…… 죽을 때까지 그 땅을 지키게 만드는 거라고요? 수호진이 정말로 그런 거라고요? 현허 선생님은, 선생님도 그걸 알면서 그렇게 열심히 지키는 거예요?"

"누구보다 잘 알면서 그러는 거죠. 원래 한양도성 안에만 힘이 미치던 수호진을 서울 전체로 뻗어 나가게 만든 게 누구라고 생각해요? 남은 힘이 없어 집 밖으로 나가지 못할 정도로 무리해 가면서요."

그동안 겪은 일들이 머릿속에 파라락 넘어가면서 그럴싸하다고 속삭였다. 앞뒤가 맞는다고. 수호신과 잡귀라는 구분이 이상하다고 몇 번이나 생각하지 않았냐고. 서울을 지킨다면서 현허가 뭘 하는 건지 이상하다고 생각하지 않았냐고. 이쪽이 말이 된다고.

게다가 은지가 서낭신을 묶어 두었던 금줄을 끊었을 때, 현허가 어떻게 반응했던가.

'앞으로 그런 줄을 보게 되면 절대로 손대지 마라.'

은지는 멍해 있다가 두 손을 내저었다.
"아니, 아니, 아니지. 잠깐만요."

머릿속에서 두 사람이 싸우는 것 같았다. 홍화가 한 말들이 다 사실이라고 믿는 목소리가 있는가 하면, 설령 그 말이 사실이라 한들 그게 나쁜 일이냐고 반박하는 목소리도 있었다. 어쨌든 현허가 서울을 위하고 지키려고 한다는 사실이 변하지는 않는다. 그렇지 않은가?

하지만 애써 그런 생각을 하면서도 마음 한편이 허물어지려고 했다. 은지의 머릿속에서는 수호진이 신령들을 속박하는 덫으로 그려졌고, 그 상상 속에서 수호신들의 모습은 고통만 받는 것 같았던 백합아파트의 수호신으로, 죽어 가면서도 붙들려 있었던 도봉산 아파트의 수호신으로만 그려졌다. 아무 데도 가지 못하고 붙박여 살던 탑골과, 미쳐 버린 후에 불타는 귀매가 그려졌다.

'그 모든 게 신령들의 뜻이 아니라고? 과연 그래도 되는 걸까?'

은지의 머릿속을 채운 질문은 옳으냐 그르냐, 그럴 가치가 있느냐 없느냐 같은 질문이 아니라 그것이었다. 그래도 되는 걸까.

"그건, 그건 뭔가 아니잖아요."

은지의 입에서 튀어나온 말에 홍화는 넌지시, 이제 내가 왜 현허에게 반대했는지 알겠냐는 표정을 지었다.

"나도 그렇게 생각해요. 현허 선생님은 구닥다리 고집불통이고, 이미 시대에 맞지 않는 낡은 방식에 집착하고 있어요. 지켜야 한다는 생각에만 집착하다가 어딘가가 고장 났는지도 모르죠. 아니면 더 살기 싫어졌는지도 모르고."

사실 비슷한 심정이었지만, 은지는 마지막 말에 반사적으로 반박했다.

　"아니, 그래도 그건 말이 심한데요!"

　"사실을 말할 뿐이에요."

　홍화의 목소리는 담박하고 고저가 없었지만, 자연스럽다기에는 너무 차가웠다.

　"선생님은 내가 수호진에 대한 생각이 다르다는 걸 알면서도 나한테 뒷일을 맡겼어요. 혹시라도 선생님이 완전히 통제 불능이 된다면 그건 내가 처리해야 한다고, 부탁이 아니라 통보를 하더군요. 그러니 달리 생각할 도리가 있나요? 아, 더 살기 싫은가 보다 할 수밖에."

　은지는 할 말을 잃고 홍화의 단정한 얼굴을 쳐다보았다. 지금까지 흠 하나 없었던 홍화의 얼굴에 처음으로 살짝 틈이 생긴 것 같았다. 홍화도 화를 내고 있는 걸까 하는 생각이 얼핏 들었다가, 문득 떠오른 새로운 의문에 밀려났다.

　"그런데 왜 저한테 이런 설명을 다 해 주시는 거예요?"

　홍화는 잠시 창밖으로 시선을 돌렸다가, 다시 은지를 보았다.

　"글쎄요. 아마도 강은지 씨가 이해했으면 좋겠어서인 것 같네요. 이해하지 못한다면 나와 같이 일하기는 무리일 테니까요."

　"예? 제가 왜 여기 일을 해요?"

　"선생님이 뒷일을 맡기면서 덤으로 부탁했거든요. 혹시 강은지 씨가 이 분야를 떠나지 않고 계속 일하려고 한다면 일거리를 주라고. 그런데 나를 미워한다면 그러긴 힘들겠죠?"

은지는 현허가 그런 부탁을 했다는 데에 먼저 마음이 꽉 뭉치는 것 같았다가, 꽉 뭉친 심장이 그대로 얼어붙었다. 이제까지 들은 이야기보다 그 말이 더 뒤통수를 세게 때리는 것 같았다.

"정말이지, 둘이 결국 똑같네요. 정반대처럼 들리지만 똑같은 소리를 해요. 어쩔 수 없다는 둥, 제일 효율적이라는 둥, 뭔가를 희생하거나 버릴 생각만 하고. 내가 듣기엔 다 개소리예요. 애초에 선생님이 이런 선택을 하게 몰아넣은 게 당신이잖아. 그래 놓고 이해했으면 좋겠다니, 뭐 하자는 거예요?"

은지가 벌떡 일어나서 문으로 향하는데 뒤늦게 홍화가 말했다.

"잘해 봐요."

비꼬는 건가 울컥해서 돌아보았지만, 의외로 그런 기색은 없었다. 진심 같기도 했다. 은지는 문을 쾅 닫았다.

〰️

강남에서 종로까지 다시 가는 사이에 비휴에게서 신호가 날아왔다.

전화벨이 한두 번 울리다가 정작 받았더니 뚝 끊겼으니 신호임은 분명했다. 이미 강철을 유인하기 시작했을 것이다.

'너무 빨라.'

시간이 없다. 은지는 초조한 마음에 택시를 잡아 두 배나 되는 돈을 물고 상담소로 올라갔다. 이미 해가 저물어 어두워지려는 시간이었다. 늘 열려 있던 바깥문이 닫혀 있었다.

다행인지 불행인지, 현허는 급하게 은지를 쫓아내면서 아무것도 반납하라고 하지 않았다. 열쇠는 그대로 있었다.

거의 쓴 적 없는 열쇠를 대문에 밀어 넣는데 이상한 기분이 속을 휘저었다. 마치 집에 돌아가서 문을 열기 직전, 이 문을 열면 아주 안 좋은 일이 생길 것 같은 예감이 마음을 뒤흔드는 그런 느낌이었다.

살면서 그런 느낌을 받은 적이 처음은 아니다. 하지만 이제까지 대부분 그런 예감은 맞지 않았고, 아무 일도 일어나지 않았다.

이번에는 달랐다.

여길 나선 지가 하루, 아니 이틀쯤일까. 그 시간에 비해 이상할 정도로 이 공간이 낯설었다. 처음에는 그저 기분이 달라서인가 생각했지만, 마치 이제까지 있는 줄도 몰랐던 온기가 싹 빠져나간 것 같았다. 이 집 안에서 늘 느끼는 줄도 몰랐던 안전한 감각이 사라졌다.

게다가 가구도. 큰 가구는 대부분 사라지고 없었다. 뒤늦게 거실 창문을 돌아보니, 마당을 빼곡하게 채우고 있었던 나무들마저 사라졌다. 잠시 현실이 아니라 꿈속에 빠진 듯 심장이 두근거렸다.

모르는 사이에 또 환상에 빠진 건가 혼란스러워하는 사이에, 현허가 늘 쓰던 안쪽 방 문을 열고 나오더니 놀란 얼굴로 은지를 보았다.

"네가 여길 왜 와."

순간 든 안도감과는 별개로, 눈살을 찌푸리는 현허를 마주하니 발끈할 수밖에 없었다.

"제가 왜 못 와요? 원래 퇴사해도 뒷정리는 하는 법이고, 그 후에도 찾아올 순 있는 건데요. 뭐가 그렇게 켕겨서 절 이렇게 꺼리시는데요."

"켕기다니. 말버릇 봐라."

현허는 어이없는 얼굴을 하더니 손을 내저었다.

"무슨 용건인지 모르겠지만 나중에 얘기하자. 지금은 비휴가 강철을 찾아내서 유인하는 중이다. 네가 있을 자리가 아니야."

회피하려는 현허를 보니 다시 마음이 수선거렸다. 마음속 온도가 몇 도 내려가는 느낌이 들었다.

역시 이미 늦은 걸까. 현허의 겉모습만 살펴서는 알 수가 없었다. 은지는 순간 본능적으로 행동했다. 내던지다시피 몸을 빠져나가, 영체 상태로 현허에게 다가갔다.

이전에는 현허에게 접촉해 보려 한 적이 없었다. 이 주 가까이 현허와 둘이서 지낼 때도, 손님들로 연습을 할 때도, 단 한 번도 영체 상태로 현허에게 접촉한다는 생각은 떠올린 적이 없었다.

연습할 때 언뜻 보이는 현허는 그냥 사람인가 싶을 정도로 늘 비슷했다. 지금 생각하면 그게 현허의 대단한 점이었다. 늘 긴장하고 방어하고 있는 상태였다는 뜻이니까.

지금, 현허의 진짜 모습은 일그러져 보였다. 같은 모습을 유지할 수 없는지 여기저기 폰트가 깨진 것처럼 무너지고 일그러지고 모자이크가 붙어 있고, 군데군데 탁한 어둠이 울툭불툭 튀어나왔다. 평범한 어둠이 아니라 보글보글 거품을 올리며 끓는 화학약품 같은 어둠이었다.

잠깐 들여다본 것만으로도 속이 뒤집혔다.

"무슨 짓이냐!"

현허가 노성을 지르며 은지의 영체를 밀어냈다.

바닥에 쓰러진 몸으로 돌아간 은지는 잠시 두 손으로 머리를 부여잡고 있다가 소리쳤다.

"선생님, 미쳤어요?"

현허는 정말로 놀란 얼굴을 했다. 은지가 뱉기에는 과격한 말이기는 했다. 은지는 신경 쓰지 않고 현허의 어깨를 붙잡고 흔들었다.

"뱉어 내요! 뱉어! 토해요!"

현허가 은지보다 조금 작기는 했지만, 흔들어 봐야 끄떡도 하지 않았다. 결국 은지가 제풀에 지쳐서 바닥에 다시 주저앉았다.

현허가 헛웃음 소리를 냈다.

"하여간 뭘 생각하는지 모르겠다. 어지간히 말도 안 듣고. 이렇게까지 말 안 듣는 꼬맹이인 줄 알았으면……."

마저 듣고 싶지 않았다.

"전 이미 백합아파트에서 그 수호신이 어떻게 됐는지 봤어요. 과거의 기억도 거의 남아 있지 않고, 허기만 가득한, 아니

허기와 그곳을 지켜야 한다는 마음만 남아 있는 모습을요. '나는 여길 지켜야 한다. 배가 고프다. 여길 지키려면 내가 먹어야 한다'. 그러다가 결국엔 온갖 더러운 기운을 먹고, 오염을 더 만들려고 부추기고……. 정말 그렇게 되고 싶으세요? 저주독을 먹으면 그렇게 되는 거잖아요. 말이 수호신이지, 사실은 요괴가 되는 거잖아요."

"나는 그렇게 되지 않을 거다."

"왜요? 바로 귀매가 되시게요? 그래서 홍 대표 손에 불타시게요?"

상담소까지 오는 길에 홍화가 했던 말들을 몇 번이고 되씹었다.

수호진이 신령들을 진 안에 묶어 두는 금제라면, 자리에서 벗어나는 신령에게는 벌을 내릴 것이다. 그래야 강제성이 확보된다.

수호신이 도망치면 귀매가 된다. 그리고 현허는 귀매를 추적해서 소멸시키는 일을 했다. 일 더하기 일은 이였다.

"용케 다 알았구나. 아니, 홍화 녀석이 그것까지 말해 줬나?"

현허는 어처구니없다는 듯이 말하고는 고개를 설레설레 저었다.

"수호신이 된 건 내 의지로 선택한 일이다. 끝까지 책임을 지는 것도 내 선택이고."

"그게 선생님 의지인지 어떻게 알아요? 선생님도 수호진에 묶여 있다면서요. 그런데 다른 신령과 달리 선생님은 자기 뜻으로 선택한 건지 어떻게 알아요? 그것도 속임수일 수 있잖아요. 선생님도 이용당했을 수도 있어요."

은지는 좋은 뜻으로 한 말이었지만, 오히려 그 말이 현허의 자존심을 건드린 것 같았다. 현허의 얼굴이 확 어두워지더니 유리벽이 내려가듯 태도가 완고해졌다.

"함부로 말하지 마라. 너야 이해하기 힘들겠지만, 단순히 좋고 싫음이나 원하고 원하지 않음을 넘어서는 일도 있는 법이야. 너도 나이 들면……."

"정말이지, 너는 모르는 사정이 있다느니, 너도 나이 들면 알게 될 거라느니 하는 말은 이제 신물이 나요! 당장의 변명일 뿐이잖아요. 그냥 나중에 얘기하자는 소리와 똑같은 거죠!"

"그래서 뭘 어쩌자고 달려온 거냐?"

"되돌려요. 지금이라도. 분명히 다른 방법이 있을 거예요."

현허는 기가 막힌 얼굴로 은지를 보았다.

"이 상황에 떼나 쓰자고 달려왔다고?"

더 말하려 했더니 말이 제대로 나오지 않았다. 갑자기 목이 꽉 막혀서 말이 나오지 않았다.

'울면 안 돼. 울면 안 돼. 지금은 울 때가 아니야.'

눈물이 찔끔 나온 것이 분했다. 은지는 잇새로 호흡하며 눈을 북북 문질렀다.

"다른 방법, 있잖아요. 수호진이요."

택시 안에서 생각했다. 도봉동의 느티나무 서낭신은 남은 힘이 거의 없었지만, 금줄을 끊어 내자 폭발한 빛으로 강철을 밀어냈다. 현허는 죽어 가는 신령도 아니었고, 원래 힘만 되찾으면 강철과 얼마든지 싸울 수 있을 터였다. 수호진만 포기한다면.

그러나 수호진이라는 말을 꺼내자마자 현허의 기색이 칼날처럼 날카로워졌다.

"너에게 무슨 자격이 있다고 내 선택을 방해하겠다는 거냐?"

"저는 선생님에게 죽지 말라고 할 자격도 없는 사람이에요? 하긴 수백 년을 사셨는데, 만난 지 일 년도 안 된 인간이 뭐 대단한 의미가 있겠어요. 옷깃이나 스친 정도의 인연이겠죠. 그렇지만 저한테는 아니에요. 저는 못 보내요. 그리고 선생님에게도 저에 대한 책임이 있어요."

나중에 돌아보면 부끄러워서 이불을 걷어차게 될 발언이었지만, 그 순간에는 말이 아무렇게나 나왔다. 왜 그렇게 화가 나는지도 잘 모르는 채로 화가 났다.

그나마도 거기까지였다.

"당장 나가라."

"선생님!"

"나가!"

말 자체에 압력이 실린 것처럼 몸이 뒤로 쭉 밀렸다. 동시에 주머니 속 전화기가 맹렬히 진동했다.

멍하니 주머니에 손을 넣는데, 무형의 바람에 떠밀린 은지의 몸이 그대로 문밖으로 튕겨 나가고, 뒤이어 사무소 대문이 요란한 소리를 내면서 닫혔다. 균형을 완전히 잃은 몸이 대굴대굴 굴렀다.

앞이 암전되었다가, 정신을 차리고 나니 얼굴이 따끔거렸다. 은지는 잠시 눈을 뜨고 내가 뭘 하고 있었더라, 여기가 어디더라 하다가 헉하며 일어섰다.

어떤 힘에 밀려나서 구른 순간의 기억이 뒤늦게 돌아왔다.

비틀거리면서 일어나는데 피부가 따끔거렸다. 상처가 나서 아픈 게 아니었다. 본능이 위험을 경고하고 있었다.

'왔다.'

강철이 벌써 여기까지 온 거다.

어쩐지 고개를 들기가 무서웠지만 보지 않고 돌아서기도 무서웠다. 공포영화를 볼 때처럼, 다음 장면을 예감하면서 고개를 들었다.

어쩌면 이제까지도 실감은 하지 못했나 보다. 그래서 별로 무섭지 않았는지도 모른다. 아니, 사실은 그 편린만으로도 엄청난 공포를 겪어 놓고서 일부러 두려움을 외면했는지도 모른다. 그래야 움직일 수 있으니까. 괜찮을 거라고 믿어야 움직일 수 있으니까.

밀려오는 검은 안개를 보자 발이 움직이지 않는 공포가 다시 느껴졌다.

은지가 얼어붙어 있는 사이에 검은 안개는 솟아올라 해일처럼 거대한 벽을 이루었다가, 현허의 상담소 위로 쏟아져 내렸다.

순간 머리 위로 산이 쏟아진다고 생각했다. 움직이지 않아야 마땅할 땅이 바다처럼 움직이고, 산사태가 일어나 출렁이는 흙과 돌의 파도에 휩쓸려 가라앉을 것만 같았다.

은지는 주춤주춤, 움직이지 않는 발을 억지로 움직여 조금씩 물러나면서도 그 모습에서 눈을 떼지 못했다. 도봉동에서 보았던 꿈을 다시 겪는 것 같았다.

아니, 비슷하면서도 달랐다. 그때 도봉동 느티나무 서낭은 온 힘을 다해 막기만 했지만, 현허의 사무소는 튕겨 내는 게 아니라 조금씩 강철을 삼키고 있었다.

'선생님⋯⋯.'

오소소 소름이 돋았다.

은지는 저도 모르게 생각했다.

'저주독으로 인한 변화는 충분히 빨리 일어났을까?'

신령으로서의 현허는 혼탁을 '먹지' 못한다. 그러나 요괴처럼 변한다면, 그러니까 백합아파트와 일체가 되었던 서낭처럼 변한다면 혼탁한 존재들을 먹을 수 있다. 그래서 저주독을 먹고 변했다는 것까지는 알겠지만, 그 변화가 유의미하기에는 시간이 부족하지 않았을까.

막아야 한다고 숨 가쁘게 달려왔으면서 어느새 그런 계산을 하고 있는 스스로가 조금 역겨웠다.

하지만, 아무리 죽음을 각오했다고 해도 우선은 이기기 위해 내린 결정이라고 믿고 싶었다. 현허도 죽고 싶어서 내린 어리석은 결정은 아니었다고.

기도하는 심정으로 지켜보았지만 집 뒤로 무섭게 밀려오는 안개의 속도는 점점 더 빨라지고 있었다. 밀려 내려온 검은 안

개가 현허의 집 앞에서 부서지고 흩어지기는 해도, 그대로 사라지지는 않았다. 파도가 겹치듯이 안개의 밀도가 높아지고, 두께와 높이를 더했다.

곧이어 현허의 상담소가 무너지기 시작했다.

처음에는 지붕 한 귀퉁이였다. 물그릇에 먹물이 한 방울 떨어진 것처럼, 처음에는 검은 점이 하나 보였고, 천천히 한쪽 끝이 검게 물들더니, 그다음부터는 검은 물이 순식간에 퍼져 나갔다.

마치 몇 배속으로 빨리 시간을 돌리는 것처럼…… 멀쩡하던 집이 순식간에 수십 년 버려진 폐가처럼 썩어 갔다.

아니, 폐가로 끝나지 않았다. 부슬부슬 가루가 날리기 시작했다. 벽돌이 조금씩 부스러지고, 벽에 금이 가고…… 마치 곰팡이 포자가 팍 터지듯이…… 돌가루가 흩날렸다. 먼지가 바람에 흩어졌다.

그리고 조금 전까지 집이 있던 곳이 자욱한 검은 구름에 잠겼다.

겨우 움직이던 발이 다시 멈춰 버렸다. 가위에 눌린 듯 몸이 얼어붙었다. 은지는 헐떡이며 숨을 계속 쉬려고 노력했다. 덜덜 떨리는 손을 잡고 이를 악물었다. 숨을 들이마시고, 정신을 차리고, 움직여야 했다. 움직여야…….

"이게 뭐야."

은지는 그 소리를 듣고서야 허억 하고 숨을 들이마셨다.

비휴였다.

미끼가 되어 저 무시무시한 강철을 여기까지 끌고 온다는 임무를 무사히 해낸 비휴가 쾅 소리 나게 땅에 내려섰다. 강철을 유인하는 일이 얼마나 힘들었는지 알려 주듯, 몰골이 너덜너덜했다.

"현허는?"

날이 선 질문.

은지는 바로 대답하지 못했다. 아니, 대답할 수가 없었다. 그저 손을 들어 상담소가 있던 곳을 가리킬 뿐이었다.

비휴는 그쪽을 흘긋 보더니 은지를 냅다 들어 올렸다.

"뭐, 뭐 하는 거야?"

"여기에서 벗어나야지."

비휴는 대답하면서 이미 움직이고 있었다. 순식간에 상담소가, 아니 상담소 자리에서 벌어지던 괴물들의 싸움이 멀어졌다.

"잠깐만! 잠깐!"

은지가 뒤늦게 발버둥을 치고 팔을 때리자 무서운 속도로 움직이던 비휴가 잠시 멈췄다.

"왜 그래? 뭔가 두고 오기라도 했어? 이미 사라졌을걸. 현허가 힘이란 힘은 다 쥐어짜서 거둬들였으니까."

은지는 비휴의 심상한 말을 듣고서야 현허가 아직 싸우고 있음을 깨달았다. 한 덩어리의 검은 구름이라고 생각했던 것이, 그러니까 강철이라고만 생각했던 것이 사실은 뒤섞인 두 개의 어둠 덩어리였다.

그리고 비휴의 말 속에 사무소가 가루가 되어 사라진 이유가 들어 있었다. 백합아파트 때처럼 현허가 집과 융합할 줄 알았는데, 양상이 전혀 달랐다.

은지가 일 년여 동안 지낸 사무소가, 그 건물을 구성하는 벽돌 하나하나와 콘크리트와 나머지 모든 것들이 부서져서 현허에게 흡수되었다.

아니면, 이제까지 멀쩡한 건물이라고 생각했던 사무소 자체가 원래 현허였을까?

사라지기 전까지는 가진 줄도 몰랐던 그 안전한 느낌, 빼앗기고 나서야 싸늘함을 느끼게 된 그 온기가 다 현허였을까?

은지는 두 손을 들어 얼굴을 북북 문질렀다. 비휴에게 고마워해야 한다는 걸 알지만, 은지 혼자서는 제대로 도망도 못 치고 어떻게 되었을지도 모르지만 지금은 고맙지 않았다.

"선생님. 현허 선생님을 버리고 갈 순 없어."

"현허도 혹시나 네가 오면 데리고 빠지라고 했어. 저건 우리가 끼어들 수 있는 싸움이 아니야."

태연한 비휴의 말에 순간 말문이 막혔다.

은지도 알 수 있었다. 제대로 알아볼 수도, 이해할 수도 없는 그 거대한 싸움 앞에서 은지는 너무나 작았다. 어쩌다가 잘못 밟히기라도 하면, 아니 그저 그들의 싸움에서 튄 파편에만 맞아도 죽어 사라질 벌레가 된 기분이었다.

다시 발밑이 출렁거렸다. 은지는 황급히 땅바닥에 납작 엎드렸다가 조금 후에야 상황을 깨달았다. 싸움이 계속되면서 북악산 자체가 흔들리고 있었다.

428

다음 순간, 놀이기구가 곤두박질칠 때처럼 내장이 철렁 내려앉았다. 몸이 허공으로 떠오르고 있었다. 비휴가 은지를 붙잡고 허공으로 뛰어올랐다가, 무서운 속도로 산 아래를 향해 내닫고 있었다.

"안 돼!"

은지는 무턱대고 뛰어내렸다. 정확히는 몸뚱이를 비휴의 손에 놔둔 채, 영혼만 밖으로 날렸다.

몸 밖으로 튀어 나간 은지는 잠시 넋을 잃었다.

이전에는 이렇게 탁 트인 곳을 날아 본 적이 없었다. 주로 상담소 안, 아니면 지하철역 안처럼 닫힌 공간이었고, 건물 밖에서 몸을 빠져나왔을 때도 눈앞에 아파트 건물이나 나무 같은 정확한 목표가 있었다.

지금처럼 잔잔한 물 속에 둥둥 뜬 것 같은 기분은 처음이었다. 그야말로 맑고 투명한 바닷속에 살짝 뜬 채, 투명하지만 분명한 한 겹 필터를 통해 세상을 보는 느낌이었다.

하늘은 희었고, 북악산은 유난히 찬란했다. 빛나는 부분도 어두운 부분도 똑같이 강렬하고 깊어졌고, 돌 하나 나무 하나가 다 기이한 빛깔로 맥동했다. 몸속에 있을 때보다 훨씬 모든 것과 이어진 감각이 있었고, 그래서 직접 손대지 않아도 상대의 본질을 어느 정도 알 것 같았다.

흘긋 돌아보니, 아직 눈치채지 못했는지 은지의 몸을 가지고 도망치는 비휴가 보였다. 그런데 늘 보던 키 큰 남자가 아니라 짐승의 모습으로 은지의 몸을 물고 있는 것처럼 보였다. 서울시 여기저기에서 흔히 보던 해태와도 비슷한데 몸이 훨씬 늘씬하고, 머리에 뿔 같은 것이 하나 달려 있는 게 달랐다. 그리고 온몸이 금빛이었다.

'이야! 금을 그렇게 먹더니, 몸도 황금색이네?'

잠깐 비휴의 배 속으로 사라진 금붙이를 생각하니 속이 쓰렸지만, 사람 모습일 때보다 귀여웠다. 늘 중2 사춘기 같다고 생각했는데 그게 맞을지도 모른다. 이런 상태로 보니 비휴가 작아 보이기도 했다.

'내 몸, 잘 부탁해!'

그리고 눈을 돌려 다시 본 강철과 현허의 싸움은 그야말로 초현실적이었다.

뭉클거리는 어둠 주위로 충격파가 파도처럼 번져 풍경이 물결쳐 보이고, 은지의 영체도 흔들거렸다. 그 파장 안에 다른 것도 조금씩 섞여 있는지, 파편처럼 날아온 파장을 직격으로 받은 나무 한 그루가 기이한 형태로 배배 꼬였다가 길게 늘어났다. 곧 이전과 같은 모습으로 돌아가기는 했지만, 아무래도 그런 파편은 최대한 피해야겠다는 생각에 신경이 곤두섰다.

맨눈으로 보았을 때는 검은 안개와 구름이 뒤엉켜 뭉클거리는 것만 같았는데, 육신을 떨치고 보니 그 어둠에서도 강철과 현허를 또렷하게 분간할 수 있었다.

강철은 본체조차 실체가 없었다. 검은 안개 아니면 소용돌이 같기도 하고, 처음 나무신령의 심상에서 보았을 때처럼 어마어마한 벌레떼 같기도 했다. 용처럼 보일 때도 있었고 말처럼 보일 때도 있었지만, 한데 뭉친 무엇이라기보다는 수많은 작은 조각들이 같은 방향으로 날고 있을 뿐이었다.

이제 강철이 무엇인지도 이해할 수 있었다.

강철은 그 자체로 날뛰면서 세상을 파괴하는 커다란 괴물 같은 게 아니었다. 강철이 세상에 영향을 미치려면 반드시 다른 것들을 움직여야만 했다. 사람들이 쓰레기를 이상한 곳에 버리면서 재미있어하고, 다른 사람을 괴롭히면서 즐거워하게 만들고, 스스로에게 나쁜 일을 하면서 웃게 만들고, 그럼으로써 황폐를 퍼뜨린다. 조금씩 조금씩 사람들의 마음을 밀어서…….

그런 면에서 강철은 분명 철저히 인간의 재앙이었다.

반면 현허는…….

현허는 다른 존재였다. 현허도 색이 어두웠지만, 그 검은 빛은 아름다웠다. 저주독을 먹은 순간부터 탁한 부분이 생겼다곤 해도, 강철을 먹으면서 탁하게 물든다 해도 그건 전혀 다른 검은 빛이었다. 한 번씩 탁하게 윤곽이 흐려지기는 했으나 동시에 바위처럼 굳건했다. 무시무시한 파도 앞에 버텨 선 바위섬 같았다.

잠시 마음이 놓이고, 주먹을 불끈 쥐는 듯한 기분이 들었던 은지는 물러나서 현허의 공격을 쉽게 피한 강철이 뱀 모양으로 변해서 입을 벌리고 달려드는 순간 소리를 지를 뻔했다. 주변 공기가 크게 출렁이고, 현허가 강철에게 크게 한입 뜯겼다.

조금만 몸을 움직이면 피할 수 있을 것 같은데, 왜 그냥 당하는 거야?

'선생님! 그만해요! 그만하고 물러나요! 물러나서 다시⋯⋯!'

현허는 은지의 외침을 듣지 못했거나, 듣고도 움직이지 못한 것 같았다. 그 자리에 버텨 선 채 다시 강철을 크게 베어 물 뿐이었다.

다시 보니, 검은 산허리 부분에 뭔가가 묶여 있었다. 금테 같기도 하고, 금줄 매듭 같기도 한 것이 허리를 묶어 조이고 있어서 현허의 움직임이 자유롭지 못했다.

그 줄을 다시 본 순간, 은지는 뭘 해야 하는지 기억해 냈다.

'저 망할 걸 풀어야 해.'

'그 금줄을 끊지 마라. 무슨 일이 있어도.'

한 글자, 한 글자에 힘이 들어가 있었던 현허의 당부. 그 말도 언령이었는지, 끊겠다고 생각하자마자 하지 말라는 압력이 작동했다.

그래. 이제는 그 줄이 누군가가 해 둔 나쁜 짓이 아니라 수호 진이라는 걸 안다. 도봉동 서낭신을 묶고 있었던 금줄도 그것이었고, 지금 현허도 똑같은 방식으로 묶여 있다는 걸 안다.

그 줄에 묶여 있어야 현허가 계속 수호신일 수 있다는 것도 알겠다. 그게 현허의 고집이라는 것도. 그게 어쩌면 몇백 년짜리 고집이라는 것도.

하지만 지금은 몇백 년 전통이고 뭐고, 현허의 고집이고 뭐고 아무래도 상관없었다.

우선 살고 봐야지. 현허가 강철 앞에서 어리석게 버티다가 죽게 둘 수는 없었다.

'당장 죽게 생겼는데, 나중 일은 무슨 나중 일이야.'

지금 은지는 현허가 밉지도 않았고 강철마저도 혐오스럽지 않았다. 오직 그 금줄이, 그 금줄이 나타내는 수호진이 원망스러웠다. 다 그것 탓이라는 생각만 들었다. 그걸 끊어 버리겠다는 생각에 온 마음이 쏠렸다.

의외로 길게 이어지는 금줄을 붙잡고 따라가다 보니 싸움터에서 꽤 멀어졌다. 겨우 찾아낸 금줄의 반대쪽 끝은 바위산 꼭대기에 묶여 있었다.

도봉동 서낭에게 묶여 있던 매듭과 같으면서도 달랐다. 이쪽이 훨씬 더 컸고, 같은 매듭이 무려 여덟 개나 줄줄이 있었다. 하나씩 풀자면 한참 걸릴 것 같았다.

'이번에야말로 확실히 자를 수 있는 칼을 가져왔어야 했는데. 칼만 있으면 확 잘라 버릴 텐데.'

그러나 마음으로 구현된 영체를 아무리 뒤져도 역시 작은 울쇠 말고는 나오는 게 없었다.

은지는 심호흡하는 상상을 했다.

'이럴 때일수록 조급해하면 안 돼. 찬찬히 하자. 찬찬히……'

아왕쇠 조각을 찔러 넣고 한참을 낑낑대자 겨우 매듭 하나가

풀렸다.

그동안에도 공기 중에 싸움의 파동은 계속 느껴졌지만, 두 번째 매듭에 매달리는 사이 세상이 크게 흔들리더니 스위치가 켜졌다가 꺼지는 방처럼 어두워졌다가 밝아지기를 반복했다. 북악산 나무들은 귀곡성을 흘렸다.

돌아보지 말고 집중하자고 다짐했지만 결국 싸움판을 돌아보게 되고 말았다.

어둠이 아까보다 좀 더 크고 넓게 번져 있었고, 강철과 현허의 경계가 아까보다 조금 더 구분하기 어려웠다. 강철이 커진 것처럼 보이기도 했고, 그저 탁한 어둠이 커진 것처럼 보이기도 했다.

게다가 잔상처럼 퍼져 나간 희미한 검은 빛이 멀리, 북악산 아래까지 퍼져 나가고 있었다. 그게 그냥 사라지는 건지, 닿는 곳에 나쁜 영향을 미치는지는 알 수 없었지만 좋은 신호가 아닌 것만은 확실했다. 현허가 부서지고 있거나, 아니면 강철이 다시 넓게 퍼진다는 뜻일 테니까.

마음이 흔들려 손발이 어지러워졌다.

이제 매듭을 겨우 두 개째 풀고 있는데, 과연 여덟 개를 다 풀 때까지 현허가 버텨 내기는 할까.

푼다기보다는 쇳조각으로 썰어서 잘라 보려고 했지만 그것도 잘되지 않았다. 갑자기 물밀듯이 의심이 밀려왔다. 잡생각이 들끓었다.

내가 지금 뭘 하는 거지. 제대로 하고는 있는 건가. 이게 도움이 되긴 할까. 아까 무슨 정신으로 그런 확신을 했지. 내 몸은 어디쯤 있을까. 무사할까. 몸과 너무 멀어진 건 아닐까. 이래 본 적이 없는데. 이래도 현허는 죽지 않을까. 아무 의미 없지 않을까. 내가 뭘 안다고……

'칼이 있으면 이 매듭을 확 잘라 버릴 텐데. 아니, 아예 확 불살라 버리면 들끓는 잡념까지 깨끗하게 사라져 버릴 텐데.'

홍화가 피웠던 불꽃이 떠오르고, 귀매를 정화하려 했을 때 마지막에 불을 던졌던 손맛도 떠올랐다.

그때, 작지만 눈부신 빛 한 줄기가 얼굴을 때렸다. 은지는 눈살을 찌푸리면서 울쇠를 보았다.

울쇠를 이루는 쇳조각은 대부분 거울이었으니, 어떤 식으로 작동하는지는 몰라도 이 공간에서 햇빛을 받아 반사하는 빛줄기가 무섭도록 밝았다. 마치 레이저처럼.

은지는 홀린 듯이 울쇠 조각의 각도를 조정하여 빛줄기를 금줄에 조준했다. 실제 볼록 렌즈에 실제 햇빛을 통과시킨 것은 아니지만, 그와 비슷한 효과가 났다.

금줄에 불이 붙더니, 그다음은 일사천리였다. 노르스름한 불꽃이 피어나면서 말도 안 되게 빠른 속도로 번져 나가기 시작했다. 불길이 기세 좋게 타오르자 사방이 마구 흔들렸다.

'앗, 뜨……가 아니고. 불이야!'

무섭게 타올라도 뜨겁지는 않았지만, 불은 불이었다. 불을 내 버린 은지가 정신을 차리지 못하고 허둥대는 사이에도 노란 불길은 금줄 양쪽으로 계속 뻗어 나가더니 깨끗한 호선을 그리

며 거대한 어둠 덩어리에 닿았다. 화르륵, 검은 덩어리 한쪽을
에워싸고 불길이 치솟았다.

그리고 하늘이 쪼개지는 듯한 굉음이 울려 퍼졌다.

설마 현허를 풀어 주는 게 아니라 불태워 버린 건가?

다급한 마음으로 그쪽으로 날아가려 했지만 천지가 뒤집히
는 듯한 소란 속에 몸이 마구 흔들리며 이리저리 내던져졌다.
태풍에 붙들린 조각배 꼴이었다. 머리가 어지럽고 눈이 뱅글뱅
글 돌았다.

여기저기에서 폭죽처럼 색색의 빛이 터지면서, 하늘에 퍼진
어둠 곳곳에 구멍이 났다. 왠지 여의도 밤하늘로 올라가던 도
깨비불이 생각났지만, 이번에 솟아오른 빛들은 그렇게 조용히
사라지지 않았다.

그리고 도봉동 서낭이 풀려났을 때 터진 충격파와 비슷한 것
이 작고 크게, 여기저기에서 산발적으로 터지기 시작했다. 우
르릉 우르릉 하늘이 흔들리고 산이 흔들렸다. 평소가 잔잔한
바다였고 강철과 현허의 싸움이 일으킨 여파가 파도와 같았다
면, 지금 상황은 갑작스레 들이닥친 태풍이나 다름없었다.

그리고 태풍 속에서 산이 일어섰다. 거센 파도를 맞으면서
버티는 검은 바위처럼 보였던 형상이 일변하여 거대한 날개를
펼치고 일어섰다. 화산이 터지듯 불길이 번지며 땅이 쏟아져
내렸다.

은지도 더 지켜보지 못하고 낙엽처럼 휩쓸려 갔다.

"한양 수호진은 육백 년 전에, 그러니까 태조가 한양을 수도로 삼고 한양도성을 에워싼 성곽을 세울 때 같이 만들어졌다고 하더군요. 딱히 기록은 없지만, 육백 년은 과장이라고 해도, 몇백 년쯤 된 건 맞겠지요. 그 몇백 년 동안, 성곽은 여러 번 무너지고 부서졌어요. 사대문과 사소문도 여러 번 불탔죠. 그래도 몇 번이나 다시 세웠지만, 지난번 전쟁 때는 정말 끝인가 싶을 정도로 많이 무너졌고, 그때 서울의 수호신들도 많이 사라졌죠. 이십여 년을 그런 상태였다가 성곽을 복원하면서 수호진도 기능을 일부 회복했는데……. 그것도 이제 끝났군요."

자분자분 이어진 말 중에서 강은지의 귀에 꽂힌 말은 '끝났군요'뿐이었다. 그리고 육백 년이라는 숫자도.

'지금 이거, 육백 년 된 유산을 내가 끝장냈다는 소리지? 내

탓이라는 거지?'

비명을 지르고 싶었다.

강은지의 시선은 옆에서 말하는 사람이 아니라 병실에 하나 있는 작은 텔레비전에 고정되어 있었고, 그 화면에서는 현재 믿을 수 없는 장면이 송출되고 있었다.

아주 익숙한 지붕이……. 경복궁 근정전이 불타는 장면이었다.

'꿈이었으면 좋겠다.'

순간이지만 은지는 이 모든 게 꿈이고, 자신은 아직도 몸에 돌아가지 못하고 어딘지 모를 곳을 헤매고 있는 쪽이 낫겠다고 생각했다.

물론 바로 정신을 차리고, 속으로라도 그런 말을 한 것을 반성했지만.

기억이 희미하긴 해도, 아무것도 보이지 않고, 앞과 뒤는 물론이고 어디가 위이고 아래인지도 알 수 없는 상태로 떠다닐 때의 공포는 생생했다. 그대로 영영 몸에 돌아가지 못한다면 대체 어떻게 되는 건지, 무엇이 되는 건지 생각했던 순간도. 그러다가 반짝이는 금빛을 보았을 때의 어마어마한 안도감도.

비휴에게 겨우 구출되기는 했지만, 몸과 오래 떨어져 있었던 탓인지 충격파에 휩쓸린 후유증인지 며칠을 병원에 누워 있어야 했다. 의식은 있는데 몸을 마음대로 움직일 수 없는 순간 역시 생생한 악몽이었다.

다행히 뛰어난 망각 능력을 타고난 덕분에 지금은 그 공포에

438

서 어느 정도 벗어났지만, 그래도 지금 상황보다 그때가 낫다는 생각은 지나쳤다.

은지는 그런 생각을 하면서 겨우 조금 마음을 가다듬었다.

병원에 누워 있던 며칠 동안 알아낸 것은 정말로 북악산 일부 지역이 붕괴했다는 사실이었다. 잠정 결론은 산사태였다.

한반도에도 지진이 일어나는 것이냐, 아니면 기밀 안보 문제냐, 심지어 초자연적인 현상이냐를 두고 이런저런 말들이 잠시 있었다. 북악산 군사보호구역과 종로 개발 문제가 다 끌려 나왔다. 그러나 큰 뉴스거리가 되지는 않았다. 큰 진동을 겪었다고 호소한 사람은 수백 명이었으나 사라진 집은 외따로 떨어진 이층집 한 채뿐이었고, 피해자도 지금 병원에 누운 강은지 한 명뿐이었기 때문이다.

그리고 그게 어찌 된 일인지, 그날 북악산에서 무슨 일이 있었는지는 비휴도 제대로 알려 주지 못했다. 제대로 알려 준 사람은 조금 전에 병문안 온 홍화였다.

현허의 몸을 묶고 있던 금줄은 한양 수호진이 맞았다. 다만 현허의 줄은 도봉동 서낭이 묶여 있던 가느다란 금줄과는 비교도 되지 않을 만큼 오래되고 강력했으며, 무엇보다도 한양 수호진 전체와 연결되어 있었다. 한양도성 사방을 지키던 산신 중 현허 혼자 남은 이후로는, 사실상 현허가 수호진의 원천이기도 했다.

그러니 그 원천을 은지가 불태워 끊어 버렸을 때, 나머지 수호진이 다 무너지는 건 시간문제였다.

은지가 붙인 불길은 며칠 동안 서울을 돌며 금줄을 모조리

태웠다. 수호진을 모두 무너뜨렸다.

"그래도 그렇지, 경복궁까지 태울 줄은 몰랐다고요! 아니, 애초에 그것만으로 수호진이 다 무너질 줄도 몰랐지만!"

강은지가 누구에게 하는 변명인지 모를 말을 외치는 사이, 홍화가 말투를 진중하게 바꿨다.

"대수대명代數代命이라는 주술이 있어요. 명이 짧은 사람 대신 가축을 저승으로 보내어 죽을 운명을 회피하는 주술로 알려져 있지요. 재액을 다른 데 옮겨서 수명을 늘리는 거예요. 난 가끔 한양 수호진이 사실은 그런 주술이 아니었을까 생각해요. 신령들을 희생시켜서 서울이라는 도시의 명을 늘리는 주술. 서울이라는 도시에 혼이 있다면 몇 번이고 몇 번이고 그런 주술을 써서 수명을 연장해 온 셈이 아닐까. 남의 생명을 먹고 죽음을 회피하는 존재나 다름없지 않을까. 그동안 대체 얼마나 많은 수호신령이 서울을 지키기 위해 희생되었을까."

"그러니까 제가 부수길 잘했다는 말을 하고 싶으신 건가요."

은지는 억양 없이 물었다.

"그래요. 난 잘했다고 생각해요."

홍화에게 그런 말을 들어도 전혀 위로가 되지 않았다. 애초에 홍화가 이런 결과를 바라고 은지의 행동을 유도하지 않았나 하는 의심만 강해졌다.

"좋은 결과잖아요. 구시대의 유물도 사라지고, 신령들도 해방됐고, 지금까지 신령들을 묶어 두었던 힘이 한꺼번에 풀려나면서 강철도 다 흩어 버렸으니. 은지 씨가 많은 이들을 구한 거예요."

사실이었다. 다 죽어 가던 도봉동 서낭조차도, 금줄이 풀려난 순간에는 강철을 밀어낼 정도의 반동을 일으켰다. 그러니 현허 정도의 산신이 풀려났을 때, 그리고 아무것도 모르고 있던 주변 지역의 수호신들이 한꺼번에 풀려났을 때 터져 나온 반동이 얼마나 컸겠는가.

그러나 그 힘은 강철을 산산이 흩어 버렸을 뿐 아니라 현허도 어딘가로 날려 버렸다. 아니, 어쩌면 현허까지 흩어 버렸을지도 모른다. 아니면 수호진에 묶이기 전의 자신을 되찾아서 떠나 버렸을 수도 있었다. 아니면 저주독이 퍼져서 요괴가 되어 버렸을지도 모른다.

만약 현허도 잃은 거라면, 정작 은지가 그런 짓을 한 의미가 없었다. 더해서 이제는 경복궁까지 불타고 있었고.

"현허 선생님은 돌아오실 거예요."

뜻밖의 말에 은지는 불신 가득한 눈으로 홍화를 보았다. 홍화의 아름다운 얼굴에는 한 점의 틈도 없었다.

"내가 뭐 하러 거짓말을 하겠어요? 딱히 강은지 씨를 위로할 이유도 없고, 특별히 선생님이 돌아오길 바랄 이유도 없는데."

어쩐지 그 말이 반어법으로 들린다고 생각한 것도 잠깐이었다.

"아, 물론 선생님이 강은지 씨가 한 일을 달가워할 거란 말은 아니에요. 그렇게 힘들게 지켜 온 수호진을 부수고, 지금까지 선생님이 집착하던 방식은 물론이고 기껏 굉장한 희생을 하려던 결심까지 다 은지 씨가 쓰레기통에 처넣은 셈이니까요."

'그러니까 내가 한 짓이 다 헛짓이거나, 아니면 선생님이 한 짓이 다 헛짓이거나 둘 중 하나라는 거네.'

헛웃음을 삼키다 보니, 언제 홍화가 인사하고 떠났는지도 알 수 없어졌다.

홍화가 어느새 사라졌다는 사실을 깨달은 은지는 애써 당당하게 보이려던 노력을 내던지고 쭈글쭈글해져서 고개를 떨궜다. 홍화와의 대화 자체에 진이 빠지기도 했고, 아무것도 낙관적으로 보이지가 않았다.

6인실에 같이 있던 환자와 보호자들이 다 잠을 청한 후에는 휴게실로 나가서 계속 지켜보았지만, 근정전에 붙은 불은 꺼지지 않았다. 수많은 소방차와 소방관이 모여든 화재 진압 현장에 혹시나 하고 희망을 걸었지만, 다른 전각으로 번지지 않은 게 그나마 최선이었다.

이후에 알게 되지만, 근정전이 무너지는 장면을 본 많은 이들이 허망함을 느꼈다. 또 많은 이들은 형언할 수 없는 불길함을 읽어 냈다. 어떤 이들은 이전에 있었던 잘못의 결과라 했고, 어떤 이들은 앞으로 나라가 망할 징조라고도 했다. 어떤 경고라고 말하는 사람도 있었다.

강은지에게 그 순간은 끝이었다. 짧게는 강은지가 누린 지난 일 년의 끝이었고, 길게는 서울에 수호신이 있었던 시대의 끝.

❥〰❥

얼마나 멍하니 있었을까. 어느새 바깥이 희부연 새벽이었다. 사람이 제일 없을 시간.

은지는 한숨을 푹 내쉬고, 홍화가 가져다준 비싼 위문품 바구니를 챙겨 들고 터덜터덜 휴게실을 나섰다.

경희궁으로 건너가자 곧 비휴가 내려섰다. 은지가 다시 고개를 숙이고 한숨을 쉬는 사이에도 부스럭부스럭 소리가 났다. 비휴가 알아서 바구니를 뜯는 소리였다.

"야, 사람이 이렇게 괴로워하는데 너는……."

고개를 들었던 은지는 멜론을 통째로 입에 넣는 비휴의 모습을 보고 다시 입을 다물었다. 아무리 망각 능력이 좋다 해도 목숨을 구해 준 것까지 잊을 수는 없었다.

안 그래도 녹초가 된 데다가, 영적인 태풍에 쓸려 어디까지 갔을지 모를 은지를 건져 내기까지 하면서 힘이 다 빠졌을 텐데, 이제 현허가 없으니 금붙이로 보충해 줄 수도 없었다.

"그래, 먹어라 먹어."

비휴가 묵직한 과일 바구니 하나를 순식간에 다 먹어 치우는 모습을 보고 있으려니 조금 마음이 가벼워졌다가, 다시 생각이 경복궁으로 흘러갔다.

은지는 두 손에 얼굴을 묻고 중얼거렸다.

"진짜 어떡하지. 어떻게 보상하지? 난 진짜 이럴 생각은 없었거든. 수호진이 다 무너질 줄도 몰랐지만 경복궁까지 태울 줄은 정말……."

"무슨 소릴 하는 거야?"

은지가 고개를 번쩍 들어 올리자, 드물게 의아하다는 얼굴을 한 비휴가 보였다. 은지는 일말의 희망을 품고, 하지만 반신반의하는 마음으로 말했다.

　"수호진이 다 타 버려서 경복궁까지 불타고 있잖아."

　"그게 무슨 상관이야. 수호진을 태운 게 진짜 불도 아닌데."

　"엉?"

　듣고 보니 그랬다. 생각해 보니, 그 불은 영적인 불이었고 뜨겁지도 않았다. 그 불이 실체를 태울 수 있었다면 제일 가까이 있던 강은지도 태울 수 있었겠지.

　"정말로 아니야? 그렇지만 타이밍이 너무 딱 맞잖아."

　비휴는 어깨를 으쓱였다.

　"우연이겠지."

　"우연? 정말로?"

　"그래. 안 그래도 불이 났을 때 가 봤는데, 인간의 악취밖에 없었다. 방화야."

　"방화라고……."

　은지는 잠시 할 말을 잃었다. 혹시 은지를 위로하려고 하는 소리 아닐까 하는 생각도 들었지만, 비휴가 거짓말을 할 리가 없었다.

　"정말로? 하지만 홍 대표가……."

　은지는 뒤늦게 깨달았다. 홍화가 사실 경복궁 화재가 은지 탓이라고는 말하지 않았다는 사실, 그러면서도 교묘하게 은지의 오해를 바로잡지 않았다는 사실이었다.

"악! 뭐야, 진짜! 홍 대표님 그렇게 안 봤는데, 환자를 놀려?"

홍화에게도 놀림감이 되다니.

씩씩대다 보니 돌덩이가 얹힌 듯한 심장이 조금 가벼워졌지만, 처음 만난 순간에 바로 놀려 대려고 들던 현허가 생각나면서 다시 마음이 울적해졌다.

"선생님, 돌아오실까?"

"모르지."

적당히 돌아올 거라고 위로해 줘도 될 텐데, 비휴는 여전했다. 은지는 현허가 자신을 용서할지도 물어보려던 입을 잘 단속했다.

순간, 어린아이가 하나가 허공에서 튀어나왔다.

"또 너희냐? 내 공물은 없고?"

"아, 깜짝이야!"

은지는 기겁을 했다가, 툭 튀어나온 아이가 누구인지 알아보았다. 이번에는 다른 의미로 심장이 덜컹 내려앉았다.

본 기억이 있는 모습이었다. 이제는 까마득히 옛날처럼 느껴지는 작년에, 바로 저 병원에서 불가사리를 잡았을 때 보았던 터주신이었다. 비휴가 바닥돌을 깨뜨렸다고 잔소리하던 신령.

"어떻게 아직 여기 계세요?"

조그마한 아이 모습의 터주신은 얼굴을 찌푸렸다.

"여기가 내 집인데, 그런 질문이 어디 있어?"

"아니, 그렇지만 그게……."

수호신을 묶어 둔 속박은 끊어졌을 터였다. 특히나 종로 근처라면 이미 며칠 전에 다 풀려났을 터였다. 혹시 경희궁 터주신은 자유로워졌다는 사실을 모르는 걸까. 온갖 생각에 머리를 끓이는데, 터주신이 코웃음을 쳤다.

"어딘가로 갈 수 있다고 꼭 떠나야 하는 건 아니지. 나는 여기가 좋아. 언제든 떠날 수 있게 되니 더 좋구나. 나쁘지 않아."

설마 싶지만 그 말이 마치 은지에게 해 주는 소리 같아서 마음이 울렁였다.

기분이 이상했다. 그러고 보면, 왜 속박이 끊기면 수호신은 다 수호신이 아니게 된다고 생각했을까. 사람이 그렇듯이 신령도 다 다를 텐데.

터주신과 비휴를 보고 있자 마음이 조금 가벼워졌다.

상황이 긍정적으로 돌변한 것은 아니고, 한 시대가 끝난 것도 사실일 테지만, 모든 게 끝난 것은 아니었으니까.

"앞으로 어떻게 될지는, 살아 보는 수밖에 없지."

일부러 소리 내어 말해 봤다.

직장도 없어졌고, 그나마 통장에 있던 돈도 병원비로 다 나갈 판이었지만, 그래도 일단은 멀쩡히 살아 있지 않은가. 다시 혼자가 되지도 않았다. 비휴도 살아 있고, 아마도 현허도 살아 있고, 하나라도 은지가 한 일이 나쁘지 않다고 말해 주는 신령이 있었다.

강은지는 일단은 그걸로 충분하다고 생각하기로 했다.

《서울에 수호신이 있었을 때》 끝

이 소설은 2009년에 쓰기 시작했다.

정확히 말하면 이 소설의 전생을 2009년에 쓰기 시작했다. 그 해 여름, 인터넷도 잘 되지 않는 평창의 어느 황토집에서 지금의 절반 정도 분량을 쓰고는 몇 년이 지나도록 더 쓰지를 못했다. 한참 동안 쓰지 못하고 있었던 이유를 댈 수야 있겠지만 별 의미는 없다.

어쨌든 그때 쭉 써서 끝냈다면 지금과는 전혀 다른 소설이 되었을 것은 분명하다.

그러나 아예 지금 시작해서 끝냈어도 전혀 다른 소설이 되었을 것이다. 완전히 다시 썼다 해도 처음 적었던 글의 뼈대가 남아서 저항했기 때문이다.

이 소설의 시대 배경이 모호하면서도 현재가 아닌 것은 그래서이다. 처음 떠올렸을 때는 2008년 2월에 있었던 남대문 화재를 생각했기에, 그 흔적이 남아 있을 것이다. 소설 속 서울 곳곳의 풍경은 그래서 지금과 일치하지 않는다.

이 글의 첫 번째 주인공은 원래 서울이었다.

나는 서울이라는 도시를 사랑한다. 서울의 나쁜 점과 기괴한 점이라면 끝도 없이 말할 수 있겠지만, 그럼에도 여전히 사랑한다. 그리고 여기 사는 사람들 대부분이 생각하는 것보다 공간적으로나 시간적으로나 복잡한 도시라고도 생각한다. 여기에 한 종류의 인간만 살지도 않을뿐더러, 인간만 살지도 않는데 사람들이 자주 그 사실을 잊는다 싶기도 하다. 그런 마음들이 이 소설에 조금씩 다 담겨 있다. 욕심껏 잘 담아내지는 못했지만, 재미있게 읽어주시는 분이 있다면 기쁘고 감사하겠다.

포기하지 않고 끝까지 쓸 수 있게 등을 밀어준 분들께 고맙고, 책 한 권이 나오기까지 일하시는 모든 분께 감사드린다.

끝으로, 소설 속에서이긴 하지만 망가뜨린 문화재들에 대해 미안하다.